कैली, कामिनी और अनीता

₹ 350
ISBN : 9789350643693

KAILI, KAMINI AUR ANITA (Novel) by Amrita Pritam

राजपाल एण्ड सन्ज़
1590, मदरसा रोड, कश्मीरी गेट, दिल्ली–110006
फोन : 011–23869812, 23865483, 23867791
e-mail : sales@rajpalpublishing.com
www.rajpalpublishing.com
www.facebook.com/rajpalandsons

केली कामिनी और अनीता

अमृता प्रीतम

राजपाल

दो शब्द

अनीता *एक थी अनीता* उपन्यास की नायिका है, जिसके पैरों के सामने कोई रास्ता नहीं, लेकिन वह चल देती है—कोई आवाज़ है, जाने कहाँ से उठती है और उसे बुलाती है...

कैली *रंग का पत्ता* उपन्यास की नायिका है, एक गाँव की लड़की और कामिनी *दिल्ली की गलियाँ* उपन्यास की नायिका है, एक पत्रकार। इनके हालात में कोई समानता नहीं, वे बरसों की जिन संकरी गलियों से गुज़रती हैं, वे भी एक दूसरी की पहचान में नहीं आ सकतीं। लेकिन एक चेतना है, जो इन तीनों के अन्तर में एक-सी पनपती है...

वक्त कब और कैसे एक करवट लेता है, ये तीन अलग-अलग वार्ताओं की अलग-अलग ज़मीन की बात है। लेकिन इन तीनों का एक साथ प्रकाशन, तीन अलग-अलग दिशाओं से उस एक व्यथा को समझ लेने जैसा है, जो एक ऊर्जा बनकर उनके प्राणों में धड़कती है...

मुहब्बत से बड़ा जादू इस दुनिया में नहीं है। उसी जादू से लिपटा हुआ एक किरदार कहता है—''इस गाँव में जहाँ कैली बसती है, मेरी मुहब्बत की लाज बसती है'' और इसी जादू में लिपटा हुआ कोई और किरदार कहता है—''प्रिय तुम्हें देखा तो मैंने खुदा की ज़ात पहचान ली...''

जब कहीं कोई आवाज़ नहीं, किसी को अहसास होता है कि कुछेक क्षण थे, कुछेक स्पर्श, और कुछेक कम्पन, और वे सब किसी भाषा के अक्षर थे...

कुछ पल ऐसे भी होते हैं, जो भविष्य से टूटे हुए होते हैं, फिर भी साँसों में बस जाते हैं, प्राणों में धड़कते हैं...

शमाँ की तरह जलती-पिघलती वे सोचती हैं—''यही तो आग की एक लपट है, जिसकी रोशनी में खुद को पहचानना है...''

—अमृता प्रीतम

कैली और कामिनी के अहसास—
दीपक और नासिर के नाम

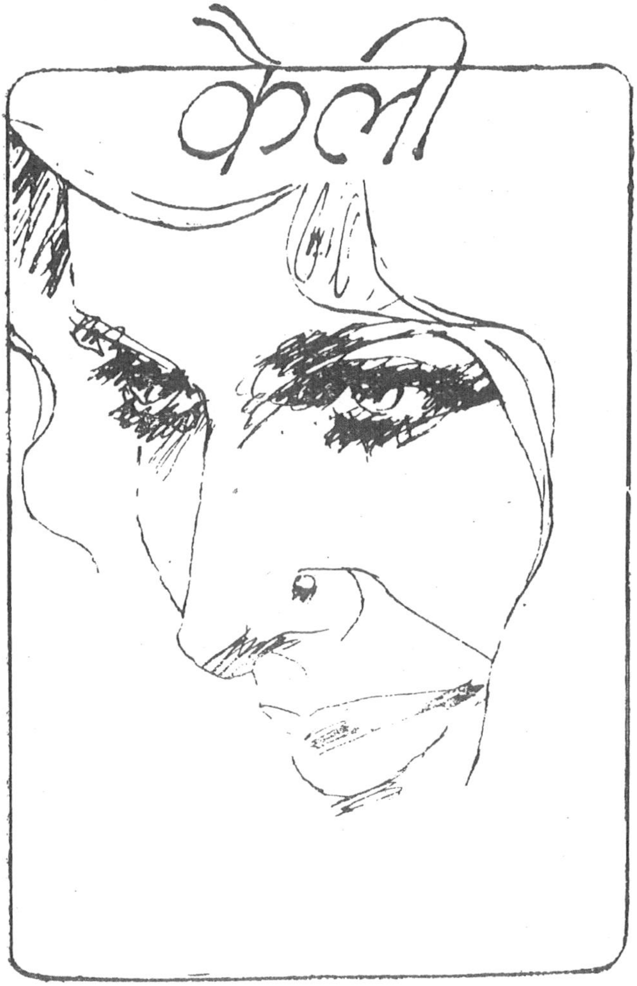
केली

कैली

"यह क्या कर रही है कैली?'' मितरो भरे हुए मटके को झुककर उठाने लगी थी, जिस समय उसने परे खाल पर बैठी हुई कैली को देखा। मटका उसने कुएँ की जगत पर ही रहने दिया और दबे पाँव कैली की पीठ की ओर आ खड़ी हुई। मितरो के दिल में था कि वह पीछे की ओर जाकर कैली की आँखें बन्द कर लेगी और जब तक वह 'मितरो-सड़ितरो' कह-कहकर थक न जाएगी, वह मुँह से नहीं बोलेगी। परन्तु जब मितरो ने कैली की भरी आँखें देखीं, तो अपने-आप ही पूछा गया, ''यह क्या कर रही है कैली?''

कैली ने उसी तरह भीगे हुए चेहरे से मितरो की ओर देखा और फिर आहिस्ता से कहा, ''रोटी पर से चींटियाँ उतार रही हूँ।''

मितरो ने अपनी चुनरी के किनारे से कैली का मुँह पोंछा और हँसती हुई कहने लगी, ''कभी तो सीधे मुँह बात किया कर। उलटे ही जवाब देती रहेगी!''

कैली चुप हो गई। फिर मितरो ने अपने-आप ही अनुमान लगाया और पूछा, ''लखेशाह वाली बात बनी है कि नहीं?''

कैली ने वक्र दृष्टि से मितरो की ओर देखा और कहने लगी, ''बात बन गई है अरी बैरन, बन गई है! तुम अपनी काली ज़बान से यही तो माँग रही थीं।''

''जा री पगली! सारी आयु राज करना और साथ ही मेरी काली ज़बान को असीसें दिया करना।''

''असीसें न दूँगी कुछ और...लगा था मेरे मुँह से कुछ निकलने...''

''निकाल ले जो तूने मुँह से निकालना है, ऐसी दिल की भड़ास दिल में ही क्यों रखती है?''

''मैंने क्या कहना है!'' कैली ने उच्छ्वास लिया और फिर कहा, ''माँ कहती है, लड़कियाँ कुछ नहीं मुँह से बोलतीं, उनकी तो जन्म से ही ज़बान कट जाती है।''

''अरी रहने दे नखरे, इसी कटी हुई ज़बान से तू एक चीज़ माँगेगी तो बत्तीस हाज़िर होंगी।''

''तेरा दिल काहे का बना हुआ है मितरो? लोहे का या पत्थर का?''

''सोने का।''

''सच कहती है मितरो, तेरा दिल सोने का है।'' कैली ने एक नज़र मितरो की ओर देखा, जैसे वह नज़र से कसौटी पर सोने को परखने लगी हो। फिर कहने लगी, ''तभी तो तू सोना बेचने पर आ गई है। बेच दे इस दिल को, वह 'चालीस चक' वाला बनिया अच्छा मूल्य डालेगा।''

''मैं तुम्हारी तनज़ को समझती हूँ कैली!'' मितरो ने एक तिनका पकड़कर दाँतों से काटा और फिर ज़बान से परे थूकती हुई कहने लगी, ''यदि तुझे उस 'रंगड़' से इतनी सहानुभूति है, तो तू उसका घर बसा दे ना!''

''मैंने भीलनी की तरह तेरे जूठे बेर तो नहीं खाने चंदरी! तुझे शर्म नहीं आती ऐसा कहती को!''

''हाँ, कैली। जिसके घर दाने उसके पगले भी सियाने! अब कल को तूने लखेशाह की शाहनी बन जाना है, मेरे जैसी को तो तूने बेशर्म ही कहना है। तू इज़्ज़तवाली, आबरूवाली...''

''निगोड़ी...''

''तू तो चाहती है कि मैं उस रामगढ़िये के घर जाकर सारी उम्र बुरादा जलाती रहूँ।''

''यह बुरादा नहीं तेरे से जलना; तुम कटोरे में गोंद घोल लिया करना, और गोंद से उस बनिये के पैसे जोड़ती रहना...''

''अब तुझे बातें बहुत आ गई हैं कैली! तुझे पैसे जुड़े-जुड़ाए जो मिल गए!''

''अगर इतनी जलन है मितरो, तो उस लखेशाह के साथ तू ही फेरे ले ले!''

''अरी रहने दे बातें, हाथ में आई हुई गद्दी कौन छोड़ता है!''

''चल फिर यह भी आज़माकर देख ले मितरो। तू मेरा मरी का मुँह देखे यदि...'' मितरो ने जल्दी से कैली के मुँह पर हाथ रख दिया, और कहने लगी, ''मैं तेरा जीती का मुँह ही देखूँगी—शाहनी बनी का मुँह। अच्छा यह बता, भला मासी ने तुझे अभी दिखाया है कि नहीं?''

''देख आई हूँ, जी भर आई हूँ मुँह देखकर।''

''रानी को पसन्द नहीं आया लगता?''

''अच्छा था, खमीरी रोटी जैसा। हजामत पता नहीं कौन-से नाई से बनवाकर आया था। छोटे-मोटे बाल इस तरह दिखाई देते थे, जैसे रोटी को चींटियाँ चढ़ी हुई हों!''

''अच्छा, तभी रो रही थी तू, और कह रही कि मैं रोटी पर से चींटियाँ उतार रही हूँ! अरी, चुपड़ी हुई भी और दो-दो भी! चींटियाँ झाड़कर रोटी तो मिल जाएगी, पर उसको किसी ने क्या करना—उस बांके को जिसके घर

रोटी भी न हो।''

''सच मितरो! मेरी माँ के घर तो तुम्हें पैदा होना चाहिए था, मैं तो वहाँ ऐसे ही गलती से पैदा हो गई।''

''मासी भी तो यही कहती थी ना?''

''हाँ, यही कह रही थी, तेरे वाली बात। कह रही थी—मर्द का मुँह नहीं देखते, मर्द की जेब देखते हैं।''

''मेरी मासी ने दुनिया देखी हुई है।''

''परन्तु तेरी मासी ने दिल नहीं देखा!''

''तुम्हें इतनी ही दिलों की कदर है तो मुँह फाड़कर 'न' कर दो।''

''किस ज़ोर पर 'न' करूँ? यदि तेरी तरह मेरा भी कोई चाहने वाला होता, मैं मुँह फाड़कर 'न' कर देती।''

''इतना ही करने पर आई है तो ढूँढ़ ले ना एक आशिक।''

''आशिक तो परमात्मा का दर्शन है मितरो! न मिले तो बारह वर्ष तपस्या करने पर भी नहीं मिलता।'' कैली की आँखें भर आईं।

मितरो ने सिर नीचा कर लिया, फिर आहिस्ता-आहिस्ता एक तिनके को दाँतों से तोड़ती हुई कहने लगी, ''मैं झूठ नहीं कहती कैली! तू और 'बख्शा' एक ही मिट्टी के बने हुए हो।''

''शुकर है कि आज तूने उसका नाम लेकर बात की है, नहीं तो तू नाज़िनीं हमेशा उसे 'रंगड़' कहकर ही बात करती है। अच्छा, क्या कहने लगी थी कि मैं और बख्शा एक ही मिट्टी के बने हुए हैं...''

''यही कि तुम दोनों को मनुष्यों में ईश्वर दिखाई देता है।''

''मुझे अभी तक तो किसी में दिखाई दिया नहीं, पर मेरे अन्दर ऐसा महसूस होता है कि यदि ईश्वर कहीं दिखाई दे सकता है तो बस इस चेहरे में से, जिसे मनुष्य प्यार करता है।'' कैली ने आँखें बन्द कर लीं, फिर चौंककर मितरो के चेहरे की ओर देखने लगी, ''तुमने बहुत बड़े कर्म किए हैं मितरो, जो तेरे चेहरे में से किसी को भगवान दिखाई देता है!''

''उसे दिखाई देता होगा, मुझे तो दिखाई नहीं देता।'' मितरो ने कहा और हँसने लगी...

कैली मितरो की ओर देखती रही। लगा—जाने इस हँसी से मितरो का मुँह टेढ़ा हो गया था। भरे हुए मन से कहने लगी, ''अरी निकर्मी, तेरी आँखें हैं कि झाड़ियों में लगे हुए डेले, जो तुझे उसमें से कुछ दिखाई नहीं देता?''

''न उसका घर न बाहर, कैली! वह तो आप चाचे की रोटियाँ तोड़ता है। कल को मुझे कहाँ से खिलाएगा?''

''बावरी, तू उसकी तिजोरियाँ देखती है, उसके हाथों की कला नहीं देखती!''

"इतनी क्या कला है कैली! एक आरी से वह लकड़ियाँ चीर-चीरकर कौन-से महल खड़े कर लेगा? यही तीन रुपये रोज़ के ही तो कमाने हैं उसने सारी उमर! साथ ही न ज़ात, न बिरादरी। मैं खत्रियों की लड़की, वह बढ़इयों का बेटा! इधर माँ-बाप से झूठी हो जाऊँ, झूठी क्या, सारी ज़िन्दगी मिलने से भी जाऊँ, और उधर..." मितरो चुप हो गई।

"और उधर बुरादा जलाती रहूँ!...कह दे ना जो कहने लगी थी।" कैली ने रुककर कहा।

"तू मज़ाक तो करती है कैली! पर रोटी मैंने दिल का आटा गूँधकर तो नहीं पकानी!"

"दिल का आटा तूने काहे को गूँधना है मितरो। दिमाग को चीरकर उसका सालन बनाना।"

"न इतनी चोटें मार कैली-सड़ैली! मुझे भी छूत का रोग लग जाएगा।" और फिर निमानी-सी होकर मितरो बोली, "वह निगोड़ा बख्शा जब ऐसी बातें करता है, धर्म से कई बार मेरा दिल घिरने लगता है..."

"नहीं, नहीं, कुछ नहीं होता तेरे दिल को; यह भी कोई रक्त-मांस का दिल है, जो घिरने लगे! यह तो सोने का दिल है—इसे छूत का रोग नहीं लग सकता। यह जूठा भी नहीं होता, धो-धोकर उस बनिये को जा देना!"

मितरो की हँसी छूट गई, "अच्छा कैली! तेरा और बख्शे का जोड़ कैसा रहे! अगर मैं बख्शा तुझे सौंप दूँ, तुम दोनों मिलकर हवा में एक महल डाल देना, रात को सिर के नीचे चाँद का तकिया रख लेना और दिन को सूरज का! आशिकों को भूख तो लगती नहीं!"

"तू पागल है मितरो! यह भी कोई ज़र-ज़मीन है जो तू मेरे आगे बेच देगी? प्यार तो खुदा के दर से मिलता है, और इसके लिए प्राणों की बोली देनी होती है।"

"फिर तू लखेशाह को किस तरह मिल गई? तू तो किसी फटे हाल आशिक को मिलनी चाहिए थी।"

"यह मेरी किस्मत मितरो! इस जन्म में तो मेरे माँ-बाप ने इस लखेशाह का कुछ नहीं देना था, पर शायद पिछले जन्म में कुछ देना था; उसने ब्याज-दर-ब्याज मेरे माँ-बाप के किले से गाय न खोली बेटी खोल ली!" और कैली को रुलाई आ गई।

दो

बाप रे एक मेरा कहना मान ले
मुझे 'रामरत्न' वर दे दे
बेटी, 'रामरत्न' ने सिर पर सेहरा बाँध लिया
जाने बागों में क्योड़ा खिल उठा!...

सुहाग-गीतों के कान तो ज़रूर होते हैं, पर आँखें नहीं होतीं। जब भी कोई सिर पर सेहरा बाँधकर खड़ा हो जाता है, इन गीतों को वह 'रामरत्न' ही दिखाई देता है। लखेशाह ने भी जब कैली से विवाह करने के लिए सिर पर सेहरा बाँधा तो सुहाग-गीतों ने अपनी आदत के अनुसार गाना शुरू कर दिया, ''बेटी, 'रामरत्न' ने सिर पर सेहरा बाँध लिया...'' और लखेशाह ने लोकगीतों द्वारा अपना नाम 'रामरत्न' रखवाकर कैली ब्याह ली।

चाहे कैली एक लोकगीत की ज़बानी कहती रही थी, ''बाप रे, मुझे उस घर में देना जहाँ सास के सात बेटे हों; बाप रे, तेरा पुण्य होगा! पर बाप के कान शायद बहरे थे; उसे यह बात कुछ उलटी-पुलटी सुनाई दे गई...''

कैली जब ससुराल गई, उसने देखा कि उसकी सास का बेटा तो एक ही था—वही लखेशाह, पर उसकी सौत के बच्चे तीन ज़रूर थे। और कैली सोचने लगी कि तीन के स्थान पर पूरे सात भी होते तो क्या हर्ज़ था! वैसे दूसरे ही दिन कैली को पता लग गया कि यदि उसकी सौत का पहला बेटा भी जीवित रहता और बीच की लड़की चेचक निकलने से मर न जाती, और दो बेचारे सतमासे ही न चल बसते, तो असल में पूरे सात ही होने थे...

विवाह के सारे गीत इस तरह उलटे हो गए। जाने किस्मत ने भूल से फुलकारी का उलटा ओर सिर पर ले लिया हो, और सारी गाँठें और टाँके ऊपर की ओर आ गए हों...

कैली का मुँह जुठारते हुए लखेशाह की इधर-उधर की तथाकथित बहिनों ने जिस दिन यह गीत गाया—''भाभी एक, ननदें चार, मुँह जुठारें बारो-बार।'' उसके तीन दिन बाद जब वे ननदें चुनरी-मिठाई लेकर अपने-अपने घर चली गईं, तो कैली लखेशाह के तीनों बच्चों को मूढ़ों पर बैठाकर बारी-बारी उनके मुँहों में निवाले देने लग गई।

बड़ा लड़का चाहे आठ-नौ वर्ष का था और मुँह में कौर लेने योग्य नहीं था, पर कैली जब से आई थी वह नाराज़ बैठा था। इसलिए कैली उसे बाँह से पकड़कर मूढ़े पर बैठा, और कौर तोड़कर उसके मुँह में डालने लग गई थी...

उससे छोटा लड़का छः वर्ष का था। वह जब डेढ़ वर्ष का था, घुटनों चलते हुए वह छत पर से गिर गया था और एक ईंट की नोक उसके सिर में लग गई थी। बड़ी कठिनाई से वह बच तो गया था और उसकी उमर अपने रास्ते चल पड़ी थी, परन्तु उसकी दिमागी हालत वहीं खड़ी रह गई थी। बोलते समय उसकी ज़बान हकलाती थी, और सुनते समय भी उसे बात पूरी तरह समझ में नहीं आती थी। वह खुद रोटी खा लेता था, पर बुरी तरह कमीज़ पर दाल गिरा लेता था, सारे मुँह पर सालन लगा लेता था; इसलिए कैली उसकी बाँह पकड़ उसे मूढ़े पर बैठा, कौर तोड़कर उसके मुँह में डालने लग गई थी।

सबसे छोटी लड़की चार वर्ष की थी। उसके दायें हाथ पर कितने ही दिनों से एक फोड़ा हो रहा था। विवाह की भीड़भाड़ में कई बार उसका हाथ दुःख गया था, जिसके कारण फोड़े की टीस बहुत बढ़ गई थी और उससे अब रोटी का ग्रास तोड़कर खाया नहीं जा रहा था। इसलिए कैली उसे अपने हाथों से खिलाने लगी।

बड़े लड़के का नाम सोहन था; उसका रंग सांवला था, इसलिए सभी उसे 'काला' कहकर बुलाते थे। छोटे का नाम किसी ने रखा ही नहीं था; जब से उसकी ज़बान हकलाने लगी थी, सारे उसे 'लोला' कहकर बुलाने लगे थे। छोटी लड़की की आँखों में सब्ज़-सी झलक थी, इसलिए सभी ने शुरू से ही उसका 'बिल्लो' नाम रख दिया था।

कैली जब काले, लोले और बिल्लो को रोटी खिलाने बैठी, तो वह एक ढकने में विवाह की बची हुई मिठाई निकालकर ले आई। वह बच्चों का मुँह मीठा कराने लगी थी, जब लखेशाह ने जल्दी से कहा, "मैंने कहा, यह मिठाई रहने दे; यह तो अभी चार दिन काट जाएगी। पिछले अन्दर देख, एक टीन और पड़ा हुआ है। उसमें मेरे भाई के विवाह की मिठाई बची पड़ी है, पहले उसे बरत ले।"

यह लखेशाह का कौन-सा भाई था? उसका विवाह हुए कितने दिन हुए थे? कैली को कुछ पता नहीं था। पर कैली ने जब पिछले अन्दर से मिठाई का टीन ढूँढ़ा, पत्थर जैसी सूखी हुई मिठाई को देखकर उसे ख़याल आया कि न हो, अब वह ढकने में मिठाई डालकर ले जाएगी तो लखेशाह कहेगा, "मैंने कहा, यह मिठाई रहने दे; यह तो अभी दो दिन काट जाएगी। पिछले-से-पिछले अन्दर देख, एक टीन और पड़ा हुआ है, जिसके बीच मेरे बाप के विवाह की मिठाई बची हुई है—पहले उसे बरत ले..."

तीन

कैली की सुहाग-सेज के नीचे आठ ईंटें रखी हुई थीं—चारों पायों के नीचे दो-दो ईंटें। क्योंकि एक लोहे का सन्दूक, जिसमें वह बहीखाते की किताबें पड़ी थीं, लोगों के गिरवी रखे हुए जेवर पड़े थे, और बाप-दादाओं के समय के आभूषण थे, चारपाई के नीचे पूरा नहीं आता था, इसलिए लखेशाह ने चारपाई के पायों के नीचे दो-दो ईंटें रखकर चारपाई को ऊँचा कर लिया हुआ था।

शायद चारपाई कुछ ढीली हो गई थी, कैली के चारपाई पर बैठते ही लोहे के सन्दूक की एक नोक उसे लगी और मितरो की कही हुई एक बात कैली के मन में चुभने लग गई—'अच्छा कैली, तेरा और बख्शे का जोड़ कैसा रहे! अगर मैं बख्शा तुम्हें सौंप दूँ, तुम दोनों मिलकर हवा में एक महल बना लेना, रात को सिर के नीचे चाँद का तकिया रख लेना...' और कैली मन-ही-मन में मितरो को याद कर कहने लगी, 'बख्शा तो मेरे भाई की तरह है मितरो! उसकी ओर तो मैं कभी आँख भरकर भी नहीं देख सकती; पर कोई खुदा मुझे मेरा हम उमर देता, तो सचमुच मैं सिर के नीचे चाँद का तकिया रखकर सोती...यह देख बावरी, अब सिर के नीचे कैसा तकिया है...'

सारी रात कैली को लखेशाह की कुर्ती में से एक अजीब-सी गन्ध आती रही। फिर घबरा-घबराकर पता नहीं किस समय उसकी आँख लग गई। सूरज निकल आया था, जिस समय कैली को उसकी सौतेली बेटी ने कंधे से हिलाकर जगाया, "बापू ने आज कचहरी जाना है, जल्दी, और वह लस्सी माँग रहा है।"

कैली ने जब तकिये से सिर उठाकर अपने सिर का कपड़ा ठीक किया, उसे अपने दुपट्टे में से एक अजीब गन्ध आई। उसने चौंककर अपना दुपट्टा उतार दिया; पर दूसरे ही क्षण उसने मन पर काबू पा लिया और तकिये पर पड़े दुपट्टे को उठाने के लिए झुकी।

कैली को तकिये के गिलाफ़ में से एक अजीब गन्ध आई। वह दो पैर पीछे हट गई और उसने अपने मन को ठहराने के लिए लड़की के कंधे पर हाथ रखा।

लड़की की कमीज़ में से भी कैली को एक अजीब-सी गन्ध आई...चौके में गई, जल्दी से लस्सी बिलोनी शुरू कर दी। लस्सी को छानने के लिए उसने जब पास दरवाज़े पर रखा कपड़ा पकड़ा, उस कपड़े से भी कैली को एक अजीब गन्ध आई...

कैली को समझ नहीं आ रही थी कि आखिर लखेशाह की गन्ध उसके सिर के दुपट्टे में से गुज़रती, तकिये के गिलाफ़ में से निकलती और लड़की की कमीज़ में से होती हुई, इस लस्सी छानने वाले कपड़े तक कैसे आ गई थी...

दोपहर को चौके-बर्तन से खाली होकर कैली ने लस्सी को छानने का कपड़ा, बच्चों के कपड़े, तकिये का गिलाफ़ सब कुछ इकट्ठा कर दिया, सिर का दुपट्टा उतारते हुए उसने लखेशाह को कहा कि वह अपने गले की कुर्ती भी उतार दे, वह महरी को साबुन की एक टिक्की देकर सारे कपड़े धुला लेगी...

"महरी ससुरी ने तो कपड़ों का कुछ भी बाकी नहीं छोड़ना। डंडा मार-मार बटन तोड़ देगी और साबुन अलग बहाएगी। ये ससुरी इतना साबुन बहाती है..." लखेशाह ने जल्दी से कहा।

कैली चुप रह गई। फिर लखेशाह ने कहा, "अन्दर साबुन का चूरा पड़ा हुआ है। कड़ाही में पानी गर्म करके लड़की को साबुन उबाल दे, वह दो हाथ मार लेगी।"

कैली ने समझा कि लखेशाह ने कपड़े धोने का काम जो लड़की को सौंपा है, यह वास्तव में कैली को इशारा है कि वह आप कपड़े धो ले, नहीं तो भला चार वर्ष की बच्ची से कहीं कपड़े धोए जा सकते थे, और उसे यह भी अच्छा-भला पता था कि लड़की का हाथ दुखता है। कैली ने कड़ाही में साबुन का चूरा उबाल लिया। महरी से दो मटके पानी मँगवा लिया और कच्चे खुरे पर पत्थर की सिल रखकर कपड़े धोने लगी...

लखेशाह बैठक में बैठकर असामियों से बात कर रहा था, जब उसके कानों में कपड़े धोने की आवाज़ आई। लखेशाह भागता हुआ आया, "मैंने कहा, तुम यह क्यों कर रही हो! लड़की से कहो, ससुरे छोटे-छोटे चार तो कपड़े हैं..."

"उस बच्ची से भला कपड़े धोए जाते हैं! मैं धोए जा रही हूँ और वह चारपाई पर सूखने के लिए डालती जाती है।" कैली ने आहिस्ता से कहा और उसके भीतर एक हल्की-सी खुशी हुई कि यह पहला अवसर था जब लखेशाह ने उसके साथ ज़रा हमदर्दी की बात की थी...

लखेशाह फिर भी खड़ा रहा। कैली जब साबुन के पानी में कपड़ा भिगोती और उसके ऊपर थपनी मारती, लखेशाह के दिल पर जाने कोई चोट लगती। दो मिनट उसने अपना मुँह बन्द रखा, परन्तु फिर उससे रहा न गया, "मैंने कहा, तू आप सियानी है, तेरे हाथों में सोने के गोखरू पड़े हुए हैं—उतनी तो कपड़ों की मैल नहीं खुरनी, जितना सारा सोना खुर जाएगा।"

कैली ने चौंककर लखेशाह की ओर देखा, फिर कपड़ों में से बहती मैल की धार की ओर, और फिर हाथों में पड़े हुए सोने के गोखरुओं की ओर। और कैली ने आहिस्ता से दोनों गोखरू उतारकर लखेशाह के हाथ में दे दिए...

लखेशाह जब गोखरुओं की जोड़ी सँभालकर ले गया, कैली को याद आया कि उसके गाँव में नवविवाहिता लड़की को उसकी सखियाँ एक गीत के बोल में छेड़ा करती थीं, जिसका भाव था—"यह बावजूद बहुत बुरा ज़ेवर है, आलिंगन

करते छनक पड़ता है।'' और कैली की आँखें भर आईं, 'जिसने इस गीत की रचना करते समय बाजूबन्द को बुरा कहा होगा, उसे यह नहीं पता था कि जब कोई मैल से भरे हुए कपड़े धोने लगता है, ज़ेवर उस समय भी बुरे हो जाते हैं।'

चार

एक तो काले का रंग कुदरती काला था, पर उसका बहुत-सा रूप उसकी ज़िदों ने बिगाड़ा हुआ था। आज भी कैली इस काले के हाथों परेशान हो रही थी, जिस समय उसके मायके से एक कारिन्दा कैली के लिए एक पत्र लेकर आया।

कैली ने उसे बैठने के लिए पटरी दी और माँ-बाप की कुशल-क्षेम पूछते छोटी लड़की की कंघी करने लगी। पत्र पढ़ने की जाने उसे कोई जल्दी नहीं थी। इससे पहले भी कैली को अब्बासपुर से माँ-बाप के दो संदेश आ चुके थे; पर वह जब से विवाह का पहला फेरा डालके आई थी, पुन: गाँव नहीं गई थी।

''कैली बेटी! माँ तो बड़ी उदास हुई है, तूने कैसा पत्थर का दिल कर लिया है!'' कारिन्दे ने पिन्नियों की पिटारी कैली के आगे रख दी और रूमाल के कोने से बँधा हुआ पत्र खोलने लगा।

और फिर कारिन्दे ने कैली को उसकी प्रिय सहेली का वास्ता दिया, ''पर इस बार तो तुझे जाना ही होगा बेटी। ये घरों के काम-काज तो चलते ही रहते हैं। मितरो का ब्याह जुड़ गया है। कल भट्टी रखी जानी है। यह लो पत्र, मितरो ने भी इस पर दो अक्षर लिखे हुए हैं, और मुझे अलग से मिलकर कहती थी—कैली मेरे थोड़े लिखे को बहुत समझे और जल्दी आने की करे।''

''मितरो का ब्याह! किसके साथ?'' कैली चौंक पड़ी और उसने बाँह आगे कर कारिन्दे के हाथ से पत्र ले लिया।

''वही चालीस चकवालों के लड़के के साथ—काफ़ी दिनों से बातचीत चल रही थी।'' कारिन्दे ने जब यह कहा, कैली का सारा उत्साह खड़ा हो गया। उसने बन्द का बन्द पत्र मूढ़े के पास रख दिया, और बायें हाथ की उँगली पर लड़की के बालों को लपेटती हुई दायें हाथ से उसकी उलझनों को संवारने लगी।

कारिन्दा जब लस्सी-पानी पीकर बाहर की बैठक में लखेशाह के मुनीम के पास जा बैठा, कैली ने एक नज़र से पत्र पढ़ा और फिर अपने काम में लग गई। वह लड़की की कंघी कर चुकी थी, बड़े को नहलाकर उसके कपड़े बदल चुकी थी; और अब उसने कुछ दुलार से और कुछ झिड़क से काले की बाँह पकड़ ली,

"तुम तो सबसे बड़े हो, सबसे सयाने; पर तुम्हारी ज़िद सबसे ज़्यादा है।"

"पता है, यदि मैं घर नहाऊँ, तो बापू नाराज़ होता है। महरी को कुएँ से पानी लाना पड़ता है—वह चार आने लेती है एक मटका लाने के।"

"कोई बात नहीं, यदि डाँट पड़ेगी तो मुझे—तुम्हें तो नहीं पड़ेगी। अपने पैरों की ओर देख, कैसे मैल जमी पड़ी है..." और कैली ने लड़के को पत्थर की सिल पर बैठाकर पानी का लोटा उसके शरीर पर डाल दिया।

"नहला ले, नहला ले मुझे बाँधकर—तुम जब मायके जाओगी, मैंने पीछे बिलकुल नहीं नहाना।"

कैली को हँसी आ गई और वह काले की पीठ मलती कहने लगी, "मैंने मायके जाना ही नहीं—तुम लगा लो ज़ोर।"

"मुझे पता है तुम जाओगी।"

"तुम्हें किस तरह पता है ?"

"तुम्हारी सहेली का ब्याह है।"

कैली के मन में आया, वह कहे 'यदि मेरी सहेली का सचमुच का विवाह होता तो मैं उड़कर जाती। यह तो झूठ-मूठ का ब्याह है।' पर कैली ने केवल इतना ही कहा, "तुम देख लेना, मैंने बिलकुल नहीं जाना।"

कैली ने लड़के के घुटनों और एड़ियों को खूब ज़ोर से मलकर साफ़ किया और फिर उसके शरीर को पोंछकर उसे धुला हुआ कमीज़-पाजामा पहना दिया; कैली ने माँ की भेजी हुई पिटारी खोली और एक-एक पिन्नी निकालकर तीनों बच्चों के हाथ में दे दी।

ताज़ी पिन्नी का स्वाद पता नहीं कैसे काले के मुँह में घुल गया—उसके भीतर से एक जमी हुई बात पिघल गई—"अच्छा तू मायके क्यों नहीं जाती ?" उसने पूछा।

"पीछे तुम्हें कौन नहलाएगा ? कौन तुम्हें खाना बनाकर खिलाएगा ?"

"महरी रोटी बना देगी, पहले भी तो वही पकाया करती थी।"

"पर तू आप ही तो एक दिन कहता था कि महरी बहुत बुरा सालन बनाती है।"

"यह तो मैंने कहा था, पर मुझे बीच की बात पता है।"

"क्या बात पता है ?"

"एक पिन्नी और दे दो, फिर बताऊँगा।"

कैली ने पिटारी में से एक और पिन्नी निकाली और काले को दे दी। काला कुछ हैरान हुआ और कहने लगा, "मैंने सोचा था तुम मुझे और पिन्नी नहीं दोगी।"

"क्यों ?"

"तुम्हारे लिए कम रह जाएँगी।"

कैली को हँसी आ गई, ''पिन्नियां तो बच्चों के लिए होती हैं।''

''बच्चों के लिए तो होती हैं पर...''

''पर क्या? कह दे ना, जो कहने लगा था।''

''हम कोई तुम्हारे बच्चे थोड़े ही हैं...''

कैली की हँसी रुक गई। काले का मुँह भी फीका पड़ गया।

''मुझे सारी बात का पता है।'' लड़के ने फिर कहा।

''क्या बात पता है?'' कैली ने पूछ लिया, पर उसकी आवाज़ बुझी हुई थी।

''जब तुम्हारे अपने बच्चे हो जाएँगे, तुम हमें दूध में से मक्खी की तरह निकाल दोगी!''

'यह बात काले की अपनी सोची हुई नहीं' कैली ने ताड़ लिया। यह बात इस तरह थी जैसे किसी छोटे-से बालक ने अपने बाप का कुर्ता पहन लिया हो और वह कुर्ता उसके पैरों में लटक रहा हो।

''यह बात तुम्हें किसने कही?''

''मुझे खुद ही पता है।''

''मुझे पता है तुझे यह बात किसने सिखाई है।''

''मेरी ताई झूठ नहीं बोला करती...''

कैली को हँसी आ गई, कि काला अभी कितना कच्चा था। वैसे उसे इस बात का पता लग गया कि वह जब आई थी, काला उसके साथ क्यों मुँह बटोरे रहता था। बड़े धीरज से कैली ने कहा, ''तुम कौन-सी जमात में पढ़ते हो काले?''

''तीसरी में।''

''फिर तुमने यह नहीं अभी पढ़ा कि जिस दूध में मक्खी पड़ जाए वह दूध फेंक दिया जाता है, उसे पीया नहीं जाता? यदि वह दूध पी लें तो बीमार हो जाते हैं।''

''पढ़ा है।''

''यदि मैंने तुम्हें दूध में से मक्खी की तरह निकाल दिया, तो दूध ही फेंक दूँगी—भला मैंने वह दूध पीकर क्या करना है?''

पता नहीं काले की समझ में यह बात आई या नहीं, पर कैली को यह बात कहकर एक तसल्ली-सी ज़रूर हुई।

पाँच

छोटी बिल्लो ने कुछ ज़िद करके अपने कान छिदवा लिए थे। आज वही अपनी सहेलियों के साथ मिलकर गेंद-गीहटे खेल रही थी। लोला बार-बार पैर मारकर

बिल्लो का खेल खराब कर देता था। बिल्लो ने रोष में आकर लोले को एक चपत मार दी थी, और लोले ने आवेश में आकर बिल्लो का कान खेंच दिया था। नये छिदवाए कान में से खून निकल पड़ा था। खून को देखकर लोला भी वैसे ही रोने लग गया था, जैसे बिल्लो रो रही थी।

कैली ने तेल गर्म करके बिल्लो के कान को लगाया और फिर उसे चारपाई पर लिटाकर किसी दैत्य-परी की कहानी सुनाती उसका ध्यान दूसरी ओर करने लग गई। बिल्लो अभी ठीक नहीं हो रही थी कि लोले ने ज़ोर-ज़ोर से चिल्लाना शुरू कर दिया। उसने आँगन के परले कोने में पड़े हुए हँसिये को जो हाथ डाला था—अपनी ओर से तो वह चारा काटने लगा था, उसके बायें हाथ की उँगली से खून की धारा फूट पड़ी थी।

''अरे शैतानो!'' लखेशाह गुस्से से भरा हुआ अन्दर आया और उसने ज़ोर से लोले के सिर पर मारना शुरू कर दिया।

कैली ने मुश्किल से लड़के को छुड़ाया। उसके हाथ पर पट्टी बाँधती हुई लखेशाह को कहने लगी, ''बच्चे निश्चल हों तो बैठ नहीं सकते—खाली बैठकर यदि कुछ बनाएँगे नहीं तो बिगाड़ेंगे तो ज़रूर। इसे स्कूल क्यों नहीं डाल देते?''

''इसने क्या पढ़ना है, माँ का सिर? ससुरी स्लेटें ही तोड़नी हैं!''

''फिर क्या हुआ, स्लेट ही तोड़ेगा ना; घर बैठकर तो अपनी हड्डियाँ ही तोड़ता रहता है।''

''स्कूल भी तो ससुरा लाइन के उस पार है—इसे लाइन पार कौन कराएगा? ऐसे ही गाड़ी के नीचे आकर कुचला जाएगा।''

लखेशाह के घर से स्कूल दूर नहीं था, परन्तु बीच में रेलवे लाइन पड़ती थी। कैली ने आहिस्ता से कहा, ''यह लाइन पार करानी मेरे ज़िम्मे रही। दो कदमों की दूरी है। यह किसी काम में तो लगेगा। कहो तो लड़की को भी दाखिल करवा आऊँ।''

''लड़की को तो अभी नाक पोंछना नहीं आता, ससुरा कायदा कैसे उठाएगी!'' लखेशाह ने एक बार इस तरह कहा, और फिर दूसरी बार कहने लगा, ''अच्छा, उसको भी पढ़ने डाल आ; पढ़ेगी नहीं तो मास्टरनी का सिर तो खाएगी!'' और लखेशाह ने जाते-जाते कहा, ''मैंने कहा, ज़रा सचेत रहना, ये मास्टरानियाँ ठगती बहुत हैं। लड़का-लड़की अच्छे घर का दिखाई दें तो ससुरी फीस दुगुनी लगा लेती हैं।''

लखेशाह चला गया। कैली ने कुछ न कहा, पर वह कितनी ही देर घुटनों में सिर देकर लखेशाह के इस तर्क को सोचती रही। शायद कितनी ही देर और सोचती रहती, पर उसे 'खटक-खटक' खड़ाऊँओं की आवाज़ आई। खड़ाऊँ घर में केवल लखेशाह का पिता ही पहनता था, और वह अन्दर आँगन में कम ही

आता था। कहते हैं, किसी ज़माने में उसके नाम की बहुत धाक थी—'कौडेशाह चीचो की मलियांवाला'—और लोग कौडेशाह के नाम से सहम जाया करते थे; कहा करते थे, "जहाँ से कौडेशाह एक बार गुज़र जाए, वहाँ 'काली च्यूंटी' फिर जाती है।" लोगों में यह लोकोक्ति मशहूर थी कि जिसने कौडेशाह के पास अपना मकान रहन रखा, समझ लो उसने सात पीढ़ियाँ रहन रख दीं। कौडेशाह के नाम का दबदबा तो अब भी था, पर उसकी आँखों ने उसे हार दे दी थी। अब उसे बहियों पर लिखे नाम नज़र नहीं आते थे और वह अपना सारा हिसाब और व्यापार अपने बेटे को सौंप बैठा था। लखेशाह चाहे व्यवहार में बाप से किसी भी बात में पीछे नहीं था, पर तब भी उसने बाप के नाम का लाभ उठाने के लिए अपने नाम के साथ उसका नाम जोड़ा हुआ था—'लखेशाह वल्द कौडेशाह'।

इस तरह लखेशाह का पिता कौडेशाह, जो लोटे में पानी मँगवाकर बाहर चारपाई पर बैठा हाथ-पाँव धो लेता था, और लड़की के हाथ वहीं पर ही लस्सी-पानी भी मँगवा भेजता था, जब हाथ से दीवारों को टटोलता और पैरों से खड़ाऊँओं की 'ठक-ठक' करता अन्दर के आँगन में आया तो कैली हैरान हो गई।

"यह देखो ना बेटी! तनिक मेरे कुर्ते पर नज़र मारना—ऐसा है जैसे मेरे शरीर पर जूएँ चल रही हैं।" कौडेशाह ने कहा और गले का कुर्ता उतारकर कैली के आगे कर दिया।

कैली ने कुर्ते को उलटा करके उसके जोड़ों को उलटा-पलटा, और कहने लगी, "जूएँ तो बुरी तरह चल रही हैं।" और कैली को लगा जैसे कौडेशाह की सारी असामियाँ जूएँ बनकर उसके कुर्ते को चढ़ गई हैं...

"मैं भी कहता था, सारी रात मेरे शरीर को क्या तोड़-तोड़कर खा रहा है!" कौडेशाह ने कहा और फिर चारपाई पर बैठते हुए अन्दर की कुर्ती उतारने लग गया। कौडेशाह ने जब कुर्ती उतारी, अपने गले को अच्छी तरह टटोला, कहीं कुर्ती के साथ उसके गले में पड़ी हुई सोने की माला भी न उतर जाए!

कैली ने जब कौडेशाह के हाथ से कुर्ती पकड़ी तो उसके मन में आया, वह कहे, 'लाओ बापू, सोने की माला भी उतार दो—देखूँ, कहीं इसको भी जूएँ न चढ़ गई हों!'

छः

कैली दोनों बच्चों की उँगली पकड़ उन्हें रेलवे लाइन से पार करा आती और उनके कायदे और स्लेटें उनके हाथ पकड़ाकर उन्हें स्कूल की ओर भेज देती।

सामने ही थोड़ी-सी दूरी पर दोनों स्कूल थे।

एक दिन कैली ऐसे ही स्टेशन के जंगले के साथ लगी दोनों बच्चों की पीठ की ओर देखती इस इन्तज़ार में थी कि वे स्कूल की सीमा तक पहुँच जाएँ तो वह पीछे को जाए, कि उसे अपनी पीठ की ओर से एक धीमी-सी आवाज़ आई, ''बीबी, तुम्हारी कमीज़ खराब हो गई।''

कैली ने पीछे को मुड़कर देखा, कोई उसे कह रहा था, ''जंगले का रंग अभी गीला था, तुम्हारी कमीज़ की पीठ पर रंग लग गया है।'' कहने वाले के एक हाथ में रंग का डिब्बा था और दूसरे हाथ में कूची थी।

कैली ने अपनी गर्दन को पीछे की ओर करके अपनी पीठ की ओर देखना चाहा, पर उसे अपनी पीठ पर लगा हुआ रंग दिखाई नहीं दे सकता था—इसलिए वह रंगवाले की कमीज़ की ओर देखने लग गई, जिस पर कई जगह जंगले का सब्ज़ रंग लगा हुआ था—कमीज़ पर, पाजामे पर, हाथों पर और कुछ गर्दन और गले पर भी...

''मिट्टी के तेल से उतारकर देखना...''

कैली जब घर आई, उसने कमीज़ उतारकर उसकी पीठ की ओर देखा—पीली कमीज़ पर जैसे सब्ज़ फूल बने हुए थे।

'मिट्टी के तेल से उतारकर देखना...' उसे रंगवाले के बोल याद आए, और वह चौके में से मिट्टी के तेल की बोतल उठा लाई।

कपड़े के एक छोटे-से टुकड़े को मिट्टी के तेल में भिगोकर जब वह कमीज़ पर लगाने लगी, उसका हाथ रुक गया—'सब्ज़ फूल मिट जाएँगे...' और उसने कपड़े का टुकड़ा दूर फेंक दिया, मिट्टी के तेल की बोतल फिर चौके में रख दी।

दोपहर को जब छुट्टी के समय कैली बच्चों को लेने के लिए स्टेशन पर जाने लगी, उसने फिर वही कमीज़ अपने गले में डालने के लिए पकड़ ली, और उसके मन में आया कि वह कमीज़ की अगली ओर पीछे को, और पिछली ओर आगे को कर दे, ताकि उस पर के सब्ज़ फूल उसे दिखते रहें।

कमीज़ तो उसने उलटी करके नहीं पहनी, पर वह जब स्टेशन पर पहुँची, दोनों बाँहें खोलकर जंगले के गले मिली। कुछ रंग उसके हाथों को लग गया, कुछ बाँहों को, और कुछ कमीज़ की छाती को...और कैली की आँखें दूर जहाँ तक जंगला जाता था, कुछ ढूँढ़ने लगीं। इस समय जंगले के पास कोई नहीं था। पता नहीं वह रंग का डिब्बा और वह कूची कहाँ चली गई थी, केवल उसका लगाया हुआ रंग कुछ जंगले से लगा हुआ था, कुछ कैली की कमीज़ से...

स्टेशन के बाहर, एक बड़े-से बरगद के नीचे एक चाय की दुकान थी। बरगद के तने के पास बैठा चाय पीता एक व्यक्ति आहिस्ता से उठा और जंगले की ओर आया, ''रंग उतरा तो नहीं होगा कमीज़ पर से?''

कैली इस तरह चौंकी जाने वह छोटी-सी बच्ची हो, मास्टर ने उसे तख़्ती साफ़ करने को कहा हो और उसने साफ़ करने के स्थान पर तख़्ती पर स्याही से और धब्बे डाल दिए हों। कैली ने अपनी दोनों बाँहों को सिकोड़कर हाथों पर, बाँहों पर और छाती पर नये लगे हुए रंग को छिपा लिया...

''मैंने उतारा ही नहीं।'' कैली ने आहिस्ता से कहा।

''थोड़ा-सा मिट्टी का तेल लगाकर देखना था।''

''मिट्टी के तेल में से बू आती थी।''

रंगवाले की हँसी छूट पड़ी, ''रंग में से भी तो एक तरह की गंध आती है—इसमें अलसी का तेल डला हुआ होता है।''

''पर इसकी गंध बुरी नहीं लगती है।'' कैली ने जैसे-तैसे इतना कह दिया और फिर मुँह दूसरी ओर कर लिया।

''कई लोगों को यह गंध बहुत बुरी लगती है।''

''आपको बुरी लगती है?'' कैली ने हैरान होकर कहा...

''नहीं, मुझे तो बुरी नहीं लगती—मुझे तो बल्कि अच्छी लगती है। पर मुझे तो इसलिए अच्छी लगती है कि यह मेरे व्यवसाय का औज़ार है। जिस व्यक्ति को अपने व्यवसाय से प्यार होता है, उसे अपने व्यवसाय के औज़ारों से भी प्यार होता है, जैसे एक बढ़ई को आरी से, मज़दूर को अपने फावड़े से, किसान को अपने हल से...''

''और साहूकार को अपने ब्याज से!'' कैली के मुँह से निकल गया।

''साहूकारे को मैं व्यवसाय नहीं मानता। मैं व्यवसाय उसे मानता हूँ जिससे लोगों का कुछ भला हो—साहूकार का रुपया इतना लोगों को भला नहीं करता जितना...''

कैली के सारे बदन पर पसीना-सा आ गया, और वह जब अपने माथे को पोंछने लगी, उसके हाथों में लगा हुआ रंग, उसकी बाँहों पर लगा हुआ रंग, उसकी छाती पर लगा हुआ रंग भी सामने आ गया।

''तुम्हारी कमीज़...'' रंगवाले ने कैली की कमीज़ की ओर देखा।

''तुम्हारी कमीज़...'' कैली ने रंगवाले की कमीज़ की ओर देखा।

और फिर शायद किसी को ऐसे महसूस हुआ जाने एक कमीज़ ने दूसरी कमीज़ से कोई रिश्ता बना लिया हो। दोनों की कमीज़ों पर सब्ज़ फूल पड़े थे।

सात

गाड़ी गुज़र गई। आँखों के आगे से रुकावट हट गई। सामने जंगले को कोई रंग करता मुड़-मुड़कर पीछे की ओर इस तरह देख रहा था जाने पीठ की ओर से कोई आने वाला हो। कैली के पैर अभी लाइन के इस ओर ही थे कि कैली की नज़र जल्दी से लाइन के उस ओर चली गई...

दोनों बच्चे जब अपना-अपना कायदा और अपनी-अपनी स्लेटें लेकर सामने मैदान में चले गए, रंगवाले ने रंग का दूसरा कोट करते हुए कहा, ''कैली! तुम अपने बहिन-भाइयों के लिए कितना नेम पालती हो? दोनों समय छोड़ने और लेने आती हो!''

''बहिन-भाई? कौन-से बहिन-भाई?'' कैली की आँखें जंगले के गहरे सब्ज़ रंग में डूब गईं, ''ये मेरे बहिन-भाई नहीं हैं।''

''ये तुम्हारे बहिन-भाई नहीं लगते?...फिर क्या लगते हैं?''

''यह मुझे स्वयं भी पता नहीं कि ये मेरे क्या लगते हैं।'' कैली ने आहिस्ता से कहा और फिर उसे ख़याल आया कि इसे मेरा नाम कैसे मालूम हो गया है, मैंने तो इसे अपना नाम नहीं बताया था। कहने लगी, ''तुमने ज्योतिष कहाँ से सीखी थी?''

''ज्योतिष?''

''तुमने मेरा नाम कैसे जान लिया?''

''जाना नहीं कैली, पढ़ा है।''

''कहाँ से पढ़ा?''

''तुम्हारी बाँह पर से—यह सामने तेरी बाँह पर तो तेरा नाम खुदा हुआ है।''

''मेरी बाँह पर!'' कैली हँस पड़ी और कहने लगी, ''मेरे माथे पर...'' एक बारगी कैली की ज़बान रुक गई, और अगली बात केवल एक मैल बनकर उसकी ज़बान पर जम गई। ''मेरे माथे पर मेरे लेख भी खुदे हुए हैं, पर ये तुम्हारे से पढ़े नहीं जाएँगे।''

रंगवाले के हाथ से रंग की कूची छूट गई और नीचे मिट्टी में गिर गई। उसने केवल इतना कहा, ''तूने बचपन में अपनी बाँह पर अपना नाम खुदवाया होगा।''

''छुटपन में एक बार मैं अपने बापू के साथ मेले गई थी—ननकाने के मेले—वहाँ मेरे बापू ने मेरी बाँह पर मेरा नाम खुदवा दिया था, शायद इसलिए कि यदि मैं मेले में कहीं खो जाऊँ, तो कोई मेरी बाँह पर से मेरा नाम पढ़कर ऊँची-

ऊँची आवाज़ें दे और मेरा बापू मुझे झट ढूँढ़ ले...''

रंगवाले ने रंग की कूची को मिट्टी में से निकाला और मिट्टी के तेल में डुबोता कहने लगा, ''अजीब बात है! मैं भी एक बार छुटपन में माँ के साथ ननकाने गया था—ननकाने के मेले। वहाँ मेरी माँ ने मेरी बाँह पर मेरा नाम खुदवाया था।'' रंगवाले ने अपनी दाईं बाँह आगे की। कैली ने पढ़ा, लिखा था—'दीपक'।

दोनों ने एक-दूसरे की बाँहों पर से एक-दूसरे का नाम इस तरह पढ़ा, जाने यह दुनिया ननकाने का मेला थी, दोनों इस मेले में खोए हुए थे और आज दोनों ने एक-दूसरे को तलाश लिया था।

यह दिन, यह घड़ी, यह पल कैली को ऐसे महसूस हुआ, जाने इस मेले में लगा हुआ एक हिंडोला था, जिसमें कैली ने अपनी सारी आयु को बैठाकर एक हिलोरा दे दिया था। और वह इस दिन की, इस घड़ी की, इस पल की देनदार थी। अगले दिन, अगली घड़ी, अगले पल उसने इस हिंडोले में से उतर जाना था, इस मेले में से चले जाना था, इस बात का कैली को गम नहीं था। उसने मेला मना लिया था। लेखों वाली बात चाहे कैली की ज़बान पर, ज़बान की मैल की तरह जमी हुई थी, तो भी कैली को इस तरह लगा कि उसने इस मेले की मिठाई चखकर देख ली थी। उसने मेला मना लिया था।

आठ

दोपहर को जब स्कूल की छुट्टी के समय कैली बच्चों को लेने के लिए स्टेशन पर गई, वर्षा होने ले गई।

दीपक स्टेशन-मास्टर के कमरे में से बाहर आया और भीग रही कैली को कमरे में ले गया।

''कैली, बैठ जाओ कुर्सी पर। जितनी देर वर्षा नहीं थमती, बच्चे नहीं आ सकते।'' दीपक ने कहा और कैली एक कुर्सी पर बैठ गई।

''अच्छा दीपक, तुम इस रंग से कुछ नाम भी लिख सकते हो?''

दीपक मुस्करा पड़ा, ''हाँ, जैसे नाम कहो!''

''मेरा मतलब है, तख्ते पर कुछ नाम...''

''कोई बोर्ड?''

''हाँ।''

''लिख दूँगा।''

''असल में बात यह है कि सुबह शाह ने कहा था...'' कैली ने कहा और सोचने लगी कि अब दीपक उससे पूछेगा कि यह शाह कौन है, और तेरा क्या लगता है और उसे अपने लेखों वाली बात सुनानी पड़ जाएगी। पर दीपक ने कुछ न पूछा, और कैली ने बात आगे चलाई, ''मुझे तो नहीं कहा था, उसने कहा तो अपने गुमाश्तों को था कि एक लकड़ी के तख़्ते पर वह किसी से उसका नाम लिखवा दे। यह तख़्ता उसने अपने घर के आगे लगाना है।''

''तुम जो कुछ कहोगी मैं लिख दूँगा कैली!'' और आगे दीपक ने हँसकर कहा, ''कहो तो तुम्हारी तस्वीर भी बना दूँ।''

''तस्वीर भी? तुम इस रंग से क्या-क्या बना लेते हो?''

''असल में यह मेरी लाइन तो नहीं कैली—न रंग करना, न नाम लिखना, न तस्वीरें बनाना; वैसे मैं थोड़े-थोड़े ये सारे काम कर लेता हूँ...''

''क्या कहने लगे थे?''

''मैं लाहौर में नक्शानवीसी का काम सीखता हूँ। गाँव में मेरी माँ बीमार थी, छुट्टियाँ लेकर माँ को देखने आया था। माँ ठीक हो गई, छुट्टियाँ अभी रहती थीं, और मुझे कुछ पैसों की ज़रूरत थी। स्टेशनों के जंगलों का रंग करने का थोड़ा-सा काम मिल गया, वह मैंने कर लिया।''

कैली ने हैरान होकर दीपक की ओर देखा, और फिर पूछा, 'नक्शानवीसी का काम क्या होता है?'

''घरों और इमारतों के नक्शे बनाना...मैं बड़े गरीब घर का हूँ कैली! मेरी माँ ने बड़ी कठिनाई से मुझे दसवीं तक पढ़ाया था, और...''

''इस काम में बड़ा खर्च आता है?''

''मेरा उस्ताद मेरे से कुछ नहीं लेता, पर रोटी तो खानी ही पड़ती है। मैं छुट्टियों में कोई छोटा-मोटा काम ढूँढ़ लेता हूँ।''

वर्षा थम गई। कैली ने खिड़की में से बाहर देखा, सामने बच्चे भागते हुए आ रहे थे। कैली कुर्सी पर से उठ बैठी और दीपक को पूछने लगी, ''फिर कल यदि तुम्हें कुछ समय मिले...''

''कल सुबह की गाड़ी से मैं यहाँ से चला जाऊँगा कैली! तुम चाहो तो मैं अभी तुम्हारे साथ चलकर...''

कैली बच्चों को उँगली लगाकर जब वापस आई, दीपक भी उसके साथ था। कैली ने छोटी लड़की के हाथ शाह को बैठक में कहला भेजा कि वह लकड़ी के तख़्ते पर जो नाम लिखवाना चाहता है, लिखवा ले।

शाह ने बैठक में से बाहर आकर दीपक की ओर देखा और कहा, ''ऐसे ही थोड़े-से नाम हैं—कितने पैसे लगेंगे?''

दीपक हँस दिया, केवल इतना कहा, ''अच्छा यह बताओ, लिखना क्या

है?''

''लिखने तो केवल दो अक्षर ही हैं—'लखेशाह वल्द कौडेशाह।' '' शाह के सिर के छिदरे बाल और छिदरे पड़ गए।

दीपक ने रंगों का डिब्बा निकाला, ब्रुश निकाले और फिर आस-पास देखकर एकान्त स्थान ढूँढ़ने लगा।

''इन ससुरे पैसों की बात तय कर लो तो अच्छा है—पीछे कोई झगड़ा...'' शाह की जटिल भवें और गहरी हो गईं।

''झगड़ा नहीं होता।'' दीपक ने केवल इतना कहा और लकड़ी के तख्ते पर पैन्सिल से लिखने लगा—'लखेशाह वल्द कौडेशाह'।

अक्षरों में जब दीपक रंग भर रहा था, कैली एक बार उसके पास से गुज़री, कहने लगी, ''क्या लिखा है?'' और कैली ने झुककर तख्ते की ओर देखा।

''लखेशाह वल्द कौडेशाह।'' और दीपक ने तख्ते को सीधा करके कैली को दिखाया।

''यदि मैं तेरी जगह होती, तो पता है क्या लिखती?'' कैली ने तनकर कहा।

''क्या?'' दीपक ने हैरान होकर पूछा।

''धेला वल्द पैसा!'' कैली ने कहा और जल्दी से दीपक के पास से चली गई।

दीपक के हाथ से ब्रुश गिर गया और वह कितनी ही देर कैली की तनी हुई पीठ की ओर देखता रहा...

नौ

रेल की लाइनों को पार करके दोनों बच्चे जब अपने-अपने रास्ते पर चले गए, कैली ने नज़र भरके दीपक को देखा और कहा—

''डरती थी, शायद तुम प्रभात की किसी गाड़ी में न चले गए हो!''

''तुम्हें मिले बिना? यह तुमने कैसे सोच लिया कैली?''

दीपक की आवाज़ को कैली ने ठंडे पानी के घूँट की तरह पीया, पर उसकी प्यास न उतरी, उसने इस पानी के और घूँट भरने के लिए कहा—

''यदि आज रविवार होता? स्कूल में छुट्टी होती, और मैंने यहाँ आना ही न होता? फिर... ?''

''फिर रविवार ने आकर कोई बैठे थोड़े ही रहना था! आता, चला जाता, फिर सोमवार आ जाता। स्कूल खुल जाते, तुम यहाँ आ जातीं।''

''सच!'' कैली ने दीपक की आवाज़ में भीगकर कहा।

दीपक ने जंगले के एक किनारे को अपनी मुट्ठी में पकड़ा हुआ था। उसने मुट्ठी को और भींचते हुए जंगले को ज़ोर से हिलाकर देखा।

''यह क्या कर रहे हो?''

''एक बात देख रहा हूँ।''

''क्या?''

''कि यदि यह लोहे का जंगला मुझे तोड़ना पड़ जाए, तो क्या यह मेरे से टूटेगा या नहीं!''

''यह जंगला?''

''जंगले रक्षा भी करते हैं और कैद भी करते हैं। जब ये रक्षा करते हैं तो इनकी खैरियत माँगी जाती है; पर जब ये कैद कर दें तो इन्हें तोड़ना पड़ता है।''

''दीपक?''

''तेरे और मेरे बीच समाज ने एक जंगला लगाया हुआ है।''

कैली के होंठों पर पता नहीं क्या आया! जो कुछ आया, उसका शब्द कोई न बन सका, वह केवल होंठों का कम्पन बन गया।

''डरो मत कैली! जब तक कोई भी जंगला तेरी रक्षा करता है, मैं उसकी खैरियत चाहूँगा।''

कैली की आँखों में आँसू भर आए, पर होंठों पर एक मुस्कुराहट आ गई। मुस्कुराहट जैसे रो रही थी और आँसू जैसे हँस रहे थे।

''कभी फिर भी इस राह से गुज़रोगे?''

दीपक कुछ कहने लगा था, फिर चुप कर गया।

''क्या कहने लगे थे?''

''कहने तो बहुत कुछ लगा था, पर अभी केवल इतना ही कहता हूँ कि तुम जब भी चाहोगी, मैं इस राह से गुज़रूँगा।''

''एक मेरी छोटी-सी बात मानोगे?'' कैली ने तनिक ठहरकर कहा।

''जो भी कहो...''

कैली ने दुपट्टे के किनारे से बाँधा हुआ एक सोने का कंगन निकाला, और दीपक को देती हुई कहने लगी, ''यदि इसे बेचकर तुम्हारे थोड़े-से दिन भी आसान हो जाएँ...''

''कैली!'' दीपक ने चौंककर कहा।

''यह शाह के घर का नहीं, यह मेरी माँ के घर का है।''

''कैली! मेरे पास खाने के लिए रोटी चाहे पूरी न हो, पर मेरे पास...''

''मुझे पता है कि तुम्हारे पास क्या है।''

''फिर मेरे 'क्या' को पूरा रहने दो।''

"जब तुम्हारी माँ ने घर की कोई चीज़ बेचकर तुम्हें पैसे दिए होंगे, तुम्हें कभी ऐसा ख़याल नहीं आया!...यदि तेरी कोई बहिन होती और वह किसी कठिनाई के समय इस तरह करती...या तुम्हारी पत्नी...मुझे पता है कि मैं तुम्हारी कुछ नहीं..."

"यह बात नहीं कैली!"

"कोई प्रश्न तो बेगानों के साथ आता है ना!"

"अपने होने का यही सबूत है?"

"हाँ, यही।"

"अच्छा, फिर यह सबूत ले लो!..." और दीपक ने काँपते हाथों से वह कंगन पकड़ लिया...

दस

एक दिन कैली जब बच्चों को लाइन पार करा स्कूल की ओर भेज चुकी, और स्वयं पीछे मुड़ने लगी तो फाटक बन्द हो गया, और गाड़ी के आने का सिगनल हो गया। कैली पहले कुछ मिनट फाटक के पास ही खड़ी रही, फिर वहाँ दो बैलगाड़ियाँ आकर खड़ी हो गईं, तीन साइकिल वाले भी आ खड़े हुए, एक रेहड़ीवाला भी आ गया—और कैली इस भीड़ से उकताकर दूसरी ओर जंगले के साथ-साथ चलने लगी...

चलती-चलती कैली के पैर थम गए, क्योंकि बायें हाथ का लगा हुआ जंगला समाप्त हो गया था। कैली ने पीछे स्टेशन की ओर देखा। पीछे की ओर से अब गाड़ी की आवाज़ आने लग गई थी।

कैली ने पीछे की ओर जाने से पहले एक बार गहरी नज़र से उस ओर देखा, जिस ओर गाड़ी ने जाना था—वह वही दिशा थी, जिस ओर दीपक गया था, और किसी इसी तरह की गाड़ी में गया था। कैली का एक हल्का-सा उच्छ्वास निकल गया।

दूर पार जा रही गाड़ी की लाइन को देखती-देखती कैली चौंक पड़ी। लाइन के ऊपर एक काली-सी गठरी की तरह कुछ पड़ा था। पीछे की ओर से आ रही गाड़ी की आवाज़ जाने सारी-की-सारी कैली के कानों में भर गई हो...

काँपते पैरों से कैली उस गठरी की ओर भागी। अब उस गठरी में से निकली हुई किसी आदमी की टाँगें साफ़ दिखाई देने लगी थीं। कैली भाग रही थी, परन्तु उसकी टाँगों का ज़ोर इतना भागने में नहीं लग रहा था जितना काँपने में। कैली

ने घबराकर आ रही गाड़ी की ओर देखा, उसे और कुछ नहीं केवल एक काला-सा पहाड़ दिखाई दिया—गाड़ी का इंजन एक पहाड़-सा ऊँचा दिखाई दे रहा था और जो अभी-अभी उस पर गिरने ही वाला था। कैली को बस इतना ही पता लगा कि वह भागती-हाँफती उस गठरी पर गिर गई, और फिर उसके कानों में गाड़ी की आवाज़ इतनी भर गई कि उसे होश नहीं रहा।

कैली को जब होश आया तो उसने देखा, काला कम्बल लपेटे एक व्यक्ति उसके सिर की ओर बैठा हुआ था और उसके सिर को और कंधों को दबा रहा था।

''गाड़ी!''

''गाड़ी निकल गई है।'' कम्बल लपेटकर बैठे व्यक्ति ने कहा।

''और मैं गाड़ी के नीचे नहीं आई?'' कैली के मुँह से निकला।

कम्बल वाले की हँसी निकल गई और वह कहने लगा, ''यदि तुम गाड़ी के नीचे आ जातीं तो फिर अब बातें कैसे करतीं?''

''पर मैं तो लाइन पर गिर पड़ी थी और मैंने स्वयं देखा था कि गाड़ी का इंजन मेरे सिर पर चढ़ रहा था!''

''तुम मुझे बचाने के लिए आई थीं ना?''

''आई तो थी, फिर पता नहीं क्या हुआ!''

''तुम घबराकर बेहोश हो गई थीं, पर मैं होश में था। तुम्हें बचाने के लिए मुझे भी बचना पड़ा। मैंने तुम्हें घसीटकर जब लाइन से हटाया, गाड़ी की चीखें मेरे सिर से टकराईं। और हम दोनों लुढ़कते-लुढ़कते एक ओर की चट्टान पर गिर गए...''

''तुम गाड़ी के नीचे आकर मरना चाहते थे?''

''हाँ, बहिन कैली! जीना चाहता था, जी नहीं सका; मरना चाहता था, मर नहीं सका!''

कैली ने चौंककर उस आदमी की ओर देखा और फिर पहचानकर कहा, ''कौन? बख्शा?''

''हाँ, कैली! तुम्हारी सहेली ने मुझे जीने नहीं दिया, और तुमने मुझे मरने नहीं दिया...''

कैली के शरीर पर इतनी कंकरों-पत्थरों की चोट नहीं लगी थी जितनी घबराहट की। अब जब उसने देखा कि गाड़ी के नीचे आकर मरने वाला बच गया था—और वह भी बख्शा, तो एक हिम्मत कैली के अंगों में लौट आई। वह धीरे-धीरे उठी, कपड़े झाड़े, कोहनियों और घुटनों पर आई हुई रगड़ को देखा, और फिर हँसकर बख्शे को पूछने लगी, ''जीने के लिए तुम्हें मितरो का गाँव मिला, और मरने के लिए मेरा गाँव?''

''पर दोनों ही गलत मिले!'' बख्शा हँस दिया, ''उसके गाँव ने जीने नहीं दिया, और तेरे गाँव ने मरने नहीं दिया!''

''अच्छा भाई, तुम्हें एक बात कहूँ?''

''कहो कैली! जो मर्ज़ी में हो कहो। मैं तो जाने आज से अपने दिन समाप्त कर बैठा था; अब तो मैं जितने भी दिन जीऊँगा वह सब तेरे ही दिए हुए होंगे।''

''और मैं कुछ नहीं कहती बख्शे! बस इतना ही कि यदि कभी तुझे फिर ऐसा विचार आ जाए तो इतनी बात सोच लेना कि इस दुनिया में एक तुम्हारी बहिन भी है, और उसे तुम्हारी ज़रूरत है!''

''मैं तुम्हारे हुक्म का बँधा रहूँगा कैली!''

''भाई हुक्म के बँधे नहीं होते, वे ममता के बँधे होते हैं!...''

कैली की आँखें भर आईं और उसने मन में पहले मितरो को हज़ार गालियाँ निकालीं, जिसने बख्शे जैसे हीरा आदमी को न पहचाना—और फिर उसे मितरो पर तरस आ गया, जो बेचारी इस बख्शे जैसे हीरा आदमी से वंचित रह गई थी।

''यह लो अपना खत कैली!''

''मेरा खत?''

''माँ ने दिया था तेरे लिए। मैं तो इस गाँव में तुम्हें खत देने को ही उतरा था...फिर...''

''फिर यह तुम्हें क्या सूझी?''

''कुछ नहीं। गाँव से तो इसलिए चला था कि गाँव अब मुझे खाने को दौड़ता था। सोचा था, कहीं दूर चला जाऊँगा, शायद मन कुछ ठिकाने आ जाए। चलने लगा तो तुम्हारी माँ को पता लग गया। मुझे कहने लगी, जैसे भी हो रास्ते में उतरकर कैली को मिलते जाना, वह न मुझे कोई खत लिखती है और न मिलने आती है। उसने तो शायद मेरे साथ खून का रिश्ता तोड़ लिया है। तुम कैली इस तरह क्यों कर रही हो?''

''मैंने क्या करना है भैया!'' कैली ने एक गहरी साँस ली और कहने लगी, ''वैसे माँ सच कहती है; मेरा रिश्ता सबके साथ टूट गया है।''

''पर मुझे तो अभी तुम कह रही थीं कि भाई स्नेह के बँधे हुए होते हैं!''

''तुम्हारी बात और है बख्शे!'' कैली चुप हो गई, फिर कहा, ''ये दुःखों के रिश्ते हैं!''

''मुझे नहीं पता था कि तुम मेरा दुःख इतना पहचानती हो। मैं तो सुबह जैसे ही गाड़ी से उतरा, तुम्हें मिलने के लिए उतरा था; फिर ऐसा लगा जैसे तुम्हारे सामने नहीं हुआ जाएगा। दो बार तुम्हारे घर की ओर गया, फिर स्टेशन की ओर वापस आ गया। तुम्हारे चेहरे की याद करते ही मुझे मितरो का चेहरा

याद आ जाता था। बस, इस बात ने जाने नाखूनों से मेरे सारे घाव छील दिए। सोचा था, दिन गुज़रने पर मितरो को भूल जाऊँगा; पर आज ऐसा महसूस हुआ है जैसे मेरे मन में गहरे छेद हो गए हैं। मैंने सोचा, जिस दुनिया में मितरो ने दगा दे दिया, उस दुनिया में रहना नहीं है...''

''मरना हो तो कोई उनके लिए मरे जो मन के महरम हों! जिन्होंने मन को पहचाना ही नहीं, उनके लिए क्या मरना!'' बात को दूसरी ओर डालने के लिए कैली ने कहा, ''आगे कौन-से शहर जाओगे?''

''किसी भी शहर...''

''किसी भी शहर...गाँव में रहना है तो यहीं पर रह जाओ—इसी गाँव में। कभी मेरी खबर-खैरियत ही लिया करोगे!''

बख्शे ने तनिक हैरान कैली की ओर देखा। कैली ने कहा, ''कभी बहिन-भाई मिल बैठेंगे। कोई मन की बताया करेंगे, कोई मन की पूछा करेंगे।''

''अच्छा कैली! मैं तो आगे ही कह चुका हूँ कि मैं तेरे हुक्म का बँधा हुआ हूँ।''

''हुक्म का बँधा नहीं, ममता का...!'' कैली ने फिर पहले की तरह बख्शे का फिकरा ठीक किया और साथ ही अपने सिर का कपड़ा ठीक करती बख्शे को साथ लेकर घर की ओर चल पड़ी।

''तुम्हारी कोई गठरी-वठरी?'' थोड़ा-सा रास्ता चलकर कैली ने पूछा।

''यह तो मैं भूल ही गया। एक सन्दूकची थी मेरे पास, मैंने उस ओर जंगले के पास रखी थी। तुम यहाँ खड़ी रहो या आहिस्ता-आहिस्ता चलो, मैं अभी ले आता हूँ।'' बख्शा जल्दी-जल्दी कदम उठाता पीछे की ओर चला गया और थोड़े-से मिनटों में एक गठरी और एक सन्दूकची उठाए कैली को आ मिला।

ग्यारह

''कैसी खराब लकड़ियाँ हैं!'' कैली ने खीझकर चूल्हे में लगी हुई दोनों लकड़ियों से अंगारों को झाड़ा। तड़-तड़ करती चिंगारियाँ उड़ीं और चूल्हे पर पड़ी हुई दाल में पड़ गईं। दाल के पीले उबाल में तीन चिंगारियाँ बुझकर काले रंग की कंकर बन गईं। कैली ने कड़छी में तीनों कंकर निकाले और फिर दाल के बर्तन को ढँक दिया।

चिंगारियाँ फिर उड़ीं और इस बार कैली की टाँग पर आ पड़ीं। कैली ने जल्दी से सलवार को झाड़ा, पर एक चिंगारी कुछ मोटी थी, वह कपड़े से चिपट

गई, और जब कैली ने हाथ से उस चिंगारी को झाड़ा, उसके घुटने में उसका सेंक चला गया था; और घुटने को मलती कैली ने देखा कि उसकी सलवार उस जगह से जल गई थी।

पतीले पर ढक्कन रखने से दाल ने ज़ोर से उबाल खाया। आग में से उठती 'शूं-शूं' से कैली की नींद खुल गई और उसने हैरान होकर देखा कि वह चौके में बैठकर दाल नहीं पका रही थी, वह तो अपनी चारपाई पर सोई पड़ी थी और यह समय शायद आधी रात का था...

'यह भला क्या सपना है!' कैली ने चारपाई पर करवट लेते हुए सोचा, और फिर हाथ से अपने घुटने को मला, जैसे सपने में पड़ी हुई आग की चिंगारी से उसके घुटने में अब भी कुछ जलन हो रही थी।

फिर कैली को यह महसूस हुआ कि पास से ही कहीं बहुत-से आदमियों की बातचीत की आवाज़ आ रही थी। कैली ने कान लगाए—वह सचमुच आ रही थी, और जो एक शब्द उसे कई बार सुनाई दिया, वह था—''आग!...आग!...''

कैली चारपाई पर से उठी, और दुपट्टा सिर पर रखती हुई उस दिशा की ओर जाने लगी, जिस दिशा से लोगों की आवाज़ आ रही थी। यह आवाज़ शाह की बाहर की बैठक में से आ रही थी...

जैसे ही कैली कमरे से बाहर आई, उसकी नज़र सामने मैदान को पार करती, मैदान के दूसरे किनारे पर गई जहाँ शाह का गोदाम बना हुआ था। उस गोदाम में से काला धुआँ निकल रहा था। आग के शोले दिखाई दे रहे थे, पर शोलों से अधिक धुआँ उठ रहा था।

लोग बैठक के अन्दर नहीं बैठे हुए थे, बैठक के आगे खड़े थे और कैली ने देखा, लखेशाह अपने एक नौकर के कंधे पर हाथ रखकर उसके साथ आहिस्ता-आहिस्ता बात करता इसी ओर आ रहा था।

कैली ने आगे होकर लखेशाह की ओर देखा और अनुमान लगाया कि इस नुकसान को सहन करना लखेशाह के लिए कितना कठिन था।

''तुम यहाँ क्या कर रही हो?'' लखेशाह ने उसे देखा और कहा।

''यह आग...'' और कैली ने फिर मैदान के उस ओर जल रहे गोदाम को देखा।

''ये ससुरी आग तो लगती ही रहती है! तुम सो जाओ अन्दर जाकर।'' लखेशाह ने जब यह कहा, कैली ने एक बार लखेशाह की ओर देखा और एक बार गोदाम में लगी आग की ओर। फिर पीछे की ओर कमरे में पड़ी हुई अपनी चारपाई की ओर आती हुई सोचने लगी, 'सपने में मेरे गले में पड़े हुए कपड़े जल रहे थे, और...और आग में ये कपास की गांठें। यह कैसी आग है, जो मेरे सपने में भी

लग गई और जागरण में भी... !'

और फिर अपनी चारपाई पर लेटते हुए कैली को ख़याल आया, 'यह शाह, जिसका दिल साबुन की टिकिया को खुरते देखकर डूबने लगा था, और जो एक कौड़ी के नुकसान के लिए बच्चों की चमड़ी उधेड़ देता है, आज किस हौसले से इसने नुकसान को सहन कर लिया! ''यह ससुरी आग'' कहकर बात छोड़ दी...' और फिर कैली की आँखों के आगे शाह की वे असामियाँ आने लगीं जो ब्याज की चक्की में पिसती, अपने बाल-बच्चों के नाम पर मिन्नतें करतीं कई बार घंटों उसकी दहलीज़ों में बैठी रहती थीं, पर शाह का दिल कभी नहीं पिघलता था और वह चक्की की मुट्ठी को ज़ोर से पकड़े उन्हें चक्की के दोनों पाटों में पीसता रहता था। 'आज...आज...' कैली सोचने लगी, 'आज तो ईश्वर की कोई और ही लीला दिखाई देती है!'

कैली ने सब सोचों को अपने कपड़ों पर से झाड़कर सो जाना चाहा, पर आज उसके मन की लकड़ी में से चिंगारियाँ-ही-चिंगारियाँ उठ रही थीं।

''सोई नहीं अभी?'' शाह की आवाज़ आई।

कैली ने चौंककर उसकी ओर देखा। शाह की हँसी निकल गई और उसने कैली की बाँह पकड़कर कैली को चारपाई पर से उठाते हुए कहा, ''यह ससुरी आग तो बीमे वालों के घर लगी है। यह कोई मेरे गोदाम में थोड़े ही लगी है!'' और शाह ने कैली की बाँह खेंचकर उसे अपने पलंग पर बैठाते हुए कहा, ''बीस हज़ार का बीमा है। बीस हज़ार कहने को होता है, बीस हज़ार?''

''पर एक ओर से रुपया मिला और एक ओर माल जल गया?''

''तुम भी बावरी हो, बिलकुल बावरी। यदि गोदाम में बीस हज़ार का माल होता तो फिर गोदाम को ससुरी आग काहे को लगती!''

''और यह आग...''

''यह ससुरा ईश्वर जब देने पर आता है तो छत फाड़कर भी देता है, तुमने यह बात सुनी है कि नहीं। बस यही समझ लो जैसी छत फटी वैसी आग लगी!...''

और फिर शाह ने एक हिलोर में आकर कैली के बदन से कपड़े उतारते हुए कहा, ''ये ससुरी कमीज़ें तुम इतनी तंग क्यों पहनती हो?''

कैली पलंग पर इस तरह गिर पड़ी, जाने शाह ने उसको धक्का देकर जलते गोदाम में फेंक दिया हो।

''आग लगने से पहले हमने बहुत-सा माल गोदाम में से निकाल लिया था। अन्दर तो ससुरी चार गाँठें थीं कपास की, और अन्दर क्या पड़ा था! तुम चिन्ता क्यों करती हो?'' फिर शाह के मुँह से एक बात राल की तरह टपक गई, ''बस ससुरी एक तीली ही लगानी थी!'' और कैली को लगा कि वह भी एक कपास की

गाँठ थी जो आज शाह के गोदाम में जल रही थी...

बारह

कैली जब शाह के बिस्तर से उठी, एक पहर रात अभी बाकी थी। कैली ने कपड़े डालते हुए कहा, ''बाहर के दरवाज़े की कुंडी बन्द कर लो, मैं गुरुद्वारे चली हूँ।''

''गुरुद्वारे!'' शाह ने कहा और उसे महसूस हुआ कि कैली सचमुच पागल थी। गोदामों को आग लगाकर बीमे वालों से रुपया वसूल करने को वह पाप समझ रही थी, और इस पाप के ख़याल से वह वहमी-सी हो गई थी। शाह बड़े ज़ोर से हँसने वाला था कि एक वहम उसके अपने मन में भी आ गया, 'लोग कहते हैं कि ये बीमे वाले भी ससुरे बड़े चालाक होते हैं। बाल की खाल उतारते हैं, और फिर कहीं जाके रुपये की अदायगी करते हैं।' शाह डर गया, 'वही समय शुभ होगा जब रुपया अपने घर आ जाएगा, अभी तो कहते हैं कि कई इन्स्पेक्टर-वैक्टर आएँगे!' और शाह ने रुकती आवाज़ से कैली को कहा, ''मैंने कहा, ससुरा कोई प्रसाद-व्रसाद मान आना गुरुद्वारे जाकर। वह रुपया सुख-शान्ति से अपने घर आ जाए...''

बाहर के दरवाज़े की ओर जाती कैली ने पीछे मुड़कर नहीं देखा।

मैदान के दूसरे किनारे पर गोदाम की आग अब धीमी पड़ गई थी, तब भी अभी धुआँ निकल रहा था। कैली ने एक नज़र उस धुएँ को इसलिए देखा कि वह अपने मन में उठ रहे धुएँ से उस धुएँ की कालिख की तुलना कर सके। तीखे-तीखे पग उठाती हुई कैली जब रेलवे लाइन के पास पहुँची, उसके पैरों ने ऐसे साँस ली, जाने एक लम्बा रास्ता तय करने के बाद वे अपनी मंज़िल पर पहुँच गए हों।

कैली ने झुककर अपने दोनों हाथों से रेलवे लाइन को छुआ और कैली को याद आया कि उसकी माँ जब उसे उँगली लगाकर कभी संक्रांति वाले दिन गुरुद्वारे जाया करती थी तो इसी तरह ही झुककर वह गुरुद्वारे की दहलीज़ों को छुआ करती थी और फिर अपने हाथों को माथे से लगाती वह दोनों हाथों से उन दहलीज़ों की मुट्ठियाँ भरने लग जाया करती थी—इस तरह जैसे कोई सामने साक्षात् खड़ा हो, और वे लकड़ी की दहलीज़ें न हों, किसी के पैर हों। कैली ने दोनों हाथ अपने माथे को लगाए और फिर दोनों हाथों से उस लोहे की लाइन की मुट्ठियाँ भरने लगी। आँखें भर आईं और वह सोचने लगी, जब किसी के मन में किसी के लिए श्रद्धा जाग उठती है तो कैसे एक स्थान उसका केन्द्र बन जाता है! और कैसे वहाँ कोई साक्षात् दिखाई देता है और कैसे लकड़ी, लोहे की वस्तुएँ किसी के पैर

महसूस होने लग पड़ती हैं!

बावरी हुई कैली ने अपना सिर रेल की लाइन पर इस तरह रख दिया जैसे कोई प्रार्थना में या सजदे में झुका हो।

कैली ने एक रोशनी प्रत्यक्ष अपनी आँखों के सामने देखी और उसे महसूस हुआ, आज कोई करामात हो गई थी। गहरे अंधेरों में एक क्षणिक रोशनी आई और फिर वह रोशनी अलोप हो गई। कैली ने इस रोशनी को कोई दैवी घटना समझा।

फिर कैली को महसूस हुआ जैसे कोई गुरुदेवता उसको कह रहा था, 'तेरी अर्ज़ मेरी दरगाह में कबूल हो गई, माँग, क्या माँगती है मुझसे?'

''कैली! कैली! क्या तुम होश में नहीं?'' बार-बार यह बात कैली के कानों में पड़ी और कैली ने आँखें उठाकर गहरे अंधेरों में देखा, उसकी आँखों के आगे दीपक था—साक्षात् दीपक!

''दीप! सचमुच दीप!''

''हाँ कैली, मैं दीप हूँ, सचमुच दीप हूँ; शुक्र है तुम होश में आ गई हो!''

''मैं होश में ही थी दीप!''

''तुम मरना चाहती थीं?''

''नहीं दीप; मैं मरना नहीं चाहती, मैं जीना चाहती हूँ।''

''फिर तुम यहाँ क्या कर रही थीं? तुम्हें पता है कि तुमने अपना सिर रेल की पटरी पर रखा हुआ था?''

''हाँ, मुझे पता है! पर यह तो...''

''चुप क्यों हो गईं कैली! मुझे बताओ!''

''तुम सुनकर हँसोगे।''

''मैं तो काँप रहा हूँ कैली! यह इतनी रात का समय...और इस समय तुमने अपना सिर रेल की लाइन पर रखा हुआ...यह कोई हँसी की बात है? मुझे सच-सच बताओ...''

''यह तो दीप, मुझे ऐसा लगा था जाने कोई गुरुद्वारा हो...!''

''यह रेल की लाइन है!''

''जाने गुरुद्वारे की दहलीज़ हो।''

''तुम बावली हो गई हो कैली!''

''नहीं दीप! जब कोई मन में किसी की पूजा करता है, कोई भी स्थान उसके लिए मन्दिर बन जाता है।''

दीपक ने अपने शरीर पर लपेटी हुई चादर उतारी और कैली के शरीर पर लपेटता हुआ कहने लगा, ''मुझे सच बताओ कैली! तुम इतनी रात के समय किस तरह आई हो?''

''मैं बड़ी घबराई हुई थी। मेरा मन ठिकाने नहीं आ रहा था, और मैंने सोचा कि मैं गुरुद्वारे जाऊँगी।''

''फिर ?''

''फिर यहाँ आकर मुझे लगा जाने मैं गुरुद्वारे आ गई हूँ। मेरा मन ठिकाने आ गया...''

दीपक ने सारी-की-सारी कैली को अपनी बाँहों में ले लिया और घबराकर कहा, ''यदि ऊपर से कोई गाड़ी आ जाती तो...''

''यह तो मुझे ख़याल ही नहीं आया...पर मैं तुम्हें एक बात बताऊँ ? मेरे साथ एक करामात हुई। एक क्षण-भर के लिए रोशनी हुई...''

''किस समय ?''

''जिस समय मैं आँखें बन्द करके तुम्हारी कल्पना कर रही थी।''

''फिर ?''

''फिर वह रोशनी अलोप हो गई। करामातें ऐसी ही होती हैं ना ?''

''वह तो मैंने जेब में से माचिस निकालकर एक तीली जलाई थी, देखने के लिए...''

''तुमने जलाई थी तीली ?''

''नहीं तो वैसे भला मैं तुम्हें अंधेरे में कैसे पहचानता ?''

''फिर भी यह तो करामात है! तुम आज कहाँ से आ गए ? वह भी इस समय...''

''मैं तो कल शाम का आया हूँ। मुझे खत लिखकर ठेकेदार ने बुलाया था, बिजली के खम्भों को और लोहे की सलाखों को एल्युमिनियम का पेंट करने के लिए...मैं प्रतीक्षा में था कि किस समय दिन निकलेगा और तुम बच्चों को स्कूल छोड़ने आओगी...और मुझे नींद नहीं आ रही थी। यह देखने के लिए कि अभी कितनी रात बाकी है, मैं बाहर निकला...''

''तब तो कुछ दिन यहाँ रहोगे ? तीन-चार दिन...''

''रहना तो था कैली, पर...''

''पर क्या ?''

''पर बात बनी नहीं, मैं कल वापस चला जाऊँगा।''

''मैं समझी नहीं ! किसके साथ बात नहीं बनी ? ठेकेदार के साथ ?''

''हाँ, ठेकेदार के साथ ही नहीं बनी।''

''क्यों ? वह तुम्हें पैसे पूरे नहीं देता ?''

''नहीं, पैसे तो पूरे देता है, परन्तु जिनका काम कर रहा है उनको काम पूरा नहीं देता।''

''पर उस बात से तुम्हारा क्या सम्बन्ध ?''

''मेरा उस बात से उतना ही सम्बन्ध है कैली, जितना एक श्रमिक का श्रम के साथ होता है। श्रम बड़ी सुच्ची वस्तु होती है और एक सच्चे श्रमिक से श्रम में मिलावट नहीं की जा सकती। यह ठेकेदार...हमारे व्यवसाय में अपने काम के साथ सच्चा रहने के लिए आठ उसूल माने जाते हैं। इन उसूलों को हम आठ 'लैम्प' कहते हैं—आठ प्रकाश; और इनमें एक 'लैम्प' होता है—'लैम्प ऑफ़ ट्रुथ'—सच्चाई का लैम्प। मेरे से तो मिलावट वाले रंग में कूची ही नहीं डाली जाती...''

कैली के टप-टप आँसू दीपक के हाथों पर गिर पड़े। दीपक ने चौंककर चादर के किनारे से कैली के आँसू पोंछे और पूछा, ''तुम रो क्यों रही हो कैली?''

कैली ने दीपक का हाथ पकड़ा और माथे से लगा लिया। फिर आहिस्ता से कहने लगी, ''तेरा आज का मेल इस तरह है, जैसे मुझे गुरु के घर प्रसाद मिला हो।''

''तब तो मैं जो मन में ठेकेदार के साथ नाराज़ हो रहा था कि उसने मेरा खामखा भाड़ा ज़ाया किया, उसे माफ़ किए देता हूँ!...'' दीपक हँस पड़ा और फिर कहने लगा, ''हम यहाँ बैठकर बातें कर रहे हैं, कोई हर्ज तो नहीं यहाँ? रात अब बहुत बाकी नहीं।''

''यहाँ मेरा एक गाँव भाई है, बख्शा! लाइन के पार थोड़ी-सी दूरी पर उसका कमरा है, चलो उसके पास चलें। मैं थोड़ी देर तुम्हारे पास बैठूँगी। बस मैंने इतना ही देखना था कि इस दुनिया में सच भी कहीं होता है...''

और आहिस्ता-आहिस्ता चलती कैली दीपक को आज शाह के गोदाम में लगने वाली आग का हाल सुनाती गई। दीपक ने एक बार कैली की ओर देखा, फिर उसका माथा चूम लिया, कहा—''सच तो तू स्वयं आप है कैली, तूने सच को और कहाँ ढूँढ़ने जाना है!''

''दरवाज़ा खोल बख्शे, मैं कैली हूँ।'' दरवाज़े को आहिस्ता-आहिस्ता खटखटाते हुए कैली ने कहा।

''बहिन कैली, इस समय! ख़ैरियत तो है?'' बख्शा चौंककर उठा और दरवाज़े की कुंडी खोलता हुआ बोला।

''देखता क्या है! गुरुद्वारे आई थी, ज़रा जल्दी आ गई।'' और कैली ने उसी तरह दीपक का हाथ पकड़े कमरे की दहलीज़ के अन्दर जाते हुए कहा, ''इसकी ओर क्या देख रहे हो! यह दीप है—गुरुद्वारे का प्रसाद!''

तेरह

बख्शे को जब दीपक ने यह बात सुनाई कि कैली रेल की लाइन पर सिर रखकर पड़ी थी, बख्शा काँप-काँप गया। उसे वही दिन बार-बार याद आया जब वह काले कम्बल को लपेट इसी लाइन पर गठरी की तरह सिमटकर पड़ा हुआ था और फिर काँपती-काँपती कैली उसको बाँहों में घसीटती स्वयं ही वहाँ गिर गई थी।

''तुम ऐसे ही घबरा रहे हो बख्शे! मैं कोई तुम्हारी तरह वहाँ मरने तो नहीं गई थी।'' कैली हँस दी।

''और वह कोई जीने की जगह है?''

''मरकर जीने की जगह।''

बख्शे ने चूल्हे में आग जलाई और पतीले में पानी डालकर चूल्हे पर रख दिया।

''तुम बैठ जाओ बख्शे, मैं चाय बनाती हूँ।''

टीन की एक डिब्बी में से बख्शे ने चीनी निकाली और कहने लगा, ''एक ही गिलास है; पहले दीपक को चाय डाल दे, फिर तू पी लेना।''

''और तू पतीले को ही मुँह लगा लेगा!'' कैली खिलखिलाकर हँस पड़ी।

''मैं तो आज अंजली से ही लूँगा। बहिन की बनाई हुई चाय मुझे कब-कब नसीब होगी!''

''तुम बड़े कीमती आदमी हो बख्शे!'' दीपक ने कहा।

''यदि वह भी मरी कभी इस आदमी का मूल्य जान लेती!'' कैली ने हँसते-हँसते बख्शे की ओर फिर देखा और दीपक को मितरो की बातें सुनाने लग गई।

कैली चाय में चीनी मिला रही थी, जब एकाएक बख्शे को कुछ याद आया और उसने जल्दी से उठकर चारपाई के नीचे पड़ी हुई एक छोटी-सी संदूकची खोली।

''यह तुम्हारी सहेली की एक निशानी मेरे पास पड़ी है।'' बख्शे ने संदूकची में से काँसे का एक कटोरा निकाला।

''वह हीर इसमें रांझे के लिए चूरी बनाकर लाई थी।'' कैली ने हँसते-हँसते कहा और कटोरे को धोने लगी।

''चूरी ही समझ लो; एक दिन इसमें वह खीर डालकर लाई थी—मेरे लिए।''

कैली ने गिलास में भी चाय डाली और कटोरे में भी, और फिर गिलास दीपक को पकड़ा दिया और कटोरा बख्शे को।

''गिलास मुझे दे दो, कटोरा तुम ले लो।'' बख्शे ने हाथ का कटोरा दीपक

की ओर बढ़ाया। पीतल के गिलास के आगे बख्शे को काँसे का कटोरा बड़ा चमकता हुआ लगा।

''जिन नज़रों से यह कीमती लगता है, वे नज़रें केवल तुम्हारे पास हैं।'' कैली हँस पड़ी और कहने लगी, ''खीर तो तूने इसमें चोरी-चोरी खा ली, आज मेरे सामने चाय पीयो। घड़ी-भर के लिए मैं यह समझ लूँगी कि वह भी मरी इस समय हमारे पास बैठी है।''

कैली ने रात की पड़ी एक जूठी कटोरी साफ़ की और कटोरी में से चाय का गर्म घूँट भरती कहने लगी, ''हाँ सच! शाह ने आती बार मुझे कहा था कि गुरुद्वारे कोई प्रसाद मान आना, ताकि बीमे का रुपया मिल जाए। अब तू बता बख्शे, मैं क्या मन्नत मानूँ?''

''मैं बताऊँ?'' बख्शा जल्दी से बोला।

''बताओ!'' कैली ने पूछा।

''तुम यह मन्नत मान लो कि शाह को बीमे का रुपया मिल जाए तो वह कैली को गुरुद्वारे चढ़ा जाएगा!'' बख्शा हँसने लगा।

कैली का मुँह चाय के घूँट जैसा गर्म हो गया और उसने दीपक की ओर इस तरह देखा जैसे वह इस मन्नत की इजाज़त माँग रही हो।

''इस मन्नत से पीछे न हटना कैली! शाह को रुपया ज़रूर मिल जाएगा!'' दीपक ने कहा।

छोटी-सी कोठरी की यह हँसी शायद आसमान को इस तरह महसूस हुई जाने सारी धरती की हँसी हो, और सूरज की किरणें धरती का मुँह देखने के लिए आसमान में से बाहर आ गईं।

चौदह

''अब जाती हूँ बख्शे! दिन काफ़ी निकल आया है।'' कैली ने एक बार दरवाज़े से बाहर देखा और कहा।

''तू थोड़ी देर बाद बच्चों को स्कूल छोड़ने के लिए आएगी? मैं वहीं हूँगा जंगले के पास, तेरी प्रतीक्षा करके गाड़ी पर चढ़ूँगा। चलो, दो मिनट ही सही।'' दीपक ने कहा।

''हाँ, सच बख्शे, मैं तुझे एक बात कहना भूल गई!'' कैली को कुछ याद आया और वह दीपक को जवाब देने की जगह कहने लगी, ''कहते हैं कोई शोर-शराबा होने वाला है! शाह अपने बच्चों को ननिहाल भेजने लगा है। मैं तो फिर

घर से बाहर नहीं निकल सकूँगी। तू ही दूसरे-चौथे मेरी खबर-सूरत लेते रहना।''

''मैं भी तुझे यह बात कहने वाला था। हिन्दुओं और मुसलमानों की आपस में बड़ी ठन गई है। और तुझे पता ही है कि इस ओर मुसलमानों का बड़ा ज़ोर है। तू अब समय-कुसमय बाहर न निकला कर।''

''मुझे क्या फ़र्क पड़ता है!''

''यह बात नहीं कैली! औरतों को लोग ज़बरदस्ती उठाकर ले जाते हैं।''

''मैं भी तो यही कहती हूँ कि मुझे क्या फ़र्क पड़ेगा। मैं तो पहले ही ज़बरदस्ती उठाई गई हूँ। और नया मेरे साथ क्या होगा!'' और कैली ने जो लम्बा साँस लिया, दीपक को लगा यह लम्बा साँस कैली की छाती में से निकलकर दीपक की छाती में आकर बैठ गया था।

बख्शे ने हँसकर कहा, ''मेरा मतलब यह है कि तू गुरुद्वारे जाने के लिए इस तरह रात-बेरात बाहर न आया करना। तुझे जब गुरुद्वारे की ज़रूरत होगी, मैं गुरुद्वारा यहीं ला दिया करूँगा।''

''अच्छा-अच्छा, मैं तो अब जाती हूँ। तू ही अकेले बैठकर अब सारी पाठ-पूजा कर ले, गुरुद्वारा तुम्हारे पास ही छोड़े जा रही हूँ!'' कैली ने हँसकर एक बार दोनों की ओर देखा और फिर चली गई।

दीपक उठकर कमरे के दरवाज़े में खड़ा हो गया और जब तक उसे कैली की पीठ दिखाई देती रही, वह दरवाज़े में खड़ा रहा।

बख्शे ने किस समय गले में कोट पहना और किस समय वह दीपक के पास से गुज़रकर बाहर की ओर चला गया और फिर अपने हाथ में काँच के दो गिलास पकड़े किस समय बाहर से वापस आ गया, दीपक को पता नहीं लगा। कैली जिस समय दिखने से हट गई, दीपक ने एक लम्बा साँस भरा और कमरे में मुड़कर देखा। बख्शा उस समय काँच के गिलास धोकर चारपाई पर रख रहा था और एक लोर में गा रहा था—

पैरां हेठ विछाई ज़मीन सारी
सिर ते गगन वाली चादर ताण लीती[1]

फिर बख्शे ने चारपाई के नीचे रखी हुई संदूकची में से शराब की बोतल निकाली और दोनों गिलासों में थोड़ी-थोड़ी डालता हुआ अगला मिसरा गाने लगा—

1. पैरों के नीचे हमने धरती बिछा ली
और सिर पर गगन की चादर तान ली!

तेरा मुँह वेखिआ मित्तरा ओए!
असां रब्ब दी ज़ात पहचान लीती[1]

दीपक की आँखों में पानी भर आया, "पता नहीं ये गीत किसने लिखे होंगे और पता नहीं किसका मुँह देखकर लिखे होंगे! लगता है, जाने तूने मितरो को देखकर लिखे हों या मैंने कैली को देखकर!"

"बस, यही समझ लो दोस्त!..."

"ये सचमुच तूने लिखे हैं?"

"लिखे काहे को हैं, अपने-आप ही जुड़ गए हैं।"

बख्शे ने शराब का गिलास जब दीपक के आगे किया, दीपक ने गिलास हाथ में पकड़ लिया और कहा, "आज मैं दो घूँट ले लेता हूँ। मैंने कभी शराब नहीं पी।"

"आज तो हम यार बनेंगे जैसे लोग पगड़ी बदल भाई बनते हैं! तू एक घूँट ही मुँह लगा ले, फिर मैं तेरा गिलास ले लूँगा। हम गिलास बदल लेंगे, एक घूँट मैं तेरे लिए उसमें छोड़ दूँगा।"

बख्शा झूम गया और गाने लगा—

सत्तां सागरां नू असां रिड़क लीता
धरती फोल लीती अंबर पुट्ट लीते!
दुनिया रह गई सखणे हत्थ मलदी
असां दर्द खज़ानड़े लुट्ट लीते![2]

"वाह दोस्त, वाह! ला, मुझे यारवाला हाथ दे!"

और जब बख्शे ने दीपक के हाथ में अपना हाथ दिया, दीपक ने कहा, "इस गाँव में जहाँ कैली बसती है, मेरी मुहब्बत की लाज बसती है, इसकी रक्षा करना; और जब भी कैली को मेरी ज़रूरत पड़े, मुझे उसी समय खबर देना।"

---

1. तेरा मुँह क्या देखा, मेरी प्रिये,
   हमने खुदा की ज़ात पहचान ली!
2. सातों सागरों को हमने मथ लिया,
   धरती छान मारी, अम्बर छान मारा,
   दुनिया खाली हाथ मलती रह गई,
   हमने दर्द के खज़ाने लूट लिए...

पन्द्रह

''मुझे तो कार्ड देखकर ही पता चल गया था कि खबर ससुरी अच्छी नहीं। यह देख, उसका एक किनारा फटा हुआ है!'' लखेशाह ने कुर्ती की जेब में से एक कार्ड निकाला। ''तेरे पिता का देहान्त हो गया है।''

कैली ने अपना सिर अपने घुटने पर रखा और नीचे ज़मीन की ओर देखने लगी।

''फिर अब क्या करना चाहिए?'' लखेशाह ने तनिक ठहरकर कहा।

कैली कुछ न बोली।

''तुझे यह पता ही है कि यहाँ ससुरा क्या मामला बना हुआ है। क्या पता वे बीमे वाले किस दिन आ जाएँ जाँच करने के लिए।''

कैली ने फिर भी कुछ न कहा, केवल एक बार सिर के दुपट्टे के साथ अपनी आँखें पोंछी।

''कार्ड भेजने के स्थान पर यदि तेरी माँ किसी आदमी को भेज देती तो अच्छा था, तू उसके साथ दो रातें वहाँ हो आती। अब मैं तेरे साथ किसे भेजूँ? सारे आदमी ससुरे यहाँ ही रहने चाहिए, गवाहियाँ भुगताने के लिए।'' और फिर लखेशाह को एक बात सूझ गई, ''वह जो बढ़ई का लड़का है तेरे गाँव का, वह दो दिन के लिए तेरे साथ चला जाएगा? वैसे तो बड़ा तुझे 'बहिन-बहिन' कहा करता है—मैं दो ससुरा भाड़ा दे दूँगा।''

कैली उसी तरह घुटने पर सिर रख ज़मीन की ओर देखती रही जैसे ज़मीन की मिट्टी में से मरे हुए बाप की मूरत ढूँढ़ रही हो।

''बच्चे तो ननिहाल गए ही गए हैं। ससुरी दो रोटियाँ हैं, महरी पका देगी। कहता-कहता लखेशाह बाहर की बैठक की ओर चला गया।

चूल्हे पर रखी हुई दाल में आहिस्ता-आहिस्ता पानी सूख गया और पतीले की छाती जलने लग गई, उसी तरह, जिस तरह आदमी की आँखों में पानी सूख जाए और फिर उसका दिल जलने लगता है।

कैली ऊपर-ऊपर की दाल को कलछी से दूसरे पतीले में डाल रही थी, जिस समय बख्शे ने बाहर की दहलीज़ों में खड़े होकर आवाज़ दी, ''कहाँ हो कैली?'' और फिर नीचे लगी हुई दाल की गंध ने ही शायद उसे बता दियाँ था कि कैली चौके में थी, वह चौके में आ गया।

''आओ बख्शे! मैं तेरी ओर ही चली थी। दोपहर की गाड़ी से तूने मेरे साथ गाँव चलना है।''

''मुझे बताया है बाहर शाह ने।''

"दो-चार दिन लग जाएँगे। तुझे कोई कपड़े-लत्ते की ज़रूरत होगी, ले आ जाकर।"

"वह मैं ले आता हूँ, पर तू यह बता कि तूने चाय का घूँट भी पीया है या नहीं?"

"चाय मैं पी लेती हूँ..."

"नहीं, तू मेरे सामने पी!"

"अच्छा बैठ जाओ मूढ़ा लेकर, मैं चाय बनाती हूँ।"

"देखो ना, खाए बिना तो आदमी की घड़ी नहीं गुज़रती..." बख्शा बड़े बुज़ुर्गों के अन्दाज़ में कहने लगा, "आखिर एक दिन तो बिछुड़ना ही होता है।"

"हाँ बख्शे!"

"तुम सच मानना, जब मितरो की डोली चली, मुझे ऐसा लगा अब मुझे सारी उम्र भूख नहीं लगेगी...और मैं तीन दिन तक इस चारपाई पर पड़ा रहा, जाने मैं कोई जीता-जागता इन्सान नहीं था, चारपाई का बाँस था..."

कैली को रुलाई जैसी हँसी आ गई और वह सोचने लगी, 'बख्शे बेचारे को सच ही लगा था! कई डोलियाँ भी ऐसी जाती हैं जैसे अर्थियाँ जाती हों;' और वह बख्शे को कहने लगी, "बापू तो बेचारा अपने समय पर ही गया है। साथ ही तुम जानते ही हो कि वह कितने ही वर्षों से खाट से जुड़ा बैठा था, गठिये से उसका अंग-अंग जुड़ा हुआ था। यह कोई जीना थोड़े ही था...वह तो दिन गिना करता था..." और फिर कैली ने एक लम्बा साँस लेकर कहा, "पर मितरो की बात और है, वह तो बेवक्त की मौत थी!"

बख्शे का मन प्यार से भर आया, 'यह कैली उसे कितना समझती थी! कोई किसी को इस तरह भी समझ सकता है?'

सोलह

माँ-बेटी जब एक-दूसरे के गले लग चुकीं और ज़ारोज़ार रो चुकीं, दिन काफ़ी ढल गया था। पड़ोसिनों और सम्बन्धिनों को एक औरत ने हाथ देकर उठाया, और फिर अपने घर जाकर टोकरी में कुछ रोटियाँ और एक कटोरे में कुछ सालन भर लाई और कहने लगी, "बस कर कैली की माँ! लड़की थकी हुई आई है, और साथ ही सुबह की भूखी होगी। एक-आध कौर खाकर उसे सोने दे।"

कैली ने हाथ-मुँह धोया, माँ को थाली में रोटी डालकर दी और फिर आप रोटी का कौर तोड़ती माँ को पूछने लगी, ''मुझे याद किया बापू ने?''

''पता नहीं कैली, क्यों एक वहम हो गया था उसे पिछले दिनों में।'' माँ ने पानी का घूँट भरते हुए कहा, ''सारा दिन कुछ नहीं कहता-बोलता था। जैसे ही सूरज डूब जाता था, वह मेरे साथ बातें करने लग जाता था। कहता था कि मैंने बड़ा पाप किया है। मेरी एकमात्र बेटी थी, उसके साथ भी मैंने क्या किया!''

''क्या?'' कैली के हाथ से कौर छूट गया।

''क्यों कैली, तेरा मन राज़ी नहीं वहाँ?''

''यह बात रहने दे माँ! मुझे यह बता, बापू क्या कहता था...''

''कहता था—जैसे ही बाहर अंधेरा हो जाता है, मेरी आत्मा में एक रोशनी आती है, और मैं उस रोशनी में क्या देखता हूँ कि मेरी बेटी रोती-ही-रोती है। मुझे जब भी उसका चेहरा दिखता है, बस रोती का ही दिखता है!''

कैली ने पानी के घूँट से गले के कौर को नीचे किया और पूछने लगी, ''फिर बापू ने मुझे बुला क्यों ना भेजा?''

''कहता था—लोग अपनी औलाद को ज़मीनें देते हैं, मकान देते हैं, कुएँ देते हैं। मेरा इस बीमारी ने कुछ नहीं छोड़ा। मैंने उसको कुछ न दिया। मेरे पास क्या था उसे देने के लिए! मेरे पास तो बस गठिये की बीमारी थी, और वही मैंने अपनी बेटी को दे दी।''

''गठिये की बीमारी?''

''पता नहीं क्या हुआ था तेरे बापू को, बड़ी अजीब बातें करता था। कहता था—यह जो विवाह होता है ना, ज़बरदस्ती का, यह भी गठिये की बीमारी होती है; शरीर के अंग जुड़ जाते हैं और आदमी का दिल भी।''

कैली की आँखों से आँसू गिरे और सामने पड़ी हुई सालन की कटोरी में मिल गए।

''बस, एक बात ही उसके सिर को चढ़ गई। कहता था—लोग मुझे काट-काटकर खाते थे कि तुम्हारे श्वासों का कोई भरोसा नहीं, तुम अपने सिर से बेटी का भार उतार दो। मैंने बेटी का भार उतार दिया—सारा भार उतार दिया अपने सिर से; और सारा-का-सारा भार बेटी के सिर पर रख दिया। मेरी बच्ची कितनी नाजुक थी!''

''किसी ने उसे मेरी ओर से कुछ कहा था माँ?'' कैली ने दुपट्टे के किनारे से अपना मुँह पोंछा और माँ को पूछा।

''कहा तो कुछ नहीं था, कहना क्या था!...'' माँ कितनी देर कैली की ओर देखती रही और फिर कहने लगी, ''वह तेरी सहेली थी ना मितरो...''

"हाँ।"

"वह राज़ी नहीं।"

"क्या हुआ है उसे?"

"कहते हैं कोई पकड़ हो गई है उसे।"

"पकड़ हो गई है!"

"परमात्मा की परमात्मा ही जाने—किसी से बोलती-चालती तो है नहीं, सारा दिन पत्थर की पत्थर पड़ी रहती है।"

"तुमने उसे देखा है?"

"लो, मैंने सौ बार देखा है उसे!"

"पर वह तो ससुराल में होगी ना?"

"ससुराल कहाँ! यहीं है माँ के पास। कभी-कभी ले भी जाते हैं वे। पर वहाँ जाकर तो उसकी हालत और बिगड़ जाती है। बेचारी अब तो पहचानी भी नहीं जाती, छाया-की-छाया रह गई है! कितनी हँसमुख होती थी!"

"पर तू मितरो की बात तो नहीं करने लगी थी, मैंने तो पूछा था कि बापू को मेरी ओर से किसी ने कुछ कहा था? यह मितरो की बात बीच में कहाँ से आ गई?"

"वही तो कहने लगी थी कि...मैंने आप तो कानों से सुना नहीं, पर मुझे शक पड़ता है...यह मितरो कभी-कभी आकर तेरे बापू के पास बैठी रहा करती थी। और जिस दिन मितरो आती थी, उस दिन तेरा बापू रात को बहुत ही बोला करता था। तुमने कुछ कहा था मितरो को?"

"मैंने? मैं भला मितरो को कब मिली थी?"

"मिली नहीं—मैंने कहा, शायद कोई खत-पत्र लिखा हो।"

"न, मैंने तो उसे कभी खत भी नहीं लिखा।"

"फिर क्या पता, तेरे बापू के कान में कौन फूँकें मारता था! जाने उसके अन्दर से ही उठती थीं...वहम हो गया था उसे..."

"पर मितरो को यह बनी क्या?" कैली ने साथ की चारपाई पर लेटी हुई माँ से पूछा।

"यह तो अन्तर्यामी ही जाने! अच्छा-भला हँसती-खेलती का विवाह हुआ... बस, दो फेरों में ही इस तरह हो गई जाने किसी ने नीबू निचोड़ लिया हो।"

"किसी हकीम को दिखाया होगा?"

"लो, क्या एक हकीम को दिखाया है! जहाँ कहीं भी किसी सयाने का पता चलता है, वहीं उसकी माँ भागी हुई जाती है। साथ के गाँव में कोई साधु उतरे हुए थे। लोग कहते थे, ये साधु बस एक ही चुटकी देते हैं और रोग जड़ों

से कट जाता है। मितरो पर किसी चीज़ का कोई असर ही नहीं हुआ। तावीज़ भी बनवाकर उसकी माँ ने गले में डलवाया है, कुछ नहीं बना।''

''पर मितरो क्या कहती है ?''

''वह तो बिलकुल जड़-की-जड़ है, मुँह से कुछ बोले तो ना!''

''पर तू तो कहती थी वह बापू की खबर लेने आया करती थी और उससे बातें भी किया करती थी ?''

''अरी, तेरे बापू से उसकी पता नहीं कौन-सी रग मिलती थी। साथ ही कितनी देर की बात है, उस समय फिर भी थोड़ा-बहुत किसी को पहचान लेती थी। अब तो...माँ ज़बरदस्ती दो-एक कौर उसे खिला देती है, नहीं तो बत्तीस पदार्थ उसके पास पड़े रहें, उसने क्या कोई हाथ लगाना है!''

''पर कुछ तो कहती होगी कभी ?''

''बताया तो है तुझे कि वह बोलती ही कुछ नहीं। उसकी तो आवाज़ ही जाने घरवालों को भूल गई है। सोए-सोए कभी बड़बड़ाने लगती है, वह भी कुछ समझ में नहीं आता...बस, यही कभी कहती है कि बुरादा बड़ा ही गीला है, मेरे से आग नहीं जलती...''

''बुरादा ?'' कैली ने चौंककर रज़ाई का किनारा हटाया और उठकर चारपाई पर बैठ गई।

''क्यों, क्या बात है ?'' माँ ने हैरान होकर पूछा।

''कुछ नहीं।'' कैली ने आहिस्ता से कहा और फिर चारपाई पर लेटते हुए उसने रज़ाई को कंधे तक कर लिया।

सत्रह

कल कैली को पहुँचाकर बख्शा जल्दी ही उठ गया था। उसने सोचा था कि बेटी को गले लगाकर जितनी देर माँ अपने मन का गुबार नहीं निकाल लेगी, उसका मन हलका नहीं होगा। इसलिए अपना वहाँ बैठना उसको ठीक नहीं लगा था। आज सुबह होते ही बख्शा थोड़े समय के लिए माँ के पास बैठने के लिए आ गया।

अचानक बाहर का दरवाज़ा हिला और आवाज़ आई, ''आ गई है, बेटी कैली!''

''तू है मासी ?'' कैली ने मितरो की माँ की आवाज़ पहचानी और फिर कहा, ''कल शाम को ही आई थी।''

फिर कैली ने देखा कि बख्शा पता नहीं किस समय उठकर चला गया था।

'बेचारा जिसका नाम सुनने के लिए तरसता है, उसी का नाम सुनने से डरता चला गया है!' कैली ने मन-ही-मन कहा और फिर मितरो की माँ को ठीक से बैठाती हुई कहने लगी—

"सच बता मासी! मितरो को हुआ क्या है? मुझे माँ ने बताया था रात को!..."

"उसे तो कोई दुनिया से न्यारा ही रोग लग गया है!"

"इस तरह क्यों कहती है मासी..." कैली ने जल्दी से कहा, "ठीक हो जाएगी मितरो। तू सुख माँग उसकी।"

"तेरे मुँह में घी-शक्कर बेटी!" मितरो की माँ ने बिलखकर कहा, "यदि मैं एक बार तुम दोनों को उसी तरह हँसते हुए देखूँ..."

"चल मन्नत मान जो माननी है...राज़ी हो जाएगी वह!" कैली ने अपनी आँखें पोंछकर हँसने की कोशिश की।

"जो तू मुँह से माँगे कैली!" माँ ने कैली की ओर इस तरह देखा जैसे कोई गुरु-पीर की दरगाह की ओर देखता है।

"फिर ज़बान की पक्की रहना मासी!" कैली के मन में पता नहीं क्या आया कि उसके मुँह से यह बात निकल गई। वैसे कैली आप भी सोच रही थी कि मैं कौन-सी अनहोनी को होनी बना लूँगी!

"अरी, मैं बलिहारी जाऊँ तेरे पर! तू एक बार कुछ कह तो अपनी ज़बान से!"

"अभी तो मैं कुछ नहीं माँगती, पर यदि मितरो ठीक हो गई तो फिर तेरी-मेरी बातें..."

"अच्छा बेटी, यह भी बात रही!" मितरो की माँ ने एक बार उल्लास से कहा, फिर निराश-सी कहने लगी, "पर तू एक बार देख तो सही उसे, पत्थर-की-पत्थर पड़ी है!"

"चल उठ, मुझे ले चल उसके पास!"

राह में मितरो की माँ कैली को बताने लगी, "कहते हैं, पहले मितरो के पति का कहीं और रिश्ता होने लगा था, सगाई की बातचीत हो चुकी थी। पर वह लड़की बारी के बुखार से मर गई थी। वैसे चाहे वह लड़के की क्या लगी, पर तो भी मुझे किसी ने वहम डाल दिया और मैंने एक तोले का 'सौत-मोहरा' बनाकर मितरो के गले में डाल दिया।"

"वह बेचारी तो एक दिन भी मितरो की सौत न बनी, फिर वह मरकर मितरो को कैसे चिपट गई?" कैली हँस दी।

"अरी, शायद मरते समय उसकी कोई वासना रह गई हो इस दुनिया में।" माँ ने बुझे हुए मन से कहा।

''वासना तो मासी जीते आदमी की होती है! हम लोग जीते आदमी की वासना तो देखते नहीं और मरे हुए की पूजते रहते हैं!'' कैली ने कहा और खामोश-सी हो गई।

अठारह

'कितना ही रोग लग जाए, पर आदमी तो वही आदमी रहता है!' कैली ने मितरो का चेहरा देखकर सोचा, 'पर मितरो की तो जून ही बदल गई है!'

''देख तो मितरो, कौन आया है!'' माँ ने मितरो के बिखरे हुए बालों पर हाथ फेरते हुए कहा।

''मासी, तू बाहर चली जा, मुझे बैठने दे अकेली को इसके पास।'' कैली ने मितरो के पास बैठते हुए कहा।

मितरो की माँ चली गई और दरवाज़ा बन्द करती हुई कहने लगी, ''मैं थोड़ा दूध लाती हूँ गर्म करके, सुबह का इसके मुँह में कुछ नहीं गया!''

''तूने मुझे पहचाना?'' कैली ने फिर मुँह नीचा कर लिया और मितरो के कान के पास होकर कहा।

मितरो ने अपनी विचलित आँखें कैली के चेहरे पर गाड़ दीं और फिर मितरो के होंठों में से एक आवाज़ इस तरह निकली जैसे एक कुएँ में से निकली हो, ''कैली!''

''यह तुमने क्या हाल कर लिया है अपना!''

मितरो के होंठ एक बार खुले और फिर बन्द हो गए।

दरवाज़े के पास खटका हुआ। कैली ने मुड़कर देखा, मितरो की माँ ने हाथों में दो कटोरे पकड़े हुए थे और वह कह रही थी, ''ले कैली! तेरे ही हाथ किस्मत वाले हों—''

दूध का कटोरा जब कैली ने मितरो के मुँह के पास किया, मितरो ने मुँह फेर लिया और दुखकर कहा, ''मेरे अन्दर कुछ नहीं जाता कैली!''

''मेरे हाथ से तो चला जाएगा!''

मितरो ने ज़िद से अपने दाँत बन्द कर लिए और कैली ने नरमी से कहा, ''देख, मासी क्या कह रही थी मुझे!...तू मेरे हाथों को किस्मत वाले बना दे और चुप करके यह दूध पी ले!''

''मैं बड़ी बदनसीब हूँ कैली!''

''तूने जो चाहा तुझे मिल गया—तू कैसे बदनसीब हुई मितरो!''

''बस यही तो बात है जिसके लिए ईश्वर भी मुझे नहीं बख्शता!...''

''अच्छा, मैं ईश्वर से कहूँगी कि वह तुझे बख्श दे!'' और कैली ने दूध का कटोरा फिर मितरो के पास किया।

''तू उसे कहेगी!...'' मितरो की आँखें फिर विचलित हो गईं।

''ज़रूर कहूँगी। पर एक बात है कि तू यह दूध पी ले और मेरे साथ इकरार कर कि तू रोज़ दूध पी लिया करेगी और रोटी भी खा लिया करेगी।''

''तू तो पगली है कैली!'' मितरो की आँखों में फिर एक टिकाव आ गया और वह कहने लगी, ''अब न मुझे ईश्वर बख्श सकता है और न दुनिया!''

''अच्छा, कोई न बख्शे, पर मैं बख्श दूँगी!'' और कैली ने फिर दूध का कटोरा ज़ोरी मितरो के मुँह से लगा दिया। इस बार मितरो ने दाँत बन्द नहीं किए और दूध पीने लग गई। वैसे तीन-चार घूँट पीकर वह इस तरह साँस लेती थी, जाने वह अपने सारे शरीर का ज़ोर लगा रही हो और बार-बार थक जाती हो।

खाली कटोरे को जब कैली ने खाट के नीचे रखा, तो मितरो ने ट्रंक पर पड़े हुए दूसरे कटोरे की ओर हाथ करके कहा, ''देख, तूने मुझे तो पिला दिया है, पर आप नहीं पीया।''

''तूने मुझे कहा ही नहीं था पीने के लिए, अब तूने कहा है, मैं पी लेती हूँ।'' कैली ने खाट पर बैठते और रज़ाई के किनारे को अपने पैरों पर करते हुए मितरो को कहा, ''अच्छा, अब बता, कौन-सी बात है जो तुझे न ईश्वर बख्श सकता है और न दुनिया?''

''मैंने एक बड़ा पाप किया है कैली!''

मितरो का मुँह सफ़ेद पड़ गया। कैली को डर लगा कि मितरो को बेहोशी आ जाएगी। उसने खाट के पाये के पास होते हुए खाट पर जगह बनाई और मितरो को हाथ का सहारा देकर लेटा दिया।

''मैंने सोचा था, अब तू मुझे कभी नहीं मिलेगी।''

''क्यों भला?''

''सारे ही मेरे साथ नाराज़ हो गए हैं ना, मैंने सोचा तू भी नाराज़ हो गई है!''

''मैं तो तेरे साथ बिलकुल नाराज़ नहीं, और दूसरा कौन है नाराज़? देख भला तेरी माँ का तेरे गम में क्या हाल हो गया है, वह बेचारी नाराज़ हो सकती है तेरे साथ?''

''नहीं, मैं उसकी बात नहीं करती।''

''वे चालीस चकवाले नाराज़ हैं तेरे साथ?''

''पता नहीं मुझे, शायद होंगे नाराज़; पर मैं उनकी बात नहीं करती।

उसकी...'' मितरो ने कहा और आँखें बन्द कर लीं।

''किसकी बात मितरो!'' कैली ने पूछा।

''तुझे पता नहीं लगता?''

''लगता है, पर तेरे मुँह से सुनना है।''

''अच्छा मेरे मुँह से सुन ले। मैं...बख्शे की बात करती हूँ।''

''तुझे किसने कहा है कि वह तेरे से नाराज़ हो गया है?''

''मेरा मन कहता है...और साथ ही उसका नाराज़ होना सच्चा है, मैंने बड़ा पाप किया है...मैंने उसकी अमानत बेच दी...''

''पर यह तुझे हुआ क्या मितरो? मैं तो सोचती थी कि तुझे कभी बख्शा भूले से भी याद नहीं आया होगा।''

''यही तो दुःख है कैली!...मैं कहा करती थी कि उसके पास तो अपने खाने के लिए रोटी नहीं, वह मुझे क्या खिलाएगा! और अब जब मैं रोटी खाती हूँ वह रोटी मुझे इस तरह लगती है जाने उसमें ज़हर पड़ा हो!'' थोड़ा रुककर मितरो ने फिर कहा, ''किसी का कोई दोष नहीं कैली, यह मेरा अपना दोष है। बस, एक बार तुमसे बातें करने को मेरा मन करता था, वे मैंने आज कर ली हैं। शायद इसीलिए मेरे प्राण अटके हुए थे...''

''बस, जी भर गया मेरा मुँह देखकर? और एक बार उसका मुँह नहीं देखना—मरने से पहले?'' कैली ने प्यार से मितरो के गाल पर चुटकी ली।

''जो मौत के बिस्तर पर पड़ा हो, उसके साथ मज़ाक नहीं करते कैली!''

''मर जाए जो मज़ाक करे!'' कैली ने हँसकर कहा और फिर थोड़ा ठहरकर कहने लगी; ''यदि तू कहे तो मैं तुझे अभी उसका मुँह दिखा दूँ।''

''झूठी जहान की!''

''और यदि मैं सच्ची बन जाऊँ तो मुझे क्या देगी?''

''तुझे अपनी जान दे दूँगी।''

''तू तो कहती है ना तूने अब जीना ही नहीं, और जान तूने ईश्वर को देनी है, फिर मुझे कौन-सी जान देगी?''

''और फिर मेरे पास क्या है तुझे देने के लिए!''

''और मैंने कुछ लेना ही नहीं। तूने जान कही है, मैंने जान ही लेनी है।''

''फिर तू ही तो मेरा ईश्वर हो जाएगी, तू मेरी जान ले लेना।''

''ईश्वर तो मरे हुए ही जान लेता है, यदि मुझे अपनी जान देनी है तो तुझे जीना पड़ेगा। पहले सोच ले यह बात!''

''पर जीना कोई अपने बस की बात होती है? और साथ ही अब मेरा जीने को जी नहीं करता।''

"बड़ी आई सयानी। यह मैं तुझे अभी बता देती हूँ कि यदि एक बार तूने उसका मुँह देख लिया तो फिर तेरा जीने का जी कर आएगा।"

"तूने कौन-से देव बस कर रखे हैं जो तू आँख बन्द करके उसे यहाँ मँगवा लेगी!"

"कोई पीर-फ़कीर ध्याऊँगी।"

"पीरों-फ़कीरों से कुछ नहीं होता कैली! माँ ने कोई जन्तर-मन्तर नहीं छोड़ा मेरे लिए।" मितरो ने निराश होकर कहा।

"पर एक जन्तर-मन्तर का बिचारी माँ को पता ही नहीं चला!..." कैली हँस पड़ी।

"तू पता नहीं कौन-से ख़यालों में है कैली! वह तो मेरे साथ नाराज़ होकर यह गाँव ही छोड़ गया है।"

"मैं तो उसे कहीं से ढूँढ़ ही लाऊँगी, पर एक बात बड़ी कठिन है..."

"क्या?"

"उसे मैं तेरे पास सारी उमर बाँधकर कैसे बैठाऊँगी!"

"मुझे उमर-भर की ज़रूरत नहीं कैली!...एक बार, बस एक बार मैं जीते जी उसे देख लूँ..."

कैली ने सँभलकर कहा, "पर एक बार देखने से क्या होगा मितरो! इन बेगाने हाथों से तू उससे क्या माँग सकती है?"

"और कुछ नहीं, माफ़ी तो माँग सकती हूँ।"

कैली सोच रही थी, 'सिल-की-सिल पड़ी हुई थी मितरो—चुप-की-चुप, पर कितनी भरी हुई थी अन्दर से! सच्ची थी वह, किसके साथ बोलती? यह बात तो न माँ ने सुननी थी और न वैद्य ने!'

"अच्छा, फिर ऐसा कर," कैली ने लाड़ से कहा, "उठ नहा-धो, कपड़े बदल, कुछ रंग तो फिरे तेरा!"

मितरो खाट की बाही को पकड़कर उठने का यत्न करने लगी, फिर कैली को कहने लगी, "तू मुझे झूठे लारे तो नहीं दे रही?"

"मैं तो तुझे झूठा लारा नहीं देती; पर तुझे जब कभी वह मिले, तू ज़रूर उसे कोई लारा दे देना, चाहे अगले जन्म का ही दे देना। वह बेचारा यह जन्म लारे में ही बिता लेगा।"

"तू उसकी बात तो ऐसे करती है जाने तूने उसके मन में बैठकर देखा हो! पगली, मर्द की ज़ात है, क्या पता अब तक बदल ही गया हो!"

कैली ने कमरे की कुंडी खोली और मितरो की माँ से पानी गर्म करवा मितरो को नहलाने लग गई। मितरो को नये कपड़े पहनाकर कैली ने कान में कहा, "कोई हार-श्रृंगार भी कर ले मरी कि इस तरह बुच्ची-बुट्टी ही बनी

रहेगी!''

''मुझे तो कोई अँगूठी-चूड़ी पूरी ही नहीं आती अब, और साथ ही मेरा मन नहीं करता किसी के घर की चीज़ें पहनने को!'' मितरो ने अपने गीले बालों को काँपते हाथों से निचोड़ा और फिर कहा, ''इन मुए जेवरों के लिए अपने-आप को बेच दिया। अब तो ये मुझे अंगारों की तरह लगते हैं!''

फिर मितरो ने गले में पड़े हुए काले धागे को टटोला और उसके बँधे हुए सोने के एक छोटे-से लटकन को पकड़कर कहने लगी, ''एक और पुण्य कमा कैली! माँ ने यह जो तौक मेरे गले में डाल दिया है, यह उतरवा दे मेरे गले से। मुझे बहुत बुरा लगता है।''

''यह क्या है मितरो?''

''मैं तो पागल हो ही गई थी, पर मेरी माँ मुझे राज़ी करती-करती पागल हो गई है। कहीं से सुन आई थी कि मेरी जगह पहले किसी और लड़की की बात चली थी...''

''हाँ, मुझे बताया था मासी ने। कहती थी—मैंने एक 'सौत-मोहरा' बनवाकर मितरो के गले में डाल दिया है।''

''यही है वह 'सौत-मोहरा'! वह बेचारी मासूम-सी लड़की होगी, अब उसका नाम लगाते हैं कि वह चुड़ैल बनकर मुझे चिपट गई!''

''पर इस पर क्या उसका नाम लिखा हुआ है?''

''नाम ही तो लिखा हुआ है। आ तुझे दिखाऊँ खोलकर।''

मोटे काले धागे में पिरोया हुआ वह सोने का लटकन एक छोटी-सी डिब्बी की तरह बना हुआ था जो कि हाथ से डिब्बी की तरह खुल भी जाता था। मितरो ने खोला। उसमें एक छोटा-सा कागज़ पड़ा हुआ था, जिस पर लिखा हुआ था—'केसरी'।

''बेचारी केसरी को खामखा चुड़ैल बना दिया है इन्होंने! यदि मैं इसे गले से उतारूँ तो माँ नाराज़ हो जाती है। पर इसे पहनने को मेरा मन नहीं करता!'' मितरो ने कहा।

''तू इस तरह कर फिर, इसमें से कागज़ निकालकर फेंक दे। मासी ने कौन-सा इसे खोलकर देखना है कभी! बाकी धागा-सा तो है, तू पहने रख गले में।'' कैली ने सलाह दी।

''आय हाय! मैं ऐसे ही इतने दिनों से परेशान हो रही हूँ।'' मितरो ने कहा और फिर उस डिब्बी-सी में फँसाए हुए कागज़ को नाखून से निकालने लगी।

''मुझे एक और बात सूझी है।'' कैली ने कहा और कमरे में से कुछ ढूँढ़ने लग पड़ी।

''क्या ढूँढ़ रही है?''

"मुझे एक मन्तर आता है बहुत अच्छा, मैं सोचती हूँ कि इसकी जगह वह लिखकर रख दूँ। बस, थोड़ा-सा कागज़ का टुकड़ा चाहिए और कोई पेन्सिल या कलम।"

"छोटे भाई का बस्ता पड़ा होगा यहाँ कहीं, उसकी कॉपी में से कागज़ फाड़ ले। कलम-दवात तो मैंने अभी देखी थी कहीं, पता नहीं कहाँ देखी थी! हाँ, सच, उस आले में पड़ी है, मैंने अभी कंघी उठाते समय देखी थी।"

कैली को जब कागज़-कलम मिल गई तो उसने परे कोने में जाकर उस पर कुछ लिखा और फिर आस-पास का कागज़ फाड़कर उसे इतना छोटा कर दिया कि वह सोने की डिब्बी में पूरा आ जाए।

"यह मैं रख दूँ उसके बीच?" कैली ने मितरो के गले में पड़े हुए लटकन को पकड़कर पूछा।

"यह ले रख दे।" मितरो ने और आगे होकर कहा।

"पढ़ना है एक बार?"

"मैंने क्या पढ़ना है, तूने जो कुछ लिखा है ठीक है! मेरे लिए तो यही बहुत है कि तूने अपने हाथों से रखा है।"

"फिर भी पढ़ ले एक बार। साथ ही इसमें जो मन्तर लिखा हुआ है, वह तू ज़बानी भी पढ़ा करना।"

मितरो ने झुककर कैली के हाथ में पकड़े हुए कागज़ की ओर देखा। कागज़ पर लिखा हुआ था—'बख्शा!' मितरो के मन का रंग गहरा गया...

कैली उस कागज़ को डिब्बी में रखते और फिर डिब्बी को बन्द करते हुए हँस पड़ी, "बेगानों के नाम को क्या गले से लगाकर रखना भला, कोई गले से लगाए तो अपनों का नाम!"

उन्नीस

कैली हाथ में कंघी लेकर आहिस्ता-आहिस्ता मितरो के बाल संवारने लगी।

"मेरे से अब बैठा नहीं जाता कैली?" मितरो ने थककर कहा।

"आज तो मुराद पानी है मितरो! तुम अभी से ही थक गई हो?"

"अब काहे की मुराद, और किससे माँगनी!" मितरो ने निराश-सी होते हुए कहा।

कैली ने मितरो के कान में कहा—"बख्शे की मुराद और मेरे से माँग ले!"

''तुम आग लगा ही सकती हो कि बुझा भी सकती हो?'' मितरो ने रुआँसी-सी होकर कहा।

''लगा तो मैंने दी है, अब यदि कोई मन्नत माने तो मैं बुझा भी दूँगी!'' कैली ने उसी तरह हँसते-हँसते कहा।

''एक बार तो कह बैठी हूँ कि अपनी जान तेरे आगे चढ़ा दूँगी—लोग जैसे बकरा चढ़ाते हैं पीर के आगे; और बता मैं क्या कहूँ!''

मितरो की माँ जब अन्दर आई, दोनों सहेलियों को यूँ बातें करते देख खुशी से रो पड़ी, ''मुझे पता होता कि तेरे आने से ही मितरो का रंग बदलेगा, तो मैं सिर के बल जाकर तुझे पहले ही ले आती कैली!''

''रंग की पुड़िया तो मैंने अभी खोली नहीं मासी! तुम देखना, मितरो का रंग कुछ दिनों में किस तरह का हो जाता है!'' कैली ने कहा और फिर कहने लगी, ''मैं, मासी, शायद आज की रात हूँ यहाँ। मैं मितरो को रात अपने घर ले जाऊँगी। अभी मितरो को मिलकर मेरा मन नहीं भरा।''

''और मितरो कोई मेरी बहुत है, जो मुझे पूछ रही है? उससे चला जाता है तो चली जाए, नहीं तो तू ही रह जा यहाँ आज की रात।''

''रहने को तो मैं ही रह जाती मासी; पर तू जानती है कि इस समय मुझे माँ के पास रहना चाहिए।''

''वह तो ठीक है। पर बेटी! तुझे इतनी जल्दी क्या है जाने की! तू तो समय पर आई भी नहीं; जब तू आई तो हम तेरे बापू के फूल भी चुन चुके थे।''

''मुझे तो मासी जिस समय खत मिला, मैं आ गई—नहीं तो क्या मेरा मन नहीं करता था बापू का मुँह देखने को! मुझे किसी ने खबर ही नहीं की इससे पहले!''

''खबर भी क्या करते तुझे! बीमार तो वह बरसों से था, तुझे पता ही है। बस, आँखें बन्द कर लीं...''

कैली जब मितरो के बालों में कंघी कर बैठी तो मितरो की चोटी ठीक करते हुए कहने लगी, ''मैं आहिस्ता-आहिस्ता इसका हाथ पकड़कर ले जाती हूँ अपने साथ।''

''सालन बना हुआ है, मैं मिनटों में गर्म रोटी बना देती हूँ, तू भी एक-आध कौर खा ले और इसे भी खिला दे।'' मितरो की माँ ने कहा और बाहर चौके में चली गई।

''देखना कैली! मेरा माथा तुझे गर्म लगता है?'' मितरो ने खाट पर लेटते हुए कहा।

कैली ने मितरो के माथे पर हाथ लगाया और फिर उसकी कमीज़ को उठाकर उसके शरीर को छुआ, ''है तो थोड़ा-सा गर्म, परंतु तू चिन्ता न कर। ज़रा उठने-

बैठने से हो गया है। मैं तुझे जाते ही लिटा दूँगी और फिर सारा दिन तेरा सर दबाती रहूँगी।''

माँ एक ही थाली में डालकर दोनों लड़कियों के लिए रोटी ले आई। कैली ने भी रोटी खाई और थोड़ी-सी रोटी मितरो ने भी। फिर कैली ने मितरो के ऊपर एक गर्म चादर लपेटी और उसका हाथ पकड़कर आहिस्ता-आहिस्ता अपने घर की ओर चल पड़ी।

कैली की माँ ने जाते ही मितरो के लिए चारपाई बिछा दी, और लिहाफ़ देकर मितरो को चारपाई पर लिटा दिया।

''जब से बापू का देहान्त हुआ है, मैं तो तुझे मुँह दिखाने भी नहीं आई! आज कैली ही मुझे थामकर ले आई है।'' मितरो ने कहा और उसे महसूस हुआ कि आज कैली के बापू की चारपाई खाली देखकर उसके दिल में एक दर्द हो रहा था। वह कैली को पास बैठाकर उसके बापू की कई बातें करने लगी। पिछले दिनों में सचमुच कैली के बापू से उसे स्नेह हो गया था।

''बापू का दिल बहुत अच्छा था!'' मितरो ने यह बात पश्चाताप से कही और कैली की ओर मुँह करती हुई कहने लगी, ''मैं तो अपने ही दु:खों में खो गई, मैंने एक बार भी तेरा हाल नहीं पूछा। तूने कैसे अपने दिल को बहला लिया है कैली?'' मुझे तेरी कही हुईं सभी बातें याद हैं।

कैली की माँ ने कैली को रोटी के लिए पूछा। कैली ने जवाब दिया, ''रोटी तो मासी के घर से खा आई हूँ; तुम रात के लिए कुछ कर लो, चाहे दाल बना दो। चने की दाल चढ़ा दो बड़ी डालकर...'' और फिर कैली ने मितरो से पूछा, ''तुझे कोई परहेज़ तो नहीं किसी चीज़ का?''

''मुझे काहे का परहेज़ होगा!''

''नहीं, मैंने कहा कि बड़ी कहीं भारी न हो तेरे लिए।''

''मैंने कौन-सा कटोरा पीना है दाल का! दो कौर खाने हैं...''

मितरो ने एक गहरा साँस लिया और कैली को आहिस्ता से कहने लगी, ''परहेज़ तो मुझे एक ही चीज़ का है, जिसका मुझे कोई इलाज दिखाई नहीं देता!''

''मैं ढूँढ़ देती हूँ इलाज, बता तुझे काहे का परहेज़ करना है?''

''बस, एक ही परहेज़ कि मुझे कभी वहाँ न जाना पड़े!''

''ससुराल?''

''हाँ।''

''तुझे हो क्या गया है मितरो! जाने के लिए भी उतावली हो रही थी, और अब आने के लिए!''

''बस, एक भरम था जो टूट गया।''

"अब तुझे क्या लगता है वहाँ?"

"बस, यही लगता है कि मेरे शरीर पर जूठन चढ़ती जाती है!...उसकी सूरत देखते ही मुझे..."

"हाय री किस्मत!"

"दुःख भी तो मुझे इसी बात का है कैली, कि मैं आप ही अपनी चोर हो गई हूँ।"

"अब तुझे बख्शा बहुत याद आता है?"

"याद क्या आता है, वह तो मुझे भूत बनकर चिपक गया है कैली! सोते-जागते वही हर समय मेरी आँखों के आगे रहता है। पड़ी-पड़ी को उसकी आवाज़ें सुनाई देती हैं..."

"अब बता, मैं कौन-सी राह निकालूँ मितरो?"

"मैं क्या बताऊँ, मैंने तो अपने हाथों अपने पैर काट लिए हैं।"

"उठ मितरो!" कैली ने मितरो को भी उठाया और फिर कहने लगी, "मैं यहीं पर पकड़ लाती हूँ थाली, बाहर तुझे इस समय सर्दी लगेगी।"

"एक लकड़ी तो देना बेटी! अकेली लकड़ी जलती ही नहीं चूल्हे में!" माँ ने चौके में से आवाज़ दी।

कैली ने एक बार मितरो की ओर देखा और फिर हँसकर माँ का जवाब दिया, "क्यों माँ, अकेली लकड़ी क्यों नहीं जलती चूल्हे में?"

"तू इतनी बड़ी हो गई है, तुझे इतना भी नहीं पता—अकेली लकड़ी तो बिलकुल धुआँ होती है!" माँ ने चूल्हे में फूँक मारते हुए कहा।

मितरो को माँ-बेटी की बात पर हँसी आ गई, और वह चारपाई पर से उठती हुई कहने लगी, "मैं भी आती हूँ चौके में। चूल्हे के पास क्या सर्दी लगेगी!"

कैली ड्योढ़ी में से लकड़ी लेने के लिए गई और उसे इस तरह लगा जैसे बाहर के दरवाज़े पर कुछ खटका हुआ था। कैली जल्दी से लकड़ी को वहीं रखकर दरवाज़े की ओर हुई।

दरवाज़े को खटखटाता बख्शा अपनी लोर में कुछ गा रहा था। कैली ने कान लगाए, पर उसे बख्शे के बोल ठीक तरह सुनाई न दिए। दरवाज़ा खोलते हुए कैली ने बख्शे को हँसकर पूछा, "आज तो बड़ा गाता हुआ आ रहा है, क्या बात है?"

"हमारा गाना भी तो रोना है..."

"फिर भी बता तो, क्या गा रहा था?" कैली दरवाज़े को बन्द करती हुई वहीं ड्योढ़ी में ही खड़ी हो गई और कहने लगी, "पूरा बोल मेरी समझ में नहीं आया—कुछ 'रंग की दुक्की-तिक्की' कह रहा था!"

बख्शा पहले तो कुछ झेंपा, फिर कहने लगा, "आज कोई बात कर रहा था

कि वह यहाँ ही है आजकल, और बड़ी बीमार है। दिल ठहरता नहीं था आज। मैं सारा दिन खेतों में घूमता रहा और जो-जो मुँह में आया बोलता रहा।''

''अभी-अभी क्या बोल रहा था?''

''ऐसे ही अपने मन का दु:ख कैली! कह रहा था—

असी जग वाले यक्के जित्त जांदे
जे तूं दुक्की वी रंग दी ला देंदी''

''और अब यदि वह इक्का लगा दे रंग का फिर?''

''ये रंग के इक्के जाने किन लोगों की किस्मत में होते हैं!''

''शायद बख्शे की किस्मत में ही हों!''

''हमें तो वह मिली, जो रंग की दुक्की खेलने में भी संकोच कर गई!''

कैली कुछ कहने लगी थी कि चौके में से माँ की आवाज़ आई, ''अरी, तू कहाँ चली गई कैली!''

कैली ने हाथ में एक लकड़ी पकड़ी और चौके में जाती हुई माँ को कहने लगी, ''तुमने ही तो कहा था कि अकेली लकड़ी नहीं जलती, मैं दूसरी लकड़ी लेने गई थी।''

''और इतनी देर लगती है लकड़ी को? देख तो, यहाँ धुआँ-ही-धुआँ हो गया है!'' माँ ने कहा और चूल्हे में दूसरी लकड़ी को लगाते हुए एक ज़ोर की फूँक मारी।

''देर ही तो लग गई माँ!'' कैली ने आहिस्ता से कहा और हाथ से एक ओर मूढ़ा रखते हुए कहने लगी, ''आ जा बख्शे!''

''यहाँ तो अभी बड़ा धुआँ है माँ!'' कैली ने मितरो को मूढ़े पर से उठाते हुए कहा।

''लड़की की तबीयत आगे ही खराब है, तू इसे यूँ ही बाहर ले आई है। इसे बैठा दे लिहाफ़ देकर चारपाई पर, मैं तुझे रोटी अन्दर ही दे आऊँगी।'' माँ ने चूल्हे पर तवा रखा और फिर कपड़े से चकले को पोंछती हुई कहने लगी, ''अब तो मेरा बेटा आ गया है, यह दे आएगा तुझे थाली!''

मितरो को देखकर बख्शे के सिर को एक चक्कर आया और वह दरवाज़े के कपाट के साथ सिर लगाकर कपाट की तरह ही खड़ा हो गया।

मितरो की आँखों ने सारा ज़ोर लगाकर बख्शे के मुँह की ओर देखा, पर शायद चौके में धुआँ बहुत था, उसे अच्छी तरह बख्शे का चेहरा दिखाई न दिया।

माँ ने तवे पर से रोटी उतारी और एक कटोरी में दाल डालकर बख्शे को थाली दे दी, ''यह लड़कियों को पकड़ा दे बख्शे! दूसरी रोटी उतारकर तुझे देती हूँ।''

बख्शे ने थाली पकड़ ली, पर उसके पैर इस तरह काँप रहे थे जैसे उसने बेहद शराब पी रखी हो। दहलीज़ों से पैर टकराया और उसने हाथ की थाली को बड़ी मुश्किल से गिरने से बचाया।

कैली ने आगे होकर बख्शे से थाली पकड़ ली, और साथ ही चारपाई पर थाली रखते हुए उसने बख्शे का हाथ पकड़कर बख्शे को चारपाई पर बैठा लिया।

''उठकर देख री, रंग का इक्का!'' कैली हँसकर मितरो को कहने लगी, ''आज बख्शे ने इस जगवाली बाज़ी जीत लेनी है!''

मितरो की भटकती आँखें बख्शे के चेहरे पर पड़ीं और फिर वहीं रह गईं। ''मुझे...माफ़...'' मितरो के होंठों में से निकला और फिर उसके होंठ काँपने लग गए।

बख्शे ने एक बार आँखें बन्द कीं और फिर आँखें खोलकर अपने-आप को विश्वास दिलाया कि सपना नहीं था, सच था।

मितरो का सिर नीचा हो गया, जाने अब वह बख्शे का मुँह नहीं, बख्शे के पैर ढूँढ़ रही हो। बख्शे ने चारपाई पर से उठकर मितरो का सिर अपनी छाती से लगा लिया।

कैली को भी समय का पता नहीं लगना था, अगर चौके में से माँ की आवाज़ न आती, ''यह ले, मैंने तेरी रोटी भी डाल दी है बख्शे! थाली पकड़ ले!'' कैली जल्दी से उठी और माँ से दूसरी थाली लाने के लिए चौके में चली गई।

''माँ! एक अचार की फाँक तो दे।'' कैली चौके में कुछ देर रुकने के लिए माँ को कहने लगी।

''तख्ती पर से उतार ले अचार का बर्तन।'' माँ ने पिछली ओर के टाँड़ की ओर हाथ किया।

''वही है पिछले सालवाला अचार। तेरा बाप तो अचार कम ही खाता था। मैं ही कभी-कभी एक-आध फाँक लिया करती थी। खत्म कैसे होना था!...नीचे करके देख ज़रा, होंगे कुछ डेले अभी इसमें...''

कैली जितनी देर लगा सकती थी उसने लगा ली और फिर रोटी की थाली हाथ में लेकर अन्दर जाते हुए उसने मितरो को हँसकर आहिस्ता से कहा, ''देखा है न, आज ही मैंने टोना करके तेरे गले में डाला था, कितनी जल्दी उस टोने ने असर कर दिया!''

''मरी! तूने मुझे सुबह क्यों न बताया? इतना मुँह क्यों बन्द करके रखा हुआ था?'' मितरो ने कैली की बाँह पर एक चिकोटी काटी।

''मुँह बन्द करके क्यों न रखती, मैंने तो मुट्ठी में लाल छिपाया हुआ था!'' कैली चारपाई पर बैठकर रोटी की थाली को घुटनों पर रखती हँस पड़ी। और

फिर कहने लगी, "भई, अब जल्दी से रोटी खा लो, नहीं तो माँ क्या कहेगी..."

बख्शे ने एक कौर तोड़कर रोटी पर पड़े मक्खन में गूँधा और फिर मितरो के मुँह में दे दिया।

"आगे तो कहते थे कि हीर चूरी बनाया करती थी, और रांझे को खिलाया करती थी। अब उलटा ज़माना आ गया है, अब रांझा चूरी बनाता है, और..." कैली खिलखिलाकर हँस पड़ी।

"यदि मुझे रांझा ही बनाया है, तो बहिन कैली! आज तू भी सहिती बन जा न, और हीर को फ़कीर के साथ भेज दे। तू भी मुराद पाएगी..." बख्शे ने हँसकर उत्तर दिया।

कैली को दीपक की याद आई और वह बख्शे की चुटकी को हँसकर लेती कहने लगी, "पर यह देख लेना, सहिती को तो मुराद मिल गया, परन्तु रांझे को हीर नहीं मिली थी। बेचारे कुछ ही कोस गए थे कि पकड़े गए!"

"थोड़े-से कोस तो चलकर देख लिया!..." मितरो ने जवाब दिया।

"इतनी ही हिम्मत है तो उठकर जूती पहन ले पैरों में, और बाहर की कुंडी मैं खोल देती हूँ!" कैली ने कहा और रोटी लाने के लिए चौके में चली गई।

माँ ने इन तीनों को रोटी खिलाई, आप खाई और फिर बख्शे को कहने लगी, "मैं ज़रा पटवारी की ओर हो आऊँ। तुम मेरे आने तक यहीं बैठना, पीछे लड़कियाँ अकेली हैं।"

बख्शे ने बड़ी प्यासी आँखों से एक बार मितरो की ओर देखा और फिर जाने के लिए उठ बैठा।

मितरो ने एक बार हाथ से जाते हुए बख्शे की कमीज़ का किनारा पकड़ लिया और अपनी सारी ज़बान आँखों में डालकर देखा, 'न जा!'

माँ कमरे की दहलीज़ों में थी जिस समय कैली ने ऊँची आवाज़ में कहा, "कल जल्दी ही आ जाना, बख्शे, फिर हमने चलना भी तो होगा! कितने बजे जाती है गाड़ी?"

"क्या ज़रूरी कल जाना है? पीछे बिना तेरे दो दिन काम नहीं चलता?" माँ ने कैली की ओर देखकर कहा।

"यही मुझे रास्ते में बार-बार कहता था कि दो दिन से अधिक नहीं रहना, मेरी ओर से तो..." कैली ने अपनी बात मुँह में बन्द कर ली, उसके मुँह से निकलने लगा था कि मेरी ओर से तो मुझे सारी उमर रख ले।

"क्यों बख्शे?" माँ ने पूछा।

"मासी, शाह ने मुझे ताकीद की थी कि दूसरी रात से तीसरी रात न लगे, पीछे कोई काम-धन्धे का झगड़ा है।" बख्शे ने बताया।

''हाँ, दूसरी रात से तीसरी रात न लगे!'' माँ ने एक और खाट डालते हुए और उस पर दरी बिछाते हुए कहा, ''जाने काम-धन्धे के झगड़े इसी ने जाकर निपटाने हैं!''

''अगली बार तो मैंने तुम्हें भी ले जाना है मासी। बस, तुम तैयार हो जाओ...'' बख्शे ने कहा।

''और मुझे?'' मितरो ने इतनी आहिस्ता से कहा जो सिर्फ़ बख्शे को ही सुनाई दिया।

''तुझे मैंने ले ज़रूर जाना है, इतना मैं बता देता हूँ।'' बख्शे ने जब फिर से यह बात कही तो वह मितरो की ओर देख रहा था। मितरो ने शर्माकर मुँह दूसरी ओर कर लिया। बख्शा दिल थामकर बाहर चला गया।

''तनिक मैं मितरो के पास बैठ लूँ, फिर मैं अपनी चारपाई पर चली जाऊँगी; तुम दीया बुझा दो माँ!'' कैली ने कहा और मितरो के पास लेटती हुई ने मितरो के कान में कहा, ''तनिक पास तो आ मरी, थोड़ी देर के लिए मुझे बख्शा ही समझ ले।''

मितरो कैली के साथ लिपट गई और आहिस्ता से कहने लगी, ''मैं किस जन्म में तेरा एहसान उतारूँगी कैली! इस जन्म में तो उतार नहीं सकती!''

कैली ने मितरो के कान में जवाब दिया, ''इस जन्म में बख्शे के एहसान उतार ले, मेरे अगले जन्म में उतार देना।''

दूसरे दिन प्रात: जब कैली की आँख खुली, कैली ने साथ ही पड़ी हुई मितरो को देखकर कहा, ''मैं यहीं सोई रही सारी रात? सोचा था, अभी उठ जाऊँगी, जाग ही नहीं आई फिर। तुझे रात को कष्ट हुआ होगा मितरो!''

''मुझे तो इस तरह की नींद ही आज तक कभी नहीं आई कैली! आज पता नहीं क्या खाकर सोई थी, कुछ होश ही नहीं रहा।'' मितरो ने कहा और चारपाई से उठ रही कैली को फिर चारपाई पर बिठा लिया।

''कितने बजे होंगे माँ?'' कैली ने आवाज़ देकर माँ से पूछा। बाहर चौके में हो रहे शोर से कैली को पता लग गया था कि माँ चौके में है।

''दिन तो काफ़ी चढ़ आया है।'' बाहर से माँ की आवाज़ आई, ''उठ, हाथ-मुँह धो ले और कुछ खा ले; फिर तू कहती है, गाड़ी भी पकड़नी है।''

''आज का दिन रह जा कैली! बस, आज का दिन!'' मितरो ने बड़ी मिन्नत से कहा।

''और तू क्या सोचती है कि कल धीरज हो जाएगा?'' कैली ने हँसकर कहा और फिर उसे रात का सपना याद आ गया, ''रात मितरो, मुझे बड़ा ही अजीब सपना आया!''

''क्या?''

''क्या देखती हूँ कि तू और मैं दोनों एक बड़ के नीचे बैठकर बातें कर रही हैं और हम बातें करती-करती रोने लग जाती हैं!''

''फिर?''

''फिर बड़ में से मेरा बापू निकल आया और वह हम दोनों के सिर पर प्यार देने लग गया!''

''कोई बात भी की बापू ने?''

''बात पर ही तो मैं हैरान हो रही हूँ। कहता था—तुम रोओ नहीं, तुमने अभी बहुत दूर जाना है, उठो, हिम्मत करो!''

''हमने भला कहाँ जाना है कैली?''

''यही तो मेरी समझ में नहीं आया; वैसे सपने में हम दोनों ने एक-एक गठरी कपड़ों की पकड़ी हुई है, जैसे हम कहीं दूसरे शहर में जा रही हैं...''

''बड़ा अजीब सपना है!''

कैली और मितरो सपने की बात सोचती-सोचती बाहर चौके में आ बैठीं और पानी गर्म करके हाथ-मुँह धोने लगीं।

माँ दूध लेने चली गई थी। रात के दूध की चाय बनाकर दोनों चाय पी रही थीं कि अचानक बख्शा अन्दर आया। कैली की नज़र दरवाज़े की ओर थी। इसलिए कैली ने बख्शे को देख लिया; पर मितरो की दरवाज़े की ओर पीठ थी, उसे बख्शे के आने का पता न चला। बख्शे ने मितरो के पीछे बैठकर दोनों हाथ मितरो की आँखों पर रख दिए। मितरो डर गई और चाय का कटोरा उसके हाथ से गिर गया।

''चोरों की तरह क्यों आता है?'' कैली हँस पड़ी।

''बाहर का दरवाज़ा तुमने चोरों के लिए खुद ही खोला हुआ था!'' बख्शे ने जवाब दिया।

''दरवाज़ा तो शायद माँ खोल गई होगी, मुझे नहीं पता—पर मेरा मतलब है कि चोरों की तरह क्यों आता है, डाकुओं की तरह आ!''

''तू इजाज़त दे दे कैली! मैं डाकुओं की तरह आता हूँ और इन्हीं पैरों इसे लेकर चला जाता हूँ; कल चाहे मैं राह में ही मारा जाऊँ, मुझे कल का गम नहीं!''

''क्या तुम्हारी सलाह है, मैं आज का दिन हँस लूँ, और फिर कल तुम दोनों को बैठकर रोऊँ!''

''रोना भी तो हमें एक तूने ही है कैली! और हमें किसने रोना है फिर?''

''और तो किसी ने नहीं रोना, फिर सबकी जगह मुझे रोना पड़ेगा! न भई, मेरे से इतना नहीं रोया जाएगा, तुम अभी मुझे जीते ही दिखाई देते रहो!''

''पर इस जीने का क्या है कैली! इससे तो मरे अच्छे!'' मितरो बोल पड़ी।

माँ दूध की कटोरी भरकर ले आई और दूध को पतीले में छानती कैली से कहने लगीं, "यह लकड़ी गीली लगती है, बाहर निकाल दे; मैं दो-चार सिक्कड़ लाती हूँ उतारकर।"

"तू बैठ जा मासी, मैं उतार देता हूँ, सिक्कड़।" बख्शे ने कहा और बाहर ड्यौढ़ी में पड़ी हुईं लकड़ियों के पास बैठकर उसके सिक्कड़ उतारने लग गया।

आँगन में पड़ी हुई चौकी पर बैठी हुई मितरो कंघी कर रही थी। ड्यौढ़ी में बैठे हुए बख्शे को आधी चौकी दिखाई देती थी। बख्शा हाथों से सिक्कड़ उतारता हुआ चौकी की ओर मुँह करके धीमी-धीमी आवाज़ में गाने लगा—

ओहनू डोलीआं घोड़ीआं की आखण
जिहदी धुरां तों बिछड़ी मग होवे
साडी इहो दुआ है फक्करां दी
सच्चा रब्ब तेरे अंग-संग होवे...

बीस

लखेशाह की बाहर की बैठक के आगे एक बड़ी-सी चारपाई पड़ी हुई थी, जिस पर खेस बिछाकर एक व्यक्ति इस तरह बैठा हुआ था, जैसे पुराने वक्तों में कोई महन्त गद्दी पर बैठा करता था। लखेशाह आप भी उसकी हुजूरी में खड़ा था, और उसके नौकर-चाकर भी।

कैली जब स्टेशन से उतरकर आई वह बख्शे से चार कदम आगे थी। उसके पीछे-पीछे आ रहे बख्शे ने जब भीतर आकर हाथों में से सभी चीज़ें रख दीं तो कैली ने हँसकर उसे कहा, "शाह का वास्ता आज किसी मुश्किल आदमी से पड़ा मालूम होता है, देखो कल का दिन कैसा चढ़ता है!"

"यदि तू कहे तो मैं बाहर जाऊँ, देखूँ क्या हो रहा है?"

"तेरी मर्ज़ी। साथ ही शाह को पूछ आना कि यदि उसने अपने मेहमान के लिए कोई पुलाव पकवाना हो, तो सब कुछ तैयार है।" कहते-कहते कैली को फिर उस कुलाह पहने व्यक्ति की आँखों की झपट याद आई और उसके हाथ अपने सिर के दुपट्टे की ओर चले गए...

मुट्ठी-भर दाल चढ़ाने के लिए जब कैली ने उठकर एक पतीला धोया, उसकी नज़र चूल्हे के पिछली ओर गई और वहाँ पड़ी एक हांडी का ढक्कन उठाकर उसने देखा कि उसमें साग पका पड़ा था। 'महरी पका गई होगी सुबह ही।' कैली ने सोचा, और फिर पतीली में पानी डालकर चूल्हे पर रखकर अपने लिए चाय

का घूँट बनाने लगी।

चौके के बाहर जूता उतारता बख्शा अन्दर आया, और कैली के सामने मूढ़े पर बैठता कहने लगा, ''आदमी कुढंगा-सा लगता है।''

कैली ने पतीली में बाकी बची चाय को एक बार सिर्फ़ गर्म किया और गिलास में डालकर बख्शे को देती हुई कहने लगी, ''पैसे कमाना आसान नहीं होता।''

''मुझे इस बात की चिन्ता नहीं, पर...।''

''चुप क्यों हो गया है?''

''बात ही चुप होने वाली है।''

''मेरे आगे भी?''

''मैं कैसे कहूँ!''

''क्या फ़र्क पड़ता है बख्शे, तूने कोई अपनी ओर से थोड़ा ही कहना है। क्यों, मेरे बारे में कुछ कहता था वह?''

''यह तूने कैसे कहा कैली?''

''और कौन-सी बात हो सकती है जो तू नहीं कह सकता!''

''हाँ कैली! तुझे शायद उसने गुज़रते हुए देखा था! मैं जब उसके पास जाकर खड़ा हुआ, वह शाह से तेरी बात कर रहा था और हँस रहा था। उसकी हँसी बड़ी भयानक है!''

''और शाह चुप रहकर सुनता रहा? उसने उसे रोका नहीं?''

''आज उसमें किसी को रोकने की हिम्मत नहीं। नहीं तो उसने जो बात कही थी, आदमी वह बात सुनकर गंडासा हाथ में पकड़ ले और कहने वाले को घास की तरह काट डाले।''

''क्या कहा था उसने?''

पहले बख्शा तनिक झेंपा, फिर मुँह परे करके उसने बात को एक ही बार कह दिया, ''शाह को कहता था कि तूने यह गुड़िया-सी कहाँ से मारी है?''

कैली की हँसी निकल गई और वह कहने लगी, ''मेरा दिल करता है मैं भी पास होती और फिर आप देखती कि शाह के मुँह पर कौन-सा रंग आया और कौन-सा रंग गया।''

''कोई भी रंग नहीं आया था कैली! उसने तो बड़ा भोला-सा मुँह बनाकर इतना ही कहा था, 'हज़ूर घरवाली है'।''

''फिर?''

''फिर क्या, वह और हँसा और कहने लगा कि सोने की ज़ंजीरें डालकर तू इसे बाँध लाया होगा, नहीं तो यह तेरे पास आने वाली नहीं थी।''

''पास ही खड़े हुए थे शाह के नौकर-चाकर?''

''सारे खड़े थे, और सुन रहे थे।''

"फिर तो वह और भी खुल गया होगा?"

"मेरा ख़याल है कि उसने शाह की कमज़ोरी को ताड़ लिया है। पहले वह जले हुए गोदाम की ओर गया और राख को टटोलता शाह को कहता रहा कि यदि बीस हज़ार का माल जला हो तो राख इतनी थोड़ी नहीं हो सकती।"

"फिर?"

"जवाब तो कोई था नहीं, कहता रहा, 'हुज़ूर, पूछ लीजिए इन कर्मचारियों से जिन लोगों ने अपने हाथों माल यहाँ भरा था'।"

"फिर?"

"फिर उसने कहा कि किताबें दिखाओ, तुमने कितनी खरीद की थी और कितनी बिक्री?"

"खाक खरीद और खाक बिक्री।"

कैली हँस दी।

"शाह ने भी कच्ची गोलियाँ नहीं खेलीं, उसने जब किताबें दिखाईं तो उनमें सचमुच इतनी खरीद दर्ज की हुई थी और बिक्री बहुत थोड़ी थी।"

"फिर?"

"पर वह भी शायद इस तरह के दांव-पेच जानता है, कहने लगा कि हो सकता है तुमने माल बिना रसीद के बेच दिया हो और इसमें दर्ज न किया हो।"

"टकराव तो दोनों ओर का अच्छा है!"

"पर शाह का चेहरा बड़ा उतरा हुआ है। माल की कोई बात करने के स्थान पर वह बार-बार उसको यही कहता रहा कि हुज़ूर, आप थक गए होंगे, बैठकर चाय-पानी पी लीजिए।"

"हाँ सच, उसके लिए कुछ बनाना-पकाना होगा!"

"इस समय तो वह बैठक में बैठकर पी रहा है। शाह ने शराब की बोतलें उसके लिए मँगवाई हैं। और साथ ही बड़े बाज़ार से मांस का पतीला मँगवाया है।"

"अच्छा बख्शे, तू अब जाकर आराम कर—थक गया होगा सुबह का। हाँ रोटी तो खा जा। साग पका हुआ है, आग जल रही है, मैं मिनटों में गर्म रोटी बना देती हूँ।"

"नहीं, मैंने खाना कुछ नहीं कैली; पर अगर तू कहे तो मैं अभी जाता नहीं। मुझे कुछ डर लग रहा है।"

"काहे का डर?"

"अभी वह मांस की बोटी तोड़ता हुआ शाह को कह रहा था कि हम तेरी खातिरदारी तो तब मानेंगे यदि अपनी नाज़ों के हाथों की पकी खिला दो!"

"अच्छा!"

''मेरा ख़याल है कि शाह अभी आएगा रोटी के लिए कहने को। रोटी पर ही बात निपट जाए, तो भी ठीक है...''

''तुझे और भी कोई डर है ?''

''डर ही लग रहा है। बात असल में यह है कि दोनों ने एक-दूसरे की नब्ज़ पहचान ली है।''

''और सौदा मेरे ऊपर आकर खतम होगा ?''

बख्शे का चेहरा शर्म और गुस्से से लाल हो गया। गुस्सा उसे लखेशाह पर आ रहा था और शर्म अपने-आप पर कि इस समय वह कैली की रक्षा के लिए कुछ नहीं कर सकता था।

''बड़ा शाह कहाँ है ?'' कैली ने अचानक पूछा।

''कोडेशाह ? वह तो जले हुए गोदाम के पास चारपाई डालकर माला फेर रहा है, जैसे जली हुई कपास से उसने कोई वरदान माँगना हो।''

''अच्छा बख्शे, मेरे साथ जो बीतेगी मैं देख लूँगी, तू अब जा। सुबह मेरी खबर ले जाना!''

''मुझे तो रात-भर वहाँ चैन नहीं आएगा। अगर तू कहे तो मैं यहीं कहीं...''

''यहाँ रात कहाँ काटेगा ? और यहाँ तेरा रहना ठीक नहीं, तू आगे कभी नहीं रहा यहाँ। कोई बात हो भी जाए, तो सारा दोष तेरे पर लग जाएगा। तू निपटने दे मुझे अकेली को।''

''कैली, मैं नहीं डरता किसी बात से। यदि दोष मेरे पर ही लग जाए तो क्या है ?''

''मैंने इसलिए नहीं कहा बख्शे!... पर यह सोचती हूँ कि तू अगर पास हुआ तो फिर सारी बात तेरे पर पड़ जाएगी, और यदि कल को किसी तरह शाह को बीमे का रुपया न मिला तो उसने मुझे तेरी शक्ल भी नहीं देखने देनी, मैं तुझे मिलने से भी जाऊँगी।''

''तू बड़ी दूरदर्शी है कैली!'' और बख्शा उठते-उठते फिर दलीलों में पड़ गया और कहने लगा, ''पर मेरा आज दिल नहीं मानता तुझे अकेली छोड़ने को।''

''मैं तुझे अपने पास ही समझूँगी और सोचूँगी कि मैं अकेली नहीं हूँ...''

''अच्छा घबराना नहीं किसी बात से कैली!''

''तू तड़के ही किसी बहाने आ जाना, चाहे पल के लिए।''

बाहर के आँगन में किसी के पैरों का खटका हुआ और बख्शा जल्दी से चौके में से बाहर आकर अपना जूता पहनने लगा।

''मैंने कहा, कहाँ हो ?'' लखेशाह की आवाज़ आई और वह चौके में आता हुआ कहने लगा, ''ससुरा आटा गुँधा है कि नहीं अभी ?''

''साग बना हुआ है, आटा गुँधा हुआ है। महरी तो आई नहीं, मैं रोटी बना देती हूँ।'' कैली ने जवाब दिया।

''आई थी महरी, मैंने बाहर से ही उसे वापस कर दिया। मैंने कहा, तू अपने-आप चार रोटियाँ बना लेगी।''

कैली ने चूल्हे पर तवा रखा, और आटे को संवारने लगी।

''तू बैठक में ही भेज दे रोटियाँ बनाकर। मैं बाहर से किसी आदमी को भेजता हूँ।'' और लखेशाह मुड़ता-मुड़ता कहने लगा, ''ऊपर के चौबारे में ससुरी एक खाट डाल देना।''

कैली को एक ही डर था कि कहीं लखेशाह उस आदमी को चौके में ही न ले आए, पर ऐसी कोई बात न हुई। कैली ने रोटियाँ पकाईं और आदमी के हाथ बाहर भेज दीं।

रात चौके को सँभालकर कैली जब दूध को 'खट्टा' लगाने लगी तो लखेशाह ने कहा, ''गिलास दूध का रख लेना याद से।''

कैली ने एक बड़ा गिलास दूध का भरा, उसमें चीनी डाली और फिर कलछी से उसमें कुछ मलाई भी डाल दी। गिलास को कैली ने चूल्हे के धीमे सेंक के पास रख दिया और बाकी के दूध को हाँडी में डालकर 'खट्टा' लगा दिया।

रात के अंग भी कैली के अंगों की तरह ठंडे हो रहे थे और भीतर-ही-भीतर उनमें झुनझुनी दौड़ रही थी। कैली ने कमरे में जाकर अपनी चारपाई पर बैठते लखेशाह को कहा, ''दूध का गिलास मैंने चूल्हे के पास रख दिया है।''

''यहीं ले आ, मैं उसे दे आऊँ चौबारे में जाकर।'' लखेशाह ने जवाब दिया।

कैली फिर चौके में आ गई और दूध का गिलास पकड़ लाई।

''रख आ तनिक चौबारे में जाकर, मैंने तो ससुरी टाँगें तनिक अभी सीधी की हैं!'' लखेशाह ने कम्बल को सिर पर लेते हुए कहा।

''चौबारे में?'' कैली की आवाज़ काँप गई और उसे महसूस हुआ कि उसके हाथ में पकड़े हुए दूध के गिलास में से शराब की बू आई थी।

''कुछ ऊँचा-नीचा मत कहना उसे! इस समय ससुरा सारा रुपया उसकी मुट्ठी में पकड़ा हुआ है।'' लखेशाह ने कम्बल के अन्दर से ही फिर कहा।

सिर से पैरों तक कैली को उबाल आया और उसका मन किया कि दूध का गिलास वह बाहर के दरवाज़े के पास रखकर, बाहर के दरवाज़े की कुंडी खोल ले और वह जितनी जल्दी दौड़ सकती थी, कहीं दौड़ जाए।

कैली बाहर के दरवाज़े तक चली गई, पर फिर उसकी कुंडी नहीं खोली, बाईं ओर की सीढ़ियाँ चढ़ने लग पड़ी। चौबारे का दरवाज़ा बन्द था, पर उसकी विरल में से अन्दर की लालटेन की रोशनी एक लम्बे साँप की तरह बाहर के फ़र्श पर

पड़ रही थी। कैली ने रोशनी की इस लकीर पर अपना पैर इस तरह रखा जाने कोई जान–बूझकर साँप पर अपना पैर रख दे।

चौबारे का बन्द हुआ दरवाज़ा कैली को खोलना न पड़ा, किसी ने अपने–आप ही दरवाज़ा खोल दिया और कैली के हाथ से दूध का गिलास पकड़ लिया। कैली वापस जाने लगी थी, तभी किसी ने पीछे से उसे दोनों बाँहों में झपट लिया और कैली की चीख को अपने ऊपर लिए हुए कम्बल में लपेटकर चौबारे में खेंच लिया।

कैली को चारपाई पर फेंककर वह चौबारे का दरवाज़ा बन्द करता हुआ अन्दर से कुंडी लगाने लगा था, जिस समय कैली ने उठकर चारपाई के पाये के पास पड़ी हुई शराब की बोतल हाथ में पकड़ी और अपने सारे ज़ोर से उस आदमी के सिर पर दे मारी।

कैली की चीख को कम्बल की लपेट ने ऊँचा नहीं उठने दिया था, परन्तु उस आदमी की चीख को रोकने वाला कुछ नहीं था। स्टूल पर पड़ा हुआ दूध का गिलास नीचे गिर गया; पता नहीं उसे कैली का हाथ लगा या उस आदमी का, सारा दूध आँसुओं की तरह बहने लगा।

कैली ने चौबारे का दरवाज़ा खोला और सीढ़ियाँ उतर आई। रात कैली के रोष की तरह काली हो गई थी। कैली ने देखा, लखेशाह नीचे सीढ़ियों के पास खड़ा था। शायद उसने चौबारे में से आई चीख सुन ली थी। कैली दरवाज़े की ओर बढ़ी और कहने लगी, ''मैं यहाँ से चली हूँ, और तुम जानो और तुम्हारा काम। मुझे नहीं पता, वह मर गया कि जीता है।''

लखेशाह ने आवेश में आकर कैली की बाँह पकड़ ली, ''अब ससुरी जाती कहाँ है ? मैं अभी थाना बुलाता हूँ।''

''छोड़ दो मेरी बाँह ?'' कैली ने ज़ोर से अपनी बाँह खेंची और लशेखाह को कहा, ''थाना बुलाएगा तो आप फँस जाएगा, मैं सारी करतूत खोल दूँगी—गोदाम को आग लगाने वाली बात भी।''

लखेशाह ने चौंककर कैली की बाँह छोड़ दी। फिर काँपता–थिरकता सीढ़ियाँ चढ़ने लग पड़ा।

कैली अभी दरवाज़े की कुंडी खोल रही थी, जिस समय चौबारे में से आवाज़ आई, ''हरामी, तू तो कहता था, बड़ी सुशीला है !''

कैली ने एक लम्बा साँस लिया और इस बात से उसके पैरों में एक हिम्मत फिर आ गई कि आदमी मरा नहीं था, जीता था।

''पागल है ससुरी हुज़ूर !'' फिर लखेशाह की आवाज़ उसके कानों में पड़ी और वह जल्दी से कुंडी खोल दरवाज़े से बाहर चली गई।

इक्कीस

कैली अभी पास की लाइन तक भी नहीं पहुँच पाई थी कि रात के होंठों में से आवाज़ आई, ''कौन है? बहिन कैली?''

कैली ने बख्शे की आवाज़ पहचानी और फिर दाईं ओर से कम्बल लपेटे बख्शे को आते देख लिया। ''तू कहाँ से आ गया?'' कैली ने कहा और जल्दी से अपनी दाईं ओर चलने लग पड़ी।

बख्शे ने कम्बल उतारकर कैली को अपनी बाँह का सहारा दिया और कहा, ''मैंने तुझे कहा जो था कि मैं कहीं तेरे नज़दीक ही ठहरूँगा।''

''मेरा ख़याल नहीं था कि बात इतनी हो जाएगी!'' कैली ने आहिस्ता से कहा।

''पर मुझे डर था।'' बख्शे ने जवाब दिया और फिर कम्बल कैली के कंधों पर डालता हुआ कहने लगा, ''तूने ऊपर गर्म कपड़ा भी कोई नहीं लिया हुआ!''

''कपड़ा लेने का समय कहाँ था!'' कैली ने कहा।

''कोई तेरे पीछे तो नहीं आ रहा?'' बख्शे ने कहा और फिर पीछे मुड़कर देखा।

''मेरा ख़याल तो नहीं, क्योंकि मैं यह डर उन्हें दिखा आई हूँ कि यदि किसी ने मुझे कुछ कहा तो थाने में मैं सारी बात खोल दूँगी। इस बात से दोनों ही फँसते हैं।'' कैली ने कहा फिर बख्शे को पूछने लगी, ''कुछ पैसे हैं तेरे पास? मेरे पास कुछ नहीं।''

''पैसों की तू चिन्ता न कर, मैं कहीं से बीस रुपये पकड़ लाया हूँ पर अब यह बता कि आगे क्या करना है?''

''मुझे लाहौर की गाड़ी पर चढ़ा दे, और दीप का पता लिख दे किसी कागज़ पर या ज़बानी ही बता दे।''

''मैंने तुम्हें अकेले नहीं जाने देना कैली! या तो मैं आप जाकर छोड़ आऊँगा, और या तू एक दिन मेरे कमरे में काट; मैं उसे जाकर ले आऊँगा।''

''नहीं बख्शे! वह यहाँ आया, तो कोई देख लेगा उसे। तू मुझे ही जाने दे।''

''फिर मैं छोड़ आता हूँ, जो भी पहली गाड़ी मिलती है, चढ़ जाते हैं।''

''मेरा ख़याल है कि तू मेरे साथ मत चल। शायद वे मुझे ढूँढ़ने लग जाएँ। और शहर में एक तू ही है, जहाँ वे मुझे सबसे पहले देखने जाएँगे।''

''मैं चाहे उन्हीं पैरों ही वापस आ जाऊँ, परन्तु मैं तेरे साथ ज़रूर जाऊँगा। दोपहर तो वापस आ ही जाऊँगा, इतने में किसी को सन्देह नहीं होगा।''

"पर अब हमें गाड़ी कौन-सी मिलेगी?"

"गाड़ी तो सुबह से पहले कोई नहीं मिलती।"

"सुबह यदि मैं स्टेशन पर से गाड़ी पर बैठी तो कोई-न-कोई ज़रूर देख लेगा। वैसे तो कोई अब देख भी ले तो मैं डरती नहीं, मैं अदालत में सब कुछ बता सकती हूँ, और मैं हूँ भी सच्ची, परन्तु बात बड़ी लम्बी हो जाएगी।"

"फिर?"

"तू कोई हल निकाल।"

"एक बात हो सकती है। यहाँ मोटरों के अड्डे की ओर चलते हैं, रात को यहाँ से माल के ट्रक चलते हैं..."

"पर वे सवारियाँ तो नहीं बैठाते।"

"कई बार बहुत किराया लेकर बैठा भी लेते हैं।"

"पर इस तरह उन्हें सन्देह नहीं हो जाएगा?"

"कोई बात बना लेंगे।"

"तू ऐसे ही उन्हें कह देना कि इसका बापू गुज़र गया है और हमने रातों-रात ही वहाँ पहुँचना है।"

"इससे तो बेहतर यह है कि मैं कहूँ कि इसका बापू सख्त बीमार है, शायद हम रातों-रात वहाँ पहुँच जाएँ तो उसका मुँह देख लें।"

"ठीक है।"

"तू सिर का आँचल तनिक नीचे कर लेना और थोड़ा-थोड़ा रोती रहना। इस तरह किसी को संदेह नहीं होगा, और साथ ही किसी को तेरी पहचान भी नहीं होने लगी।"

"पर वे सोचेंगे, इसने भाई से घूँघट काहे के लिए कर रखा है! चल, तू मुझे अपनी बहिन न कहना वहाँ, अपनी औरत कह देना। पर औरत भी तो अपने मर्द से घूँघट नहीं करती जब अकेली हो!"

"चलो, कुछ देर के लिए मैं तेरा भाई नहीं, दीप का भाई बन जाऊँगा। कहूँगा, मेरी छोटी भाभी है। भाई मेरा बाहर गया हुआ था, जब खबर आई..."

कई खतरों की धूल उड़-उड़कर कैली के मुँह पर पड़ रही थी, पर बख्शे के मुँह से 'भाभी' शब्द सुनकर—वह भी दीप के सम्बन्ध से—कैली का मुँह चमक उठा।

लारियों के अड्डे के पास पहुँचकर कैली ने सिर का कपड़ा नीचे कर लिया, और बख्शे ने ट्रकवाले से बात करके चार रुपये उसकी मुट्ठी में देते हुए कैली को ज़रा ऊँची आवाज़ से कहा, "अब शान्ति कर भाभी! हमने एक घंटे में पहुँच जाना है, तू बापू की सुख माँग, रोती काहे को है?"

ट्रकवाले आहिस्ता-आहिस्ता ट्रक में माल भरने लग गए, और कैली एक ओर

बैंच पर बैठकर कल वाले सपने को सोचने लगी—'कल सपने में बापू ने मेरे और मितरो के सिर पर हाथ फेरते हुए कहा था—तुम रोओ मत, तुमने अभी बड़ी दूर जाना है, उठो, हिम्मत करो! और आज ही मुझे जाना पड़ गया...'

बाईस

दीपक के कमरे का दरवाज़ा कैली ने और सूरज की पहली किरण ने जैसे एक साथ ही खटखटाया।

एक क्षण दीपक की आँखों को विश्वास नहीं हुआ, परन्तु दूसरे ही क्षण उसने अपनी दोनों बाँहों को खोलकर दुनिया की इस रोशनी को बाँहों मे ले लिया।

अन्दर जाकर कमरे का दरवाज़ा बन्द करते हुए दीपक ने कहा, "मैंने अब फिर यह दरवाज़ा नहीं खोलना, कम-से-कम तेरे जाने के लिए तो नहीं खोलना।"

"एक मर्द की ज़बान से कह रहे हो?" कैली ने पूछा।

"हाँ, एक मर्द की ज़बान से!"

"एक दिन तुमने कहा था ना..." कैली ने चारपाई पर बैठते हुए कहा, "कि जंगले रक्षा भी करते हैं और कैद भी करते हैं। जब ये रक्षा करते हैं तो इनका शुभ माँगा जाता है, और जब ये कैद कर दें तो तोड़ना भी पड़ता है।"

"और तू जंगले को तोड़ने की बात सुनकर डर गई थी और मैंने कहा था, 'डरो न कैली, जब तक यह जंगला तेरी रक्षा करेगा, मैं इसका भला ही चाहूँगा'!"

"अब वह जंगला मेरी रक्षा नहीं कर सकता था, इसलिए आ गई!..."

"तुझे बहुत कष्ट हुआ होगा कैली! मुझे आवाज़ क्यों ना दे ली?"

"मुझे इस तरह ही लगा था जाने दूसरी ओर से तुमने मेरा हाथ पकड़ लिया हो!...और फिर बख्शा तो मेरे साथ था ही..."

दीपक ने बख्शे के कंधे पर रखा हुआ हाथ और दबाया! कहा, "तूने मुझे सच्चा ही यार वाला हाथ दिया था!..." और चाय बनाने के लिए उठ बैठा।

"चाय वाली बात तू रहने दे इस समय, मेरा ख़याल है कि मुझे इन्हीं पैरों वापस चले जाना चाहिए।" बख्शे ने कहा।

"मेरे पास बिजली का चूल्हा है, और रात का दूध भी पड़ा है, लेने नहीं जाना, बस, दो मिनट लगेंगे!"

"शायद दो मिनट भी इस समय कुछ हर्ज कर दें। हमने तो रात को एक-दो बजे ही पहुँच जाना था, पर ट्रकवालों ने माल भरते-भरते वहाँ ही आधी रात कर दी।"

बख्शे ने जल्दी-जल्दी कहा और फिर दहलीज़ों के पास जाकर एक मिनट खड़ा हो गया। ''उस दिन तूने मेरे से यारवाला हाथ माँगा था,'' बख्शे ने कम्बल से अपना हाथ निकालकर दीपक की ओर बढ़ाया और कहा, ''आज मैं तेरे से यारवाला हाथ माँगता हूँ—चाहे कितने ही तूफ़ान क्यों न टूट पड़ें, तू मेरी बहिन का हाथ न छोड़ना!''

दीपक ने बख्शे को अपना हाथ दिया। दोनों की आँखों में कुछ आँसू भर आए।

''जो भी अच्छी-बुरी खबर होगी किसी तरह पता दे देना। और गाँव में मेरी माँ...'' कैली ने उठकर कहा।

''मैं तुझे खत लिखकर सब कुछ बताऊँगा, और यदि वहाँ शान्ति हुई तो किसी समय आकर मिल भी जाऊँगा तुझे।'' बख्शे ने एक बाप की तरह, एक माँ की तरह कैली के सिर पर प्यार दिया।

''एक मिनट ठहर बख्शे!'' दीपक ने कहा और जल्दी-जल्दी एक कागज़ पर कुछ लिखकर कागज़ बख्शे को दे दिया, ''मैं शायद कैली को लेकर यहाँ न रहूँ। दिल्ली बात बन रही है मेरे काम की। तू यह पता भी अपने पास रख ले।''

बख्शे ने कागज़ जेब में डाल लिया और कमरे से बाहर चला गया।

दरवाज़े के अन्दर की चिटकनी लगाकर दीपक ने कैली के मुँह की ओर देखा, ''यह तो मुझे पता था कि एक दिन तू मुझे मिल जाएगी, परन्तु यह पता नहीं था कि इतनी जल्दी!''

''तुमने मुझसे यह तो पूछा ही नहीं कि वहाँ हुआ क्या!'' कैली ने कहा और उसकी आँखों के आगे शाह के चौबारे का वह फ़र्श आ गया, जहाँ गिलास में से गिरा हुआ दूध बह रहा था, टूटी हुई बोतल में से शराब बह रही थी और किसी के सिर में से निकला हुआ खून बह रहा था।

''जो कुछ भी हुआ है अच्छा हुआ है; और जो कुछ बीतेगी मैं सहन कर लूँगा!'' दीपक ने कहा और फिर कमरे की आलमारी खोलकर कुछ ढूँढ़ने लग पड़ा। आलमारी के पास से जिस समय दीपक कैली के पास वापस आया, उसके हाथों में सोने का कंगन था जो एक बार कैली ने उसे स्टेशन पर आकर दिया था—कहा, ''हाथ बढ़ाओ।''

''यह क्या?''

''मैंने आज के दिन के लिए इसे सँभालकर रखा हुआ था।''

''तुमने इसे बेचा नहीं था?''

''किस तरह बेच सकता था!''

''तुम्हें पता था कि यह दिन आएगा?''

''यह तो मुझे पता था कि आएगा, पर मैंने सोचा था कि मुझे कई बरस

इन्तज़ार करना होगा।''

दीपक ने कैली के हाथ में सोने का कंगन पहना दिया। फिर सिर से पैरों तक कैली के एक-एक अंग को दीपक ने अपने होंठों से स्पर्श किया। कैली को महसूस हुआ कि आज दीपक ने उसके मैले अंगों को मल-मलकर धो दिया था। सारी-की-सारी कैली दो होंठों की नदी में नहा गई।

तेईस

दीपक के पास एक नीले रंग की धोती थी, जो कैली ने बाँध ली, और गले में दीपक की एक सफ़ेद कमीज़ पहन ली। जो कपड़े एक बार अपने गले से उतारे, वे शाह के घर के नहीं थे, माँ के घर के थे, तो भी कैली को उनमें से शाह के घर की बू आ रही थी।

उसी दिन दोपहर को दीपक ने कैली के लिए कुछ कपड़े खरीदे और उन्हें दर्ज़ी को दे आया था, पर दर्ज़ी ने सिलने में तीन दिन लगा दिए थे। तीन दिन से कैली ने वही धोती बाँधी हुई थी और गले में वही कमीज़ पहनी हुई थी।

दीपक दर्ज़ी की ओर कपड़े लेने गया हुआ था, जिस समय नीचे के किरायेदार के एक लड़के ने दरवाज़ा खटखटाया और कैली को एक चिट्ठी दी। 'बख्शे की होगी' कैली ने सोचा, परन्तु चिट्ठी को खोला नहीं।

दीपक जब कपड़े लेकर आया, आते ही कहने लगा, ''एक अच्छी खबर मिली है कैली! दिल्ली में मेरा काम बन गया है। तू चाहे तो हम रात की गाड़ी से चले जाएँ।''

''यह खबर तो ठीक है, पर इसमें से पता नहीं क्या खबर निकले!'' कैली ने हाथ की चिट्ठी दीपक को दे दी।

''चिट्ठी मैं पीछे पढ़ूँगा कैली! पहले मुझे एक चीज़ दे!''

''क्या?''

''जिस तरह तूने अपनी जान मेरे हवाले कर दी है, इस जान की फिकर भी मेरे हवाले कर दे!''

''अच्छा, मैं रोटी लाती हूँ, तुम चिट्ठी पढ़ो।''

''नहीं, नहीं, रोटी पीछे लाना, पहले ये कपड़े पहनकर दिखाओ।'' दीपक ने हाथ में पकड़ा हुआ बंडल कैली को दे दिया।

कैली जब कपड़े बदलकर और हाथ में रोटी की थाली लिए कमरे में आई तो

दीपक चिट्ठी हाथ में पकड़े हँस रहा था, ''बख्शे ने लिखा है कि आज प्रात: मैं लखेशाह की ओर गया था—जैसे आगे कभी-कभी बहिन को मिलने जाया करता था। शाह ने बड़े अफ़सोस से मुझे बताया, 'परसों सुबह कैली उसके सामने ही खेतों की ओर साग-सब्ज़ी लेने गई थी। साथ के गाँव के लोगों ने कहीं पहले ही दाँव लगाया हुआ था। उन्होंने कैली का मुँह-सिर बाँध दिया और उसे एक घोड़ी पर डालकर ले गए। अभी तक उसकी कोई खबर नहीं मिली।' मुझे उसने विश्वास दिलाया कि उसके एक नौकर ने यह बात अपनी आँखों से देखी थी। और अब उसने पुलिस को उनके पीछे लगाया हुआ था। उसे भरोसा था कि कैली मिल जाएगी और वह असामियों से पिछला मुकदमा भी जीत जाएगा। जिन लोगों का लखेशाह ने नाम लगाया है उनसे उसकी काफ़ी अर्से से मुकदमेबाज़ी चल रही है...''

दीपक ने हँसते-हँसते आगे खत पढ़ा, ''और बीमे वाली बात भी मालूम होता है कि बन गई है। शाह ने बताया था कि जो आदमी जाँच के लिए आया था उसने उसकी रिपोर्ट ठीक लिख दी है।''

कैली ने अभी तक रोटी की थाली हाथ में ही पकड़ी हुई थी, थाली को चारपाई पर रखते हुए कहने लगी, ''यह भी दुनिया का अजीब कायदा है! जब सचमुच मेरा अपहरण हुआ था, लोग कहते थे कि अपने घर गई हूँ; परन्तु अब जब मैं सचमुच अपने घर आई हूँ, तो लोग कहते हैं कि उसका अपहरण हो गया!''

काले फूलों वाली छींट की कमीज़ कैली के गले में खिल-खिल पड़ती थी। दीपक ने चिट्ठी को परे रखकर कैली को अपनी बाँहों में ले लिया।

चारपाई पर बैठकर रोटी का पहला कौर तोड़ता दीपक कहने लगा, ''तूने सारी चिट्ठी तो सुनी ही नहीं! आगे बख्शे ने लिखा है कि लखेशाह कैली की माँ को भी खबर देने की सोच रहा था; परन्तु मैंने उसे सलाह दी थी कि कुछ दिन देख ले, शायद कैली का कहीं कुछ पता लग जाए। उसकी माँ को अभी पता मत दो, वह तो गम से ही मर जाएगी। उसे मेरी बात पसन्द आई।''

''मुझे माँ की चिन्ता थी, चलो वह भी अभी टल गई।'' कैली ने कहा और रोटी खाने लगी।

''और बख्शे ने तुझे बड़ा प्यार भेजा है, लिखा है कि जब मैंने बहिन को यह बात कही थी कि शाह की ओर से यह मन्नत मान दे कि जिस दिन उसे बीमे का रुपया मिलेगा वह बहिन को गुरुद्वारे चढ़ा जाएगा; मुझे नहीं पता था कि यह मन्नत इतनी जल्दी पूरी हो जाएगी!''

कैली हँसती-हँसती चारपाई पर से उठी और चारपाई के पायों के पास बैठकर उसने अपना सिर दीपक के घुटनों पर रख दिया।

चौबीस

कैली और दीपक को दिल्ली आए पाँच महीने हो गए थे। पहले तो कैली सोचा करती थी कि किसी को उसका पता न लगे और ज़िन्दगी के दिन जिस तरह गुज़र रहे थे, उसी तरह गुज़रते जाएँ। फिर जैसे-जैसे दीपक अखबारें पढ़ता और कैली को दंगे-फसाद की खबरें सुनाता, कैली तरसने लगी कि उसे किसी का पता तो लग जाए। यह साल 1947 था।

'यदि बख्शा कहीं जीता होता ज़रूर आता!' कैली बार-बार सोचती, 'अपनी खबर देता, मेरी माँ की खबर देता, कोई मितरो की खबर देता! वहाँ पता नहीं क्या हुआ और क्या न हुआ!...'

सिर्फ़ आज तक किसी की खबर मिली थी तो वह दीपक की माँ की और दीपक के भाई की खबर लगी थी। वे किसी तरह बचकर अमृतसर पहुँच गए थे, जहाँ से दीपक को अपने भाई का खत आया और दीपक वहाँ जाकर उनको मिल आया था। दीपक उन्हें अपने पास लाना चाहता था; पर उसके भाई को आशा थी कि वहाँ रहने से उसे सरकार से कोई ज़मीन मिल जाएगी। दीपक ने अपनी माँ को केवल इतना ही बताया था कि उसने ब्याह कर लिया था, और कुछ नहीं बताया था। माँ ने कैली को दीपक के हाथ सौ-सौ आशीर्वाद भेजे थे; पर आने के बारे में यही कहा था कि जब भी तनिक शान्ति हो जाएगी, वह कैली को देखने के लिए आएगी।

एक दिन अभी शाम नहीं हुई थी, कैली ने हैरान होकर देखा कि दीपक अपने समय से पहले ही घर आ गया।

"माँ आई है कैली!" दीपक ने अभी इतना ही कहा था कि कैली ने खिड़की में से बाहर खड़े ताँगे की ओर देखकर सोचा कि दीपक की माँ आई है।

"और साथ बख्शा भी आया है।" कैली ने जब दीपक को यह कहते सुना, उसे पता लगा कि उसकी अपनी माँ आई थी और उसके साथ बख्शा भी था।

"बख्शे के पास घर का पता नहीं था, ढूँढ़ता-ढूँढ़ता दफ़्तर आ गया।" दीपक ने बताया।

इन दिनों किसी बिछुड़े हुए को मिलना सबके लिए ऐसा था, जैसे यह मेल इस दुनिया में न हो रहा हो, किसी अगली दुनिया में हो रहा हो।

कैली माँ को मिलकर बख्शे की ओर हुई और उसे कहने लगी, "अरे, तूने मुझे भुला ही छोड़ा बख्शे!" फिर कैली ने जब ध्यान से बख्शे के मुँह की ओर देखा, हैरान हो गई, "तुझे क्या हो गया बख्शे, तू तो सूखकर तिनका हो गया है!"

अन्दर आकर चारपाई पर बैठते बख्शे ने जेब में से रूमाल निकाला और

अपनी आँखें पोंछकर कहने लगा, ''मैंने तो सोचा था कि मेरे अन्दर से सब कुछ सूख गया है, आँसू भी सूख गए हैं, परन्तु तुझे देखकर आज फिर कहीं से आ गए हैं!''

''मितरो तो जीती है?'' बख्शे के आँसू देखकर कैली को यही ख़याल आया और उसने पूछ लिया। उसे भूल गया कि यह बात माँ के सामने पूछनी थी कि नहीं।

''बड़ा ज़ुल्म हुआ कैली!'' बख्शे की जगह माँ ने जवाब दिया।

कैली से बोला न गया, वह केवल माँ के मुँह की ओर देखती रही।

''सब बच गए, एक मितरो को ही धरती ने खा लिया।'' माँ ने अपनी दोनों हथेलियाँ मलते हुए कहा, ''इससे तो आँखों के सामने मर जाती तो अच्छा था, चार दिन रो लेते और शान्ति कर लेते!''

कैली ने बात समझी और काँपकर सिर नीचा कर लिया।

दीपक ने बख्शे को बाँह से पकड़कर उठाया और हाथ-मुँह धुलाने के लिए गुसलखाने की ओर ले गया।

''मितरो की माँ तो रो-रोकर पागल हो गई है। मेरे साथ ही आई है फ़ौजी ट्रक में। वह तो आती ही नहीं थी, फ़ौज वाले उसे ज़बरदस्ती ले आए हैं।'' माँ यह कह रही थी कि उसने देखा, कैली के मुँह का रंग सफ़ेद फिटकरी होता जा रहा था। दीपक कमरे में आया और माँ को आहिस्ता से कहा, ''इस समय और उसकी बात न कर माँ! इन दिनों कैली...''

दीपक रसोई में कुछ खाने की व्यवस्था करने के लिए चला था कि माँ उठ बैठी, ''मुझे बता बेटा जो कुछ करना है। मैं काहे के लिए हूँ!''

दीपक माँ को रसोई में ले गया और जहाँ-जहाँ चीज़ें पड़ी हुई थीं, वह बताता कहने लगा, ''माँ, तुम्हें तो पहले ही आ जाना चाहिए था, तुम वहाँ काहे के लिए पड़ी थीं? मैंने बख्शे को कई चिट्ठियाँ लिखीं तुम्हारे लिए, पर उसकी ओर से कोई जवाब नहीं आया था।''

माँ रोती-रोती दीपक का सिर चूमने लग गई, ''मुझे तेरी चिट्ठियाँ दिखाई थीं बख्शे ने, पर मेरी अक्ल मारी गई!''

''तुम कैली से नाराज़ होगी और सोचा होगा कि अब तुमने अपनी बेटी को कभी मिलना ही नहीं?''

''सोचा तो बेटा यही था, तुझे सच बताती हूँ, पर अपने हाथों अपनी आँतें नहीं कटतीं!''

''और यहाँ हम तुम्हारी रोज़ प्रतीक्षा करते थे!''

माँ रसोई में आग जलाकर चाय बनाने लगी और दीपक कमरे में वापस आ गया।

"तूने बख्शे, कभी कोई खत क्यों न डाला?" दीपक ने बख्शे के पास बैठते हुए उसे कहा, "जो कुछ भी था, खत तो डाल देता।"

"मैं क्या खत लिखता दीपक! कैली की बात मैंने अन्दर बैठकर माँ को सच-सच बता दी थी। पर माँ का गुस्सा ही हाथ नहीं आता था। कहती थी कि अब मैंने कैली का मुँह नहीं देखना। फिर मैं माँ के बारे में तुम्हें क्या लिखता!...और वह दूसरी बात, वह भी कोई लिखने वाली बात थी!"

"फिर माँ मान कैसे गई यहाँ आना?" कैली ने धीरे से पूछा।

"एक तो इसने किसी से यह सुना था कि लखेशाह अपने गाँव से बहुत-सा रुपया और बहुत-से जेवर अपने साथ लेकर भागा था। जिन लोगों का ज़ेवर उसके पास रहन था, उनको खबर लग गई और उन्होंने पीछा करके सारा रुपया-पैसा छीन लिया और उसे भी मार दिया।"

"यह खबर सच्ची है?" दीपक ने बात काटकर पूछा।

"मैं कह नहीं सकता कुछ, ऐसी सुनी-सुनाई है, पर लगती सच्ची है। पैसे का पुत्र तो वह था ही। तुम्हें पता है, कैली जब आई थी, उसे बताकर आई थी, पर उसने दूसरे दिन बात कुछ की कुछ बना ली थी—इसलिए कि जिन लोगों से उसका मुकदमा चल रहा था उसका ख़याल था कि मैं यह बात उनके माथे लगा दूँगा तो शायद मुकदमा जीत जाऊँगा। आँखों देखा गवाह भी उसने बना लिया था..."

"फिर जीत लिया था उसने मुकदमा?"

"मुकदमे का तो मुझे पता नहीं, पर यह मुझे पता है कि उसे बीमे वाला रुपया मिल गया था—चाहे कहते हैं कि उसमें से उस जाँच-पड़ताल करने वाले ने भी कुछ रुपया लिया था। पर किस काम आया वह रुपया! कहते हैं कि अपने अंधे बाप को भी वह वहीं छोड़ गया था; क्योंकि भागते समय उसे साथ लेकर चलने से भागा नहीं जा सकता था।..."

"तू माँ की बात कर रहा था!"

"यह बात सुनकर माँ का दिल बदल गया था, पर दरअसल उसका दिल उस समय बदला था जब वह मितरो की माँ को रोते-बिलखते देखती थी। उधर से मितरो के ससुरालवाले कहते थे कि अब उसे ढूँढ़ने का क्या फ़ायदा है! अब यदि वह मिल भी जाए तो किस काम की! उन्होंने घर नहीं रखनी। पर मितरो की माँ फिर भी उसे ढूँढ़ती-फिरती थी, और कहती थी, 'कोई नहीं, तुमने घर नहीं रखनी तो मत रखो। मैं उसे अपने कलेजे से लगाकर रखूँगी। वह तो अब भी जहाँ कहीं पता चलता है कि पुलिस कुछ लड़कियाँ ढूँढ़कर लाई है, वहीं पहुँच जाती है और उसे ढूँढ़ती रहती है।"

"आजकल कहाँ है?"

"इस समय जालन्धर में है।"

"फिर माँ ने अपने-आप ही तुझे कहा कि तू उसे दिल्ली ले चल कि तू ज़बरदस्ती उसे ले आया?"

"अब तो वह मेरे घुटनों को हाथ लगाती थी कि मैं जैसे हो उसे बेटी से मिला दूँ। रात को सोई हुई भी बड़बड़ाती थी, और कैली का नाम ले-लेकर आवाज़ें देती थी!"

"तू बड़ा परेशान हुआ है बख्शे! मैं अब तुझे कहीं नहीं जाने दूँगी!"

"मैं अभी रहूँगा कुछ दिन यहाँ। पता लगा था कि फ़ौज दिल्ली में बहुत-सी लड़कियाँ ढूँढ़कर लाई है। देखूँगा कहीं जाकर..."

"बख्शे! यदि मितरो मिल जाए..."

"फिर?"

"तू तो उससे ससुरालवालों की तरह नहीं करेगा ना?"

कैली के मुँह से यह बात सुनकर बख्शे को रोना आ गया, और वह कहने लगा, "और तो मुझे कोई यह बात पूछे, तू भी यह बात पूछती है!"

पचीस

सूरज अभी चढ़ा नहीं होता था, जब बख्शा घर से निकलता और सूरज डूब चुका होता जब बख्शा घर लौटता। कैली उसे सुबह-सुबह चाय बना देती और दो-तीन नमकीन रोटियाँ पकाकर एक कपड़े में बाँधकर साथ दे देती।

"बस, मैंने कल का दिन देखना है यहाँ, नहीं तो फिर एक बार पंजाब जाऊँगा!" एक दिन बख्शे ने निराश होकर कहा।

"तू इतनी देर आगे वहीं तो रहा है। तूने वहाँ भी तो ऐसे ही चप्पा-चप्पा छान मारा होगा?" कैली ने कहा।

"न इसके लिए कोई रात थी और न दिन!" पास से माँ ने बताया और कहने लगी, "यहाँ तो फिर तू है, उठकर उसे चाय का घूँट ही बना देती है, वहाँ तो यह सूखा पानी पीकर ही उठ चलता था।...वहाँ तो लोगों ने इसका नाम 'भक्तजी' डाल छोड़ा था! कई इसे अच्छा भी जानते थे, और कई बुरा भी..."

"बुरा क्यों माँ?" कैली ने चौंककर पूछा।

"क्या करें लोग भी, बेचारे आप जो दुखे हुए थे! एक दिन तो इसे गले से पकड़ बैठे..." माँ ने फिर बख्शे की ओर देखा और कहा, "अरे, बताई नहीं है बहिन को वह बात?"

"उसका क्या बताना!..." बख्शे ने मुँह दूसरी ओर कर लिया।

''क्या हुआ था माँ, तू ही बता दे!'' कैली ने कहा।

''यह काम भी तो उल्टे-सीधे करता था, वैसे तो भला ही करता था।'' माँ ने एक ही साँस में दोनों बातें कहीं और फिर बताने लगी, ''उधर मुसलमानों ने ज़ुल्म ढाया था, और इधर यही कुछ हिन्दू कर रहे थे...और इस 'अल्लालोक' का तो तुझे पता ही है, न हिन्दू, न मुसलमान! उधर इसने हिन्दुओं की कई लड़कियाँ बचाई थीं, तो इधर यह मुसलमानों की लड़कियाँ बचाने लग गया। बीच-बीच में लोग कहने लग पड़े कि मुसलमानों के साथ मिला हुआ है, तब ही तो उनकी बहू-बेटियों को बचाता है...''

''मैंने क्या बचाया किसी को, मैं तो एक को भी...'' बख्शे की आवाज़ भर आई।

माँ ने बात नहीं समझी और कहने लगी, ''ले, बचाया क्यों नहीं! एक तो हमारे सामने की बात है। मुसलमानों का एक बहुत बड़ा काफ़िला जा रहा था। हमारे ही कैम्प में से लोग जाकर रात को तीन औरतें उठा लाए। इसे कहीं सुराग लग गया। इसने जाकर अफ़सरों के कान में फूँक मार दी और फिर आप आधी रात को साथ जाकर उन औरतों को क़ाफिले में मिला आया।''

''वह तो...'' बख्शे की आवाज़ गले में ही अटक गई।

''अरी, आज देर लगा दी है लड़के ने, आया नहीं!'' माँ ने कहा तो कैली बोली—''अभी आ जाएँगे! तू थक गई होगी माँ, बैठे-बैठे।''

''मैं तेरे लिए ही बैठी हूँ, नहीं तो मुझे तो झपकियाँ आ रही हैं।''

''उठ, फिर सो जाकर! मैं बिछौना बिछा दूँ?''

''बिछौना तो मैं कब का बिछा आई, बख्शे का भी बिछा आई। उठ बेटा! तू तो सारा दिन भटकता है।''

''मैं अभी आता हूँ माँ, तुम चलो।''

माँ साथ के कमरे में सोने चली गई, बख्शा वहीं बैठा रहा।

''सो जा बख्शे, जो घड़ी-पल सोना है!''

''आज कैली, मुझे नींद नहीं आएगी!''

''क्यों?''

''आज एक खबर मिली है!...''

''क्या?''

''कहते हैं कि कल प्रभात के समय एक ट्रक आना है, लायलपुर की ओर से...''

''और शायद...''

''यही सोचता हूँ, शायद...कह रहे थे कि चकों में से बहुत औरतें मिली हैं।''

कैली को पुराना भूला-बिसरा वह सपना याद आया, जिसमें उसके बापू ने

उसके और मितरो के सिर पर प्यार देकर कहा था, 'रोओ ना, तुमने अभी बड़ी दूर जाना है, उठो, हिम्मत करो!...'

कैली ने कभी यह सपना बख्शे को नहीं सुनाया था। आज उसने सारा सपना सुनाया और कहने लगी, "यह किस तरह का सफ़र पड़ गया मितरो को!"

"कोई बात नहीं कैली! अब भी कहीं यह सफ़र समाप्त हो जाए..."

"अरे तू जब गाँव गया था दोबारा, वहाँ मिली थी एक बार... ?"

"कहाँ कैली! बस, वह तेरे सामने जो मिली थी—वह शायद अन्तिम मेल था!"

"तू जब गाँव गया था... ?"

"सुना था कि अब उसकी सेहत अच्छी थी, इसलिए उसके ससुरालवाले उसे आकर ले गए थे।"

"ये दुनिया के रिश्ते किस तरह के होते हैं बख्शे! बीमार हो गई तो फेंक गए, राज़ी हो गई तो ले गए। और यदि कोई अच्छी-बुरी हो गई तो रिश्ता भी इस तरह उतारकर फेंक दिया, जैसे गले से कपड़ा उतार दिया हो!..."

"मैंने उस चालीस चकवाले को देखा था, उसे तो कहीं वह भूले-बिसरे याद भी नहीं! रुपया-पैसा वह कुछ बचा लाया है...वहीं कैम्प में एक लड़की थी। वह तो ब्याह करने को फिरता था उसके साथ; शायद अब तक कर भी लिया होगा...और या ज़मीन के पीछे लगा था..."

"तूने तो अपने-आप को खाक कर दिया, बख्शे!"

"मैं बादशाह हो जाऊँगा, कैली, अगर कहीं एक बार..."

छब्बीस

कैली की आँख खुल गई। गुसलखाने की ओर से बख्शे की धीमी-धीमी आवाज़ आ रही थी—

बीजी कणक ते बीजिया बाजरा वी
अज किस्मतां बीज के वेख लईए—

कैली ने हाथ से साथ की चारपाई को टटोला, दीपक अभी गहरी नींद में सोया था। कैली हौले से उठी और रसोई में जाकर चाय बनाने लगी।

"मैंने तो यह सब कुछ झेलना था कैली! साथ तू भी..." बख्शे ने जब रसोई में रोशनी देखी, तो अन्दर जाता हुआ कैली को कहने लगा, "नींद तो आज

मुझे छूने भी नहीं आई!''

''कोई नहीं बख्शे, अब तो दिन चढ़ने ही वाला है...''

बख्शे ने चाय का गिलास पकड़ा और एक घूँट भरकर कहने लगा, ''आज तो मेरे अन्दर चाय का घूँट भी नहीं जा रहा।''

''भर ले दो घूँट, थोड़ा आधार रहेगा।''

बख्शे ने चाय पी ली पर आटा गूंधती कैली का हाथ पकड़ लिया, ''मैंने कुछ नहीं खाना कैली!''

''अरे बावरे, सारा दिन किस तरह कटेगा...''

कैली की बात अभी मुँह में थी, बख्शे ने हाथ का गिलास रखा और बावरों की तरह बाहर के दरवाज़े को खोलकर चला गया।

सारा दिन कैली का मन डावाँडोल रहा। बख्शे के सुबह वाले बोल कैली के कानों में बैठे रहे—गेहूँ बोकर देख लिया, बाजरा बोकर देख लिया, आज किस्मत बोकर देख लूँ।

'अगर कहीं किस्मतें भी आँसुओं के पानी से उग जाएँ...' कैली सारा दिन सोचती रही और दरवाज़े की ओर देखती रही। और फिर दोपहर अभी ढली थी जब कैली के दरवाज़े के आगे एक ताँगा आ खड़ा हुआ।

''क्या सचमुच!...'' कैली के होंठों में से नहीं, उसके सारे अस्तित्व में से ये शब्द निकले।

कैली ने आगे होकर मितरो को ताँगे में से इस तरह उतारा जैसे कोई नव-विवाहिता को डोली में से निकालता है...

सत्ताईस

दीपक रातों-रात जालन्धर गया। बख्शे ने जो पता-ठिकाना बताया था, वहाँ जाकर मितरो की माँ और भाई को ले आया।

माँ मितरो को इस तरह मिली जैसे वह मितरो को अपने पल्ले में नहीं अपनी कोख में छिपा लेना चाहती हो।

''मासी!...मासी!...'' कैली ने उसके कंधे को हिलाया।

कितनी देर बाद उसके होंठ फड़के और मुश्किल से इतनी-सी आवाज़ निकली, ''भाड़ में जाएँ ये लोग...''

फिर माँ ने चौंककर कमरे के चारों ओर देखा, ''कहाँ है बख्शा? मैंने तो आज उसके पैर धोकर पीने हैं!''

बार-बार बख्शे का सिर चूमती माँ कहती, ''कोई बात नहीं, जो मुझे छोड़ते हैं छोड़ दें...मैं लोगों के बर्तन माँज लूँगी, पर मैं अपनी बेटी को गले से लगाकर रखूँगी!...मुआ, इसका ताऊ, मरण किनारे पड़ा हुआ है, और बड़ी-बड़ी आँखें निकालकर मुझे कहता था—'यहाँ न लाना लड़की को...!...' और वे मरे चालीस चकवाले...चार पैसे बचा लाए हैं, इसलिए तो...मेरी ओर से एक छोड़ सात विवाह कर लें लड़के के...मेरे दरवाज़े के आगे से उसे क्यों गुज़ारते हैं, मुझे दिखा-दिखाकर!...''

दूसरे दिन मितरो की माँ जब कुछ सँभली तो कैली को एक ओर ले जाकर और पल्लू से कुछ रुपये खोलती हुई कहने लगी, ''मैं तेरा देना नहीं दे सकती बेटी! एक बार आगे भी जब मितरो मरनहाल पड़ी थी, तूने ही इसे राज़ी किया था! न जाने तूने क्या मन्तर दिया था इसे, दिनों में ही और की और हो गई थी! अब फिर इसी तरह पड़ी हुई है, पत्थर-की-पत्थर! तू ही उसका दिल ठिकाने ला सकती है!...ये रुपये ले-ले और उसे कपड़े सिला दे थोड़े-से।''

''ये रुपये तू पास ही रख मासी! आज मेरे साथ बाज़ार चलना, हम कपड़े ले आएँगे जाकर। पर तूने मुझे एक मन्नत देनी है, याद है तुझे? वह मुझे दे दे।''

''मुझे याद क्यों नहीं बेटी!...''

''मैंने तुम्हें कहा था कि अभी मैं कुछ नहीं माँगती, पर यदि मितरो राज़ी हो गई तो फिर तेरी-मेरी बातें...और अब मितरो मरकर मिली है!''

''वहाँ तो मेरा घर भरा हुआ था कैली! तू जो मुँह से कहती...यहाँ मैं क्या हाज़िर करूँ तेरे...मेरे पास तो बस हाथ-पाँव बच रहे हैं। इनसे मैं सारी उमर तुझे मुट्ठियाँ भरती रहूँगी।''

''मुझे शर्मिन्दा न कर मासी! मैंने जो चीज़ माँगनी है वह तू मुझे उँगली के इशारे से दे सकती है!...''

''अरी मैं वारी जाऊँ, जो मैं तुझे कुछ न दे सकूँ!''

''तू मितरो का ब्याह बख्शे के साथ कर दे, मेरी मन्नत पूरी हो जाएगी!'' मितरो की माँ चुप रह गई।

''बस, चुप हो गई हो मासी!''

''तू समझी नहीं कैली!''

''फिर समझा मुझे।''

''बख्शा भी तो मर्द है कैली, तू मर्दों को नहीं जानती!''

''तेरा क्या ख़याल है...''

''अब बख्शा यह बात नहीं मानेगा...''

''नहीं मासी, वह तो शुरू से ही मितरो को प्यार करता था।''

''यह मुझे पता है कैली!'' पर तब की बात और थी।

''और अब उसने ऐसे ही अपने आप को रुला लिया, मितरो को ढूँढ़ने के लिए?''

''यह तो ईश्वर की ओर से ही उसके मन में कुछ तरस है कैली! उसने तो मुसलमानों की लड़कियों को भी ढूँढ़-ढूँढ़कर दिया है...''

''अच्छा, तू उसकी बात छोड़ दे मासी, तू अपनी बात कर।''

''मेरी ओर से तो यह बात हो जाए, मेरे सारे दुःख कट जाएँ।''

''चल फिर उठ, बाज़ार चलें। तू अपने हाथों चाहे एक जोड़ा ही लाकर पहना दे मितरो को।''

''तू सच कह रही है कैली?''

''सच!''

और कैली ने कमरे में जाकर मितरो से कहा, ''उठ री मितरो! कोई बुरादा-उरादा जला और कड़ाह रख दे चूल्हे पर। मैं और मासी शगुन का जोड़ा लेने जा रही हैं।''

कैली ने यह बात इतने ज़ोर से कही थी कि साथ के कमरे में खड़े हुए बख्शे ने भी सुन ली। उसे यकीन नहीं आ रहा था कि उसने सचमुच अपनी आरी से और अपने तेशे से आज किस्मत को तराश लिया है...

मितरो ने सिर उठाकर कैली की ओर देखा, जाने पूछ रही हो—कैली! क्या यह इसी जन्म की बात है?...

कामिनी

कामिनी

सूरज की कुछ किरणें और बादलों के कुछ टुकड़े आपस में टकरा गए थे। नरम चादर को ओढ़कर कामिनी ने आसमान की ओर देखा—जैसे वह अपने हाथों से बादलों के कुछ टुकड़े परे हटा देगी, और सूरज को कुछ अपने पास कर लेगी।...

रोज़ जितनी देर सूरज दिखाई देता रहता, कामिनी का मन बहल जाता था, पर धरती पर जब रात की पहली छाया उतरती, तो कामिनी का मन घिरने लगता था। तलुवों में एक ठंड सरक आती थी। जिस्म के तलुवों में भी, मन के तलुवों में भी।

'औरत के सिर पर उमर का जो सूरज सोलहवें साल में चढ़ता है, ज़्यादा नहीं तो उसकी धूप वह अपनी उमर के चालीसवें साल तक ज़रूर सेंक सकती है।' कामिनी ख़यालों में उतर गई, 'मुझे तो अभी पच्चीसवाँ लगा है और इतनी ठंड लगने लगी है कि उसे झेलना भी मुश्किल है।'

कामिनी की ज़िन्दगी के वे दिन जहाँ बैठकर बीते थे, वह एक खिड़की थी। बाज़ार के बगल में एक गली थी, गली के पहले मकान में कामिनी रहती थी। और इस मकान की एक खिड़की वह भी थी जो गली की बजाय बाज़ार में खुलती थी। कामिनी छोटी-सी थी, जब उसकी माँ नहीं रही थी। उसका पिता एक 'ईवनिंग कॉलेज' में पढ़ाता था, और कामिनी जब स्कूल से वापस आती तो घर में एक बूढ़ी नौकरानी को छोड़ और कोई न होता, और वह चाय का एक प्याला लेकर खिड़की में आकर बैठ जाती थी...

मकान तिमंज़िला था, इसलिए तीसरी मंज़िल की वह खिड़की इतनी ऊँची थी कि उसमें बैठकर जब कामिनी बाज़ार में चलते लोगों को देखती, तो वे लोग उसे बहुत दूर लगते थे।

वह जब कॉलेज में पढ़ने लगी तो उसकी उँगलियाँ अपने पिता की किताबों के पन्ने भी उलटने लगी थीं। फिर वह खिड़की में बैठकर किसी किताब को पढ़ने लगती तो उसे लगता जैसे कुछ लोग इस किताब में चल रहे हों, और कुछ लोग नीचे बाज़ार में। सिर्फ़ वही अकेली एक खिड़की में बैठी है...

किताबों की कहानियाँ पंक्ति-दर-पंक्ति चलती हुई कहीं-की-कहीं पहुँच जाती थीं। पर कामिनी एक ही खिड़की में एक ही जगह बैठी उन्हें इस तरह देखती रहती थी जैसे वह एक कुर्सी पर बैठी हुई किसी रंगमंच की दर्शक हो।

और फिर कामिनी कुछ देर के लिए महज़ दर्शक न रही, बल्कि एक पात्र बन गई। कामिनी ने लोग तो देखे हुए थे, क्योंकि वह उस कॉलेज में पढ़ती थी जहाँ लड़के और लड़कियाँ एक साथ पढ़ते थे, पर उसकी नज़र से सिर्फ़ ऐसे लोग ही गुज़रे थे जो वाकफ़ीयत के, दोस्ती के और मुहब्बत के लफ़्ज़ों को इस तरह बोलते जैसे उन्हें जल्दी होती थी कि उन्हें वे लफ़्ज़ आते हैं। पर कामिनी ने वे लोग कभी नहीं देखे थे जो इन लफ़्ज़ों को अपने दिल की तहों में उतार लेते थे और फिर खामोश रहते थे।

और जो लोग कामिनी ने नहीं देखे थे, उनकी उसे 'तलाश' रहने लगी थी। इन लोगों के नक्श उसने कभी-कभी किसी नज़्म में देखे थे, कभी किसी कहानी में, और कभी अपने पिता की उस डायरी में पढ़े थे जिसे पिता कभी-कभी रात को लिखते थे। उसके पिता को अपनी जवानी में उस औरत से मुहब्बत हो गई थी, जिसके हाथ समाज की नज़रों में कंवारे नहीं थे। उस औरत की हथेलियों से मेहंदी पुँछ गई थी। उसके हाथ सूने हो गए थे, पर वे हाथ फिर से कंवारे नहीं हो सकते थे। वाकिफ़ लोगों और नातेदारों में से कोई भी सहमत न हुआ, पर कामिनी के पिता ने उन विधवा हाथों को 'परना' लिया। वाकिफ़ और नातेदारों की तरह ज़िन्दगी भी शायद उनसे नाराज़ थी। वह औरत बहुत दिन ज़िन्दा न रही। शायद अपने महबूब को अपनी कोख का फूल देने के लिए ही वह इस दुनिया में आई थी। उसने इस कामिनी, इस बेटी को जन्म दिया। अपने महबूब की झोली में इस फूल को डालकर वह इस दुनिया से चली गई। पिता ने कामिनी को मेहनत से पाला था, पढ़ाया था, कभी उसे कुछ नहीं कहा था। पर कोख के इस फूल को देखते कभी-कभी वह इतना उदास हो जाते कि रात को छुपकर वह डायरी लिखने लगे। इस डायरी को कामिनी ने चोरी से पढ़ लिया था और उसने उन लोगों की आकृति देख ली थी जो लोग उसे अपने हर-उमर लोगों में दिखाई नहीं दिए थे।

और उसने एक दिन अपने कॉलेज में सुनील को देखा। यह सुनील पहले किसी दूसरे शहर में पढ़ता था। पर उसके पिता की बदली दिल्ली में हो गई तो वह भी दिल्ली के इस कॉलेज में आ गया था। सुनील कुछ उसी तरह का था, जिसे कामिनी ने कई सालों से अपने ख़यालों में बसा रखा था।

खिड़की में बैठकर कामिनी उसका इन्तज़ार किया करती थी। वह कभी-कभी कामिनी के घर आने लगा था। कभी कोई किताब दे जाता, कभी ले जाता... पर चुप-सा रहता। बहुत दिनों बाद सिर्फ़ इतना हुआ था कि उसने कामिनी को अपनी बाँहों में लेकर उसके होंठ चूम लिए थे। और पता नहीं खाली-खाली या

भरी-पूरी आँखों से कामिनी को देखता हुआ वह चला गया था।

फूल रंग बदल रहे थे। रूप बदल रहे थे। कामिनी को लगा कि उसके मन में जो कभी तलाश का फूल था, वही फूल 'इन्तज़ार का फूल' बन गया था, और वही फूल अब 'उम्मीद' के फूल में बदल गया था। कॉलेज की पढ़ाई खत्म हो चुकी थी। सुनील किसी सरकारी दफ़्तर में काम करने लगा था। पर वह पहले की तरह ही बीच-बीच में कामिनी को मिलने उसके घर आता रहा। और इस तरह कामिनी सीखचों वाली खिड़की में बैठी हुई दर्शक नहीं रही थी, एक कहानी की पात्रा बन गई थी। यह बात अलग थी कि यह कहानी उन मौन फ़िल्मों की तरह थी जो आज से कुछ साल पहले बनाई जाती थीं, और जिनमें शक्लें दिखाई देती थीं, पर आवाज़ नहीं। सुनील किताबों की बात हमेशा किया करता था, पर उस कहानी की बात नहीं करता था जिस कहानी का एक पात्र वह खुद था और दूसरा पात्र कामिनी। जब कभी वह चुपचाप खड़ा कामिनी को अपनी बाँहों में भर लेता, तो कामिनी को लगता था जैसे वह उस कहानी की बात कर रहा हो।

और फिर सुनील उसका शहर छोड़कर चला गया। चार-छः खत कामिनी की दौलत बन गए, पर उसके बाद कामिनी के पढ़ने के लिए खामोशी का वह एक लम्बा खत बच रहा जिसे अपने पास से ही लफ़्ज़ देती थी और अपने पास से ही उन लफ़्ज़ों को अर्थ। और कामिनी को लगा कि उसके मन में खिले हुए फूल ने फिर रंग बदल लिया था। तलाश का फूल, जो कभी इन्तज़ार का फूल बना था, और इन्तज़ार का फूल जो कभी उम्मीद का फूल बना था, अब वही उम्मीद का फूल 'खामोशी का फूल' बन गया था।

यह फूल सूरज की रोशनी में इतना नहीं खिलता था जितना रात के अंधेरे में। रात के इस फूल को कामिनी रोज़ देखती थी; पर इस फूल की पत्तियाँ बड़ी ठंडी थीं, इस फूल की खुशबू बहुत ठंडी थी, और जैसे ही धरती पर रात की पहली छाया उतरती, कामिनी के बदन में ठंड का कंपन उतर आता था। तलुवों में एक ठंड चढ़ने लगती थी : जिस्म के तलुवों से भी और मन के तलुवों से भी।

और आज सूरज की कुछ किरणें और बादलों के कुछ टुकड़े आपस में टकरा गए थे। कामिनी ने गर्म चादर को अपने गिर्द लपेटकर आसमान की तरफ़ देखा...जैसे वह अपने हाथों से बादलों के टुकड़े परे हटा देगी, जैसे अपने हाथों से वह सूरज को अपने पास कर लेगी...

दो

कामिनी जिस कहानी की किरदार बनी थी, वह कहानी एक-दो पैराग्राफ़ों से आगे नहीं गई थी, इसलिए कामिनी फिर से एक दर्शक थी...

अब कामिनी और उसका पिता पुरानी दिल्ली के उस मकान में नहीं रहते थे जो तीन मंज़िला था। कामिनी के पिता ने शहर से कई मील दूर, जहाँ दिल्ली और पंजाब की सरहद थी, कुछ ज़मीन खरीद रखी थी। इस ज़मीन पर उसने तीन छोटे-छोटे कमरे बनवा लिए थे और बाकी ज़मीन में बगीचा बना लिया था। अब पिता किसी कॉलेज में नहीं पढ़ाता था, किताबों का अनुवाद करता और इसलिए कहीं आने-जाने की ज़रूरत नहीं पड़ती थी। अपनी ज़िन्दगी के आखिरी दिनों को वह एकान्त में गुज़ारना चाहता था...। और यह घर चाहे एक मंज़िल का ही था, पर कामिनी को लगता था कि सुनील से कुछ दिनों की मुलाकात उसे किसी सात मंज़िलों वाली इमारत के सबसे ऊपरी चौबारे में बिठा गई थी, जहाँ बैठी वह धरती पर चलने वाले लोगों को एक दर्शक की तरह देखती रहती थी। लोग पहले भी उससे दूर दिखाई देते थे, अब और भी दूर दिखाई देने लगे थे।

कामिनी के सामने काम करने के कई रास्ते थे। पर जब से उसे मालूम हुआ था कि *दिल्ली टाइम्स* के दफ़्तर में, अगर वह मेहनत करे तो, उसे 'कॉलमिस्ट' की नौकरी मिल सकती है, तो उसका सारा ध्यान काम में उतर गया था।

कामिनी ने कुछ दिन 'ट्रायल' पर काम किया और उसके बाद उसे तीन महीनों बाद, 'पत्रकार' की नौकरी मिल गई। अखबार का दफ़्तर उसके घर से बहुत दूर था। सुबह वह बस में जाती। पर दफ़्तर पहुँचकर उसे जहाँ कहीं भी जाना होता, दफ़्तर की गाड़ी इस्तेमाल करने की इजाज़त थी।

एक दिन कामिनी जब 'प्रूफ' देखने के बाद प्रेस से बाहर निकली, तो गली के मोड़ पर आज भी भिखमंगों की कतार लगी हुई थी। *दिल्ली टाइम्स* का दफ़्तर कनॉट प्लेस में था, पर प्रेस दरियागंज की एक गली में था। कामिनी इस अखबार की 'कॉलमिस्ट' थी जिसके कारण उसे प्रेस में आने की कभी ज़रूरत नहीं पड़ी थी। पर इन दिनों एक प्रूफ़ रीडर की बीवी बहुत बीमार थी और कामिनी उसके हिस्से का काम करने के लिए इन दिनों प्रेस में आ जाया करती थी। गली छोटी थी जिससे दफ़्तर की गाड़ी का ड्राइवर गाड़ी को गली के मोड़ पर खड़ी कर देता था। गली के मोड़ पर कल भी भिखमंगों की इसी तरह कतार लगी हुई थी और परसों भी। कामिनी को मालूम था कि गली के मोड़ पर संगमरमर के फ़र्शवाला मकान दिल्ली के मशहूर जौहरियों का मकान था, जिनका बूढ़ा बाप देवीलाल जौहरी तीन दिन पहले मरा था।...और कामिनी जानती थी कि देवीलाल

जौहरी के बेटे आजकल रोज़ दान करते थे। रोज़ दोपहर को भिखमंगों को रोटी खिलाना भी इस दान में शामिल था।

कामिनी जब गाड़ी के पास पहुँची तो नुक्कड़ की चाय की दूकान में बैठा गाड़ी का ड्राइवर उठकर चला आया। गाड़ी की चाबी उसके हाथ में थी। और वह गाड़ी को खोलने ही लगा था कि एक बच्चा दौड़ते हुए आया और ड्राइवर के हाथ से टकरा गया। गाड़ी की चाबी नीचे जा गिरी।

ड्राइवर जब ज़मीन पर गिरी हुई चाबी को उठाने लगा तो कामिनी ने देखा कि जो बच्चा ड्राइवर की बाँह से टकराया था, वह अब भी वहीं खड़ा था और अपने हाथ से गिरी हुई रोटी की तरफ़ देख रहा था। गाड़ी के पहिये के पास दो रोटियाँ पड़ी थीं और कुछ आलू बिखरे पड़े थे।

बच्चे ने एक बार कामिनी की तरफ़ देखा और फिर ज़रा-सा उचककर वह गाड़ी के पहिये के पास पड़ी रोटियों को देखने लगा। शायद वह झुककर रोटियों को उठा लेना चाहता था।

भिखमंगे की लाइन में से दो भिखमंगे दौड़ते हुए आए और कार के पास खड़े बच्चे की तरफ़ देखने लगे।

''क्या बात है?'' कामिनी ने भिखमंगों से पूछा।

''मालूम नहीं जी! एक लड़का था...इतना ही बड़ा था। वह अभी कहीं से दौड़ता हुआ आया था और अन्धे जमालू के हाथों में से रोटी उठाकर दौड़ गया...इधर ही आया था...यह तो शायद नहीं...कोई दूसरा होगा...।''

भिखमंगे बच्चे के खाली हाथों को घूरते हुए वापस चले गए। कामिनी गाड़ी के पास इस तरह खड़ी थी कि पहिये के पास पड़ी हुई रोटियां सामने से दिखाई नहीं देती थीं।

दोनों भिखमंगों के चले जाने के बाद कामिनी ने बच्चे के चेहरे और कपड़ों की तरफ़ देखा। कपड़े बहुत साधारण थे। चेहरा खोया-खोया। फिर भी यह लगता था कि यह बच्चा भिखमंगों का नहीं था।

''तुम्हारा नाम क्या है बेटा?''

''हरीश।''

''तुमने अंधे भिखमंगे के हाथों से रोटी क्यों उठाई थी?''

''क्योंकि अन्धे को दिखाई नहीं देता और वह मुझे पकड़ नहीं सकता।''

''पर मेरा मतलब है...ये रोटियाँ तो फ़कीरों के लिए हैं...''

''मुझे बहुत भूख लगी हुई थी...''

''तुमने आज ही ऐसा किया है या पहले भी ऐसा करते हो?''

''जब घर में मुझे रोटी खाने के लिए नहीं देते, तो इसी तरह...उस दूसरी

गली के मोड़ पर एक भिखमंगा हमेशा बैठा होता है। वह भी अन्धा है। पहले मैं उसकी रोटी उठाता था...''

कामिनी ने गाड़ी में बैठते हुए बच्चे को कहा कि वह भी गाड़ी में बैठ जाए।

''आप मुझे सिपाही को पकड़ा देंगी!'' बच्चे ने डरकर कामिनी की तरफ़ देखा और अपने साथ की गली की तरफ़ भी जैसे वह जल्दी से भाग जाना चाहता हो।

कामिनी ने बच्चे को बाँह से पकड़ लिया और बोली, ''नहीं, मैं तुम्हें सिपाही को नहीं पकड़ाऊँगी। तुम्हें रोटी दूँगी खाने के लिए...''

बच्चे को शायद यकीन नहीं हुआ। पर कामिनी ने बच्चे की बाँह को पकड़ रखा था। वह चुपचाप गाड़ी में आ बैठा।

गाड़ी खुली सड़क पर आई तो कामिनी ने पूछा—

''हरीश!''

''हाँ जी!''

''तुम्हारा घर कहाँ है?''

''बाईं ओर, अगली गली में।''

''यहाँ दरियागंज में ही?''

''हाँ जी।''

''तुम्हारे माँ-बाप हैं?''

''मेरे पिता एक बैंक में काम करते हैं।''

''और माँ?''

''माँ तो है, पर वह मेरी माँ नहीं। मेरी माँ तो मर चुकी है।''

''पर वे तुम्हें रोटी क्यों नहीं देते?''

''पैसा भी नहीं देते। मैं कभी-कभी पिता के कोट से पैसे निकाल लेता हूँ...अगर उन्हें मालूम हो जाए तो मेरी पिटाई करते हैं और कितने ही दिन मुझे भूखा रखते हैं।''

''तुम स्कूल नहीं जाते?''

''जाता हूँ। कभी-कभी नहीं भी जाता।''

''रोज़ क्यों नहीं जाते हो?''

''मुझे पढ़ना अच्छा नहीं लगता। लिखने के लिए कॉपियाँ नहीं होतीं। मास्टर भी रोज़ मारता है।''

दिल्ली-गेट के पास पहुँचकर कामिनी ने ड्राइवर को गाड़ी रोक देने के लिए कहा। सड़क के किनारे एक खोमचे वाला कुलचे-छोले बेच रहा था। कामिनी ने बटुए से एक रुपये का नोट निकाला और हरीश को देकर बोली, ''तुम इस खोमचे वाले से कुलचे खाकर घर चले जाना।''

"एक मिनट ठहर जाइए।" हरीश ने गाड़ी में से बाहर निकलते हुए कहा।

"क्यों?"

"मैं दो कुलचे खाऊँगा। उसके पैसे खोमचे वाले को देकर बाकी पैसे आपको ला दूँ।"

"बाकी पैसे?" कामिनी ने हरीश के चेहरे की ओर देखा। उसे लगा कि हरीश का चेहरा मिनटों में ही वह नहीं रहा था जो एक अन्धे फ़कीर के हाथ से रोटी उठाकर भागा था, और जिसने पिछली रात या उससे पिछली रात अपने बाप की जेब से पैसे चुराए थे। "बाकी पैसे तुम खर्च लेना...और हाँ...मेरा मन रखना चाहो, तो मेरी एक बात मान लेना, स्कूल रोज़ जाया करो..." कामिनी ने धीरे से कहा और ड्राइवर को चलने का इशारा किया।

पाँच मिनट पहले कामिनी को ख़याल आया था कि वह इस बच्चे को किसी बालक-सुधार स्कूल का पता लिखकर दे दे, और अगर उसका बाप उसे वहाँ छोड़ना मान जाए, तो वहाँ वह दाखिल हो जाए। पर साथ ही उसे ख़याल आया था कि उस स्कूल में सिर्फ़ वे बच्चे दाखिल किए जाते थे, जिनके माँ-बाप नहीं होते। इसलिए इस बच्चे को वहाँ दाखिला नहीं मिल सकता था। पर अब कामिनी को लगा कि वास्तव में इस बच्चे को किसी 'सुधार-स्कूल' में दाखिल होने की ज़रूरत नहीं थी—इसकी ज़रूरत तो उसके माँ-बाप को थी। पर किसी माँ-बाप के लिए कहीं कोई सुधार-स्कूल नहीं बना था...

तीन

शहर में स्कूलों की कमी बहुत देर से महसूस हो रही थी। नये दाखिले शुरू होते ही लोगों में भाग-दौड़ शुरू हो जाती थी। वाकफ़ीयतें और सिफ़ारिशें सिर्फ़ कुछ लोगों के काम आती थीं। ज़्यादातर लोग इस भाग-दौड़ में इतना थक जाते थे कि अगर किसी ने अपना बच्चा इंजीनियर बनाना होता तो उसे वह आर्ट्स स्कूल में दाखिल करा आता, और अगर किसी ने आर्ट्स स्कूल में दाखिल कराना होता तो उसे वह सेना में भरती करवा आता था।

एक नये स्कूल की इमारत शुरू हुई थी, जिसका आज उद्घाटन किया जाना था। बहुत-से अखबारों के पत्रकार और फ़ोटोग्राफ़र वहाँ पहुँचे हुए थे, कामिनी भी...

यह स्कूल शहर में बनी हुई एक नई आबादी में था। दूर-पास में लोगों के कुछ

घर अभी बन रहे थे। स्कूल की बाईं ओर के घर में भी शायद आज कोई रस्म थी, सारी सड़क पर कारें और स्कूटर खड़े थे। कामिनी ज़रा देर से पहुँची थी, जिससे गाड़ी खड़ी करने के लिए उसे कहीं भी जगह नज़र नहीं आ रही थी। आख़िर में मकान का मोड़ घूमकर कामिनी ने गाड़ी खड़ी करने के लिए जगह ढूँढ़ ली, और वहाँ से लौटकर वह स्कूल की बिल्डिंग में चली आई थी।

स्कूल का उद्घाटन हो गया तो कामिनी साथ की सड़क पर अपनी गाड़ी को लेने के लिए आई तो उसने देखा कि गाड़ी के पास पड़े एक पत्थर पर पैर रखकर एक आदमी बेहद उदास खड़ा था। जाने क्यों, कामिनी से रहा नहीं गया। उसने एक-दो बार उसकी तरफ़ देखा। उसका चेहरा उतरा हुआ था। कामिनी ने पूछा—

''क्या बात है सरदार जी?''

''कुछ नहीं बहन जी।''

'कुछ नहीं' तो उसने कह दिया पर साथ ही उसने एक ठंडी साँस ली। इसके बाद वह नुक्कड़ वाले मकान की तरफ़ इस तरह देखने लगा जैसे जानना चाहता हो कि उसकी ठंडी साँस से उस मकान की कोई ईंट अपनी जगह से हिली थी या नहीं।

''कोई बात तो ज़रूर है। कहिए ना?''

''देखो ना बहन जी! एक जट्टी की भैंस मर गई तो वह रोने लगी। मिरासिन आकर पूछने लगी कि क्यों चौधरानी क्या बात है? जट्टी ने बताया कि उसकी भैंस मर गई है। इस पर मिरासिन बोली कि छोड़ो भी चौधरानी, यहाँ तो कलगियाँ वाले नहीं रहे, तुम तो काली चमड़ी को रोती हो। मिरासिन का मुर्गा मर गया था। सो बात यह है बहन जी! लोग तो अपनी कलगी वालों को रोते हैं, हमारी भैंस को कौन रोता है!''

''पराई पीर पर कोई नहीं रोता है।''

''हमने तो ओखली में सिर दिया है, अब मूसलों की मार गिनकर क्या लेंगे! बदज़ातों से वास्ता पड़ा है। यह घर देखती हैं ना आप! यह एक थानेदार का घर है। मैंने इसके घर में बिजली का काम किया था। बड़ी हलीमी से पेश आया था। मैंने ठेका ले लिया। काम खत्म होने तक थोड़े-बहुत पैसे भी देता रहा— जैसे कुत्ते को रोटी का कचरा फेंक रहा हो। मेरे ज़्यादा पैसे माँगने पर कहता कि मैं मेंगने नहीं खाता, हाथी की लीद खाने वाला हूँ। किसी छोटे आदमी के पैसे नहीं रखने का। जैसे-तैसे उसका काम खत्म किया। बाद में वही टालमटोल। आज तक पैसे नहीं दिए। जिसने पत्थर का काम किया था, उसकी पिटाई करके भगा दिया, जिसने लकड़ी का काम किया था, उसे वह एक साँस में एक दर्जन गालियाँ निकालता था—सो वह भी दौड़ गया। मुझे भी उसने कई बार कहा कि

सरदार भाग यहाँ से, हमारे चाटे हुए तो पेड़ भी हरे नहीं होते। हम तो आदमी को साबुत ही निगल जाते हैं। मैंने भी तैश में आकर एक दिन कह दिया कि पुत्तर! अगर हम तुम्हारे पेट में भी हुए तो रात को मिमियाकर उठोगे। यह देखिए, पैसों की जगह मुझे नोटिस भेज दिया कि मैंने उसका काम शुरू कर बाद में उधर ध्यान नहीं दिया, जिसका मुझे हरजाना देना होगा। मेरे सारे काम का बिल पन्द्रह सौ रुपये था। बिल चुकाने की जगह वह मुझसे अठारह सौ रुपये का हरजाना माँग रहा है। सो बहन जी! यह हमारे अमन के राखे हैं। देश की आज़ादी के लिए हमने क्या नहीं किया था! छुटपन में ही सिंगापुर चला गया था। वहाँ जब सुभाषचन्द्र बोस ने आकर लैक्चर दिया कि तुम मुझे खून दो, मैं तुम्हें आज़ादी दूँगा, तो मैं आज़ाद हिन्द फ़ौज में भरती हो गया। जिसने भी वह लैक्चर सुना फ़ौज में आ भरती हुआ। मुझे पंजाबी, तमिल और मलयालम कितनी ही ज़बानें आती थीं। सुभाषचन्द्र ने मुझे अपना 'दुभाषिया' रख लिया। फिर बहन जी, उन्होंने मुझे ट्रेनिंग के लिए जापान भेज दिया। लौटकर आया तो अफ़सर आ लगा। एक तो पुत्तर जाट का, दूसरे उम्र छोटी, और उस पर अफ़सर लग गया। बस जी! ईश्वर को अपना चेला-बालका ही समझता और उसे भी हुक्म सुनाता कि आज परेड का दिन है, इसलिए वर्षा मत करना। पूरी हैंकड़ में रहता था। पहले तो मैं रानी झाँसी रेजीमेंट में रहा। बाद में तरक्की हुई तो सीकरट सर्विस में आ गया। एक दिन सुभाषचन्द्र हुरां ने हम सबको बुलाकर कहा कि मुझे तो रूपोश हो जाना है, पर मेरी गैर-मौजूदगी में आप सब अपने-आपको नेता समझना और देश की आज़ादी के लिए लड़ते रहना। जब तक राशन और बारूद था, हम लड़ते रहे। बाद में अंग्रेज़ों ने हमें कैदी बना लिया। हम लाल किले में कैद रहे बहिन जी! एक दिन में एक गिलास पानी मिलता था। गर्मियों के दिन। चाहे तो उस गिलास पानी को पी लो और चाहे उससे नहा लो। कैद से छूटे तो हमारे गलों में रुपयों के हार पहनाए गए, जलूस निकाले गए और हमें कहा गया कि आज़ाद हुए देश में बस हमें ही तो राज करना है। और अब हमारा राज यह है बहन जी, कि हमारी फ़ौज के करनैल दूध बेचकर गुज़ारा कर रहे हैं। हम भी माँ के लाड़ले पुत्त गाँव में माँ के पास चले आए। पल्ले में सिर्फ़ जै हिन्द रह गई थी। जब मकाओ में हमारी फ़ौज होती थी तो हम प्रभातफेरियाँ निकाला करते थे कि 'मकाओ की संगतों ने इंडिया आज़ाद कराना है।' इंडिया तो आज़ाद हो गया। पर हम तो संगत थे, हमें कौन पूछता! माँ से पचास रुपये लिए और दिल्ली आ गए। फ़ौज में बिजली का काम सीखा हुआ था। सो यही काम पकड़ लिया। पर इस आज़ाद देश में पूँजीपति मकान तो बनाते हैं अमेरिकन नमूने पर, पर कारीगरों को पैसे देते समय लाल झंडी दिखा देते हैं। हमें यहाँ कौन जानता है! मेले में कौन पूछता है कि रूडा किसका फूफा है! वैसे तो बहन जी! तालीम की

यहाँ कमी नहीं। आँख बंद करके भी ईंट फेंको तो 'ग्रेजुएट' के सिर पर जाकर गिरेगी, इतने 'ग्रेजुएट' फिरते हैं। माँ गीद पोंछकर कहती है कि 'जा पुत्त, यू.पी.एस.आई. का इम्तिहान दे आ।' पर बहन जी! ये पढ़े-लिखे अनपढ़ हैं! हमारे देश का क्या बनेगा बहन जी!''

कामिनी सुनती जा रही थी : जैसे एकटक किसी को देखते हैं। सरदार जी ने एक लम्बा साँस लिया और बोला, ''दिल में तो आता है बदला ले लूं। कहावत है कि 'खाली जेब का लटका, चोरों से खेल ले-खटका!' मेरा कोई क्या बिगाड़ लेगा! सूली टाँग देगा, इससे ज़्यादा क्या होगा! पहले ही कौन-सा ज़िन्दा फिरते हैं! पर घरवाली पर तरस आता है। उसने हमें चालीस करोड़ में से पसंद किया है और हमारे पल्ले बँध गई है, उस बिचारी का क्या बनेगा बाद में! और हमारे हाकमों का तो यह हाल है बहन जी कि भई गुरु आर्जना, अब हम जो करें सो करें, तुमने नहीं वर्जना! एक थानेदार की ही बात नहीं, आप कहें तो मनिस्टरों के नाम भी गिना दूँ। पर बात वही उस कहावत वाली है बहन जी कि ससुर जी! तुम्हारा नाम तो जानती हूँ, पर एक ही मुश्किल है कि लेना नहीं। पर बात यह है बहन जी! कि एक था बनिया। उसकी लड़की को एक जाट से प्यार हो गया। जाट बनिये की दुकान पर लड्डू लेने गया तो उसे मालूम था कि बनिया कम तोलता है। सो जाट बनिये से बोला : 'लाला! लड्डू कम मत तोलना। तुम्हारी ही लड़की ने खाने हैं।' आज हमें जो नुकसान पहुँचेगा—इस देश का ही नुकसान होगा।''

कामिनी अभी भी सुनती जा रही थी जैसे किसी को एकटक देखते हैं। ''अच्छा बहन जी! आप अपने रास्ते, मैं अपने रास्ते। ये दुःख खत्म होने के नहीं।'' सरदार ने कहा और एक तरफ़ चल दिया। कुछ देर बाद कामिनी गाड़ी में बैठकर दफ़्तर चली गई।

कामिनी ने सुबह का अखबार नहीं पढ़ा था। दफ़्तर में उसने अखबार का पहला पृष्ठ उलटा तो सामने के पृष्ठ पर उसे एक बच्चे की तस्वीर दिखाई दी। कामिनी ने जल्दी से फ़ोटो के साथ छपे समाचार को पढ़ा। लिखा था : ''यह बच्चा हरीशचन्द्र, उमर साढ़े आठ साल, पिछले तेरह दिनों से लापता करार दिया गया था। पुलिस आज तक इसकी खोज-खबर नहीं पा सकी थी। पर कल साढ़े दस बजे पुलिस को इस बच्चे की लाश मिल गई है। यह लाश बच्चे के अपने घर में से बरामद हुई है। पुलिस का कहना है कि उस घर में तफ़तीश करने के लिए वह जितनी दफा वहाँ गई, वहाँ एक कमरे में हर समय पाठ हो रहा होता था। पहले चार-पाँच दिन सत्यनारायण की कथा चलती रही, बाद में अखंड पाठ रखा गया था। घरवालों का कहना था कि बच्चे की माँ ने बच्चे की तलाश के लिए मनौती कर रखी थी। पहले अखंड पाठ की समाप्ति के बाद ही दूसरा अखंड पाठ

शुरू कर दिया था। नतीजे के तौर पर पुलिस उस कमरे में नहीं जा सकती थी। आस-पड़ोस में पूछताछ की गई तो मालूम हुआ कि बच्चे की माँ सौतेली है और उसके अपने दो बच्चे हैं। पुलिस को संदेह हुआ पर वह तब तक कुछ न कर सकती थी जब तक कि अखंड पाठ चलता था। दूसरे अखंड पाठ के समाप्त होते ही तीसरा अखंड पाठ रख लिया गया। पुलिस सबर से इंतज़ार करती रही। आखिर वह अखंड पाठ भी समाप्त हुआ तो पुलिस ने उस कमरे की तलाशी लेनी चाही। फ़र्श के जिस हिस्से में दरी बिछाकर पिछले बारह दिनों से कथा और अखंड पाठ चल रहा था, पुलिस ने ईंटों के उस फ़र्श को उखाड़ दिया, क्योंकि फ़र्श का रंग उस जगह पर बाकी फ़र्श के रंग से बिलकुल अलग किस्म का था। पुलिस का संदेह ठीक निकला। ज़मीन में बच्चे की लाश को दबाकर उसके ऊपर ईंटों का फ़र्श फिर बना दिया गया था। उस फ़र्श को पुलिस की नज़रों से बचाने के लिए ही वहाँ कथा और अखंड पाठ चल रहे थे। बच्चे की माँ को पुलिस ने हिरासत में ले लिया है। पुलिस का मत है कि सौतेली माँ ने बच्चे को इसलिए मार दिया ताकि उसे जायदाद में हिस्सा न देना पड़े और बच्चे के पिता ने अपनी औरत को बचाने के लिए बच्चे की लाश को छुपाने में उसकी मदद की है।''

कामिनी काँपकर रह गई। तस्वीर से उसने बच्चे को पहचान लिया था। वही बच्चा था जिसे उसने दरियागंज की एक गली में अंधे फ़कीर के हाथों से रोटी उठाकर भागते हुए देखा था।

आगामी सप्ताह के कॉलम के लिए जब कामिनी शहर में खुले नये स्कूल की खबर लिखने बैठी, तो उसकी आँखों के सामने यह बच्चा इस तरह आ खड़ा हुआ जैसे वह इस नये खुले स्कूल में दाखिला माँग रहा हो। कामिनी ने स्कूल की खबर भी लिखी और बच्चे की खबर भी : जिसने शायद कभी हाथों में किताबें लेकर इस स्कूल में पढ़ने के लिए जाना था। कामिनी ने जब कलम एक तरफ़ रखी तो उसका मन भरा हुआ था।

कामिनी ने एक तरफ़ रखी हुई कलम को फिर उठा लिया और लिखा : यह बात अलग है कि कुछ कत्ल ऐसे होते हैं कि उनमें खून बहता हुआ दिखाई देता है। पर कुछ कत्ल ऐसे भी होते हैं जिनमें खून नहीं बहता, सिर्फ़ आँसू बहते हैं। यह दूसरी किस्म के कत्ल...और कामिनी ने ये अंतिम पंक्तियाँ उस सरदार को याद करके लिखीं जिसके पास उसकी ईमानदारी को छोड़ और कोई सबूत नहीं था। एक ईमानदारी तो वह होती है कि अगर उसके हाथ पर दस पैसों का रसीदी टिकट न लगा हो तो उसे कोई साबित नहीं कर सकता। और एक ईमानदारी ऐसी होती है कि उसके हाथ पर चाहे जितनी भी रसीदी टिकटें लगी हों—उसकी कहीं भी सुनवाई नहीं होती...

चार

टेलीफ़ोन की घंटी बजी।

"कुड आई स्पीक टु मिस्टर नासिर, द आर्टिस्ट?"

"स्पीकिंग।"

"नासिर साहिब! मैं कामिनी बोल रही हूँ। *दिल्ली टाइम्स* के दफ़्तर से।"

"कहिए।"

"हमारे अखबार में हर सप्ताह एक कॉलम छपता है, 'दिल्ली की गलियाँ'। शायद आपने देखा हो।"

"जी!"

"मैं वह कॉलम लिखती हूँ। उसी सिलसिले में मैं आपसे मिलना चाहती हूँ।"

"आप जब चाहें आ सकती हैं।"

"आज ही। अगर आपके पास समय हो...।"

"कितने बजे?"

"अभी आ सकती हूँ।"

"मैं यहीं हूँ, अपने स्टूडियो में। पाँच बजे तक यहीं रहूँगा।"

"अब दो बजे हैं। मुझे पहुँचने में सिर्फ़ पंद्रह मिनट लगेंगे।"

"अच्छा!"

"एक मिनट नासिर साहिब!"

"जी!"

"आपका स्टूडियो आसफ़ अली रोड पर है...किस जगह पड़ता है... ?"

"आपने फ़िलिप्स बिल्डिंग देखी होगी?"

"जी!"

"उससे तीसरी बिल्डिंग की तीसरी मंज़िल पर।"

"मेहरबानी।"

टेलीफ़ोन के रिसीवर को नीचे रखकर नासिर ने एक नज़र अपने स्टूडियो पर डाली। मेज़ पर बहुत-से कागज़ बिखरे पड़े थे। नासिर ने उन कागज़ों को सलीके से रख दिया। आज सुबह से उसने कमरे की खिड़कियाँ नहीं खोली थीं जिससे उसे कुछ घुटन महसूस हुई। उसने मोटे पीले पर्दों को परे हटाया और कमरे की दो खिड़कियाँ खोल दीं। एक सिगरेट सुलगाने के लिए जब उसने दराज से सिगरेट की डिब्बी निकाली तो वह खाली थी। उसने खिड़की के पास आकर कमरे के पिछले हिस्से में नज़र दौड़ाई। एक मंज़िल नीचे उसके खुले हिस्से में दफ़्तर की कैंटीन थी। खिड़की में से ही उसने कैंटीन के एक 'बैरे' को आवाज़ दी

और मैटिनी सिगरेट का एक पैकेट लाने के लिए कहा।

सिगरेट होंठों में रखकर जब नासिर ने माचिस से उसे सुलगाया तो उसके नीचे के हिस्से से एक अजीब-सा धुआँ निकला और सिगरेट बुझ गई। नासिर ने सिगरेट उँगलियों में लेकर देखा तो पाया कि उसने 'फ़िल्टर' की तरफ़ से सिगरेट सुलगा लिया था। नासिर ने मुस्कुराकर उस सिगरेट को एक तरफ़ रख दिया और पैकेट से दूसरी सिगरेट निकालकर जलाई। सिगरेट पीते हुए वह स्टूडियो में लगी हुईं अपनी तस्वीरों को एक-एक कर देखने लगा।

कमरे का दरवाज़ा खटका।

"मैं कामिनी हूँ। पंद्रह-बीस मिनट पहले मैंने आपको फ़ोन किया था।"

नासिर ने कामिनी के बैठने के लिए चमड़े का एक ऊँचा मोढ़ा मेज़ के पास सरका दिया, पर कामिनी खड़ी रही। वह स्टूडियो में लगे नासिर के चित्रों को देखने लगी। करीब दस तस्वीरें होंगी।

"फ़िगर ड्रॉइंग में आपको सबसे ज़्यादा दिलचस्पी है ?"

"हमारे देश में बहुत कम आर्टिस्ट होंगे, जो मॉडल से पेंट करते हों। मैं 'मॉडल' से पेंट करता हूँ।"

"आपकी फ़िगर ड्रॉइंग बहुत अच्छी है। अंगों की प्रोपोर्शन भी बहुत अच्छी है।"

"ऐसा मॉडल से पेंट किए बिना मुमकिन नहीं है।"

"इन तस्वीरों के अलावा आपके पास और तस्वीरें भी होंगी ?"

"और बहुत हैं। पर सभी मेरी पसन्द की नहीं।"

"इनमें से आपको सबसे ज़्यादा पसन्द कौन-सी तस्वीर है ?"

"यह लाल कपड़ों वाली लड़की।"

कामिनी ने कैमरा निकाला और नासिर की पसंदीदा तस्वीर का फ़ोटो ले लिया।

"आपने कभी अपनी तस्वीर बनाई है ?—सैल्फ़ पोर्ट्रेट ?"

"नहीं।"

"मैं आपकी एक फ़ोटो ले सकती हूँ ?"

"ज़रूर !"

कामिनी ने नासिर का एक फ़ोटो ले लिया और कैमरे को बंद करती हुई बोली, "मैं आपका और ज़्यादा समय नहीं लूँगी। परसों संडे-एडीशन में, मेरे ख़याल में, मैं इन तस्वीरों को इस्तेमाल कर सकूँगी। मिहरबानी।"

कामिनी चली गई। नासिर को यह मुलाकात बड़ी संक्षिप्त मालूम हुई। उसका ख़याल था कि कामिनी उसके और उसके आर्ट के विषय में बहुत-से सवाल करेगी। पर कामिनी ने वैसा कुछ नहीं किया था। नासिर सोचने लगा कि आखिर यह

कामिनी अपने कॉलम में क्या लिखेगी ?

किसी मशहूरी का ख़याल नासिर को आज तक नहीं आया था। वह कई सालों से पूरी लगन से काम किए जा रहा था। बारीक-से-बारीक लाइन लगा सकने की मुहारियत उसे हासिल थी। मशहूरी का ख़याल उसे आज भी नहीं आ रहा था। सिर्फ़ इस बात पर ताज्जुब था कि कामिनी ने उसके हुनर के बारे में कुछ भी जानने की ज़रूरत नहीं समझी। क्या एक तस्वीर आर्टिस्ट की और एक उसकी कलाकृति को किसी अखबार में छाप देना ही कला और कलाकार की वाकफ़ीयत है ?

अगले दिन नासिर ने चाहे अपने अखबारवाले को कह दिया था कि दूसरे दिन वह *दिल्ली टाइम्स* का संडे एडीशन भी दे जाए, पर नासिर के मन में उसे देखने की कोई जिज्ञासा नहीं थी।

इतवार की सुबह जब नासिर ने अखबार खोला, तो उसके हाथों में सिर्फ़ लापरवाही ही नहीं थी, कामिनी की लिखी गई कुछ अनजानी-सी पंक्तियाँ पढ़ने की बेदिली भी थी।

'लाइनों का इकरार', नासिर ने इस शीर्षक को देखा, लिखा था : "हो सकता है कि कैमरा किसी पहलू से आदमी के जिस्म के साथ इंसाफ़ न कर सके, पर नासिर के हाथ में पकड़े हुए ब्रश ने किसी जिस्म के साथ कभी अन्याय नहीं होने दिया।"

नासिर ने एक मिनट के लिए अखबार से ध्यान हटाया और कामिनी के चुपचाप-से चेहरे को अपने मन की रोशनी में देखा। उसे लगा कि कामिनी की आँखें जो कुछ देख रही मालूम होती थीं, वे वास्तव में उससे कहीं ज़्यादा देख रही थीं। नासिर फिर से अखबार पढ़ने लगा : "चित्रकार ने औरत को कई नुक्तों से चित्रित किया है...दरवाज़े में खड़ी हुई औरत को...फूलों के पौधे के पास खड़ी औरत को... शीशे के पास बैठी हुई औरत को...हवा से उड़ती ज़ुल्फ़ों को सँभालती हुई औरत को...अंगों की सुडौल बनावट इतनी सही है कि सड़क पर चलते हुए कई लोगों की ढीली-ढाली बनावट खुदा की महज़ गलती महसूस होने लगती है।"

नासिर ने एक मिनट के लिए अखबार परे हटा दिया और हँसते हुए सोचा, 'यह लड़की कामिनी बड़ी चुपचाप-सी दिखती थी...मुझे नहीं मालूम था कि इतना चुस्त लिख सकती है...' इसके साथ ही नासिर को अपने अंदर-ही-अन्दर बेचैनी-सी महसूस हुई। उसे लगा कि इन प्रशंसा की पंक्तियों में व्यंग्य का पुट भी था। नासिर फिर अखबार हाथ में लेकर पढ़ने लगा : "हम आज इस चित्रकार को जो कुछ पेंट करते हुए देख रहे हैं वह कुछ इस तरह है : 'वोमैन विद ए फ़्लावर, वोमैन विद ए कॉम्ब, वोमैन विद ए बैंगल'।...और हम उस दिन का इंतज़ार करेंगे,

जब हम इस चित्रकार को पेंट करते हुए देखेंगे : 'वोमैन विद द माइण्ड।' ''

नासिर ने अखबार को मुट्ठी में भींचकर एक तरफ़ रख दिया। उसे लगा जैसे उसने अपने ही मन को मुट्ठी में भर लिया हो। वह कितनी ही देर कमरे में इधर-उधर चहलकदमी करता रहा। फिर वह कपड़े बदलकर स्टूडियो में चला गया।

इतवार को सब दफ़्तर बंद होते थे, पर नासिर कई बार इतवार को भी अपने स्टूडियो में चला आता था। आज स्टूडियो में काम करने के लिए किसी काम का तकाज़ा नहीं था। पर आज अपने कमरे में उसे एक अजीब-सी बेचैनी महसूस हुई थी। वह स्टूडियो में चला आया था।

स्टूडियो में आकर नासिर ने उस आलमारी को खोला जिसमें उसकी कई पूरी और अधूरी तस्वीरें रखी थीं। इस आलमारी में कई तरह की चूड़ियाँ और साड़ियाँ भी पड़ी थीं जिन्हें वह अपनी ज़रूरत के मुताबिक मॉडल को पहनाकर पेंट किया करता था। आलमारी में एक शीशा भी था। नासिर शीशे को हाथ में लेकर कितनी ही देर अपने चेहरे की तरफ़ देखता रहा। देखते-देखते उसे महसूस हुआ कि उसके होंठों के दोनों ओर एक-एक गहरी लकीर उभर आई थी। उसका माथा ऊँचा, कठोर और चौड़ाई में ढल गया था और उसकी आँखें एकदम बड़ी हो आई थीं। उसने मुस्कुराने की कोशिश की, जिससे उसने देखा कि उसके होंठ महज़ सिलवटा गए हैं, पर उन होंठों पर मुस्कान कहीं नहीं थी। नासिर ने शीशे को आलमारी में रख दिया। उसे लगा कि कोई उसके पास खड़ा उससे पूछ रहा था : 'आपने कभी अपनी तस्वीर बनाई है : सैल्फ़ पोर्ट्रेट ?'

नासिर अपनी मेज़ के पास चला आया। मेज़ की बत्ती जलाई और कागज़ लेकर तस्वीर बनाने लगा...

अपने पिछले सालों में नासिर को कोई ऐसा दिन याद नहीं आया, जबकि कोई तस्वीर उसके हाथों ने उससे ज़बर्दस्ती बनवाई हो। कुछ देर बाद नासिर ने पेन एक तरफ़ रखकर तस्वीर की तरफ़ देखा। यह बिलकुल वही तस्वीर थी, उसके अपने चेहरे की तस्वीर, जो उसने अभी शीशे में देखा था।

यह उसका बिलकुल एक नया चेहरा था, यह उसने खुद भी पहली बार देखा था।

स्टूडियो का दरवाज़ा खटका। नासिर को हैरानी हुई कि आज इस समय कौन आ सकता है। उसे नया काम देने या किया हुआ काम ले आने के लिए कभी कोई इतवार के दिन उसके पास नहीं आया था। नासिर ने दरवाज़ा खोल दिया। बाहर मोनिका थी : उसकी मॉडल।

"आज ? इतवार को ?"

"मैं पहले घर गई थी। आप वहाँ नहीं मिले तो मैंने सोचा आप यहाँ होंगे।"

मोनिका कमरे में आ गई और नासिर के हाथ को पकड़कर बोली, ''मुबारक देने आई हूँ।''

''किस बात की?''

''आपने अखबार नहीं देखा? *दिल्ली टाइम्स* का संडे एडीशन?''

मोनिका हँसती हुई दीवान पर बैठ गई। उसने एक कॉपी में तहाए हुए अखबार के एक कागज़ को निकाला और बोली, ''वी विल सेलीब्रेट द डे।''

नासिर ने अखबार का कागज़ अपने हाथ में ले लिया और उसमें छपी अपनी उस तस्वीर को देखने लगा जिसे परसों कामिनी ने लिया था। तस्वीर बड़ी अच्छी थी। चेहरे के नक्श बड़े तीखे और साफ़ आए थे। पर नासिर को लगा जैसे यह तस्वीर उसकी अब की न हो, बल्कि तब की हो जब वह बहुत छोटा था।

मोनिका ने मेज़ की तरफ़ देखा। मेज़ की बत्ती जल रही थी। लगता था नासिर बहुत देर से बैठा काम कर रहा था। मोनिका ने उठकर मेज़ पर रखे हुए कागज़ को देखा और हाथ में लेकर देखती हुई बोली, ''हॉरिबिल!''

''क्या?'' नासिर ने हैरानी से मोनिका की तरफ़ देखा।

''यह किसकी तस्वीर है?''

''पहचान नहीं सकती हो?''

''पहचान सकती हूँ। आपकी अपनी है, पर कैसी है? चेहरा कितना तनाव में है...''

''सैल्फ़ पोर्ट्रेट।''

''पर यह 'सैल्फ़' कैसा है?''

''...''

''मैंने इसे पहले कभी नहीं देखा।''

''मैंने भी कभी नहीं देखा था।''

''आज इस तरह की तस्वीरें बनाने का दिन नहीं।'' मोनिका ने कहा और फिर पूछा, ''इन अखबारवालों ने आपका इन्टरव्यू लिया था?''

''हाँ।''

''कब?''

''परसों।''

''पर उन्होंने एक ही तस्वीर क्यों छापी है? पाँच-छः छापनी चाहिए थीं।''

''क्यों?''

''वह तस्वीर...जिसमें मैं शीशे के सामने बैठी कंघी कर रही हूँ...और वह जिसमें हवा में उड़ती हुई चुन्नी सँभाल रही हूँ...और वह लालकिले में पत्थर की जाली के पास खड़ी होकर...''

''सब तस्वीरों में एक ही बात है। एक या बहुत छपने से क्या फ़र्क पड़ता?''

''सबमें एक ही बात कैसे हो सकती है?''

मोनिका ने अपनी कमीज़ के बटन खोले और कमीज़ को गले से उतारती हुई बोली, ''आज पेंट करेंगे?''

''नहीं। आज नहीं।''

''तस्वीर भी नहीं चाहिए?''

''नहीं।''

''न्यूड?''

''नहीं, आज नहीं।''

''अच्छा! आज सिर्फ़ सैलीबरेशन।''

मोनिका ने गले से उतारी हुई कमीज़ को तहाकर मोढ़े पर रख दिया और फिर आलमारी से एक तकिया निकालकर दीवान पर रखती हुई बोली—

''नासिर! आपने अभी तक कपड़े नहीं उतारे?''

''नहीं मौनी! आज नहीं।''

''क्यों?''

''मेरी तबीयत ठीक नहीं है।''

''आज अखबार में अपनी तस्वीर देखकर भी नहीं?''

नासिर ने कोई जवाब नहीं दिया। मोनिका ने हैरान उसकी तरफ़ देखा और फिर उसने मोढ़े से कमीज़ उठाकर पहननी शरू कर दी, बोली, ''आज मुझे कुछ पैसों की ज़रूरत है।''

नासिर ने पैंट की जेब में हाथ डाला और जेब के सारे पैसे निकालकर बोला, ''इस समय मेरे पास सिर्फ़ पचास रुपये हैं। काफ़ी होंगे?''

''हाँ।'' मोनिका ने जवाब दिया, और पूछा, ''किस दिन आऊँ? इस सप्ताह मुझे मंगलवार की छुट्टी है। मंगल को चली आऊँ, या पहले की तरह बुध की शाम को ही कॉलेज से वापसी पर?''

''मैं शायद इस सप्ताह...शायद दिल्ली से बाहर जाऊँ। ज़रूरत पड़ने पर मैं बुलवा लूँगा।''

''मैं अगले हफ़्ते टेलीफ़ोन करके पता कर लूँगी।''

''नहीं। मैं खुद ही किसी को भेज दूँगा...''

मोनिका चली गई।

दरवाज़ा बन्द करके नासिर ने उस आलमारी को खोला, जिसमें तस्वीरें और उनके निगेटिव रखे रहते थे। नासिर ने उन तस्वीरों को अलग कर लिया, जो मोनिका की थीं। निगेटिव भी अलग कर लिए। कुछ तस्वीरें साधारण थीं, पर कुछ न्यूड मोनिका के थे। उसने एक लोहे की ट्रे में वे सारे निगेटिव और तस्वीरें रखकर जला दिए।

पाँच

नासिर जब भी *दिल्ली टाइम्स* में कामिनी का लिखा हुआ कॉलम पढ़ता था, तो उसे लगता जैसे वह कामिनी के पास बैठा उससे बात कर रहा हो। इस कॉलम में चाहे शहर में हुई किसी घटना का ज़िक्र होता या किसी पुस्तक की समीक्षा, या किसी चित्र-प्रदर्शनी का विवरण, नासिर को लगता कि ये घटनाएँ वे जगहें थीं जहाँ बैठकर लोगों को कामिनी से मिलने का मौका मिलता था।

पिछले किसी सप्ताह में कामिनी ने किसी पुस्तक की समीक्षा की थी। पुस्तक में कविताएँ थीं। समीक्षा करते हुए कामिनी ने आखिर में लिखा था : ''इस किताब में पूरी चालीस कविताएँ हैं, और इसके मुख्य पृष्ठों में इसके शायर ने बताया है कि ये कविताएँ उसने पाँच सालों में लिखी हैं। इन सालों में कई मौसम बदले होंगे। पर लगता है शायर के मन का मौसम इन सालों में लगातार एक जैसा रहा है। सारी नज़्मों में पनीली रफ़्तार है जिसकी दिशा भी एक ही है। यह दिशा शायर के अपने शब्दों में यह है कि इधर रात को वह आसमान के तारे गिनता है और उधर रात को उसकी प्रेमिका तारे गिनती है। इस पुस्तक का स्वागत करते हुए हम इस शायर की अगली किताब का इन्तज़ार करेंगे और हमें उम्मीद है कि अगली किताब तक शायर ने और उसकी प्रेमिका ने रोज़ तारे गिनकर आसमान के सारे तारों की गिनती पूरी कर ली होगी।''

नासिर ने कामिनी के इन शब्दों को एक बार नहीं, कई बार पढ़ा और कई दिन सोचता रहा कि आज लफ़्ज़ों में जिसे मुहब्बत और मुहब्बत का इन्तज़ार कहा जाता है, कामिनी के जाती नज़रिये में उसकी कोई जगह नहीं थी।

पिछले हफ़्ते कामिनी ने किसी के उपन्यास का बड़े विस्तार से ज़िक्र किया था और उस उपन्यास की तारीफ़ करते हुए उसने लिखा था कि दर्द का अनेक रंगों में बयान करती हुई इस उपन्यास की कहानी इस बात की गवाह है कि इन्सान का अकेलापन एक बहुत बड़ी सच्चाई है। सिर्फ़ अपने अकेलेपन पर इन्सान को कभी-कभी यकीन नहीं आता। वह मुहब्बत करता है और मुहब्बत इस बात की तसदीक कर देती है कि उसका अकेलापन हमेशा कायम रहेगा।

नासिर को पूरी तीन रातें इस तरह महसूस होता रहा था कि वह बर्फ़ की उन घाटियों में चलता रहा था जहाँ पर हरियाला पत्ता देखने की उम्मीद वह नहीं कर सकता था।

आज नासिर ने सुबह उठकर चाय का एक प्याला बनाया और प्याले को हाथ में लेकर अपने बरामदे में आ गया। आज इतवार था और अखबारवाले ने अभी *दिल्ली टाइम्स* का संडे एडीशन देकर जाना था।

अखबार आ गया तो नासिर ने उत्सुकता से अखबार का तीसरा पृष्ठ खोला। कामिनी के कॉलम में आज चित्रों की किसी प्रदर्शनी का वर्णन था। कई तस्वीरों का विवरण देने के बाद कामिनी ने लिखा था, ''एक बार किसी महान लेखक ने कहा था कि हर कविता, हर कहानी, हर तस्वीर उस खत की तरह होती है जो किसी की तरफ़ से अपनी प्रेमिका को लिखा जाता है। इन खतों का किसी को इन्तज़ार होता है, एक बार पढ़कर मन नहीं भरता तो वह उन्हें कई बार पढ़ता है, फिर उन्हें रूमालों में लपेटता है और सँभालकर रखता है। पर मैं सोचती हूँ कि जब किसी का महबूब उस खत को लिख देता है जिसे खामोशी का खत कहा जा सकता है, वह खत चाहे बड़ा भयानक होता है—पर उसकी भयानकता बड़ी वसीह होती है। क्योंकि वह खत इतना लम्बा होता है कि उसे पढ़ने के लिए कुछ दिन नहीं, कई सालों की ज़रूरत होती है। और उस खत में एक खूबी यह होती है कि पढ़ने वाले को उसके अक्षर भी अपने पास से लिखने होते हैं और उन अक्षरों को अर्थ भी अपने पास से देने होते हैं। मैं सोचती हूँ कि आज की चित्रकला खामोशी के उस महान खत जैसी है जिसे पढ़ते समय हर कोई अपनी कल्पना का खुद मालिक होता है।''

नासिर ने अखबार एक तरफ़ रख दिया, पर उसे लगा कि वह कामिनी से जितने फ़ासले पर खड़ा था—उसके कदमों ने वह फ़ासला कुछ और नाप लिया है।

नासिर ने धड़कते हाथों से टेलीफ़ोन का रिसीवर उठाया और कामिनी का नम्बर मिलाया।

''मैं नासिर बोल रहा हूँ—शायद आपको याद हो, एक बार...''

''मुझे याद है।''

''कुछ मिनटों के लिए आपको मिलने के लिए आ सकता हूँ?''

''मैं आज दफ़्तर नहीं जा रही, इतवार है ना!''

''मैं दफ़्तर नहीं आना चाहता। आपके घर...''

''घर?'' कामिनी की आवाज़ में जो संकोच आया नासिर ने उसे सुन लिया।

''मैं सिर्फ़ उतने मिनट ही रहूँगा जितने मिनट आप चाहेंगी।'' नासिर ने कहा। उसकी आवाज़ में मिन्नत भी नहीं थी, ज़िद भी नहीं थी—पर एक तकाज़ा था...

''मैं बहुत दूर रहती हूँ।''

''मुझे मालूम है, ग्रीन फ़ील्ड।''

''यह कनॉट प्लेस से चौदह मील दूर है।''

''मुझे पता है। दिल्ली-पंजाब की सरहद पर।''

"अच्छा आ जाइए...मेरे घर का पता...यू. ब्लॉक..."

"मैंने डाइरेक्टरी में देख लिया है। मेहरबानी!"

"...!"

नासिर जब कामिनी के घर पहुँचा तो कामिनी अपने घर के बाहर बगीचे में उसे मिल गई। उसने काले रंग की गरम सलैक्स पहनी हुई थी। गले में हरे रंग का पूरी बाँहों का स्वेटर था। गर्दन से बालों को हटाकर उसने बालों को लापरवाही से गंठा रखा था। इतवार के दिन वह हमेशा इस जैसे आरामदेह कपड़े पहनती थी, क्योंकि इतवार को ज़्यादा हिस्सा उसका बाग में पौधों की मिट्टी नर्म करने में ही गुज़रता था।

नासिर के पैरों को एक धक्का-सा लगा। पर यह धक्का कामिनी की अलबेली खूबसूरती का था, इसलिए वह मन के ज़ोर बहुत जल्दी सँभल गया। नासिर पर कामिनी की सादा खूबसूरती का प्रभाव उस दिन भी पड़ा था जिस दिन वह उसके स्टूडियो में आई थी। पर आज यह खूबसूरती उसे शहरों की नपी-तुली खूबसूरती नहीं लगी, जंगलों की बिखरी-उलझी खूबसूरती लगी थी। नासिर को आँख झपकने में यही ख़याल आया कि कुछ चेहरे ऐसे होते हैं जिनकी तरफ़ कोई एक बार चौंककर देखता है, पर दूसरी या तीसरी बार देखने पर वही चेहरे अत्यन्त साधारण लगते हैं। पर कई चेहरे ऐसे होते हैं जो किसी के ध्यान को खींचकर अपनी तरफ़ नहीं लाते, पर कोई जितनी बार उनकी तरफ़ देखता है, उतनी बार ही फिर देखने का मन होता है।

बगीचे के एक कोने में धूप का एक चटख टुकड़ा था। कामिनी ने वहाँ दो कुर्सियाँ रखीं।

"मैंने पिछले दिनों कुछ कार्टून बनाए हैं जो मैं आपको दिखाना चाहता हूँ।"

"कार्टून?"

"मैंने काफ़ी दिनों से कोई तस्वीर नहीं बनाई।"

"क्यों?"

"सोचता हूँ कि पोर्ट्रेट सिर्फ़ ज़िन्दगी का बनाना चाहिए।"

हँसती हुई कामिनी बोली, "ठीक है, लोग कागज़ों पर पोर्ट्रेट बनाते हैं, और अपनी ज़िन्दगी का हमेशा कार्टून बनाते हैं। आप कागज़ों पर कार्टून बनाइए और पोर्ट्रेट बनाने के लिए सिर्फ़ ज़िन्दगी को लीजिए!"

नासिर चुप रहा। अपने हाथ की फ़ाइल को उसने कामिनी को दे दिया।

"पर नासिर!"

"हाँ।"

"पोर्ट्रेट भी सिर्फ़ कागज़ों पर बन सकता है; इसलिए आप पोर्ट्रेट बनाना न छोड़िएगा।"

नासिर ने कुछ न कहा, पर जब कामिनी ने फ़ाइल खोली तो नासिर ने कहा, ''मैं आपको यह इसलिए दिखाने नहीं आया कि आप इनका अपने कॉलम में ज़िक्र करें।''

कामिनी ने फ़ाइल से ध्यान हटाकर नासिर की ओर देखा—पर कहा कुछ नहीं। वह फिर फ़ाइल देखने लगी।

कागज़ों में सबसे ऊपर जो कार्टून पड़ा था, वह लोकसभा का चुनाव लड़ रहे एक उम्मीदवार का था, जो माइक्रोफ़ोन को आगे रखकर कह रहा था, ''आई हेट करप्शन!'' और आस-पास इकट्ठे हुए लोगों में से एक आदमी कह रहा था, ''वेट ए मन्थ, माई डियर! यू विल फ़ॉल इन लव विद इट।''

कामिनी ने यह कार्टून देखा—और कितनी ही देर देखती रही। उसके बाद एक नज़र नासिर की तरफ़ देखा। बिना कुछ कहे कामिनी दूसरा कार्टून देखने लगी...

इस कार्टून में एक बहुत बड़ा पेड़ बना हुआ था। पूरा पेड़ अनगिनत पत्तों से भरा हुआ था। पेड़ के तने पर लिखा हुआ था, ''द ट्री ऑफ़ अवर वॉकैबुलरी।'' इस पेड़ से कुछ पत्ते झड़कर नीचे ज़मीन पर गिरे हुए थे। झड़े हुए पत्तों में से जो पत्ता सबसे ऊपर पड़ा हुआ था वह बहुत बड़ा और चमकदार पत्ता था। लगता था जैसे अभी-अभी पेड़ से पत्ता झड़कर नीचे गिरा हो। इस पत्ते पर लिखा हुआ था, ''व्हाई ?'' ज़िन्दगी के दो विद्यार्थी इस पेड़ के पास खड़े इन पत्तों की स्टडी कर रहे थे। एक विद्यार्थी हैरानी में दूसरे से पूछ रहा था, ''पर यह पत्ता क्यों झड़ गया है ?''

''क्यों ?''

''अगर यही शब्द 'व्हाई' हमारी शब्दावली में न रहा तो हम ज़िन्दगी के सवालों का जवाब किस तरह तलाश करेंगे ?''

दूसरा विद्यार्थी कुछ बड़ा नज़र आता था। वह जवाब दे रहा था, ''यह शब्द अब पगला गया है, झड़ना ही चाहिए था, क्योंकि इस शब्द का सम्बन्ध 'कारण' के साथ होता है, 'रीज़न' के साथ 'कॉज़' के साथ ही होता है। अब हमारी ज़िन्दगी में 'रीज़न' कहीं नहीं रहा।''

''जिस नासिर आर्टिस्ट को मैं एक बार उसके स्टूडियो में मिली थी, लगता है वह नासिर कोई और था और आज का नासिर कोई और।'' कहते-कहते कामिनी का चेहरा गम्भीर हो आया।

''मेहरबानी! मैं यही लफ़्ज़ सुनने के लिए आज आया था।'' नासिर ने कहा और कामिनी के हाथों से फ़ाइल ले ली।

''अगर आप चाहें तो एक कार्टून मैं अपने अखबार के मालिक को दिखा सकती हूँ। मेरा ख़याल है वह...''

''नॉर्दर्न एक्सप्रेस वालों ने ये सारे कार्टून खरीद लिए हैं। मैं अगले सप्ताह से

रैगूलर बेसिस पर उनके लिए काम करूँगा।''

फ़ाइल हाथ में उठाकर जब नासिर उठने लगा तो उसने नज़र गड़ाकर कामिनी के चेहरे की तरफ़ देखा। ''कामिनी! आप चाहे जितने साल खामोशी का खत पढ़ती रहें, मैं कोई दखल नहीं दूँगा। पर जब आपको यह महसूस हो कि इस खत को अब और नहीं पढ़ना तो मुझे बता देना। मैं आपको एक खत पढ़ने के लिए देना चाहता हूँ।''

''क्या मतलब?'' कामिनी ने चौंककर नासिर की तरफ़ देखा।

''मैंने आज सुबह आपका कॉलम पढ़ा था।''

''वह चित्रकला की एक प्रदर्शनी के बारे में था।''

''था, पर उसमें आपका अपना भी बहुत कुछ था।''

''मेरा अपना?''

''आपने आज की कला की खामोशी के उस खत से तुलना की थी जिस खत में किसी को अक्षर भी अपने आप से लिखने पड़ते हैं और उनको अर्थ भी अपने पास से देने पड़ते हैं।''

''पर यह तो एक तुलना थी।''

''जिसने खामोशी का यह खत न पढ़ा हो वह यह तुलना नहीं दे सकता।''

''मेरा ख़याल है कि आप ज़रूरत से ज़्यादा गहरे जा रहे हैं।''

''मैं ऐसा नहीं सोचता।''

''आप क्या सोचते हैं?''

''ज़िन्दगी में आपने किसी के खतों का इन्तज़ार किया है, उन्हें पढ़ा है, सँभालकर रखा है। पर फिर आपको किसी ने वह खत भी लिखा है जिसे आप 'खामोशी' का खत कहकर बुलाती हैं। आपने इस खत को भयानक भी कहा है, महान भी कहा है। ये दो बातें कभी नहीं कही जा सकतीं—अगर इनका दर्द किसी ने जिया हुआ न हो।''

कामिनी को एक मिनट के लिए लगा कि वह ठगी-सी रह गई है। पर वह अपनी चकित आँखों को उठने नहीं देना चाहती थी। इसलिए मुस्कुराकर बोली, ''तो आपका ख़याल है कि यह खत मुझे किसने लिखा था?''

''किसी ने भी लिखा हो। मैंने इस बात को कभी नहीं सोचा। मैंने सिर्फ़ यह कहा है कि जब आपको महसूस हो कि इस खत को आप और नहीं पढ़ेंगी तो मुझे बता देना।''

''आप मुझे कौन-सा खत पढ़ने के लिए देना चाहते हैं?''

''यह मैं सिर्फ़ तभी बताऊँगा जब आप पहला खत पढ़कर खत्म कर चुकेंगी और एक तरफ़ रख देंगी।''

''मान लीजिए कि मैं किसी खत को पढ़ रही हूँ, पर शायद मैं कभी भी उसे

एक तरफ़ न रख सकूँ।''

''फिर न सही। मैं अपना खत आपको कभी नहीं भेजूँगा।''

''आई लाइक द एटीट्यूड...'' नासिर उठकर जाने लगा तो कामिनी के मुँह से धीरे से निकला, ''एक मिनट।'' नासिर रुक गया। कामिनी कुछ न बोली। कुछ देर वहीं खड़ी रही और फिर कमरे में चली गई।

नासिर उसी तरह बगीचे में कुर्सी के पास खड़ा था। कामिनी जब कमरे से लौटी तो उसने हाथ में कुछ पकड़ा हुआ था। रूमाल की एक छोटी-सी पोटली थी। कामिनी ने उसे खोला और उसमें से इलायचियों का एक हार निकाला। यह हार एक फूलों के हार जैसा था, पर इसमें फूलों की जगह इलायचियाँ पिरोई हुई थीं।

''नासिर!''

''जी!''

''बहुत साल पहले किसी ने यह हार मुझे दिया था।''

''जी!''

''जिस मर्द ने मुझे यह हार दिया था, उसे यह हार किसी लड़की ने दिया था। वह लड़की उसे प्यार करती थी। पर यह हार उस आदमी ने अपने पास न रखा क्योंकि वह खुद उस लड़की से प्यार नहीं करता था। वह एक दिन आकर यह मुझे दे गया, क्योंकि उसका कहना था कि उसे मुझसे प्यार था।''

''जी!''

''जिस आदमी ने मुझे यह हार दिया था, वह एक बहुत बड़ा शायर है। मैं उसकी कदर करती हूँ, पर मुझे उससे प्यार नहीं है, इसलिए मैंने यह हार उसको लौटा दिया था। पर उसने कहा कि मैं यह हार अपने पास ही रखे रहूँ और जब कभी किसी को प्यार करूँ तो उसे दे दूँ। मैं यह नहीं कहती हूँ कि मैंने किसी को प्यार नहीं किया, पर मैंने यह हार उसे नहीं दिया। शायद दे देती, पर देने का मौका ही नहीं मिला था कि वह मेरी ज़िन्दगी से चला गया। अब सोचती हूँ कि अगर मैं यह हार उसे दे भी देती तो इसके लिए जगह वहाँ नहीं थी। उसे आगे किसी और को देना पड़ता।''

''कामिनी!''

''इस समय यह हार बेशक मेरी तली पर रखा हुआ दिखाई दे रहा है, पर एक तरह से यह सारे शहर में घूम रहा है। एक शहर में नहीं, शहर-दर-शहर घूम रहा है। मुहब्बत की जाने यह कैसी तकदीर होती है!''

''आई अंडरस्टैंड।''

''मुझे आपसे यही कहना था कि आपका खत बड़ा कीमती है। पर मुझे या कभी भी किसी उसको पढ़ने के लिए न देना जिसे इस खत का इन्तज़ार न हो।''

''मैंने इसीलिए आपसे पहले कह दिया था कि मैं अपना खत आपको सिर्फ़ तब

दूँगा, जब आप पहला खत पढ़ चुकेंगी और पढ़कर एक तरफ़ रख देंगी।''

''अगर आपने यह न कहा होता तो इस हार की बात मैं आपसे कभी न कहती। मैंने यह बात पहले कभी किसी को नहीं सुनाई।''

''अगर आप कहें तो एक बात पूछ लूँ?''

''हाँ।''

''अभी आपने कहा था कि आप ये हार शायद किसी को दे देतीं, पर वह आपकी ज़िन्दगी से चला गया, और अगर आप उसे दे भी देतीं, तो इसकी जगह वहाँ नहीं थी।''

''हाँ।''

''फिर जिस जगह पर इस हार का ठिकाना नहीं था, आप उस ठिकाने की बात अब तक क्यों सोचे जा रही हैं और उस ठिकाने के नाम सालों से एक खामोशी का खत क्यों लिखे जा रही हैं?''

''यह सब समझ में नहीं आता।''

''अभी आपने कहा था कि किसी को भी अपना खत उसको पढ़ने के लिए नहीं देना चाहिए, जिसे उस खत का इन्तज़ार न हो।''

''हाँ।''

''पर एक तरह से आपने अपना खत उसके लिए सँभालकर रखा हुआ है—जो कभी भी उसे पढ़ने के लिए नहीं आया।''

''यह ठीक है नासिर, पर...''

''मैं इस 'पर' को हमेशा याद रखूँगा और फिर कभी आपसे कुछ नहीं कहूँगा... सिर्फ़ आपको जब कभी महसूस हो...''

''नासिर! यह ज़िन्दगी शायद कभी 'पर' से सुरखरू नहीं हो सकती...हर एक की ज़िन्दगी में यह 'पर' मालूम नहीं कहाँ से आ लगता है।''

''ऑल राइट। आई विल फ़ाइट विद इट।'' नासिर ने यह बात उतनी कामिनी को मुखातिब करके नहीं कही थी, जितनी अपने-आपको। और बाहर की सड़क की तरफ़ देखता हुआ गेट से बाहर चला गया।

छः

''मैंने कहा जगीरसिंह!''

''कहो भई मसकीन तू है?''

''क्या हुआ, आज तू पहचानता नहीं है?''

''पहचानता हूँ, पहचानता हूँ।''

''पर ठहर तो सही। चलता क्यों जा रहा है?''

''नहीं, नहीं! मैं नहीं ठहरूँगा।''

''पर तुझे हुआ क्या है?''

''आज मत पूछ कुछ मुझसे। आज तो मैं नीले घोड़े पर चढ़ा हुआ हूँ।''

''पर तू तो पैदल जा रहा है?''

''मेरा घोड़ा हवा से बातें कर रहा है।''

''ओ ठहर यहाँ घोड़े दा पुत्तर!'' ताराचन्द मसकीन ने जगीरसिंह का हाथ पकड़ लिया। वह इतनी देर उसके साथ ही चलता रहा था, फिर वह खड़ा हो गया।

''बात कर सीधी तरह से। कहाँ चला है?''

''कनाट प्लेस।''

''वहाँ क्या करेगा?''

''किसी लड़की ने बुलाया है वहाँ।''

ताराचन्द मसकीन हँस पड़ा और जगीरसिंह की पीठ पर धौल जमाकर बोला—

''अरे जागता है या सो रहा है?''

''तू पीछा छोड़ेगा या नहीं?''

''अरे मैं कौन-सी बिल्ली हूँ कि तेरी राह काट जाऊँगा। सीधे मुँह बात कर! यह चेचक का चेहरा लेकर कहाँ जा रहा है?''

''तूने अपना कभी चेहरा देखा है शीशे में? छिपकली जैसा?''

''चल ठनी फिर मेरी और तेरी बातें! खड़ा रह यहीं पर। टस-से-मस नहीं होने दूँगा। आदमी है तो बताकर जा कि यह कलफ़ से अकड़ी हुई पगड़ी बाँधकर कहाँ चला है। मैं छिपकली हूँ तो छिपकली ही सही। खाए तो कोढ़ी, छोड़े तो अंधा।''

''अच्छा हाथ तो छोड़, बताए देता हूँ।''

''हाथ नहीं छूटने का अब।''

''बात यह है कि मुझे परसों एक लड़की का खत आया था।''

''लड़की का खत?...तू कैसे जानता है कि वह एक लड़की का खत था?''

''खत पर उसका नाम लिखा हुआ था।''

''नाम का क्या है, वह तो जाली भी हो सकता है।''

''अबे नहीं बे!''

''तुम्हें जोगिन्दरसिंह की बात भूल गई है? एक लड़का उसे कितने ही महीने लड़की बनकर खत लिखता रहा। बस, ऐसे प्रेम-पत्र उसने लिखे कि जोगिन्दरसिंह

के होश काफ़ूर हो गए। जोगिन्दरसिंह ने भी उसे इश्किया खत लिखे कि अगर कभी आशिकों के खतों की नुमायश हो तो जोगिन्दरसिंह को पहला इनाम मिले।''

''अबे हम कौन जोगिन्दरसिंह हैं! अब तो इन्टरव्यू होना है इन्टरव्यू।''

''अच्छा! तुझे किसी इन्टरव्यू पर बुलाया है। मैं भी सोचता था कि जगीरसिंह आज चटखा हुआ क्यों है।''

''अबे, हमारा इन्टरव्यू एक लड़की लेगी, एक लड़की।''

''अच्छा! तब तो गुरु मान लिया भई तुझे।''

''धरम से! वह बोलती थी तो उसकी आवाज़ में जल-तरंग बजता था।''

''अबे अभी तो तू कह रहा था कि खत आया था, और अब कह रहा है कि जब वह बोलती थी...तुझे खत में उसकी आवाज़ भी सुनाई दे गई?''

''अबे नहीं बे! खत में पूछा था कि तुझे किस दिन फ़ुर्सत होगी, वह मेरे घर आएगी। मैंने सोचा कि वह काहे को तकलीफ़ करती फिरेगी। सो मैंने उसे टेलीफ़ोन कर दिया कि मैं ही उसके दफ़्तर चला आऊँगा।''

''हमसे उड़ते हो जगीरसिंह। तुमने किसी नौकरी-चाकरी के लिए अर्ज़ी दी होगी—और उसने तुम्हें इन्टरव्यू पर बुला लिया होगा।''

''अबे मसकीने! तू सारी उमर बस फसकीना ही रहा। अब हम नौकरी करने चलेंगे?''

''मैंने सोचा कि पिछले दिनों तुझे सट्टे में घाटा पड़ गया था। सो क्या जाने तूने नौकरी का विचार बना लिया हो।''

''सट्टे का क्या है, हज़ार जाते हैं तो हज़ार आते हैं। अब तो हमारी फ़ोटो छपेगी अखबार में।''

''अब तो बात हुई ना। यह कहो कि तुम्हारी वही शायरी काम आ गई।''

''अब समझूँगा चाचा त्रिलोकसिंह को।''

''त्रिलोकसिंह को! उसने तेरा क्या बिगाड़ा है।''

''बिगाड़ा ही कुछ नहीं? साहित्य का चौधरी बना फिरता है! कभी हमारा ज़िक्र भी किया है कहीं। जहाँ देखो, कृष्णसिंह का ही ज़िक्र हमेशा करता है। बस एक वही शायर रह गया हो जैसे। पर हमें अब उसकी मुहताजी नहीं रही। नज़रवालों ने हमें भी खोज लिया है।''

''अबे हमसे भी चोरी! उस लड़की का नाम तो बताता जा।''

''नाम नहीं बताऊँगा।''

''अच्छा न बता। जब अखबार में तेरी फ़ाटो छपेगी तो हमें खुद ही उसका नाम मालूम हो जाएगा।''

''चल, अभी बताए देता हूँ। पर एक बात है। और किसी को मत बताना।

उसका नाम है कामिनी! अब बताओ! कानों में जल-तरंग बजता है या नहीं, उसका नाम सुनकर?''

''अबे पागल मत हो जाना तू। अच्छा! तो कामिनी *दिल्ली टाइम्स* वाली?''

''तुझे पता है उसका? मैंने तो उसका नाम परसों ही सुना था।''

''तू कभी अखबार नहीं पढ़ता—इसलिए तुझे क्या मालूम! हमें मालूम है—हम अखबार जो पढ़ते हैं—''

''मैं अखबार नहीं पढ़ता?''

''पढ़ता है। सिर्फ़ वह पन्ना जिसमें मंडी के भाव लिखे होते हैं।''

''अच्छा बता कि क्या वह बहुत सुन्दर है?''

''पागल कहीं का, हर सप्ताह वह एक कॉलम लिखती है—अपनी तस्वीर नहीं छापती! मुझे क्या मालूम सुन्दर है या नहीं।''

''मेरा ख़याल है, वह बहुत सुन्दर होगी। मैंने रात में उस पर एक कविता भी लिख ली है—इश्क की नज़्म लिखी है।''

''तूने उस पर कविता लिखी है? मैंने कहा, अगर बाप के बेटे हो तो उसे यह भी बता देना कि उस पर तूने कविता लिखी है।''

''मैं समझ गया तेरा मतलब! तेरा मतलब है कि वह चपरासी से उसी समय मुझे बाहर निकलवा दे।''

''अबे रोता आशिक बनने को! आशिक कहीं चपरासियों से डरते हैं? पर यह बता कि तूने उसके पास जाना कितने बजे है?''

''चार बजे पहुँचना है।''

''चार बजे? तेरी अक्ल मारी गई है?...अभी तो दो बजे हैं। अभी वहाँ जाकर क्या करेगा? इधर आ तुझे कॉफ़ी पिलाऊँ।''

''क्या बात है? आज मेरी खातिर करने लगा है?''

''अबे मैंने कहा, अब तू रात-की-रात में मशहूर हो जाएगा। क्या मालूम फिर तू हमसे मिलना भी पसन्द करेगा या नहीं। आज तो एक साथ बैठकर चाय का प्याला पी लें।''

''पर मेरी एक बात याद रखना मसकीन। कामिनी का किसी को नाम मत बताना। अखबार का नाम भी नहीं।''

''पर इसमें छुपाने की क्या बात है? जब अखबार में तुम्हारी फ़ोटो छपेगी तो माँ के लाल को सभी देख लेंगे।''

''तू नहीं समझेगा।''

''तू समझाए भी।''

''मैं सोचता हूँ कि अखबार में छपने से पहले कहीं कृष्णसिंह को न मालूम हो जाए।''

''कृष्णसिंह को ?''

''अगर बात उस तक पहुँच गई तो वह बहुत चालाक आदमी है। वह झट से कामिनी को टेलीफ़ोन करेगा और मेरी जगह अपनी तस्वीर छपा लेगा।''

''तो तेरा ख़याल है कि *दिल्ली टाइम्स* वाले सिर्फ़ तेरा ही इन्टरव्यू छाप रहे हैं और सिर्फ़ तेरी ही तस्वीर ? क्या पता उन्होंने कितने शायरों को चुना है ?''

''कृष्णसिंह को भी चुना होगा ?''

''अगर तुझे चुन लिया है तो कृष्णसिंह को तो ज़रूर चुना होगा। वह इतना मशहूर है। मेरा मतलब है कि तुझे तो अभी मशहूर होना है...वह पहले से ही मशहूर है...''

जगीरसिंह का चेहरा बुझकर रह गया। लगता था कि अगर एक पल पहले वह नीले घोड़े पर सवार था, तो ताराचन्द मसकीन की बात सुनकर वह घोड़े से नीचे गिर पड़ा था। धीरे से बोला—

''यार! तुम लोग करते भी तो कुछ नहीं!''

''हम कुछ नहीं करते ? हम क्या करें ?''

''तुम लोगों को कुछ करना चाहिए।''

''तू बता क्या करें ?''

''मेरा अभिनन्दन-वन्दन ही दे दो।''

''बात तो ठीक है यार! अभिनन्दन का क्या होता है—यह सब जो अपने यार-दोस्त हैं—हजूरसिंह, कुलदीप चन्द, फिर अपना सन्तराम है—हम सब मिलकर एक कमेटी बना लेते हैं। एक इश्तिहार ही तो निकालना है ना! चाय-पानी का खर्च तू कर ही देगा। कुछ हम भी इधर-उधर से इकट्ठा कर लेंगे।''

''जितने पैसे इकट्ठे हों—उतनों की मुझे एक थैली पेश कर देना। मेरा मतलब है किसी मनिस्टर के हाथों दिला देना।''

''अबे हट! जवाब नहीं पट्ठे का। चुपड़ी हुई और दो-दो! उससे तो यार लोगों का नशा-पानी चलेगा। थैली लेनी है तो पैसे अपनी गांठ से निकालना।''

''अच्छा-अच्छा, मैं दे दूँगा! घर ही में तो रहेंगे। कहीं बाहर तो जाने के नहीं।''

''चाय का खर्च भी तेरा और थैली भी—बाकी हम यारों के सिर।''

''चल हुई बात! यह तो बता कब ?''

''अबे जिस दिन तेरी अखबार में फ़ोटो छपे—उसी दिन एक इश्तिहार निकाल दिया जाए कि दिल्ली के साहित्य-प्रेमी तेरा अभिनन्दन करना चाहते हैं।''

''यह बात हुई न यारी की।''

''अबे गाँठ में पैसा नहीं तो क्या दिमाग से भी गए-गुज़रे हैं! अगर तू अपनी

गाँठ ज़रा ढीली रखे तो दिनों में ही हम तुझे क्या से क्या बनाकर रख दें।''

''मैंने कह तो दिया कि खर्चा मेरे सिर रहेगा।''

''अबे मैं और बात कर रहा हूँ। अगर तू पैसे खर्चे, हम सब मिलकर एक साप्ताहिक निकाल लेते हैं।''

''वह तो मैं कब से सोच रहा हूँ। आज मेरे मुँह की बात छीन ली तूने। अगर प्रेस अपने हाथ में हो...''

''फिर देखना हम तुम्हारी प्रशंसा में क्या नहीं लिखते। बेशक तुम खुद ही लिख देना, जो दिल में आए और नाम लिख देना उस पर हमारा।''

''मसकीन, यह तू गुणों की थैली कब से बन गया?''

''अबे गुण तो बहुत हैं, ग्राहक ही नहीं।''

''मैं जो तेरा ग्राहक हूँ।''

''फिर एक गुण आज पाँच रुपये का खरीद ले। पूरी नहीं तो अधिया ही बन जाएगी हमारी।''

जगीरसिंह ने जेब में हाथ डाला और पाँच रुपये का एक नोट निकालकर ताराचन्द मसकीन को थमा दिया और बोला, ''आजकल ज़रा रुपयों की तंगी है। मैं खुद किसी से बीस रुपये पकड़कर लाया हूँ।'' और आगे पूछा, ''आज अपना हजूरसिंह कहाँ है?''

''वहीं अपनी रोज़ की जगह पर होगा।''

जगीरसिंह ने गर्दन घुमाकर पीछे टी-हाउस की तरफ़ देखा और ताराचन्द मसकीन से पूछा—

''कितने बजे हैं?''

''अढ़ाई बज रहे हैं—अभी कुछ मिनट रहते हैं।''

''इसका मतलब है कि कम-से-कम एक घण्टा और है।''

''किस बात में?''

''चार बजने में।''

''अबे पूरा डेढ़ घण्टा रहता है चार होने में।''

''बीच का आधा घण्टा तो छोड़ ही दे न।''

''क्यों? आधा घण्टा नकटाई की गाँठ से खेलते रहोगे क्या? आज तो हद हो गई यार! तूने नकटाई भी बाँध रखी है!''

''एक बात करो तुम। मैं यहीं खड़ा हूँ। तुम ज़रा टी-हाउस का चक्कर काट आओ। अगर हजूरसिंह दिखाई दे तो बुला लाना।''

ताराचन्द उसकी बात नहीं समझ पाया, पर वह टी-हाउस की तरफ़ चल दिया। करोल बाग की इस बड़ी सड़क के मोड़ पर एक छोटा-सा टी-हाउस था। जगीरसिंह जिस जगह खड़ा था, वहाँ से ज़्यादा दूर नहीं था। ताराचन्द जब वापस

आया तो हजूरसिंह उसके साथ था।

"मुबारक हो जगीरसिंह।" हजूरसिंह ने आते ही कहा। लगता था ताराचन्द मसकीन ने आते-आते उसे जगीरसिंह की इंटरव्यू वाली बात बता दी थी।

जगीरसिंह ने हजूरसिंह की बात का जवाब देने की जगह उन सबको गुरुद्वारे चलने के लिए कहा जो कि वहाँ से पास ही था।

तीनों गुरुद्वारे चले आए। जगीरसिंह ने गुरुद्वारे के भाई को सवा रुपया 'परशाद' के लिए दिया और गुरुग्रन्थ साहिब की हजूरी में 'अरदास' करने लगा। अरदास कर लेने के बाद जगीरसिंह ने कहा, "गुरु महाराज! तुम्हारी हजूरी में खड़े होकर हम शपथ लेते हैं कि हम तीनों हमेशा एक-दूसरे के साथी रहेंगे। हम कृष्णसिंह और अपने साथ दुश्मनों का सामना करेंगे। गुरु महाराज! हमारे अंग-संग रहकर हमारी सहायता करना।"

जगीरसिंह ने दोनों हाथ जोड़े हुए थे, सिर झुकाकर उसने नमन किया। ताराचन्द मसकीन और हजूरसिंह ने भी माथा झुका दिया। गुरुद्वारे के भाई ने तीनों को 'परशाद' दिया।

गुरुद्वारे से बाहर आकर हजूरसिंह हँसते हुए बोला, "आज तो जगीरसिंह, तूने हमें शपथ दिलाकर हमारा मुँह बन्द कर दिया है। पहले तो कभी-कभार तेरी आगे-पीछे निन्दा-विन्दा कर लेते थे, पर अब तो हम कुछ नहीं कर सकते। और फिर आज से कृष्णसिंह भी हमारा दुश्मन बन गया।"

गुरुद्वारे में जाते हुए सभी ने अपनी जूतियाँ बाहर उतारी थीं। जूतों की राखी बैठे हुए आदमी ने हजूरसिंह के हाथ में पकड़ी हुई लाठी को भी बाहर रखवा लिया था। अब सबों ने बाहर आकर जूतियाँ पहन लीं और लाठी भी उठा ली।

सात

कामिनी दफ़्तर से वापस आकर, अपने कमरे में जाने से पहले अपने पिता के कमरे में जाया करती थी। आज जब कामिनी उनके कमरे में जाने लगी तो पीछे के बगीचे से आवाज़ सुनाई दी—

"आ गई हो बेटी!"

"आप बाहर बैठे हैं अभी तक! सर्दी लग जाएगी।"

"अन्दर ही बैठा हुआ था। अभी बाहर आया हूँ।"

कामिनी बगीचे में अपने पिता के पास चली आई। पिछले कुछ दिनों से उसके पिता के हाथ पर एक बड़ा-सा छाला उठ आया था। शायद इसकी जड़

बैठ गई थी चमड़ी में। कामिनी ने पिताजी के हाथ की तरफ़ देखा। उन्होंने पट्टी खोल रखी थी।

"आज कुछ आराम लगता है।"

"आराम तो नहीं पर..."

"आज आपने इसकी पट्टी खोल रखी है..."

"पट्टी मैंने नहीं खोली...आज एक अजीब बात हुई। एक घण्टा पहले यहाँ एक आदमी आया था। तुमने किसी जगीरसिंह का नाम सुना है?"

"जगीरसिंह?"

"कहता था कि वह एक बहुत बड़ा शायर है।"

"एक दिन मेरे दफ़्तर में आया था। मुझे उसकी कविताएँ समझ नहीं आई थीं। मैंने उसका इंटरव्यू नहीं छापा था।"

"आज वह तुम्हें मिलने के लिए यहाँ आया था।"

"मुझे मिलने के लिए? अगर उसे आना था तो पहले उसे फ़ोन करना चाहिए था।"

"उसने शायद किया था। तुम दफ़्तर में नहीं रही होगी।"

"फिर?"

"वह कुछ देर मेरे पास बैठा रहा। मेरे हाथ पर उसने पट्टी बँधी देखी तो मेरे साथ इस छाले की बातें करता रहा। अचानक उसने मेरे हाथ से पट्टी खोल दी और कहा कि वह इस छाले को देखना चाहता है। बड़ा अजीब आदमी है। मैं तो चकित रह गया। उसने कसकर मेरा हाथ पकड़ लिया और रिसते हुए छाले को उसने अपने होंठों से चूम लिया।"

"अपने होंठों से?"

"मैं तो घबरा गया था कि उसने क्या किया। पर वह हँसता हुआ दोनों आँखें बन्द करके बोला—"

' "बस, अब कोई खतरा नहीं। अब वाहे गुरु ने यह छाला ठीक कर देना है, क्योंकि वाहे गुरु के बेटे ने इस ज़ख्म को चूस लिया है...' "

कामिनी हैरानी से अपने पिता के चेहरे की तरफ़ देखने लगी। उनकी आवाज़ में भी हैरानी थी। बोले, "जाने कैसा आदमी था! बावला लगता था...पर बातें ऐसे करता था जैसे पहुँचा हुआ फ़कीर हो...मैं जल्दी से पानी का गिलास लाया। उसे कुल्लियाँ कराईं। मुझे डर था कि छाले की पीक उसके मुँह को कहीं कोई नुकसान न पहुँचा दे।"

कामिनी ने कहा कुछ न। उसी तरह हैरान हुई खड़ी रही।

"कितनी अजीब बात है!"

"बहुत अजीब।"

"मुझे तो कुछ समझ में नहीं आया।"

"मुझे भी नहीं।"

"पर उसकी दिलेरी तो देखो।"

"दिलेरी...शायद। पर मुझे तो इस बात से एक घिन-सी आ रही है।"

दूसरे दिन इतवार था। कामिनी की छुट्टी थी। कामिनी ने सोचा कि आज वह अपने पिताजी के पास बैठकर उनके साथ अनुवाद का काम करेगी। इसलिए उसने सुबह की चाय पीने के बाद पीछे के बगीचे में, जहाँ सुबह की पहली धूप आती थी, वहाँ दरी बिछा ली और पिताजी के कमरे में जाकर उनकी किताबें और कागज़ ले आई। कामिनी पहले भी कई बार पिताजी के काम में हाथ बँटा चुकी थी। वह बोलते जाते थे, कामिनी लिखे जाती थी। ज़रूरत पड़ने पर डिक्शनरी में वही देखती जाती।

अभी कामिनी ने करीब आधा घण्टा ही काम किया था कि उसे अपने घर के दरवाज़े के सामने एक गाड़ी रुकने की आवाज़ सुनाई दी। दो-तीन मिनट के बाद माली ने आकर बताया कि जगीरसिंह नाम के कोई साहब मिलने के लिए आए हुए हैं। कामिनी ने अपने पिता की ओर देखा और एक बार उसके पिता ने कामिनी की ओर। फिर उसके पिता ने माली से कहा कि जगीरसिंह को यहीं बगीचे में ले आए।

जगीरसिंह ने आकर कामिनी को सरसरी तौर पर नमस्ते की और फिर उसके पिता से उनके हाथ का हाल पूछने लगा। करीब आधा घण्टा जगीरसिंह बैठा रहा और इस अर्से में उसके पिता से ही बातें करता रहा। एक बार उसने सरसरी तौर पर कामिनी से कहा कि वह उसे किसी दिन अपनी नई कविताएँ सुनाएगा। जब वह उठने लगा तो उसने कामिनी से पूछा कि वह इतनी दूर दफ़्तर कैसे जाती है?

"हर एक घण्टे के बाद यहाँ से बस चलती है।" कामिनी ने उसे बताया।

"परन्तु आप एक गाड़ी क्यों नहीं ले लेतीं?" जगीरसिंह ने कहा।

"दफ़्तर पहुँचकर दफ़्तर की गाड़ी मिल जाती है। मुझे कोई तकलीफ़ नहीं होती।"

"पर अगर आपके पास अपनी गाड़ी हो तो आपको उसका अलाउंस मिल जाएगा।"

"हाँ। जिनके पास अपनी गाड़ियाँ हैं उन्हें अलाउंस मिलता है।"

"मेरा ख़याल है कि आपका दफ़्तर गाड़ी खरीदने के लिए कुछ इकट्ठी रकम भी देता है जो बाद में अलाउंस में से काट ली जाती है।"

"शायद! मुझे मालूम नहीं।"

"आप गाड़ी चलाना जानती हैं?"

कामिनी ने कोई जवाब न दिया।

''मैं आपको गाड़ी चलाना सिखा दूँगा।''

कामिनी ने फिर भी कोई जवाब न दिया। उसके बाद जगीरसिंह ने कामिनी के पिता से कहा कि वह उनके हाथ पर लगाने के लिए बहुत अच्छी मरहम लाकर देगा। इसके बाद वह चला गया।

''मालूम नहीं यह आदमी इतना मेहरबान क्यों होना चाहता है...'' कामिनी ने एक बार कहा और उसके बाद वह कागज़ उठाकर अपने काम में खो गई।

उससे अगले रविवार जगीरसिंह फिर आया और इकरार के मुताबिक पिताजी के हाथ पर लगाने के लिए मरहम की डिब्बी भी लाया।

कुछ देर बैठने के बाद उसने कामिनी को बताया कि बेशक उसके पास अपनी कोई गाड़ी नहीं थी, पर वह बहुत जल्दी अपनी गाड़ी खरीदने जा रहा है। वैसे आज भी उसके पास एक दोस्त की गाड़ी है और अगर कामिनी चाहे तो वह आज भी उसे कुछ देर गाड़ी चलाना सिखा सकता है।

''मैं गाड़ी चलाना जानती हूँ।'' कामिनी ने कहा। पर जगीरसिंह ने समझा कि बात को टालने के लिए कामिनी ने ऐसा कहा है।

''आप गाड़ी चलाना सीख लीजिए। फिर जब आपका जी करे गाड़ी खरीद लीजिएगा। अगर नई गाड़ी नहीं तो सैकेंड हैंड गाड़ी बहुत जल्दी मिल सकती है।'' जगीरसिंह ने कहा।

''मुझे अभी गाड़ी नहीं खरीदनी।'' कामिनी ने कहा और उसने पिताजी के हाथ से किताब लेकर उतनी देर अनुवाद में अपने आपको व्यस्त किए रखा जितनी देर वे जगीरसिंह से बातें करते रहे।

यह अगले सप्ताह की बात है—इतवार की नहीं, मंगल की। कामिनी सुबह बस स्टॉप पर खड़ी थी कि एक लाल रंग की पुरानी-सी गाड़ी उसके पास आ खड़ी हुई। गाड़ी में जगीरसिंह बैठा हुआ था।

''आप कनाट प्लेस जा रही हैं?'' जगीरसिंह ने पूछा।

''हाँ, अपने दफ़्तर।''

''मैं फ़रीदाबाद से वापस आ रहा हूँ...सुबह ही चल दिया था...एक ज़मीन देखनी थी। मुझे कनाट प्लेस की तरफ़ ही जाना है। बैठ जाइए, आपको दफ़्तर छोड़ आऊँगा।''

कामिनी का इनकार करने को मन हुआ, पर 'न' करने का कोई कारण नहीं था। वह जगीरसिंह की गाड़ी में बैठ गई। रास्ते में जगीरसिंह ने कोई खास बात न की। वह सिर्फ़ यही बताता रहा कि इन दिनों इस तरफ़ बहुत-सी नई फ़ैक्टरियाँ

खुल रही हैं और ज़मीनों के भाव बढ़ रहे हैं।

कामिनी अपने दफ़्तर के पास पहुँचकर गाड़ी से उतर पड़ी। पर अपने दफ़्तर के अन्दर जाते समय उसे ख़याल आया कि वह जगीरसिंह के साथ ज़रूरत से ज़्यादा घुटी-घुटी रही। ऐसी बात नहीं है। आदमी बावरा-सा लगता है, पर शायद दिल का बुरा नहीं है।

इसके बाद दो-तीन बार ऐसा हुआ कि आठ-दस दिनों के अन्तर पर जगीरसिंह उसे सुबह बस-स्टॉप पर मिलता। वह बताता कि वह फ़रीदाबाद से आ रहा है और कामिनी को गाड़ी में बैठ जाने के लिए कहता। कामिनी बैठ जाती और वह उसे दफ़्तर छोड़ आता।

जगीरसिंह ने फिर कभी कामिनी के साथ अपनी नज़्मों की बात नहीं की थी। सिर्फ़ एक बार गाड़ी चलाते-चलाते उसने एक कविता सुनाई थी जिसकी कामिनी को कोई समझ नहीं आई थी।

एक दिन जगीरसिंह ने कामिनी को हुकमिया लहज़े में कहा कि उसे पत्रकार की घटिया नौकरी नहीं करनी चाहिए, क्योंकि इस नौकरी के सिलसिले में उसे कई अच्छे-बुरे लोगों को मिलना पड़ता है।—साथ ही अच्छे-बुरे लोगों की बात करते हुए उसने कहा कि कृष्णसिंह नाम का शायर बहुत घटिया आदमी है।

एक दिन जगीरसिंह कामिनी से एक कॉन्फ्रेंस में मिला। कॉन्फ्रेंस से उठकर कामिनी जब एक टैक्सी में बैठने लगी तो जगीरसिंह ने कहा कि वह उसे अपनी गाड़ी में छोड़ आएगा। दफ़्तर की एक गाड़ी आज खराब थी और बाकी की दो गाड़ियाँ आज खाली नहीं थीं। इसलिए कामिनी अपने दफ़्तर से 'कन्वेयंस अलाउंस' लेकर टैक्सी में चली आई थी। कॉन्फ्रेंस में बैठी-बैठी कामिनी बहुत थक गई थी। बाहर एक चाय की स्टॉल से कामिनी ने चाय का प्याला पिया। जगीरसिंह ने भी चाय पी। पर जब कामिनी ने सामने बैठे हुए एक पानवाले को पान देने के लिए कहा तो जगीरसिंह ने पान लेने से इनकार कर दिया। कामिनी ने अपने लिए एक पान ले लिया।

पर वहाँ से गाड़ी में बिठाकर जगीरसिंह जब उसे उसके दफ़्तर छोड़ने के लिए जा रहा था तो उसने कामिनी से कहा कि आज कामिनी को पान खाते हुए देखकर उसे बहुत हैरानी हुई, क्योंकि शरीफ़ औरतें कभी पान नहीं खातीं। कामिनी ने माथे में एक सिलवट डालकर जगीरसिंह की तरफ़ एक बार देखा, पर कहा कुछ नहीं। उस दिन के बाद कामिनी ने हमेशा इस बात का ध्यान रखा कि उसे कभी जगीरसिंह की गाड़ी में बैठने का मौका न मिले। जगीरसिंह की गाड़ी में उसे अपना साँस घुटता हुआ महसूस होता था।

काफ़ी दिन गुज़र गए। कामिनी का कभी जगीरसिंह से सामना न हुआ। रास्ते में अगर उसे कहीं लाल रंग की गाड़ी नज़र आ जाती तो इस शक के बावजूद भी कि गाड़ी किसी और की होगी, क्योंकि शहर में इस रंग की और भी कई गाड़ियाँ थीं, कामिनी रास्ता छोड़ देती थी।

...और फिर एक दिन अचानक जगीरसिंह कामिनी के घर आ गया। कामिनी के पिता उस दिन शहर में किसी का लेक्चर सुनने के लिए गए हुए थे। पता नहीं जगीरसिंह यह बात पहले से जानता था, या ऐसा इत्तफ़ाक से ही हुआ था।

जगीरसिंह गाड़ी में बेशक आया था, पर उसका साँस इस तरह उखड़ा हुआ था जैसे बहुत दूर से पैदल चलकर आ रहा हो।

उसने कामिनी को रस्मी तौर पर नमस्ते भी न की, सिर्फ़ कुछ देर उसकी तरफ़ यूँ ही देखता रहा और फिर अचानक अपनी पगड़ी उतारकर कामिनी के पैरों पर फेंक दी।

कामिनी इतना घबरा उठी कि उसे समझ न आया कि वह क्या करे। वह घबराकर कमरे से उठ खड़ी हुई और बाहर बगीचे में आ गई।

जगीरसिंह ने पगड़ी सिर पर रख ली और कामिनी के पीछे-पीछे बगीचे में आकर कहने लगा, ''महारानी! तुम मुझे माफ़ नहीं करोगी?''

कामिनी ने घबराकर जगीरसिंह की तरफ़ देखा। उसे हैरानी थी कि एक ही मिनट में वह 'महारानी' भी बन गई थी और 'तुम' भी बन गई थी। उसने दूसरी तरफ़ देखते हुए सिर्फ़ इतना कहा, ''प्लीज़! आप इस समय यहाँ से चले जाएँ।'' इतना कहकर कामिनी बाहर के गेट की तरफ़ इस तरह बढ़ चली कि अगर जगीरसिंह यहाँ से अभी न जाए तो वह खुद ही कहीं चली जाएगी।

कामिनी गेट के पास आकर खड़ी रही और फिर उसने देखा कि जगीरसिंह उसके पास से होता हुआ बाहर चला गया था।

इसके बाद जगीरसिंह कभी कामिनी से न मिला। सिर्फ़ एक बार उसके पिता से मिला तो उन्हें बताया कि उसे एक अजीब सपना आया था कि अगर कामिनी उससे नाराज़ हो गई तो उसका सात साल का इकलौता बेटा मर जाएगा।

इस बात को न तो कामिनी के पिता ही समझ सके और न कामिनी ही। पर दोनों को इस आदमी के नाम से वितृष्णा हो आई।

आठ

कामिनी आज बहुत उदास थी। उसने कलम को कई-कई बार हाथ में उठाया और फिर रख दिया। फिर वह अपने कमरे से उठी और एक गर्म चादर अपने कंधों पर ओढ़कर बाहर अपने बगीचे में आ गई। सुबह होने को थी, पर अंधेरा अभी इतना सघन था कि वह सड़क से पार की पगडंडी पर नहीं जा सकती थी। इस वादी में बहुत-सी ज़मीन पथरीली थी, पर सड़क के एक तरफ़ की ज़मीन सपाट थी जिस पर कुछ घर भी बने हुए थे। सड़क के दूसरी तरफ़ पथरीली ज़मीन का अब भी एक ऐसा टुकड़ा था जिस पर अभी कोई मकान नहीं बना था। कामिनी कई बार उस टीले पर सैर करने के लिए जाया करती थी। कामिनी कुछ देर अपने छोटे-से बाग में चहलकदमी करती रही। बीच में दो बार एक नीम के तने से कंधे टेककर उसने आसमान की तरफ़ देखा। सुबह की हल्की-सी रोशनी निकल आई। वह सामने का गेट खोलकर—बाहर आ गई और टीले की कच्ची पगडंडी पर चढ़ने लगी।

कामिनी अभी कुछ ही दूर गई थी कि उसके पैर थम गए। वह एक मिनट चुपचाप उसी तरह खड़ी रही और फिर चुपचाप नीचे लौट आई। कामिनी तेज़ कदमों से चलती हुई अपने कमरे में चली आई। उसने मेज़ की बत्ती जलाई और कलम हाथ में लेकर कागज़ पर कुछ लिखना शुरू कर दिया।

कामिनी ने जब कलम हाथ से रखी तो रोशनी काफ़ी चकमका गई थी। लिखे हुए कागज़ों को इकट्ठा करके कामिनी ने उन्हें पिन कर दिया।

कामिनी को अपनी बाँहों में बहुत थकावट महसूस हो रही थी। उसने अपने बायें हाथ से अपने दायें हाथ को दबाया और फिर कुछ देर अपने दायें हाथ से बायें हाथ को। उसके कंधे ऐंठ गए थे। अपनी तलियों से ही उसने कंधों को एक-एक कर दबाया और फिर रसोई में जाकर चाय बनानी शुरू कर दी।

चाय का एक 'मग' भरकर उसने अपने पिताजी के कमरे की तरफ़ देखा। कमरे की बत्ती जल रही थी। शायद वे अखबार पढ़ रहे थे। चाय का 'मग' उन्हें देते हुए कामिनी ने उनसे पूछा, ''आज की अखबार आ गई है?''

''यह तो बेटा कल की अखबार है, आज की अभी नहीं आई, नहीं तो माली अन्दर आकर दे जाता...''

पिताजी ने आँखों से ऐनक को उतारा और चादर की कन्नी से उसके शीशे को पोंछते हुए बोले, ''पंजाब का सफ़र कैसा रहा? तुमने रात कुछ बताया नहीं था।''

''मैं रात बहुत थकी हुई थी। रात सो भी अच्छी तरह नहीं सकी। सुबह उठ-

कर मैंने एक कॉलम लिखा है। कोई खास बात नहीं। जलियांवाले बाग का जलसा देखने के लिए गई थी—उसी के बारे में लिखा है।''

''तुम्हारी चाय ठंडी हो रही होगी। जाओ बेटा! पहले चाय पी लो। बाद में ज़रा बाहर देख लेना, शायद आज की अखबार आई हो। माली कई बार खुद ही देर से उठता है...अखबार गेट के पास पड़ी रहती है।''

कामिनी ने रसोई में वापस आकर चाय का प्याला बनाया और आधा प्याला पीकर प्याले को हाथ में लिए वह गेट के पास आ गई।

माली गेट के पास पड़ी अखबारों को उठा रहा था। जिस समय कामिनी वहाँ पहुँची उसने दोनों अखबार माली के हाथ से ले लीं और वापस अपने कमरे में आ गई।

अखबार खोलते ही कामिनी की नज़र नॉर्दर्न एक्सप्रेस के उस कोने पर पड़ी जहाँ पर रोज़ नासिर का बनाया हुआ एक कार्टून छपा करता था। कामिनी ने कार्टून देखा, पढ़ा, एक बार पढ़ा, दो बार पढ़ा।

इस कार्टून में अंग्रेज़ी का एक प्रोफ़ेसर अपनी जमात में अपने विद्यार्थियों से पूछ रहा था कि हमारे देश में आजकल कौन-सा शब्द सबसे ज़्यादा इस्तेमाल में आता है, कौन-सा शब्द सबसे ज़्यादा 'फ़ैशन' में है? और विद्यार्थियों के झुरमुट में से एक विद्यार्थी हाथ खड़ा करके कह रहा था, ''आजकल जिस शब्द को सबसे ज़्यादा प्रयोग किया जाता है वह शब्द है 'एंटी'—क्योंकि लोग दिन-ब-दिन एंटी मैरिट, एंटी वूमैन, एंटी माइंड और एंटी लाइफ़ होते जा रहे हैं।''

कामिनी कार्टून को काफ़ी देर तक देखती रही और फिर उसने एक लम्बा साँस लिया। रसोई में जाकर उसने चाय का एक और प्याला बनाया और चाय के दो गर्म घूँट पीकर उसने टेलीफ़ोन का नम्बर मिलाया—

''कौन नासिर? मैं कामिनी बोल रही हूँ।''

''कामिनी!''

''आज का कार्टून बहुत अच्छा है, बहुत ही अच्छा।''

''मुझे खुशी है कामिनी, आपको पसन्द आया है।''

''मैंने आज सुबह अपना कॉलम लिखा है...मैं पंजाब गई हुई थी। वहाँ मैंने जलियांवाला बाग का जलसा देखा था।''

''परसों छपेगा, इतवार?''

''हाँ, परसों छपेगा, पर मैं अभी कुछ लाइनें सुनाऊँ?''

''ज़रूर।''

''अच्छा...एक मिनट।...''

कामिनी मेज़ पर से उन कागज़ों को उठा लाई जो उसने आज सुबह लिखे थे और टेलीफ़ोन पर उसने उसकी आखिरी पंक्तियाँ पढ़ीं—

"लोग उन शहीदों की याद में इकट्ठे हुए थे जो अपनी मासूमियत में एक दिन हाकिमों की गोलियों का शिकार हुए थे। लोग उन दीवारों को देख रहे थे जिन दीवारों में उन गोलियों के निशान आज तक महफ़ूज़ हैं। लोग कितनी ही देर अपनी-अपनी खामोशियों में डूबे रहे, एक मन और एक तन होकर। लगता था जैसे वे सिर्फ़ उन शहीदों की याद में ही इस तरह सिर झुकाकर खड़े हुए न हों, बल्कि उन गुमनाम शहीदों की याद में भी वे सिर झुका रहे हों—जो आज भी रोज़ हमारी गलियों में और बाज़ारों में शहीद होते हैं।"

एक लम्बा साँस लेकर कामिनी ने आगे पढ़ा, "कभी 'डायर' नाम के एक हाकिम ने गोलियाँ चलाई थीं, आज 'सिस्टम' नाम की एक चीज़ गोलियाँ चला रही है। यह बात अलग है कि इन गुमनाम गोलियों के निशान भी गुमनाम होते हैं। पर इनसे सिर्फ़ हमारे लोग ही नहीं, हमारी ज़बान के लफ़्ज़ भी ज़ख्मी हो रहे हैं। 'मिहनत', 'हक', 'सच्चाई', 'ईमान' और 'मूल्यवान' जैसे शब्द आज इतने ज़ख्मी हो गए हैं... "

कामिनी का गला भर आया। यह नासिर और कामिनी दोनों के लिए एक नया एहसास था। कामिनी कई बार भरे हुए मन से इस तरह के कॉलम लिखा करती, पर उन्हें पढ़ते समय कभी उसका गला नहीं भर्राया था।

"कामिनी!"

"हाँ, नासिर!"

"मुझे पूछने का कोई हक नहीं...पर..."

"मैं आज बहुत उदास हूँ नासिर...सुबह कॉलम लिखा था, पर सोच रही थी कि मैं किसके लिए यह सब कुछ लिखती हूँ...लोग कभी भी किसी चीज़ से 'सीरियस' नहीं होते...मैं यह सारा कुछ इतना सीरियस...इतने नॉन-सीरियस लोगों के लिए क्यों लिखती हूँ!"

"कामिनी!"

"मैंने आपका कार्टून देखा...वह भी मेरे कलम की तरह सीरियस है...इसलिए मैंने आपको फ़ोन कर लिया...यह आपका देश इतना 'एंटी-वूमैन' है कि शायद आपको भी मालूम नहीं।"

"मुझे मालूम है।"

"जितना मालूम एक औरत को हो सकता है, उतना शायद किसी और को नहीं..."

"हाँ, कामिनी।"

"अच्छा नासिर! आपके कार्टून के लिए शुक्रिया!"

"शुक्रिया!"

"एट लीस्ट, देयर इज़ ए मैन, वन मैन, हू थिंक्स..."

"पर इस आदमी को आप कुछ मिनटों के लिए अपने पास आने की इजाज़त नहीं दे सकतीं!"

"नासिर... !...इजाज़त?...हमारे इस देश की सभ्यता औरत से इजाज़त लेना नहीं सिखाती...औरत के साथ विवाह ज़बर्दस्ती किया जाता है...औरत के साथ इश्क भी ज़बर्दस्ती किया जाता है...और औरत का 'ज़िक्र' भी ज़बर्दस्ती..."

"और किसी को शायद न हो, पर मेरे दिल में इस 'इजाज़त' के लफ़्ज़ के लिए कदर है...मुझे आज इजाज़त दे दीजिए..."

"अच्छा नासिर आ जाइए...मैं इन्सान से शायद इतनी डिसगस्टेड नहीं हुई।"

समय में कम-से-कम एक घण्टे का फ़र्क पड़ गया होगा, पर कामिनी के मन की हालत में नासिर के आने तक सूत-भर का भी फ़र्क नहीं पड़ा था। कामिनी ने आज नासिर को बाहर बगीचे में नहीं, उसे अपने कमरे में बिठाया।

"चाय का प्याला पिएँगे?" कामिनी ने पूछा।

"हाँ।"

कामिनी ने माली के सिवा घर में कोई नौकर नहीं रखा था। वह अपनी और पिताजी की रोटी खुद बनाती थी। माली को उसने चाय बनानी सिखा दी थी। वक्त-बेवक्त वह चाय बना दिया करता था।

कामिनी ने माली को चाय बनाने के लिए कहा और फिर कमरे में आकर एक दीवान पर बैठ गई।

"आपके लिए आज का कार्टून शायद बहुत बड़ी बात नहीं—पर मेरे लिए वह बहुत बड़ी बात है..." कामिनी ने धीरे से कहा।

"इससे अच्छे कॉलम आप खुद लिखती हैं, कामिनी जी!"

"पर कुछ दिनों से मुझे ऐसा लगने लगा है कि मैं जो कुछ लिखती हूँ—उसका कोई मतलब नहीं, क्योंकि उसे पढ़ने वाला कोई नहीं।"

"आपको वह कॉलम याद है जो आपने मेरे आर्ट के बारे में लिखा था?"

"हाँ।"

"आपने लिखा था कि आज इस चित्रकार को जिस औरत को पेंट करते हुए देख रहे हैं वह है वुमैन विद ए फ़्लावर। वुमैन विद ए कांब, वुमैन विद ए बैंगल। पर हम उस दिन का इन्तज़ार करेंगे जब यह चित्रकार पेंट करेगा : वुमैन विद द माइंड।"

"आपने इस बात को 'सीरियस' कैसे मान लिया...हमारे देश में औरत की बात को कभी भी 'सीरियसली' नहीं लिया जाता।"

''मैं देश की बात नहीं करता, सिर्फ़ अपनी कर रहा हूँ।''

''सो इट एगज़िस्ट्स।''

''कामिनी!''

''मैं इस देश के बहुत बड़े लोगों से मिली हूँ। यह कॉलम मुझे बड़े लोगों से मिलने का मौका देता है। बहुत बड़े लेखकों से...सो कॉल्ड बड़े लेखकों से...पर आज तक मेरा यही ख़याल था कि इट इज़ नॉट एगज़िस्ट।''

''क्या कामिनी!''

''यह सब जो आपके कार्टून में है।''

कामिनी कुछ देर के लिए एकदम चुपिया गई, फिर नासिर की ओर देखकर बोली, ''पिछले दिनों मेरा एक कवि से वास्ता पड़ा था। मैं एक नया कॉलम सोच रही थी जिसमें अदीबों के इंटरव्यू छापने का विचार था। इसके लिए मैंने कई अदीबों को चिट्ठियाँ भी लिखीं और टेलीफ़ोन भी किए। एक दिन एक कवि ने मेरे दफ़्तर में आकर मुझे कविताएँ सुनाईं और इंटरव्यू भी दिया। इसके बाद वह दो-तीन बार घर भी आया। मैंने बुलाया नहीं था। खुद ही चला आया। दो-तीन बार बस-स्टॉप पर मिला और मुझे अपनी गाड़ी में बिठाकर दफ़्तर छोड़ आया। बाद में मुझे मालूम हुआ कि वह गाड़ी किसी की माँगकर लाता था और लोगों से कहता कि उस पर बहुत कविता उतरी हुई है, क्योंकि वह इन दिनों किसी लड़की से मिलता है जिसकी आवाज़ में से उसे जल-तरंग सुनाई देती थी...सुन रहे हो ना नासिर!''

''हाँ।''

''मुझे उसने कभी कुछ नहीं कहा था। पर लोगों से उसने यह कहना शुरू कर दिया कि आजकल उस पर बहुत कविता उतरी हुई थी...आप जानते ही हैं, कि हमारे देश में लोग कविता लिखते नहीं...बल्कि कविता उन पर उतरती है।''

''हाँ, कामिनी!''

''जिस दिन वह मुझे इंटरव्यू देने के लिए आया था, मुझे मालूम हुआ कि उस दिन उसने अपने कुछ दोस्तों में इस बात की इतनी पैठ बिठाई कि किसी दोस्त से उसने नैकटाई उधार ली, किसी दोस्त से पैसे उधार लिए कि क्या मालूम मैं आज ही उसके साथ चाय पीने के लिए मान जाऊँ और उसे किसी बड़े होटल में जाकर पैसे खर्च करने पड़ें—यह सब कुछ मुझे बाद में मालूम हुआ—उसी के किसी दोस्त ने मुझे टेलीफ़ोन करके बताया। पर अजीब है कि बात इतनी फैली हुई है कि मैंने पंजाब में भी सुनी थी। मुझे मालूम हुआ है कि उसने जितनी भी बे-सिर-पैर की कविताएँ लिखी हैं, उन्हें वह मेरा नाम ले-लेकर पढ़ता है...''

''मुझे मालूम है कामिनी!''

''आपको मालूम है?''

''यहाँ टी-हाउस में भी कई लोग ये बातें करते हैं...''

''यहाँ टी-हाउस में... ?''

''असल में आज के कार्टून में मैंने जो लिखा था कि हमारे देश के लोग एंटी-वूमैन हैं, तो मेरा मतलब इसी बात से था।''

माली चाय के प्याले और चाय की केतली एक ट्रे में रखकर ले आया। प्यालों में चाय डालकर एक प्याला नासिर को देती हुई कामिनी बोली—

''एक आदमी कभी-कभी मुझे टेलीफ़ोन करता है। अपना नाम नहीं बताता, सिर्फ़ इतना कहता है कि मैं आपका एक वैल विशर बोल रहा हूँ।''

''जगीरसिंह की सभी बातें उसी ने बताई हैं ?''

''उसी ने...कल रात उसने टेलीफ़ोन किया था कि जगीरसिंह और उसके कुछ साथी मिलकर एक अखबार निकालने की सोच रहे हैं...मालूम नहीं साप्ताहिक या पाक्षिक...उस अखबार का नाम होगा 'मौज मेला'। उसमें वे लोग मेरे खिलाफ़ लिखेंगे।... ''

नासिर ने कुछ न कहा, सिर्फ़ चाय पीता रहा। चाय का गर्म प्याला जैसे तल्खी का भरा हुआ एक प्याला था। नासिर उसे घूँट-घूँट पीता रहा।

नौ

शहर में हुई औरतों की एक कॉन्फ्रेंस से कामिनी अभी लौटी थी। उसके पैरों में इतनी थकावट नहीं थी जितनी उसके माथे में उदासी थी। अपने कमरे में आकर उसका कुछ देर आराम करने को मन हुआ। पर उसकी उदासी इतना आराम नहीं माँग रही थी जितना इज़हार।

कामिनी ने मेज़ की बत्ती को जला लिया और लिखने बैठ गई, ''औरतों की कॉन्फ्रेंस के पहले समारोह में कॉन्फ्रेंस का आरंभ बड़े साधारण तौर-तरीके से हुआ। पर इस इजलास की सबसे पहली और बड़ी माँग थी कि देश में बढ़ती हुई कीमतों को रोका जाए। इस माँग को पेश करते समय किसी भी आवाज़ का रोष साधारण नहीं था। सिर्फ़ माँग पेश करने वाली औरतों में से और इस माँग का समर्थन करने वालियों में से किसी को यह मालूम नहीं हो रहा था कि वे यह माँग किसके आगे पेश करने जा रही हैं। एक तरह से कोई औरत भी इस माँग को उतना नहीं सुना रही थी जितना उन कानों को तलाश कर रही थी, जिन कानों को यह माँग सुनाई जा रही थी।''

इस इजलास की दूसरी माँग थी कि देश में काले बाज़ार को बंद किया जाए। पर यह माँग पेश करते समय भी वही बात थी, क्योंकि हर किसी को मालूम था कि कुछ साल पहले जब कोई इस बाज़ार की बात कहता था तो सबके कान ठनक उठते थे। क्योंकि यह बाज़ार कहीं होता ज़रूर था पर किसी की आँखों के सामने मेले के बाज़ार की तरह लगा हुआ दिखाई नहीं देता था। और अब यह आँखों के सामने इस तरह प्रत्यक्ष था जैसे देश के चुने हुए वास्तुकार और इन्जीनियर मिलकर दिन-रात इस बाज़ार का निर्माण कर रहे हों। और इस बाज़ार से गुज़रने वालों को अपनी आँखें चुराने की ज़रूरत नहीं पड़ती थी। वे आराम से गाड़ी में बैठकर आ सकते थे और शॉपिंग कर सकते थे।

कॉन्फ्रेंस के दूसरे समारोह में कोई माँग या प्रस्ताव नहीं किया गया, बल्कि सामूहिक तौर पर औरत की हालत और उसके अधिकारों पर विचार किया गया। विचार के कई पहलू थे, जिनमें से एक पहलू यह भी था, कि दफ़्तरों और दूकानों में काम करने वाली लड़कियों की आर्थिक मजबूरी का गलत फ़ायदा नहीं उठाया जाना चाहिए। इस तरह खुले तौर पर विचार कर सकने की दिलेरी देखकर दो लफ़्ज़ों का ख़याल ज़रूर आता है : एक है औरत की स्वतन्त्रता और दूसरा औरत की उन्नति। मुझे एक इतालवी औरत की कही हुई बात याद आ रही है। उसने ज़िन्दगी में औरत की जगह देखने के लिए कई देशों का सफ़र किया और आख़िर में कहा कि स्वतन्त्रता और उन्नति सही अर्थों में कहीं नहीं है, पर इन दो लफ़्ज़ों को हर देश की औरत अपने मुँह में इस तरह चूस रही है जैसे ये दोनों अक्षर 'च्युइंग गम' हों।

इस समारोह की सारी कार्रवाई में औरतज़ात की कुछ वे मुश्किलें थीं जिनका ज़िक्र किया गया। और कुछ वे मुश्किलें थीं जिनका ज़िक्र नहीं किया गया। पर संक्षेप में यदि सारे विचार-विनिमय को एक ही पंक्ति में कहना हो तो कहा जा सकता है कि यह कोख के अंधेरे से लेकर कब्र के अंधेरे तक का एक सफ़रनामा था। औरतज़ात का सफ़रनामा।

"औरतज़ात का सफ़रनामा।" कामिनी ने अपने लिखे हुए इन शब्दों को अपने होंठों में दुहराया और एक लम्बा साँस लेकर सोचा कि दुनिया की कोई कलम कभी इस पूरे सफ़रनामे को नहीं लिख सकती। कामिनी के माथे में हल्का-सा दर्द हो रहा था। उसके दिल में आया कि रसोई में जाकर चाय या कॉफ़ी का एक प्याला बनाए। कामिनी ने माचिस की डिब्बी अभी हाथ में पकड़ी थी कि टेलीफ़ोन की घण्टी बजी। कामिनी ने रिसीवर उठाया तो आवाज़ सुनाई दी—

"आप कामिनी बोल रही हैं?"

"हाँ।"

"मैं आपका एक वैल विशर बोल रहा हूँ।"

"कहिए।"

"मैंने दुपहर को आपके दफ़्तर टेलीफ़ोन किया था। पर आप औरतों की कॉन्फ्रेंस में गई हुई थीं।...इसलिए अब फिर से टेलीफ़ोन कर रहा हूँ।"

"कहिए।"

"मैं आपको बस यही बताना चाहता था कि जगीरसिंह के हाथ से कोई चीज़ न खाइएगा।"

"क्या मतलब ?"

"मुझे मालूम हुआ है कि वह आपको किसी मिठाई में मिलाकर कोई ऐसी-वैसी चीज़ खिलाना चाहता है।"

"यह सब क्या है! मुझे कुछ समझ नहीं आता! आप कौन बोल रहे हैं ? आप मुझे अपना नाम क्यों नहीं बताते ?"

"मैं आपको सिर्फ़ इतना बता सकता हूँ कि जगीरसिंह का विचार है, वह सफ़ेद घोड़े के नाखूनों को जलाकर उनकी राख को अगर किसी तरह आपको खिला दे, तो आपकी सारी सोचने-समझने की ताकत उसके बस में हो जाएगी।"

"माई गॉड..."

"बस, आप उसकी दी हुई या भेजी हुई कोई चीज़ मत खाइएगा। बाकी देखा जाएगा।"

"..."

कामिनी ने टेलीफ़ोन का रिसीवर रख दिया। उसके हाथों में एक हल्का-सा कम्पन आ गया था। वह रसोई में जाकर कॉफ़ी बनाने लगी। उसने गैस जलाई और छोटी केतली में पानी डालकर गैस पर रख दी। कामिनी विचारों में इस कदर खोई हुई थी कि हाथ में जलती हुई तीली उसने अजाने ही एक तरफ़ फेंक दी थी।

चौंककर कामिनी ने देखा कि गैस के सिलेंडर के पास सब्ज़ी के छिलकों वाली टोकरी में उसकी फेंकी हुई तीली जा पड़ी थी। टोकरी में रद्दी के कुछ फटे हुए कागज़ भी रखे थे। तीली उन्हें छू गई थी और कागज़ों ने जलना शुरू कर दिया था। कामिनी ने जल्दी से आग बुझा दी। आग बुझाते हुए जिन कागज़ों पर कामिनी की नज़र पड़ी वे कागज़ उस अखबार के थे जिस अखबार का नाम पिछले हफ़्ते किसी ने उसे टेलीफ़ोन पर बताया था।

कामिनी ने टोकरी में से अखबार के कागज़ निकाले। कागज़ एक तरफ़ से कुछ जल गया था, पर उसका ज़्यादा हिस्सा अभी भी साबुत था। कामिनी ने देखा, कागज़ के एक टुकड़े पर लाल पेन्सिल की एक लकीर लगी हुई थी। कामिनी ने वह टुकड़ा पढ़ा। लिखा था, "कामिनी नाम की औरत को हम जर्न-

लिस्ट नहीं समझते। उसे कुछ भी लिखना नहीं आता। वह एक शोलानुमा औरत है। यह ठीक है कि उसे एक बहुत बड़े अंग्रेज़ी अखबार में नौकरी मिली हुई है, पर इस नौकरी को उसने अपनी जवानी और हुस्न की कीमत देकर जिस तरह हासिल किया है—उस तरह कोई शरीफ़ औरत कभी नहीं कर सकती। वह खूबसूरत है। बाल-बाल खूबसूरत है। रुपये में सोलह आने नहीं—बीस आने खूबसूरत है। लोग सोच सकते हैं कि इस तरह की औरत को कुछ भी हासिल करने में कोई मुश्किल पेश नहीं आ सकती...''

कामिनी ने अखबार को कचरे की टोकरी में फिर से रख दिया जहाँ वह पहले रखी हुई थी। पर उसके सिर में चक्कर आने लगे थे। एक मिनट के लिए उसने अपना सिर गैस के सिलेंडर पर रख दिया।

कुछ देर बाद कामिनी ने गैस के सिलेंडर से सिर उठाया और कॉफ़ी बनाने लगी। प्याले में से कॉफ़ी का घूँट लेते हुए उसे ख़याल आया कि यह अखबार आज की डाक में उस समय आई होगी, जबकि वह घर नहीं थी। उसके पिताजी ने कभी उसकी कोई चिट्ठी नहीं खोली थी। पर अखबारों को वे खोल लिया करते थे। 'उन्होंने अखबार पढ़ी होगी और सोचा होगा कि कामिनी इस अखबार को न पढ़े। मुझसे अखबार को छुपाने के लिए फाड़कर इस कचरे की टोकरी में फेंक दिया होगा।' और पिताजी के इतने नाज़ुक व्यवहार की बात सोचकर कामिनी की आँखें सजल हो आईं।

कामिनी ने कॉफ़ी का प्याला पिया और खाली प्याले को धोकर रख दिया। कामिनी अभी अपने कमरे में आई ही थी कि टेलीफ़ोन की घण्टी बजी।

''मैं नासिर बोल रहा हूँ। कामिनी!''

''राजस्थान से कब लौटे नासिर?''

''आज दुपहर।''

''बहुत कुछ पेंट किया वहाँ?''

''पेंट भी किया है, कुछ फ़ोटोग्राफ़ भी लिए हैं। मेरा ख़याल है फ़ोटोग्राफ बहुत अच्छे हैं। कुछ फ़िल्में धोने के लिए दी हैं...कल निगेटिव मिल जाएँगे।''

''गुड।''

''कामिनी! मैंने इस समय एक खास बात कहने के लिए टेलीफ़ोन किया है।''

''कहिए!''

''वुड यू डू मी ए फ़ेवर?''

''कहें नासिर!''

''यह मुझ पर अहसान होगा!''

''कहें भी नासिर!''

''कल की डाक में अगर कोई अखबार आपके पास पहुँचे तो उसे बिना पढ़े

ही फाड़कर फेंक देना...घर में कोई कचरे के लिए डिब्बा होगा ही, उसमें फेंक देना।''

''नासिर...''

''दैट पेपर बिलांग्ज़ टु ए डस्टबिन!''

''पर नासिर...''

''मुझसे वायदा करो कामिनी!''

''एक अखबार आज भी डाक में आया था...मैं जानती हूँ आप उसी का ज़िक्र कर रहे हैं।''

''उफ़!''

''पर आपकी इच्छा पिताजी ने पूरी कर दी थी। मेरे आने से पहले ही उन्होंने उसे फाड़कर कचरे की टोकरी में फेंक दिया था। यह बात अलग है कि वह फिर भी किसी तरह मेरी नज़र से गुज़र गई।''

''अच्छा कामिनी! अब उस अखबार को भूल जाइए। जो कुछ उसमें लिखा हुआ था—उसे भी भूल जाइए। वादा कीजिए मेरे साथ!''

''अच्छा नासिर! मैं नहीं सोचूँगी...और फिर सोचने से इसका अन्त भी नहीं होने का...''

''कचरा सिर्फ़ गलियों और बाज़ारों में ही नहीं होता। कचरा बहुत-से लोगों के मनों में भी होता है...''

''हाँ, नासिर! पर इस अखबार की बात का आपको आते ही कैसे पता चल गया?''

''आज शाम को मैं टी-हाउस गया था। वहाँ किसी के पास यह अखबार था। इस पर कुछ आदमी बहस कर रहे थे वहाँ...''

''चुप क्यों हो रहे नासिर?''

''चुप नहीं। सोच रहा था कुछ अच्छे लोग भी इस दुनिया में बाकी हैं। वहाँ टी-हाउस में आज एक अजीब बात हुई। किसी ने यह अखबार पढ़कर आपके बारे में बहुत 'नेस्ती' बात कही। साथ में मेज़ पर कोई और बैठा हुआ था। मैं नहीं जानता कौन था। उसने अपने पैर का बूट उतारकर मेज़ पर रख दिया और जिसने वह 'नेस्ती' बात कही थी, उसे 'चैलेंज' करते हुए कहा कि वह अपने फिकरे को एक बार फिर दुहराए। किसी ने उसके चैलेंज का जवाब न दिया। सब चुप्पी साध गए। वह घड़ी की तरफ़ देखता रहा। जब पूरे पाँच मिनट बीत गए तो उसने अपना बूट पैर में डाल लिया।''

''वह कौन था नासिर?''

''मुझे बिलकुल मालूम नहीं। मैंने कइयों से पूछा था, पर कोई नहीं जानता कि वह कौन था। शायद अच्छे लोग इसी तरह गुमनाम रहते हैं।''

"अच्छा नासिर! आपके फ़ोन का बहुत-बहुत शुक्रिया। मेरे सिर में सख्त दर्द हो रहा था, पर अब लगता है कि ठीक हो गया है। आपके इस फ़ोन की शायद इस समय मुझे बड़ी ज़रूरत थी। आप कल या परसों किस दिन आ सकेंगे?"

"कल शाम को आ जाऊँ? सुबह कुछ निगेटिव मिल जाएँगे। मैं शाम तक कुछ प्रिंट भी निकलवा लूँगा।"

"अच्छा नासिर! कल शाम को।"

कामिनी ने टेलीफ़ोन रखा तो उसका मन भर आया। उसे पिताजी का कोमल मन याद आया, और नासिर का तगड़ा मन याद आया और वह गुमनाम आदमी याद आया। और उसका दिल इन तीनों के लिए शुकराने से भर गया।

दस

कामिनी अपने दफ़्तर से उठने ही लगी थी कि चपरासी ने उसकी कैबिन का दरवाज़ा खोला और बोला, "राजनारायण आपसे मिलने के लिए आए हैं।" राजनारायण से कामिनी का ज़्यादा परिचय नहीं था। सिर्फ़ एक-दो कॉन्फ़ेसों में उसने उसे एक-दो बार देखा था। कामिनी को वह कुछ बुज़ुर्गाना उमर का एक संजीदा आदमी दिखाई दिया था। कामिनी ने चपरासी से कहा कि उन्हें अन्दर ले आए।"

कामिनी ने अदब से एक कुर्सी आगे बढ़ाई और राजनारायण को बैठने के लिए कहा। राजनारायण ने जेब में से रूमाल निकाला और अपनी ऐनक उतारकर उसके शीशों को पोंछने लगा। लगता था कि वह जो बात कहने के लिए आया था उसे कहने में संकोच कर रहा था।

"कहिए।"

"मैं एक अजीब-सी मुश्किल में फँस गया हूँ। आप जानती हैं ना, राइटरों और जर्नलिस्टों का एक डैलीगेशन बाहर जा रहा है?"

"मैंने सुना है।"

"उसमें हम चाहते हैं कि आप भी चलें।"

"बड़ी मेहरबानी! पर शायद मैं जाना न चाहूँ।"

"पर हम चाहते हैं कि आप हमारे साथ चलें...एक 'सिचुएशन' बड़ी 'अनप्लेजेण्ट' हो गई है...एक मीटिंग में एक आदमी ने आपके खिलाफ़ इतना कुछ कहा कि हमारी पोज़ीशन बड़ी अजीब हो गई है...मैं आज यह कहने के लिए आया हूँ कि अगर आप हमारी कमेटी के नाम एक खत लिख दें कि आप इस

डैलीगेशन में जाना चाहती हैं, तो खत के सहारे हम आपको ले जाने का फ़ैसला कर लेंगे। मैं आपको यकीन दिलाता हूँ कि यह फ़ैसला ज़रूर हो जाएगा...सिर्फ़ इस खत की ज़रा-सी फ़ार्मेलिटी निभाने की बात है..."

"मैं आपको यकीन दिलाती हूँ कि इस डैलीगेशन में मैं नहीं जाना चाहती। अगर मैं कभी विदेश गई तो अकेली जाऊँगी। मुझे किसी डैलीगेशन के साथ जाना पसन्द नहीं है। और इस खत की बात! इसका सवाल ही पैदा नहीं होता...मेरा ख़याल है कि आपको यह बात नहीं कहनी चाहिए थी।"

"आई रियलाइज़ इट!" राजनारायण ने कहा। कुछ देर चुप रहने के बाद फिर बोला, "पर आप मेरी पोज़ीशन समझती हैं। मैं कमेटी के अगुओं में से हूँ। मैं समझता हूँ कि आपको इस डैलीगेशन में जाना चाहिए। पर एक अजीब-सी बात पैदा हो गई है...एक मीटिंग में एक पागल आदमी ने बोलना शुरू कर दिया कि सारा माहौल तल्ख हो उठा। लगता था कि वह कुछ लोगों को पहले से ही तैयार करके लाया था। उन लोगों ने भी उसकी हाँ में हाँ मिलानी शुरू कर दी।"

"आप मुनासिब समझें तो मुझे उसका नाम बता दीजिए। बाकी डैलीगेशन में जाने का तो सवाल ही पैदा नहीं होता।"

"मेरा ख़याल है कि मुझे उसका नाम नहीं बताना चाहिए..."

"मैंने सिर्फ़ इसलिए पूछा था कि अगर अनजाने में कभी उसके साथ मेरा वास्ता पड़ जाए तो मुझे इसकी जानकारी हो।"

"यस! बींग ए वुमैन यू हैव टु बी केअरफ़ुल...उसका नाम जगीरसिंह है। पर उसके साथ उस जैसे कितने ही लोग हैं—बिलकुल उसी तरह के।"

राजनारायण कुर्सी से उठ खड़ा हुआ और जाने से पहले फिर बोला, "खत की बात में कोई हर्ज़ नहीं था...एक बार फिर सोच देखिएगा...मेरा ख़याल है कि..."

"सवाल ही पैदा नहीं होता।" कामिनी ने ज़रा दृढ़ आवाज़ में जवाब दिया और उसने मेज़ के दराज बन्द करने शुरू कर दिए।

"अच्छा, मैं चलता हूँ।"

"एक मिनट..." कामिनी उठ खड़ी हुई और बोली, "मैं ठीक वही शब्द सुनना चाहती हूँ जो वहाँ जगीरसिंह ने कहे थे।"

"कामिनी!" राजनारायण ने एक बार हिचकिचाते हुए कामिनी की तरफ़ देखा और बोला, "मैं अपनी ज़बान से वे लफ़्ज़ नहीं कह सकता।"

"यह मेरी रिक्वेस्ट है।"

"पर कामिनी..."

"किसी के मन में कहाँ तक मैल हो सकती है—मैं यह जानना चाहती हूँ।"

"ही हैज़ ए डर्टी माइण्ड।"

"टु वट एक्सटेंट...आई वांट टु नो।"

"वह कह रहा था..."

"आप यह भूल जाइए कि इस बात का मुझसे कोई सम्बन्ध है।"

"सम्बन्ध आपसे है भी कहाँ कामिनी! सम्बन्ध इसका उसके अपने मन से है। उसने अपने साथ कुछ अपने जैसे ही लोग मिलाए हुए हैं। वे लोग इसके सिवाय कुछ और नहीं सोच सकते...।"

"तो बे-झिझक यह बात मुझे सुना दीजिए।"

"वह कह रहा था कि कामिनी बड़ी खतरनाक औरत है। अगर वह डैलीगेशन में गई तो शरीफ़ आदमियों की बीवियाँ उन्हें जाने की इजाज़त नहीं देंगी।" राजनारायण ने कहा और फिर जल्दी से, "प्लीज़ डोण्ट माइण्ड" कहता हुआ कैबिन से बाहर चला गया।

कामिनी दफ़्तर से उठकर जब घर पहुँची तो गेट से गुज़रते हुए उसने देखा कि बाग में एक कोने में कुछ कौए जमा थे। घास पर कोई सफ़ेद-सी चीज़ बिखरी पड़ी थी। शायद किसी कागज़ के टुकड़े थे, या किसी कपड़े की कतरनें थीं। कौए उन्हें चोंच में पकड़कर घसीट रहे थे।

कामिनी ने हाथ से कौओं को वहाँ से उड़ा दिया। उसने सोचा कि आगे बढ़कर उन टुकड़ों को बाहर फेंक दे। कामिनी नज़दीक पहुँची तो उसने देखा कि घास पर सफ़ेद गुलाब की पत्तियाँ बिखरी हुई थीं। साथ ही झाड़ी में एक सफ़ेद गुलाब का फूल आधे से ज़्यादा नोचा पड़ा था और उसकी पत्तियों को कौओं ने नोच-नोचकर घास पर बिखरा दिया था।

ग्यारह

कामिनी के पिताजी अक्सर उन किताबों का अनुवाद किया करते थे जिनका अनुवाद करने के लिए किसी सरकारी संस्था की तरफ़ से उन्हें कहा जाता था। ये किताबें पंचवर्षीय या किसी अन्य योजना से सम्बन्धित हुआ करती थीं। पर पिछले दिनों उन्होंने एक बहुत प्यारा फ्रेंच उपन्यास पढ़ा था जिसका अनुवाद वे अपनी ज़बान में करने के लिए बेताब हो उठे थे। 'इतने अच्छे उपन्यास को छापने के लिए कोई प्रकाशक तो मिल ही जाएगा।' उन्होंने सोचा था और किताब का अनुवाद शुरू कर दिया था।

अनुवाद खत्म हो जाने पर कामिनी ने उन्हें बताया कि आज वह अनुवाद की पाण्डुलिपि को एक प्रकाशक के पास ले जाएगी। कामिनी अपने दफ़्तर में जाने से पहले उस दिन एक प्रकाशक के पास चली गई। यह प्रकाशक उन दिनों शहर का बहुत बड़ा प्रकाशक समझा जाता था।

''हम इस उपन्यास को छाप देंगे।'' प्रकाशक ने कुछ देर मसौदे को देखने के बाद कहा।

''मेहरबानी!''

''मैंने यह उपन्यास अंग्रेज़ी में पढ़ा था। अच्छा उपन्यास है। अनुवाद भी ज़रूर अच्छा होगा। आप मसौदा हमारे पास छोड़ जाइए।''

''कोई कॉन्ट्रेक्ट?''

''अभी नहीं। कॉन्ट्रेक्ट की बात बाद में करेंगे।''

''पर इस उपन्यास को आप कब तक छाप सकेंगे?''

प्रकाशक हँस पड़ा। उसने उठकर एक आलमारी को खोला। आलमारी पाण्डुलिपियों से भरी हुई थी...भरी ही नहीं बल्कि लदी हुई थी। ''यह देख लीजिए! हमारे पास पहले ही कितनी पाण्डुलिपियाँ पड़ी हुई हैं।''

''इस तरह तो मेरा ख़याल है बहुत साल लग जाएँगे।''

प्रकाशक एक बार इतना ठठाकर हँसा कि जब उसका ठठाना छत से टकराकर फिर से नीचे गिरा तो कामिनी को लगा कि उसके सिर पर कोई चीज़ आ टूटी थी।

''आपकी किताब तो फिर भी एक अनुवाद है, मेरी आलमारी में तो ऑरिजिनल रचनाएँ भरी पड़ी हैं। लेखक के जज़्बातों की लाशें...''

कामिनी ने घबराकर प्रकाशक के चेहरे की तरफ़ देखा और सँभलकर बोली, ''इतनी लाशों को कमरे में रखकर आप सारा दिन कमरे में कैसे बैठ सकते हैं?''

प्रकाशक ने हँसकर एक बार कामिनी की तरफ़ देखा और एक बार मेज़ पर पड़ी हुई चैक-बुक को देखकर बोला—

''आप इस अनुवाद को छोड़ जाएँ। मैं एक सौ रुपये का चैक आपको अभी दे दूँगा।'' फिर वह हँसकर अपनी कलम की तरफ़ देखकर बोला, ''यह मेरी कलम एक छुरी है, बड़ी तीखी छुरी। मैं इसके साथ चैक लिखता हूँ। इसमें इतनी ताकत है कि यह किसी भी राइटर का 'मरडर' कर सकती है।''

''कामिनी के माथे की एक नस उभर आई। अपनी उँगलियों से माथे की उभरी हुई नस को दबाते हुए कामिनी ने कहा, ''छुरी से कत्ल भी हो सकता है...छुरी से आत्मघात भी किया जा सकता है।'' और मसौदा हाथ में लेकर वह कमरे से बाहर आ गई।

कामिनी दफ़्तर पहुँची तो उसकी मेज़ पर पड़े टेलीफ़ोन की घंटी बज रही थी।

कामिनी ने टेलीफ़ोन का रिसीवर उठा लिया।

"हैलो!"

"कामिनी! मैं नासिर बोल रहा हूँ।"

"हैलो! नासिर!"

"आपने एक ख़बर सुनी?"

"क्या?"

"जगीरसिंह ने परसों शाम उर्दू बाज़ार के एक होटल में बैठकर खूब शराब पी। इसके बाद उसने होटल की कई कुर्सियाँ तोड़ डालीं और होटल में आग लगा दी।"

"पर यह खबर किसी अखबार में तो नहीं छपी!"

"नहीं, अखबार में नहीं छपी, क्योंकि होटलवालों ने बड़ी जल्दी ही आग पर काबू पा लिया था और पुलिस को बुलाकर जगीरसिंह को उसके हवाले कर दिया था। आज मुझे मालूम हुआ है कि पुलिस ने जगीरसिंह को पागलखाने भेज दिया है। रात में कभी उठकर उसने थाने को भी आग लगाने की कोशिश की थी।"

"चार-पाँच दिन की बात है नासिर! पिताजी ने रात को हमारे घर के आस-पास घूमता हुआ एक आदमी देखा था। पिताजी ने एक-दो बार बैटरी जलाई। माली को साथ लेकर एक बार घर का चक्कर भी लगाया। वह आदमी अंधेरे में कहीं खो गया। पिताजी को शक था कि वह आदमी जगीरसिंह था। पर उन्हें पूरा यकीन नहीं था। अब यह बात सुनकर मुझे लगता है कि वह आदमी ज़रूर जगीरसिंह ही रहा होगा।"

"ज़रूर वही होगा। अगर पिताजी न जागते तो शायद कोई हादसा हो जाता।"

"शायद वह घर को आग लगाने के लिए ही आया हो।"

"पर अब कोई खतरा नहीं। पुलिस ने आज सुबह आगरा भेज दिया है। जब तक वह पागलखाने में है, खतरे की कोई बात नहीं।"

टेलीफ़ोन बन्द करने के बाद कामिनी ने मेज़ के दराज को खोला और कुछ कागज़ बाहर निकालकर मेज़ पर रख लिए। कामिनी के माथे में हलका-सा दर्द था। उसने चपरासी को बुलाकर दफ़्तर की कैन्टीन से चाय का प्याला मँगवाया। चाय का घूँट लेते हुए वह अपने कॉलम के बारे में सोचने लगी।

कामिनी ने अभी लिखना ही शुरू किया था कि चपरासी ने डाक लाकर कामिनी की मेज़ पर रख दी। डाक में एक लिफ़ाफ़ा बड़े साइज़ का था जिस पर लाल स्याही से 'पर्सनल' लिखा हुआ था।

कामिनी ने हाथ में पकड़ी कलम को एक तरफ़ रख दिया और उस लिफ़ाफ़े

को खोला। लिफ़ाफ़े में हाथ से लिखा किसी का कोई खत नहीं था। उसमें एक अखबार की कटिंग थी जिसका शीर्षक था, 'एक औरत : एक शूली।'

कामिनी ने कटिंग पढ़ी। किसी प्रोफ़ेसर चरणसिंह का लिखा था : ''हमारी ज़बान का मशहूर शायर जगीरसिंह जिस औरत के इश्क में आज पागल होकर पागलखाने में पड़ा हुआ है, उस औरत को उस पर इतना दर्द भी नहीं आया कि वह अपनी मोटर में बैठकर उसका हाल ही पूछ आए। पर छत्तीस रंगों के वेश पहनने वाली इस औरत को इस बात की क्या चिंता कि जगीरसिंह के पाँच बच्चों को अब कौन रोटी कमाकर खिलाएगा। यह औरत नहीं एक शूली है, जिस शूली पर हमारा एक और शायर कृष्णसिंह भी ईसा की तरह चढ़ गया। कृष्णसिंह ज़िंदा शहीद है। वह हमारा ईसा मसीह है। और आज जगीरसिंह ने भी पागल होकर यह साबित कर दिया है कि वह हमारे देश का ऐसा मजनूं है, जो एक लैला के इश्क में...''

कामिनी ने अखबार को एक तरफ़ फेंक दिया। उसकी रगों में खून का हर कतरा तिलमिलाने लगा था। ''ये ज़बर्दस्ती के ईसा मसीह और ये ज़बर्दस्ती के मजनूं...''

और उसे याद आया...जब वह कॉलेज में पढ़ा करती थी, यह कृष्णसिंह...उसका प्रोफ़ेसर था। एक दिन कॉलेज के कुछ विद्यार्थी पिकनिक पर गए थे। वहाँ एक खाई को फाँदना पड़ा था, तो कृष्णसिंह ने सारी लड़कियों को बारी-बारी हाथ से थामकर उन्हें खाई फाँदने में मदद दी थी। और आखिर में जब उसने कामिनी का हाथ थामकर खाई पार कराई थी तो धीरे से उससे पूछा था कि उसने हार्डी की किताब *टैस* पढ़ी थी या नहीं। कामिनी ने यह किताब पढ़ी थी। इसलिए प्रोफ़ेसर ने उसे बताया कि आज खाई को फाँदते हुए उसे लग रहा था कि हार्डी के उपन्यास में जब एंजल कलेअर ने टैस को अपनी पीठ का सहारा देकर नदी पार की थी तो उसके मन में जो कुछ हुआ, वही आज उसके दिल में भी हो रहा था। कामिनी उस समय चुप हो रही थी, क्योंकि आस-पास बहुत-सी लड़कियाँ थीं, पर उसने फ़ैसला कर लिया था कि वह हमेशा इस प्रोफ़ेसर से दूर रहेगी। फिर एक दिन कॉलेज में छुट्टी हो जाने के बाद कृष्णसिंह ने कामिनी को कमरे में बुलाकर एक हार उसे दिया था। यह इलायचियों का हार था और कृष्णसिंह ने कहा था कि यह हार उसे जम्मू की उस लड़की ने दिया था जो लड़की उसे प्यार करती थी। पर इस हार को वह अपने पास नहीं रख सकता था, क्योंकि उसे खुद उस लड़की से मुहब्बत नहीं थी।

''पर इस हार को मैं नहीं ले सकती, क्योंकि मैं आपसे प्यार नहीं करती।'' कामिनी ने उसे जवाब दिया था।

''मैं जानता हूँ तुम्हें मुझसे प्यार नहीं है, लेकिन तुम्हें मैं इस हार को देना

चाहता हूँ...क्योंकि मैं तुम्हें प्यार करता हूँ।''

''इस पर भी मैं यह हार नहीं ले सकती।''

''मैंने जम्मू वाली लड़की से यह हार ले लिया था...बेशक मैं उसे प्यार नहीं करता था। इसी तरह तुम भी इस हार को ले लो...बेशक तुम मुझसे प्यार नहीं करती हो।''

''पर मैं इसे क्या करूँगी?''

''तुम भी यह हार आगे उस आदमी को दे देना, जिसे तुम कभी प्यार करोगी।''

कृष्णसिंह ने अपनी ऐनक उतारकर रूमाल से उसके शीशों को पोंछना शुरू कर दिया था। कामिनी उसी तरह घबराई हुई खड़ी रही थी। फिर कृष्णसिंह ने कामिनी के हाथ से पर्स लेकर हार उसमें डाल दिया था और पर्स कामिनी को लौटा दिया था। कामिनी चुपचाप कमरे से बाहर चली आई थी। इसके बाद कभी कोई बात नहीं हुई थी। कभी-कभी कामिनी ने कुछ लड़कियों को मुस्कुराते हुए देखा था। लड़कियाँ कभी-कभार पीठ-पीछे कृष्णसिंह का नाम लेकर मज़ाक भी किया करती थीं जिसे कामिनी ने कई बार सुना था। पर कृष्णसिंह ने उसके बाद उसे कभी कुछ नहीं कहा था, इसलिए कामिनी ने भी इस बात को तूल नहीं दिया।

आज इतने सालों बाद कामिनी ने अखबार में जब कृष्णसिंह के ज़िंदा शहीद होने की बात पढ़ी तो वह बिलकुल समझ नहीं पा रही थी कि इस सारी चर्चा का कारण क्या हो सकता था और कौन हो सकता था। 'खुद कृष्णसिंह को छोड़कर कोई और इसका कारण नहीं है।' कामिनी ने सोचा और उसे लगा कि इलायचियों के हार में से एक तेज़ बदबू उठने लगी थी। बेशक हार इस समय कहीं पास नहीं था...पर उसकी बदबू सारे शहर में फैली हुई थी।

और कामिनी को आज सुबह का वह प्रकाशक याद हो आया जो अपनी कलम से चैक काटते हुए सोचता था कि उसकी कलम एक छुरी थी जिसके साथ वह किसी भी अदीब को कत्ल कर सकता था। 'छुरी से कत्ल भी हो सकता है...पर उसी छुरी से आत्मघात भी हो सकता है।' प्रकाशक से कही हुई कामिनी को अपनी यह बात भी याद हो आई और उसे लगा कि छुरी सिर्फ़ प्रकाशकों के हाथ में ही नहीं, लेखकों ने भी अपने हाथों में पकड़ रखी है। कलम की जिस छुरी से लेखक बेनुगाह औरतों को कत्ल करते हैं—वास्तव में उस छुरी से उन्हें आत्मघात करना चाहिए।

बारह

टेलीफ़ोन की घंटी बजी। कामिनी ने जब टेलीफ़ोन का रिसीवर उठाया तो आवाज़ उसकी पहचानी हुई थी। यह कामिनी के उसी गुमनाम वैल-विशर की आवाज़ थी जो कभी-कभी टेलीफ़ोन से कामिनी के खिलाफ़ चल रही साज़िशों का संकेत दिया करता था, पर जिसने कभी अपना नाम नहीं बताया था।

"मैं कामिनी बोल रही हूँ। मैंने आपकी आवाज़ पहचान ली है, पर मैं आपका नाम जानना चाहती हूँ।"

"दीदी!"

"आपने मुझे दीदी कहा है! बहुत-बहुत शुक्रिया! पर मैं आपका नाम जानना चाहती हूँ।"

"दीदी! क्या आप ऐसा नहीं मानतीं कि इंसान से इंसान का कोई ऐसा मासूम रिश्ता भी हो सकता है कि जिस रिश्ते का कोई नाम न हो और जिसमें किसी को एक-दूसरे से कोई गरज़ न हो?"

"अगर इस दुनिया में कोई इस जैसा विश्वास दे सके तो मैं विश्वास करना चाहती हूँ।"

"मेरे पास आपको देने के लिए और कुछ नहीं, पर यह विश्वास मेरे पास है—यह मैं आपको दे सकता हूँ।"

"अच्छा! पर इस विश्वास को एक रहस्य बने रहने की क्या ज़रूरत है?"

"रहस्य कुछ नहीं दीदी! कुछ लोग आपके रास्ते पर जानबूझकर कोई पत्थर या काँटा रखते रहते हैं ताकि किसी पत्थर से टकराकर आपका पैर ज़ख़्मी हो जाए, या कोई काँटा आपके पैरों में चुभ जाए। मुझे जब कभी मालूम हो जाता है, मैं आपको उसकी सूचना दे देता हूँ। इससे ज़्यादा मैं आपकी ज़िन्दगी में कोई दखल नहीं देना चाहता।"

"मैं ऐसे मेहरबान आदमी को देखना चाहती हूँ।"

"मेहरबानी जैसे लफ़्ज़ से मेरा कोई संबंध नहीं। पर अगर यह आपका हुक्म ही है तो..."

"हुक्म जैसा शब्द मैंने कभी नहीं सोचा। पर अगर आप मेरे आग्रह को इसी लफ़्ज़ की सूरत में देखना चाहते हैं तो यही लफ़्ज़ सही। यह मेरा हुक्म ही सही।"

"अच्छा दीदी! मैं यह हुक्म मान लूँगा। जब आप कहें मैं आपके दफ़्तर आ जाऊँगा।"

"आज इतवार है। मैं घर पर ही हूँ। आप यहाँ आ सकते हैं?"

"मैं आधे घंटे तक आ सकता हूँ।"

"मैं आपका इंतज़ार कर रही हूँ।"

आने वाला जब आया, कामिनी को उसकी तरफ़ देखकर महसूस हुआ जैसे उसने उसे पहले भी कहीं देखा हुआ हो। उसकी उमर तीस साल के लगभग होगी। तीस या बत्तीस साल की। उसका रंग ज़रा-सा सांवला था। पर उसके नक्श बहुत तीखे थे। खासकर उसकी आँखों में एक जलती-बुझती रोशनी थी जिसमें ज़िन्दगी की तपिश भी थी और उदासी भी।

"मेरा नाम हरदेव है।" उसने बताया।

"हरदेव!" कामिनी ने इस लफ़्ज़ को दुहराया। इस लफ़्ज़ से उसे कुछ याद न आया। इस पर भी कामिनी को लगा कि उसने इस हरदेव को कहीं देखा था।

सर्दियों की ठंडक झीनी पड़ गई थी, इसलिए धूप अधिक नहीं सुहाती थी। कामिनी ने धूप में पड़ी हुई बेंत की कुर्सियों को छाया में रखा और हरदेव को बैठने के लिए कहकर पूछा, "मैंने पहले भी आपको कहीं देखा है। पर याद नहीं आ रहा..."

"शायद स्टेशन पर देखा हो।"

"स्टेशन पर?"

"एक बार आप औरतों के एक डैलीगेशन को स्टेशन पर लेने गई थीं...एक बार और आप किसी विदेशी राइटर को स्टेशन पर छोड़ने गई थीं। मैंने आपको वहाँ प्लेटफॉर्म पर देखा था। आपने भी शायद वहीं मुझे देखा हो।"

"मुझे याद आ गया है। मैंने एक बार नहीं दो-तीन बार आपको प्लेटफ़ॉर्म पर देखा था। मैंने तब यह भी सोचा था कि मैं जब भी स्टेशन पर आती हूँ, यह आदमी हमेशा यहाँ होता है और शायद अक्सर सफ़र करता है।"

"मैं सफ़र नहीं करता...वैसे ही..."

"क्या मतलब?"

"यूँ ही कई बार स्टेशन पर चला जाता हूँ। मैंने कहीं जाना नहीं होता। बुक-स्टाल पर खड़ा होकर किताबें देखता हूँ। एक-आध खरीद भी लेता हूँ। आती हुई गाड़ियों को देखता हूँ..."

"सिर्फ़ गाड़ियों को देखने के लिए आप वहाँ..."

"आप इसे मेरा पागलपन समझेंगी। पर दीदी...जब लोग इस शहर से जाते हैं—मुझे ऐसा लगता है जैसे मेरा अपना भी कोई इस शहर से जा रहा हो, और जब लोग इस शहर में आते हैं, मुझे लगता है जैसे मेरा भी कोई इस शहर में आया हो।"

"यह शहर..." कामिनी ने कहा, पर इसके आगे उसे शब्द नहीं मिल रहे

थे।

"इस शहर में मेरा कोई भी नहीं, पर इस शहर में जितने भी लोग रहते हैं, वे सब मेरे हैं।"

एक ठंडा-सा कंपन कामिनी के बदन में उतर गया। कामिनी ने अपनी कुर्सी खींचकर धूप में कर ली।

"क्यों दीदी! हर इंसान के दिल में एक कोलम्बस नहीं होता?"

"कोलम्बस?"

"कोलम्बस ने इस दुनिया में धरती के कुछ खंड पहली बार तलाश किए थे। हर किसी में तो नहीं, पर कुछ लोगों में हमेशा एक कोलम्बस होता है जो कि मन की विशाल दुनिया में धरती के नये-नये खंडों की तलाश करता रहता है।"

"हाँ।"

"आदमी का मन जाने क्या होता है, विशाल धरती भी होता है, विशाल समुन्दर भी होता है और एक गहरी खान भी।"

"पर कई बार इसमें से जो कुछ मिलता है..."

"कई दिलों में मिलने के लिए होता ही कुछ नहीं। दो कदम चलो और ज़मीन खत्म हो जाती है। एक गोता लगाओ तो मालूम होता है कि यह समुन्दर नहीं, एक छोटा-सा तालाब है। खानों में से भी हमेशा सोना ही नहीं निकलता—मिट्टी और रेत निकलती है...।"

"आप कभी नज़्म भी लिखते हैं?"

"नहीं।"

कामिनी हँस पड़ी और बोली, "आपको देखकर यह ख़याल आता है कि कुछ लोग ऐसे शायर भी होते हैं जो कभी नज़्म नहीं लिखते।"

हरदेव भी हँस पड़ा, उसकी हँसी ऐसी थी जैसे वह उसके होंठों को बिलकुल न छुई हो।

"मैं लिखता कभी नहीं, पर जब कभी कोई बहुत अच्छी नज़्म पढ़ता हूँ या बहुत अच्छी कहानी, तो मुझे लगता है कि मैं इस लिखने वाले में कहीं शामिल हूँ।"

हरदेव की बात सुनकर कामिनी ने संजीदगी से हरदेव की तरफ़ देखा और पूछा—

"आपको कैसी नज़्में पसन्द हैं? कैसी कहानियाँ? किन-किन लोगों की?"

"मैंने एक डायरी बनाई हुई है, जिसमें कई बार कई पंक्तियाँ लिखकर रख लेता हूँ...जहाँ कहीं भी कोई पंक्ति अच्छी लगती हैं...किताबों को मैं हर जगह अपने साथ नहीं ले जा सकता, पर यह डायरी हर समय मेरे साथ होती है...इस तरह दुनिया की कई किताबें हर समय मेरे साथ होती हैं...मैं प्रेस ब्रांच में काम

करता हूँ। वहाँ किताबों से तो नहीं, अखबारों से बहुत वास्ता पड़ता है। उनमें भी कभी-कभी कुछ मिलता रहता है।''

''मैं कभी आपकी यह डायरी देख सकती हूँ?''

''जब कभी आपका मन हो देख लेना...इसमें मेरा व्यक्तिगत कुछ ऐसा नहीं जिससे मुझे संकोच हो...ये पंक्तियाँ कई लोगों ने कहीं-न-कहीं पढ़ी होंगी...आपने भी इनमें से कई पंक्तियों को पढ़ा होगा।''

''पर अब जब आपकी डायरी में लिखी हुई पढ़ूँगी तो मुझे यह बात भी याद आती रहेगी कि आपने कहा था, 'मैं जब कभी कोई बड़ी अच्छी नज़्म पढ़ता हूँ, या बड़ी अच्छी कहानी, तो मुझे लगता है कि मैं इसको लिखने वाले में कहीं शामिल हूँ।' ''

''पर दीदी! यह बात ठीक नहीं कि हमें सिर्फ़ वही नज़्में और वही कहानियाँ अच्छी लगती हैं जिनके ख़यालों और जिनके पात्रों में हम अपने को पहचानने की कोशिश करते हैं...अपनी आइडेंटीफ़िकेशन।''

''बड़ी ठीक बात है! इसीलिए मैं आपकी डायरी पढ़ूँगी, और जिन पंक्तियों में से आपकी अपनी पहचान आती है उन्हें पढ़कर आपको पहचानूँगी।''

''मेहरबानी।''

''मेहरबानी? पर आज आपने टेलीफ़ोन करते हुए बताया था कि मेहरबानी जैसे लफ़्ज़ के साथ आपका कोई सम्बन्ध नहीं है?''

''मेरा कोई सम्बन्ध नहीं, पर आपका तो हो सकता है।''

''मेरा ही क्यों?''

''क्योंकि आपने मेरी डायरी को पढ़ना चाहा है, मुझे जानना चाहा है। नहीं तो ज़िन्दगी इसी बात को तरसते गुज़र जाती है कि जिन्हें हम अपना कुछ दिखाना चाहते हैं, वे कभी भूलकर भी उसे देखने की या जानने की कोशिश नहीं करते। फिर जब आप जैसा कोई राह चलते देखने की कोशिश करे तो क्या यह उसकी मेहरबानी नहीं? जबकि वे लोग चुपचाप दूर चले जाते हैं जिन्हें वास्तव में हमेशा पास खड़े रहना चाहिए था।''

अकेलेपन के अहसास का एक ठण्डा-सा कम्पन कामिनी के बदन से गुज़र गया। उसने कंधों पर ओढ़ी हुई गर्म चादर को ज़रा-सा कसकर अपने गिर्द लपेट लिया और धीरे से बोली :

''वह कोई कैसा होगा, जो चुपचाप दूर चला गया?''

''होगा तो अच्छा ही जोकि अब तक याद आता है।''

''और जो कभी शिकवा करने की भी इजाज़त नहीं देता।''

''मालूम नहीं किसी में क्या होता है। शिकवा भी ज़बान पर नहीं आता। वैसे वह तो इजाज़त देने या न देने से भी बेगाना हो गया होता है।''

"पर क्या यह सब कुछ उसी में होता है? उस किसी दूसरे में? यह सब अपनी नज़र में नहीं होता?"

"नहीं दीदी! महज़ नज़र में ही होता तो यह नज़र उस किसी के सिवा कभी किसी और को भी देख सकती, भटक सकती। पर उस किसी में कितनी ताकत होगी कि नज़र को कुछ देखने का ख़याल ही नहीं आता।"

कामिनी कुछ कहने चली थी, पर उसने कुछ न कहा। कुछ देर बाद उसने पूछा—

"अच्छा! तो आप आज टेलीफ़ोन पर मुझे क्या बताना चाहते थे?"

"मैंने यह कहना था कि आपके पास नासिर साहिब की या किसी और की कुछ चिट्ठियाँ पड़ी हों तो उन्हें सँभालकर रखना।"

"क्या मतलब?"

"शहर में कुछ ऐसे लोग हैं...जगीरसिंह का तो आपको मालूम ही है..."

"पर जगीरसिंह तो सुना है आजकल..."

"आजकल वह आगरे के पागलखाने में है। पर इस शहर में कई और भी जगीरसिंह हैं...जगीरसिंह के सारे दोस्त उसी जैसे हैं।"

"आपको यह सब कैसे पता चल जाता है?"

"मैं कभी जगीरसिंह के दोस्तों में से था। तब मैं उसके असली रूप से वाकिफ़ नहीं था। वह नज़्में लिखता था, जिसकी वजह से मैं उसका दोस्त बन गया था। दोस्त क्या, वाकिफ़ कहिए। भ्रम में कदर बनी थी। भ्रम टूट गया, कदर भी जाती रही... वह कई बार गुरुद्वारे ले जाकर अपने दोस्तों को कसमें खिलाया करता था कि वह जो कुछ करेगा उसके दोस्त उसमें उसका साथ निभाएँगे। एक बार मुझे भी उसने यह कसम दिलानी चाही थी...पर मैं उसके काबू नहीं आया। उन सबका यही धन्धा है।"

"यह चिट्ठियों की क्या बात है?"

"वे आपके खिलाफ़ कुछ लिखना चाहते हैं, लिख भी रहे हैं। पर उनके पास लिखने के लिए कोई ठोस बात नहीं है। वैसे किसी औरत के खिलाफ़ लिखना बड़ा आसान होता है। अगर लिखने वाले के पास ज़मीर न हो तो न सच्चाई की ज़रूरत होती है न सबूत की...हमारे देश की सड़कों से इतनी मिट्टी उड़कर कपड़ों पर नहीं पड़ती जितनी तोहमतें उड़कर औरत के साथ आ चिपकती हैं। पर जगीरसिंह के साथियों ने, आजकल सोच रखा है कि नासिर साहब या किसी और की चिट्ठियाँ आपको ज़रूर आती होंगी। वे चिट्ठियाँ किसी तरह आपके घर से चोरी की जाएँ।"

"मेरे घर से चोरी की जाएँ?"

"आपने पिछले दिनों एक लड़की रोटी बनाने के लिए रखी थी?"

"हाँ...रखी थी। वह लड़की..."

"मुझे पहले मालूम नहीं हो सका था, नहीं तो मैं आपको पहले ही बता देता। वह लड़की जगीरसिंह के एक दोस्त ने भिजवाई थी।"

"वह लड़की...पर वह तो कहती थी..."

"वह जो कुछ भी कहती रही हो दीदी! उसे सब कुछ सिखाकर भेजा गया था। उसने आपसे कहा होगा कि पाकिस्तान के बँटवारे के दिनों उसके माँ-बाप उससे बिछड़ गए थे।...वह एक अच्छे घर की लड़की थी...पर अब उसे इतनी छोटी नौकरी करने की ज़रूरत पड़ रही थी।"

"मैंने रोटी बनाने के लिए कभी कोई नौकर नहीं रखा। पर उस लड़की को जब मैंने रोते हुए देखा तो मुझे उससे हमदर्दी हो आयी...वह मुझे इतना प्यार करने लगी थी, जैसे मैं उसकी माँ या बहन होऊँ।"

"वह आपकी आलमारी या बक्सों में से सिर्फ़ चिट्ठियों की तलाश करने आई थी और यह देखने आई थी कि नासिर साहब आपको कितनी दफ़ा मिलने आते हैं।"

"माई गॉड! एक-दो बार..."

"आप कुछ कहने चली थीं।"

"एक-दो बार मुझे शक पड़ा था कि मेरी आलमारी की कई चीज़ें अपनी जगह से हिली हुई थीं...एक बार मेरी मेज़ के खानों में भी कुछ कागज़ इधर-उधर पड़े हुए थे...पर मैंने शक नहीं किया था..."

"मुझे मालूम हुआ कि उसे कुछ नहीं मिला था। फिर उसने आपकी नौकरी छोड़ दी थी इस बहाने कि उसका चाचा उसे नौकरी करने देना नहीं चाहता।"

"हाँ, उसने यही कहा था।"

"आगे से किसी को बिना जान-पहचान के घर में नहीं रखिएगा।"

"पर वह लड़की...उसका चेहरा बड़ा ही भोला दिखता था...उसका गोल-सा चेहरा...जब मैं लिखती होती, वह झट मेरे लिए चाय बनाकर ले आती थी...मुझे कभी कहने की ज़रूरत नहीं पड़ती थी। जब मैं थकी होती...वह मेरे मना करने पर भी मेरे पाँवों को दबाने बैठ जाती थी...किसी का चेहरा इतना..."

"डिसेप्टिव फ़ेस!"

"मैं सोच भी नहीं सकती कि वह लड़की...सत्रह-अठारह साल की वह लड़की..."

"मैंने नासिर साहब को दूर से ही देखा है। बहुत ही अच्छे इन्सान दिखते हैं। आपके दोस्त हैं, इसलिए ज़रूर अच्छे होंगे। वे अगर आपको चिट्ठी भी लिखें तो वह एक नज़्म की तरह खूबसूरत होगी। पर ये जो लोग हैं...इनका किसी खूबसूरती से कोई ताल्लुक नहीं होता। इसलिए आप अपने खतों को सँभालकर

रखिएगा। मुझे बस इतना ही कहना था...''

हरदेव के हाथ में कपड़े का एक छोटा-सा थैला था। उसने उसे खोला और एक डायरी निकालकर कामिनी को दे दी। ''आप इस डायरी को पढ़ना चाहती थीं।''

कामिनी ने डायरी को ले लिया। हरदेव के चले जाने पर कामिनी ने हाथ में पकड़ी हुई डायरी को खोला। जो भी पृष्ठ सामने खुल आया वह उसे पढ़ने लगी।

डायरी पढ़ते-पढ़ते कामिनी ने अपने मन में एक तरह की घुमड़न महसूस की, ''कोई इन्सान के किस चेहरे की तरफ़ देखे! एक तरफ़ उस लड़की का चेहरा जो महज़ झूठ था और उसके पीछे जगीरसिंह जैसे लोगों की कतार...और एक तरफ़ इस हरदेव का चेहरा जो निरा सच है...कोई देखे तो इन्सान के किस चेहरे की ओर देखे...''

तेरह

टेलीफ़ोन की घण्टी बजी। कामिनी ने रिसीवर उठाया।

''हैलो!''

''कुड आई स्पीक टु मिस कामिनी?''

''स्पीकिंग।''

''कामिनी! मैं मिसेज़ तनवीर बोल रही हूँ।''

''मिसेज़ तनवीर?''

''एक बार आप मेरे पास आई थीं—मेरा इंटरव्यू लेने के लिए। पिछले साल की बात है। शायद आपको...''

''आप मिस्टर तनवीर नेवी ऑफ़िसर की बीवी...''

''हाँ, कामिनी!''

''जी कहिए!''

''क्या आप आज मेरे पास आ सकती हैं? मैं आजकल हस्पताल में हूँ।''

''मैं आ जाऊँगी।''

''कमरा नम्बर बाईस।''

''कमरा नम्बर बाईस...मैंने नोट कर लिया है।''

''पर आप एक घण्टे के अन्दर-अन्दर आइएगा...उसके बाद मुझे मिलने के

लिए घर के लोग आ जाएँगे।''

''मैं आधे घण्टे में पहुँच जाऊँगी।''

कामिनी ने टेलीफ़ोन बन्द किया और कुर्सी से उठ खड़ी हुई। मेज़ के खाने से नोटबुक निकालकर उसने अपने बटुए में रख ली।

कामिनी जब हस्पताल के कमरा नंबर बाईस में पहुँची तो मिसेज़ तनवीर को देखकर चकित रह गई। मिसेज़ तनवीर इतनी पीली और कमज़ोर पड़ गई थीं कि कामिनी अगर उन्हें अचानक हस्पताल के बाहर देखती तो शायद पहचान भी न सकती।

''आप कब से बीमार हैं?''

''हस्पताल में सिर्फ़ एक महीने से हूँ। बीमार बहुत दिनों से हूँ।''

''जिस खूबसूरत मिसेज़ तनवीर को मैंने पिछले साल देखा था...''

''मुझे कैंसर है कामिनी! पर इस समय मैं अपनी बीमारी की बातें नहीं करूँगी। यह बातें करने के लिए और बहुत-से लोग हैं...मेरा ख़याल है कि औरत अपनी ज़िन्दगी में अपनी सबसे निजी बातें अगर किसी के साथ करना चाहती है तो सिर्फ़ किसी मर्द के साथ। पर कभी-कभी यह एक्सैपटिड रूल बदल जाता है।''

''जब कोई औरत...औरत को समझने के काबिल हो...''

''पिछले साल मेरे खाविंद पर जब केस चला था...बहुत-से लोगों से मेरा वास्ता पड़ा था। बहुत-से अखबार वाले मेरे पास आए थे। ज़्यादातर मर्द थे...कुछ औरतें भी थीं। उन दिनों मेरे दिल की हालत से किसी को कोई वास्ता नहीं था...न किसी मर्द को न किसी औरत को। सब एक तमाशा देख रहे थे। सबों की नज़र में मैं एक खूबसूरत, ऐशपरस्त और बे-वफ़ा औरत थी। पर कामिनी! तुम्हारी मुलाकात उस वक्त मुझे अच्छी लगी थी। तुमने जितने भी सवाल किए थे...मेरे मन की हालत को समझने के लिए किए थे। मेरे लिए एक खामोश हमदर्दी तुम्हारे दिल में थी।''

''आपने ठीक समझा था मिसेज़ तनवीर!''

''मेरा अपना नाम ऐलिस है। तुम मुझे आज ऐलिस ही कहकर बुलाओ। मैं तुम्हारी इजाज़त लिए बगैर ही कामिनी कहने लगी हूँ।''

''अच्छा ऐलिस!''

''कामिनी! तुम एक अखबार की कॉलमिस्ट हो।''

''हाँ।''

''पर एक कॉलमिस्ट के सिवा तुम कुछ और भी होगी।''

''मैं समझी नहीं।''

''अपनी माँ के लिए या अपने पिता के लिए तुम सिर्फ़ एक बेटी होगी। अपनी

बहन के लिए या भाई के लिए सिर्फ़ एक बहन...और जिस मर्द को प्यार करती हो, उसके लिए सिर्फ़ एक औरत...''

''हाँ, ऐलिस!''

''मैं इस देश में एक परदेसी औरत हूँ। मेरा कोई दोस्त नहीं। क्या तुम मेरी दोस्त बन सकती हो?''

''हाँ, ऐलिस! अगर तुम्हें मेरी दोस्ती की ज़रूरत हो।''

''पर यह बात तुम्हें भूल जानी पड़ेगी कि तुम एक अखबार की...''

''मैं और कुछ बाद में हूँ ऐलिस! सबसे पहले एक इन्सान हूँ।''

ऐलिस ने कामिनी का हाथ पकड़कर अपने होंठों पर रख लिया और धीरे से बोली—

''मैं बहुत दिन नहीं जीऊँगी। मरने से पहले दिल में एक अजीब पेशकश उठ खड़ी हुई है। इन्सान कितना भी डिपलोमेट हो, फिर भी उसके अन्दर कहीं वह चीज़ ज़िन्दा रहती है जिसका किसी डिपलोमेसी से कोई वास्ता नहीं होता...कोई चीज़ बिलखती रहती है...''

''ऐलिस!''

''कामिनी! मेरे बदन पर हाथ रखकर मेरी कसम खाओ, एक बदनसीब औरत की कसम खाओ...कि तुम कभी कोई बात अखबार में नहीं लिखोगी।''

''नहीं लिखूँगी, ऐलिस!''

''तुमसे बातें करने को दिल चाहता है...पर ऐसे जैसे कोई किसी पादरी से बातें करता है।''

''ऐलिस! मैं तुम्हारे विश्वास को साबुत रखूँगी।''

''मैं...मैंने तनवीर को प्यार किया था...उसको छोड़कर मैंने कभी किसी से प्यार नहीं किया...''

''हाँ ऐलिस! मिस्टर लाल वाली बात मैं समझ सकती हूँ...प्यार के बिना भी यह बात घटित हो सकती है।''

''नहीं कामिनी! कभी कुछ घटित नहीं हुआ था। मैंने अखबारों में जो बयान दिया था कि जब मेरा खाविंद परदेस गया हुआ था तब उसके पीछे मिस्टर लाल से मेरे सम्बन्ध जुड़ गए थे। और वापस आकर जब मिस्टर तनवीर को यह बात मालूम हुई तो उसने गुस्से में आकर मिस्टर लाल को गोली मार दी...यह सब झूठ था।''

''यह सब झूठ था ऐलिस?''

''सब झूठ था।''

''पर तुम पर यह इल्ज़ाम...''

''अपने ऊपर इल्ज़ाम मैंने खुद लिया था कामिनी, क्योंकि मिस्टर तनवीर

को अगर किसी तरह बचाया जा सकता था तो सिर्फ़ इसी तरह। और तुमने देखा कि मैंने उसे बचा भी लिया। सिर्फ़ उसे ही नहीं—बहुत-से लोगों को बचाया है। सिर्फ़ लोगों को ही नहीं कामिनी! मैंने देश के नाम को बचाया है।''

''ऐलिस! मैं कुछ नहीं समझी!''

''यह एक इतनी बड़ी साज़िश थी कि इसे किसी ने भी नहीं समझा। आज तक कोई नहीं समझ सका। इसमें एक तनवीर ही नहीं शामिल था, इसमें 'नेवी' के कितने ही बड़े ऑफ़िसर शामिल थे। तुम्हीं बताओ, एक औरत की इज़्ज़त बड़ी होती है या एक देश की?''

''ऐलिस! यह कैसा केस था?''

''स्मगलिंग का...''

''पर यह...''

''जो असली केस था—उसका किसी को पता नहीं। सब सिर्फ़ यही जानते हैं कि यह एक औरत की बेवफ़ाई का केस था। मिस्टर तनवीर और कुछ दूसरे ऑफ़िसर आपस में मिलकर बाहर से माल लाते थे। नेवी के जहाज़ों को बन्दरगाहों पर रोका नहीं जाता जिससे माल बड़ी आसानी से पहुँच जाता था। मिस्टर लाल उस माल का व्यापारी था। सबका हिस्सा एक-जैसा था। पर कुछ अरसे से मिस्टर लाल ने नेवी के ऑफ़िसरों का हिस्सा अदा नहीं किया था जिसकी वजह से गुस्से में आकर तनवीर ने उसे गोली मार दी...अगर इस बात को हवा लग जाती तो कितने लोगों की तबाही होती!''

''ऐलिस!''

''मेरी जगह कोई हिन्दोस्तानी औरत होती तो शायद इतनी बदनामी को न सहार सकती...बाहर से मैं हमेशा हँसती रही हूँ, सहती रही हूँ; पर अन्दर से कहीं शायद मैं भी नहीं सह सकी। दुनिया की कोई ऐसी लानत नहीं रही जिसे मैंने न सुना हो। कई महीने हो चले हैं सुनते हुए। वह दर्द शायद कैंसर बन गया है। अब शायद पागलपन बनने लगा है...आज तुम्हें बुलाकर मैं यह सब जो बता रही हूँ...यह शायद पागलपन का ही दौरा है...कामिनी! एक मेरी बहन थी, मुझसे छोटी, उसका नाम क्लेयर था। वह अपनी जवानी में ही चल बसी थी...तुम्हारी सूरत उससे मिलती-जुलती है। तुम जब पिछले साल मेरे पास आई थीं तो मैं कितनी ही देर तुम्हारे चेहरे की ओर देखती रही थी। तुम्हें देखते हुए मुझे क्लेयर का ख़याल आता रहा था!...मैं शायद इसीलिए तुमसे बातें किए जा रही हूँ...तुम मेरी बात कभी भी...''

''तुम्हारा रहस्य तुम्हारी अमानत है ऐलिस!''

''मेरे अन्दर कुछ दिनों से एक 'कम्पलशन' थी; एक बेबसी।''

''ऐलिस!''

''शायद जब लोग किसी बात को कनफ़ेस करते हैं तो उनके अन्दर इस जैसी कम्पलशन होती है...कामिनी!''

''हाँ, ऐलिस!''

''अच्छा-भला दिल था, पर इस हादसे ने इसे धोकर डाल दिया तो जैसे यह सिकुड़कर रह गया। इतना सिकुड़ गया कि तन उसके माप में नहीं आता। तन इतना बड़ा हो गया महसूस होता है कि मन के गिर्द पड़ा हुआ लटकता-सा लगता है...''

''ओ मेरी ऐलिस!''

कामिनी ने पलंग के पास से उठकर ऐलिस का माथा चूम लिया।

''तुमने वह कहानी पढ़ी है कामिनी, स्टीफ़न ज़्विग की कहानी? एक बदनसीब औरत किसी से प्यार करती थी। पर जिसे वह प्यार करती थी, उसकी ज़िन्दगी में रोज़ एक लड़की आती थी और चली जाती थी। किसी लड़की की याद उसकी ज़िन्दगी में नहीं टिकती थी। इसलिए वह औरत उसे कभी भी न बता सकी कि वह उसे प्यार करती थी। वह भी एक बार एक रात के लिए उसकी मेहमान बनी और उसकी ज़िन्दगी से चली गई। उसके बच्चे को उसने अपनी कोख में पा लिया, पर उसे कभी न बताया कि वह उसके बच्चे की माँ थी। बच्चा जब पाँच साल का होकर मर गया तो उसके जीने का बहाना भी जाता रहा। उसने उस रात उस बच्चे की लाश के पास बैठकर उस आदमी को एक खत लिखा और खत को डाक में छोड़कर वह खुद भी मर गई।...कोई औरत वैसे कभी झूठ बोल सकती है पर अपने बच्चे की लाश के पास बैठकर झूठ नहीं बोल सकती...मैं भी अपने मन की लाश के पास बैठकर अपनी कहानी तुम्हें बता रही हूँ। यह कहानी मैं तुम्हें नहीं बता रही कामिनी, खुदा को बता रही हूँ। पर खुदा के वे कान किसी को दिखाई नहीं देते, जिन कानों को कोई अपनी बात सुना सके। इसलिए किसी इन्सान के कान खोजने पड़ते हैं।''

''ओ मेरी ऐलिस!''

''मैं कितने ही दिनों से अपने दिल में अपनी बहन को याद करती रही हूँ...अपनी क्लेयर को।...क्लेयर को अपनी जवानी के दिनों में एक मर्द के प्यार से इतनी निराशा हुई थी कि वह सब कुछ छोड़कर कॉन्वेन्ट में चली गई थी। नन बन गई थी। अगर वह ज़िन्दा होती...''

''मैं तुम्हारी क्लेयर हूँ...ऐलिस! तुम्हारी अपनी क्लेयर...।''

''अगर मैं ज़िन्दा रही तो उसी कॉन्वेन्ट में चली जाऊँगी, जहाँ क्लेयर रहा करती थी...अगर मर गई तो...''

''मरना भी कोई हल नहीं ऐलिस! और सब कुछ त्यागकर किसी कॉन्वेन्ट में चले जाना भी हल नहीं है।''

"किसी तरफ़ भी कोई हल नहीं है कामिनी! पर मुझे लगता है कि यह दुनिया सिर्फ़ दो हिस्सों में बँटी हुई है—एक त्याग की दुनिया है और एक धोखे की दुनिया है। जितनी देर किसी में हिम्मत होती है वह धोखा दिए जाता है और धोखा खाए जाता है। जब हिम्मत चुक जाती है तो वह सब कुछ त्यागकर एक तरफ़ हटकर खड़ा हो जाता है। मिलता उस तरफ़ भी कुछ नहीं और इस तरफ़ भी कुछ नहीं।"

"मैं फिर कभी तुम्हारे पास आ सकती हूँ ऐलिस! कभी जब तुम चाहो।"

"मैं कल यहाँ से चली जाऊँगी कामिनी! मैं इंगलैंड अपनी माँ के पास जा रही हूँ।"

"मिस्टर तनवीर को छोड़कर?"

"ऐसी बात कोई नहीं सोची...अभी तो इलाज के लिए जा रही हूँ, ऑपरेशन के लिए। वैसे मैं कह नहीं सकती कि फिर से लौटकर आऊँगी या नहीं...अगर कभी आई...कामिनी! समय हो गया है। मिस्टर तनवीर आने वाले होंगे।"

"अच्छा ऐलिस! मैं जाती हूँ...पर यह सारा कुछ...दुनिया-भर का झूठ अखबारों की सुर्खियाँ बनता रहेगा...और सच्चाई हस्पताल की चारपाई पर बैठकर डॉक्टरों के चेहरों की तरफ़ देखती रहेगी..."

कामिनी की आँखें इतनी भर आईं कि वह जल्दी से ऐलिस का हाथ चूमकर उसके कमरे से बाहर चली गई।

चौदह

रात का पहला पहर बीत चुका था। कामिनी के कमरे की बत्ती जल रही थी। कामिनी के पिताजी ने उसके दरवाज़े को धीरे से हिलाया।

"कामिनी बेटा!"

"जी, पिताजी!"

"अभी सोई नहीं?"

"नहीं, पिताजी!"

"अभी तक लिख रही हो?"

"नहीं पिताजी! कुछ नहीं लिख रही हूँ।"

"पिताजी के हाथ में ओवलटीन का एक प्याला पकड़ा हुआ था। उस प्याले को कामिनी को देते हुए उन्होंने बताया कि वह भी अब तक कुछ पढ़ते रहे हैं। उन्हें नींद नहीं आई थी जिससे उठकर उन्होंने ओवलटीन के दो प्याले बना लिए थे।"

"आज मैंने कुछ नहीं लिखा पिताजी! पढ़ा भी कुछ नहीं। समझ नहीं आता कि क्या लिखूँ। आज मेरी सोच और मेरी कलम में जैसे कुछ अंट गया है।" कामिनी ने प्याले में से ओवलटीन का एक गर्म घूँट लिया और धीरे से बोली।

"क्या बात है बेटा?"

"यह सारा कुछ...आस-पास का सब...सारा फैलाव जैसे झूठ हो...मैं समझ नहीं पा रही हूँ कि मैं क्यों लिखती हूँ, किसके लिए लिखती हूँ। और क्या सच कभी लिखा जा सकता है? बतलाया जा सकता है? समझा जा सकता है?"

"निराशा! आदमी की ज़ात से निराशा!"

"पिताजी!"

"तुमने ज़ोला को पढ़ा है? ठहरो। मैंने कहीं नोटबुक में उसकी कुछ पंक्तियाँ लिख रखी हैं। तुम्हें लाकर सुनाता हूँ।"

पिताजी अपने कमरें में जाकर नोटबुक ले आए और कामिनी के पास बैठकर उसके पन्ने उलटने लगे।

"तुम जानती हो कि ज़ोला अपने समय का कितना बड़ा लेखक था। उसने उन लोगों के दु:खों को लिखा जो अपने हालात के जबड़ों में पिल जाते थे, पर कुछ कर नहीं सकते थे। पर निराशा के चारों कोनों को ढूँढ़कर ज़ोला आखिर उस जगह पर पहुँच गया था जहाँ वह लिख सकता था। आज की हकीकत को देखते हुए और कौंचते हुए एक नज़र आने वाले कल को भी देखना चाहिए। आने वाले कल के सम्भावित विकास को।"

"पर कोई कल, कभी नहीं आता। जो कुछ ज़ोला के दिनों में था, वही आज। जो भी 'कल' आज बन जाता है, वह उसी आज जैसा होता है, जो 'आज' ज़ोला के दिनों में भी था और हमारे समय में भी है। कोई 'कल' कभी नहीं आता, कोई 'परसों' कभी नहीं आता।"

"पर सोचने का रास्ता एक ही है बेटा! बेशक यह रास्ता कितना भी लम्बा हो। यह रास्ता कितना भी आहिस्ता चले और चाहे कहीं भी क्यों न पहुँचाए, यह रास्ता भटकता नहीं। बाद के सारे रास्ते भटकाव के हैं। मैं तुम्हें ज़ोला के एक आत्मीय दोस्त की कही एक बात सुनाता हूँ। उस चिन्तक दोस्त ने कहा है कि ज़ोला ने ये सब चीज़ें लिखीं : जागीरदारी के निज़ाम की गिरती हालत, आम लोगों की परेशानियाँ, और कामगारों का विरोध। उसने कितने ही उपन्यास लिखे, पर बिना किसी इस उम्मीद के कि इनका कहीं हल भी हो सकता था। यह सब उसने उस दु:स्वप्न की तरह सोचा जिसकी नींद से कभी कोई जाग नहीं सकता। पर उसका यह सोचना कि यह सब कभी बदला नहीं जा सकता, ताकत भी थी और कमज़ोरी भी। हकीकत की ताकत और हकीकत की कमज़ोरी। पर इस दो-मुखे रास्ते पर खड़े होकर आखिर वह घड़ी आ जाती है कि एक रास्ता अनि-

वार्य रूप से चुनना पड़ता है। एक रास्ता इस उम्मीद की तरफ़ जाता है कि यह ढाँचा बदला जा सकता है, और एक रास्ता उस निराशा की तरफ़ जाता है, जहाँ पहुँचकर सिर्फ़ बेबसी का अहसास पहलू में रह जाता है। यही बेबसी कभी 'नियति' को स्वीकार लेने की तरफ़ ले जाती है, और कभी बे-वास्ता खामोशी की ओर। यह भटकन कभी रहस्यवादी बना देती है और कभी यह 'प्रतिशोध' के भावों को जगा देती है। ज़ोला ने आखिर पहला रास्ता चुन लिया। इस उम्मीद का रास्ता कि यह ढाँचा बदला जा सकता है।''

''इस जगह पर आकर शायद सबको खड़े होना पड़ता है।''

''अच्छे-अच्छे इस मोड़ पर आकर भटक जाते हैं।''

''इतनी तल्ख़ हकीकतें...''

''हकीकतों को और कोई चीज़ नहीं बदल सकती। सिर्फ़ उन्हें देखने वाला दृष्टिकोण ही उन्हें बदल सकता है।''

''पर सही दृष्टिकोण ही तो किसी के पास नहीं है। अगर गिनती के लोगों के पास हो भी, तो इतने बड़े विस्तार में उनका दृष्टिकोण किस गिनती में है।''

''कामिनी बेटा! हकीकत सिर्फ़ वही नहीं होती जो गिनी जा सके, तोली जा सके, मापी जा सके। भविष्य का विकास भी अगर अपनी पहुँच में नज़र आता हो, वह भी हकीकत में शुमार होता है। इंसान अभी पूरा इंसान नहीं बना। कुछ लोग बीस प्रतिशत इंसान होते हैं, कुछ तीस प्रतिशत, कुछ चालीस प्रतिशत, कुछ पचास प्रतिशत...पर आखिर यह दृष्टिकोण ही उन्हें चालीस प्रतिशत से पचास प्रतिशत तक लाता है, पचास से साठ प्रतिशत तक...''

''अब तक ऐसे भी कबीले मिलते हैं, मैंने युंग की एक पुस्तक में पढ़ा था कि जिन कबीलों के लोग जानवरों को अपने सगे-संबंधी समझते हैं, जिन कबीलों की औरतें आज तक कुत्तों, सूअरों और हिरनों को अपने बच्चों की तरह अपना दूध पिलाती हैं। मैंने एक केस पढ़ा था कि एक आदमी ने अपने नवजात बच्चे को मार दिया क्योंकि उसके दो कुत्ते दूध के बिना भूखे थे और बच्चा उनके हिस्से का दूध पीने के लिए आ गया था।''

''आर्थिक हालत का आदमी की उन्नति से बड़ा सम्बन्ध होता है बेटा!''

''पर आर्थिक उन्नति से मनुष्य की उन्नति कैसी हुई है? आर्थिक स्थिति बुरी हो तो मनुष्य मूर्ख होता है : स्टुपिड! आर्थिक हालत अच्छी हो तो मनुष्य चालाक हो जाता है : विकड!''

''पर यही तो सबसे दिलचस्प बात है बेटा! मनुष्य के पास कुछ होने और बनने की स्वतन्त्रता है। वह कुछ भी बन सकता है। अच्छे-से-अच्छा, बुरे-से-बुरा। इन्सानी सिफ़्तों के शिखर भी उन्हीं में दिखते हैं और इन्सानी खामियों की खाइयाँ भी उन्हीं में होती हैं। इसीलिए तो इतनी नाउम्मीदी में भी उम्मीद नाम की चीज़

अभी तक कायम है।''

''पर यह इतनी कम है।''

''इसका एक ही रास्ता है बेटा! अच्छाई को अच्छाई से ज़रब देते चलो। जब भी हो सके, जहाँ भी हो सके। यह गिनती बड़ी होती चली जाएगी।''

कामिनी की आँखों में प्यार घुमड़ आया, शुक्र भर आया। आज उसे अपना बाप एक साधारण बाप की सूरत में दिखाई नहीं दे रहा था, मनुष्य के आज तक के अर्जित किए हुए ज्ञान का प्रतीक लग रहा था।

''अब मुझे नींद आ जाएगी पिताजी! अब मैं सो जाऊँगी।''

''मैं जाऊँ? बत्ती बुझा दूँ?''

''एक मिनट इसी तरह मेरे माथे पर हाथ रखे रहिए। उसके बाद बत्ती बुझाकर चले जाइएगा।''

पन्द्रह

सिर से पैरों तक कामिनी के जिस्म में एक कम्पन उतर गया। सुनील उसके सामने खड़ा था। वह चुपचाप कामिनी की तरफ़ देख रहा था। कामिनी को लगा कि सुनील की आँखें उसके दिल से बिंधकर गुज़र रही थीं।

करीब दो मिनट पहले कामिनी के केबिन का दरवाज़ा खोलकर चपरासी ने कहा था कि कोई साहब मिलने आए हैं। कामिनी ने मेज़ पर पड़े हुए कागज़ पर से सिर नहीं उठाया था। कागज़ पर आँखें गड़ाए लिखते हुए ही सिर के इशारे से चपरासी को उसे अन्दर भेज देने के लिए कह दिया था। कामिनी ने जिस होनी की कई बार कल्पना की थी, पर जो होनी कभी घटित नहीं हुई थी, अब काफ़ी दिनों से कामिनी ने उस होनी की कल्पना भी छोड़ दी थी।

कभी इन्सान की ज़िन्दगी में ऐसा वक्त भी आता है जब उसको या तो यह लगता है कि उसे दुनिया की कोई ज़बान नहीं आती, और या यह लगता है कि उसके मुँह में ज़बान ही कोई नहीं। कामिनी ने जब सुनील की तरफ़ देखा तो उसे महसूस हुआ कि दुनिया की हर ज़बान का हर लफ़्ज़ उसको भूल गया था।

''चार बजे हैं, दफ़्तर पाँच बजे तक रहोगी?'' सुनील ने इतनी सादगी से पूछा, जैसे वह कुछ सालों के बाद नहीं कुछ दिनों के बाद कामिनी से मिल रहा हो।

''हाँ।'' कामिनी ने इतना ज़बान से नहीं जवाब दिया जितना सिर के इशारे से।

''अच्छा! मैं पाँच बजे आऊँगा! यहाँ से मेरा होटल बहुत नज़दीक है। एक घण्टे के बाद फिर आ जाऊँगा।'' सुनील ने कहा। कामिनी से पूछा कुछ नहीं। सिर्फ़ कहा और चला गया।

मेज़ के पास खड़ी हुई कामिनी ने अपने काँपते हुए जिस्म को मेज़ का सहारा दिया। समय को रुकते कभी किसी ने देखा नहीं, पर कामिनी को लगा कि उसने आज समय को रुकते हुए देखा था और समय के साथ अपने साँस को भी रुकते हुए देखा था।

मालूम नहीं कितनी देर के बाद और क्यों—कामिनी का हाथ टेलीफ़ोन की तरफ़ बढ़ा। कामिनी ने अपनी स्मृति को कुरेदकर नासिर के टेलीफ़ोन के नम्बर को अपनी सोल में दुहराया। पर फ़ोर सैवन एट...या एट सैवन...या एट फ़ोर।...सारे नम्बर जैसे आँखों के सामने उलट-पुलट गए। कामिनी ने घबराकर आँखें बन्द कर लीं।

कामिनी के दायें हाथ की उँगलियाँ कुछ देर नंबरों को घुमाती रहीं। उँगलियाँ शायद कामिनी की स्मृति के इतना बस में नहीं थीं जितना कि एक आदत के बस में। जब दूसरी तरफ़ घंटी बजी तो नासिर की आवाज़ सुनाई दी।

''मैं कामिनी बोल रही...हूँ...''

''हाँ, कामिनी!''

''आप एक-दो मिनट...यहाँ मेरे दफ़्तर...''

''क्या हुआ कामिनी?''

''कुछ नहीं।''

''मैं अभी आ रहा हूँ...अभी दो मिनट में।''

नासिर का दफ़्तर कामिनी के दफ़्तर से ज़्यादा दूर नहीं था। उस दफ़्तर की सीढ़ियाँ उतरने में और तीन इमारतों के बाद इस इमारत की सीढ़ियाँ चढ़ने में नासिर को मुश्किल से सात-आठ मिनट लगे होंगे। पर मेज़ के पास खड़ी हुई कामिनी को महसूस हुआ कि वह कई घण्टों या शायद कई दिनों से वहाँ खड़ी काँप रही थी।

''कामिनी!''

कामिनी ने आँखें झपकीं। नासिर की तरफ़ देखकर बोली, ''आज सुनील यहाँ आया था।''

''सुनील?''

''शायद एक बार मैंने आपको बताया था कि जिन दिनों मैं कॉलेज में पढ़ती थी...''

''मुझे मालूम है कामिनी!''

''आज...कुछ देर हुई है...मालूम नहीं कितनी देर हुई है...अब कितने बजे

हैं?''

''साढ़े चार, चार पैंतीस।''

''उसने तब मुझे कहा था कि अब चार बजे हैं। मैं फिर पाँच बजे आऊँगा।''

''पर कामिनी...''

''हाँ।''

''व्हाई आर यू वीपिंग?''

''मैं? नहीं तो...''

नासिर ने एक पल के लिए कामिनी के चेहरे की तरफ़ देखा और फिर उसने अपनी जेब से रूमाल निकाला। आज पहला दिन था कि नासिर कामिनी के इतना पास आकर खड़ा हो गया। ''सारा चेहरा आँसुओं से भीगा हुआ है।'' नासिर ने कहा और रूमाल से कामिनी की आँखें पोंछ दीं।

कामिनी को सचमुच मालूम नहीं था कि उसकी आँखों से आँसू बह रहे थे। उसने अपनी उँगलियों से अपनी आँखों को छुआ और गीली उँगलियों को देखकर वह हैरान रह गई।

''पर इसमें रोने की क्या बात है?''

''पता नहीं...''

''वह अभी पन्द्रह-बीस मिनट में फिर आएगा!''

''उसने मेरे साथ और कोई बात नहीं की थी। सिर्फ़ इतना कहकर चला गया था कि वह पाँच बजे फिर आएगा।''

''यहाँ दफ़्तर में वह क्या बात करता?''

''पाँच बजे...''

कामिनी जो कुछ सालों सोचती रही थी—वह कभी हुआ नहीं था। और आज अचानक जो हुआ था, जो होने को था, वह कामिनी की सोच में नहीं आ रहा था। उसने घबराकर नासिर को बुला लिया था। पर अब उसे यह पता नहीं चल रहा था कि वह नासिर को क्या कहना चाहती थी, या उससे क्या पूछना चाहती थी।

कामिनी ने सालों बाद आज सुनील को देखा था। कामिनी बड़ी खुश थी; पर उसे खुशी की पहचान शायद भूल गई थी, इसीलिए वह घबरा गई थी। उसने कसकर नासिर का हाथ पकड़ लिया। इस तरह कि जैसे इम्तहान के कमरे में जाते हुए कोई छोटा-सा बच्चा अपने दोस्त का हाथ पकड़ ले।

''पाँच बजे!''

''उसके साथ जाना...उसके साथ बातें करना...आखिर वह इतने सालों बाद...''

''आज मालूम नहीं मुझे क्या हुआ है। एकदम जैसे मैं पन्द्रह-सोलह साल की

अल्हड़ लड़की बन गई होऊँ।'' कामिनी के होंठों पर एक शर्मिन्दा-सी हँसी आकर लौट गई।

''कामिनी! द फ़ेमस कॉलमिस्ट...'' नासिर भी हँस पड़ा।

''मैं अभी ठीक हो जाऊँगी...एकदम जाने क्या हो गया था...आप यहाँ बैठिए। मैं चाय का प्याला मँगवाती हूँ।''

''मेरा ख़याल है मुझे जाना चाहिए...पाँच बजने में दस मिनट रहते हैं...दस भी नहीं सिर्फ़ आठ। वह आने ही वाला होगा...''

''पर वह अगर आपके रहते आ जाए तो क्या हर्ज़ है?''

''आज नहीं, पहले दिन नहीं। इस तरह शायद उसे कोई गलतफ़हमी... ।''

नासिर ने फिकरे को बीच में ही छोड़ दिया और कैबिन से बाहर जाने के लिए मुड़ा। दरवाज़े के पास खड़ा होकर उसने एक बार कामिनी की तरफ़ देखा। ''रात में अगर देर हो गई तो सुनील आपको घर छोड़ आएगा। रात में अकेली नहीं जाइएगा। मैं घर ही रहूँगा। ज़रूरत पड़े तो टेलीफ़ोन कर देना।'' नासिर ने कहा और बाहर चला गया।

जितनी देर नासिर खड़ा रहा था, कामिनी की घबराहट थमी रही थी। उसके जाते ही कामिनी को लगा कि घबराहट फिर उसी तरह शुरू हो गई थी। कामिनी ने चपरासी से चाय मँगवा ली। सुनील आने वाला था। उसने उसके लिए भी एक प्याला मँगवा लिया। सुनील के आने पर चपरासी ने चाय की ट्रे मेज़ पर लाकर रख दी।

कामिनी ने चाय का प्याला बनाया। सुनील को प्याला देकर वह दूसरा प्याला बनाने लगी। सुनील ने चाय का घूँट लिया। कामिनी ने देखा—सुनील की आँखें उसी तरह चुप थीं, जिस तरह कई साल पहले हुआ करती थीं। उसका चेहरा खूबसूरत था—पर बेलाग, जैसे बीते सालों की कोई लकीर उससे न छुई हो। और अपने होंठों पर सुनील किसी लफ़्ज़ को नहीं आने देना चाहता था। इसलिए शायद उसने अपने होंठों में एक सिगरेट रख ली थी। पहली सिगरेट खत्म हो जाने पर उसने दूसरी लगा ली थी।

''मेरा ख़याल था कि आप यहाँ फिर कभी नहीं आएँगे।'' कामिनी ने बात करने में पहल की।

''मुझे हमेशा मालूम था कि मैं आऊँगा।'' सुनील ने कहा और फिर चुपचाप सिगरेट पीने लगा।

सुनील का कहा हुआ फिकरा कामिनी के मन में घुलने लगा। साथ में मन को भी घोलने लगा। कामिनी को लगा कि यह फिकरा या तो बहुत बड़े विश्वास में कहा जा सकता था, या वर्षों की जवाबदेही को टालने के लिए कहा जा सकता था। कामिनी ने एक गहरा साँस लिया।

''चलें?'' सुनील ने पूछा।

''कहाँ?''

''मेरा होटल यहाँ से बिलकुल पास है। वहाँ बैठेंगे। फिर जब तुम चाहोगी, मैं घर छोड़ आऊँगा।''

कामिनी बिना कुछ कहे उठकर सुनील के साथ दफ़्तर से बाहर आ गई। सुनील ने उसे जिस सादगी से 'तुम' कहा था, वह कामिनी को अच्छा लगा। उसमें कामिनी को वह आत्मीयता दिखाई दी जिसकी वह एक अर्से से तलाश कर रही थी।

सुनील ने होटल की रिसेप्शनिस्ट से कमरे की चाबी ली और दूसरी मंज़िल पर जाकर अपने कमरे को खोला।

''कुछ पिओगी?'' सुनील ने पूछा।

''अभी चाय पी है।''

सुनील ने जेब में हाथ डालकर देखा। सिगरेट तो थे पर माचिस नहीं थी। ''मैं एक माचिस ले आऊँ।'' सुनील ने कहा और फिर दरवाज़े से मुड़कर उसने कहा, ''यहाँ हीटर पड़ा है...'' उसने हीटर का प्लग लगाया और कागज़ के एक टुकड़े को हीटर की गरम तार से जला लिया। उस जलते हुए कागज़ से उसने सिगरेट जला ली।

कामिनी की आँखों में सालों से रुका हुआ दर्द घुमड़ आया। उसका दिल किया कि सुनील की छाती पर सिर रखकर रोती चली जाए और उससे पूछे कि सिगरेट को सुलगाने के लिए तो आग कहीं से भी उधार ली जा सकती थी, पर ज़िन्दगी को सुलगाने के लिए आग सिर्फ़ उसी से लेनी पड़ती है जिससे किसी को मुहब्बत हो। अगर वही इस आग को चुराकर कहीं ले जाए तो...कामिनी की आँखें भर आईं। वह सुनील से कुछ न कह सकी। उसने सिर झुकाकर अपने आँसू छिपा लिए। कामिनी पलंग के एक पाये पर बैठी हुई थी। सुनील उसके पास आकर खड़ा हो गया। सुनील ने कहा कुछ न, सिर्फ़ झुककर कामिनी के होंठ चूम लिए।

सालों से सँभालकर रखा हुआ और पाला हुआ एक ख़याल कामिनी को इस समय भी आया कि सुनील ने कभी भी उससे बातें नहीं की थीं। आज भी उसने कोई बात नहीं की थी। शायद उसके होंठ ही उसके लफ़्ज़ थे...

कामिनी ने देखा कि आज इतने सालों बाद भी उसे कुछ पूछने की ज़रूरत नहीं पड़ी थी। जैसे वह अन्तर्यामी था और जानता था कि कामनी इतने सालों से उसी का इन्तज़ार कर रही थी, और उसकी ज़िन्दगी में न कोई दूसरा मर्द आया है न और कोई मुहब्बत। सुनील के होंठों से और इस ख़याल से कामिनी के अंगों में एक कंपन हो आया। 'क्या यह विश्वास इसलिए है कि सुनील ने अपनी ज़िन्दगी में जो भी जगह किसी औरत को देनी है, वह सिर्फ़ मेरे लिए रखी हुई

है ? या इसलिए कि सुनील ने अपनी ज़िन्दगी में मुझे कभी कोई जगह नहीं देनी ?'

"सुनील!"

"हाँ।"

"इतने साल...इतने साल आपने कभी मेरा हाल न पूछा," कामिनी का जो संयम आज तक नहीं टूटा था, वह सुनील के हाथ का स्पर्श पाते ही जैसे टूट गया हो। वह सुनील की छाती पर सिर रखकर रोने लगी। "इतने सालों में कुछ भी तो हो सकता था...यह भी तो हो सकता था कि कोई और आदमी मेरी ज़िन्दगी में आ जाता..."

सुनील ने कहा कुछ न। उसने अपनी तली से कामिनी के आँसू पोंछे और उसे अपनी बाँहों में कसकर एक बार फिर उसके होंठ चूम लिए।

"मुझे कभी खत क्यों न लिखा ?"

"सोचता था यहाँ आऊँगा। काम इस तरह पड़ते रहे कि आना न हो सका। फिर पिताजी गुज़र गए..."

"माँ कहाँ है ?"

"कल मेरे साथ ही दिल्ली आई हैं। वह अपनी एक भतीजी के घर पर ठहरी है। मैं यहाँ होटल में चला आया। वहाँ जगह कम थी..."

"शादी नहीं की ?"

"नहीं।"

"क्यों ?"

"दिल नहीं किया।"

कामिनी चुप हो गई। जो भी सवाल उसने किए थे उसे अच्छे न लगे। उसे लगा कि वह जो भी बात पूछ रही थी, दखलअंदाज़ी कर रही थी।

"अंधेरा हो गया है। मैं चलूँ।" कुछ देर बाद कामिनी ने कहा।

"चलो, मैं तुम्हें छोड़ आऊँ।" सुनील ने कहा और उठ खड़ा हुआ।

रास्ते में सुनील ने सिर्फ़ इतना बताया कि वह दो दिन और यहाँ रहेगा और सुबह ही कामिनी को टेलीफ़ोन करेगा। घर के पास पहुँचकर कामिनी ने सुनील को अन्दर आने के लिए कहा। पर सुनील ने कहा, "आज नहीं...कल आऊँगा।"

सुनील वापस चला गया। कामिनी अपने कमरे में आकर जब कपड़े बदलने के लिए गुसलखाने में गई तो वह गुसलखाने के बड़े शीशे में अपने आपको इस तरह देखने लगी जैसे वह अपने आपको बिलकुल न पहचानती हो। रात को पहनने के कपड़े कामिनी ने हाथ में पकड़े हुए थे, उसी तरह कपड़ों को हाथ में लिए वह कितनी देर खड़ी रही। उसे लगा कि न तो वह अपने आपको पहचानती थी, न

सुनील को, और न दुनिया के और किसी इंसान को।

कामिनी ने कपड़े बदले। रसोई में गई। रोटी बनाकर पिताजी को खिलाई और जितनी खा सकी उसने खुद भी खा ली। माली से गेट को ताला लगवाया। पिताजी के सिरहाने पानी का गिलास रखा। वह एक-एक काम इस तरह से करती जा रही थी जैसे फिर फ़ारिग होकर वह एकाग्रमन आज दिन के उस पन्ने को पढ़ सके जिसे वह आज तक समझ नहीं सकी थी।

कामिनी ने अपने कमरे में आकर, अपने बिस्तर में बैठकर, एक हाथ से अपने कमरे की बत्ती बुझा दी और एक हाथ से अपनी सोचों की बत्ती जला ली...'मैं उसे याद होऊँगी तभी मुझे मिलने के लिए आया...उसने मुझसे बीते सालों की कोई बात नहीं की। पर उसे कोई विश्वास होगा जो उसने चुपचाप मुझे अपनी बाँहों में ले लिया...'

...और कामिनी के होंठों पर सुनील के होंठों का स्पर्श सुलगने लगा। कामिनी एक-एक क्षण को, एक-एक स्पर्श को, एक-एक कंपन को इस तरह सुधियाने लगी जैसे वे सारे क्षण, सारे स्पर्श और सारे कंपन किसी भाषा के शब्द हों। कामिनी इन शब्दों को बार-बार पढ़ रही थी और इनमें से उसके अर्थ तलाश कर रही थी।

अर्थ मिल रहे थे, पर वे गहराते नहीं थे, बड़े नहीं होते थे। कामिनी का दिल चाहता था कि ये शब्द इतने गहरा जाएँ कि उसके ख़यालों की सबसे नीची तहों को भी जाकर छू लें। और ये अर्थ इतने बड़े हो जाएँ कि उसकी उमर के बराबर हो जाएँ। कामिनी हर एक शब्द को इस तरह देख रही थी जैसे वह इन शब्दों को निचोड़कर इनमें से नये अर्थ को निकाल लेना चाहती हो। पर यह निचुड़ते नहीं थे। कामिनी कभी कसककर इन शब्दों को देखती थी। कभी पसीजकर और कभी चकित होकर।

कभी सोते, कभी जागते कामिनी ने रात काट दी। सुबह की पहली रोशनी के साथ ही कामिनी को इन्तज़ार शुरू हो गया—सुनील के टेलीफ़ोन का इन्तज़ार। उसने रसोई में जाकर चाय बनाई पर उसने किसी तरह की आवाज़ न होने दी, ताकि किसी आवाज़ में टेलीफ़ोन की आवाज़ न खो जाए। वह गुसलखाने गई। पानी के 'मग' को धीरे-धीरे पानी से भरकर हौले-हौले अपने बदन पर उँडेलती रही। वह रात के भरे हुए पानी से नहाती रही। उसने ताज़ा पानी का नल इसलिए न खोला कि पानी गिरने की आवाज़ में टेलीफ़ोन की आवाज़ न खो जाए।...दफ़्तर जाने का समय हो गया। वह कभी घड़ी की तरफ़ देखती जहाँ से टिक्-टिक् की आवाज़ आ रही थी, रुकती नहीं थी; और कभी वह टेलीफ़ोन के मुँह की तरफ़ देखती जिसमें छोटी-सी 'टन्न्' की आवाज़ भी नहीं आ रही थी।

कामिनी दफ़्तर चली आई। कुछ देर उसने अपने आपको काम के हवाले किए

रखा। पर कामों की छोटी-सी मुट्ठी में उसकी सोच नहीं समा रही थी। उसने होटल के टेलीफ़ोन का नम्बर खोजा और मिलाया। उसे कमरे का नम्बर याद था। टेलीफ़ोन की घंटी कितनी ही देर बजती रही। फिर सुनील की आवाज़ सुनाई दी।

''मैं कामिनी बोल रही हूँ।''

''हाँ। मैं अभी सोकर उठा हूँ। सोच ही रहा था कि फ़ोन करूँ।''

''मैं घर से नहीं दफ़्तर से बोल रही हूँ।''

''मैं पाँच बजे आऊँगा।''

इसके बाद कामिनी ने अपना सारा ध्यान अपने काम में लगा दिया। काम करते हुए कामिनी को कई बार लगा कि जैसे शाम हो गई हो। पर जब भी उसने घड़ी देखी, शाम का आना उसे बहुत दूर दिखाई दिया।

आखिर पाँच बजे सुनील आया। कामिनी अपने कमरे से उठ खड़ी हुई। कामिनी को साथ लेकर सुनील जब अपने होटल के पास आया तो सुनील ने देखा कि बाहर गेट पर उसकी माँ खड़ी थी।

''तुमने कहा था कि तुम सुबह आओगे...पर तुम आए नहीं। मैं यहाँ सरनी के साथ कुछ चीज़ें खरीदने के लिए आई थी। सोचा तुम्हें भी देख लूँ।''

''मैं अभी यहाँ से गया था।...यह कामिनी...आपने शायद कामिनी को पहले नहीं देखा।''

''यह मेरे कॉलेज में पढ़ते थे...'' कॉमिनी ने कहा। माँ ने जिस हाथ से कामिनी की पीठ को दुलार दिया...कामिनी को वह हाथ बहुत मुलायम महसूस हुआ। माँ का जिस्म वैसे भी सुबक-सा था, पर उसकी आँखों का देखना इतना नम था कि वह और भी सुबक लगती थी।

''सरनी कहाँ है ?'' सुनील ने पूछा।

''साथ की दूकानों पर कपड़े निकलवाकर देख रही है। मैं चलती हूँ। बस, एक नज़र तुम्हें देखने ही आई थी।''

''वह पाँच-सात मिनट और राह देख लेगी। कमरे में चलकर चाय पी लें। उसे भी बुला लाऊँ ?''

''उसका खाविंद भी साथ आया है। बच्चे भी साथ हैं। तुम्हारा उनसे मन घबराएगा। रहने दो।''

''अच्छा, आप चाय पी लें।''

''देर होगी।''

''नहीं, देर नहीं लगेगी।''

सुनील ने कमरे की चाबी माँ को दे दी और खुद चाय का ऑर्डर देने के लिए नीचे रुक गया।

माँ ने कमरे के पास पहुँचकर चाबी कामिनी को देते हुए कहा। ''खोलो बेटी!'' कामिनी ने दरवाज़ा खोला और माँ के बैठने के लिए कुर्सी को खाली कर दिया। पलंग के पास एक ही कुर्सी पड़ी थी। जिस पर सुनील ने बहुत-से अखबार रख छोड़े थे।

''तुम बैठो बेटी! मैं यहाँ पलंग के पाये पर बैठ जाती हूँ।''

''नहीं, आप यहाँ बैठिए। आराम से बैठेंगे।'' कामिनी ने कहा। एक पल के लिए जैसे दोनों को पता नहीं चल रहा था कि कौन किसकी मेहमान थी।

माँ कुर्सी पर बैठ गई। मेज़ पर अखबारें पड़ी थीं। कामिनी मेज़ को खाली कर चाय रखने के लिए जगह बनाने लगी। माँ ने गमककर कामिनी की तरफ़ देखा और पूछा, ''तुम बेटी यहीं दिल्ली में रहती हो?''

''जी हाँ! मैं और सुनील यहाँ कॉलेज में एक साथ पढ़ते थे। कॉलेज की पढ़ाई खत्म हो जाने पर सुनील कलकत्ता चले गए थे। उसके बाद कभी नहीं मिले। बस कल मिले थे।''

''मैं तो इस लड़के से हार बैठी हूँ।''

''क्यों?''

''विवाह नहीं कराता। कई बार मान भी जाता है। सारी बात पक्की हो जाती है। खुद लड़की पसन्द करता है और खुद ही नकार देता है।''

कामिनी ने एक नज़र माँ की ओर देखा। पर चुप रही। सुनील कमरे में आ गया था। माँ ने भी आगे कुछ न कहा। सुनील के पीछे-पीछे होटल का बैरा था। उसने चाय की ट्रे मेज़ पर रख दी। कामिनी ने चाय का प्याला बनाया और माँ को देकर वह बाकी के दो प्यालों में चाय बनाने लगी।

''सुबह आओगे? थोड़ी देर के लिए ही आ जाना। इस तरह अच्छा नहीं लगता।'' माँ ने चाय पीते हुए कहा।

''अच्छा।''

चाय का प्याला पीकर माँ उठ बैठी।

''मैं आपको छोड़ आऊँ?'' सुनील ने पूछा।

''मुझे कौन-सा दूर जाना है। तुम लोग बैठो। मैं खुद चली जाऊँगी।''

माँ के जाने के बाद कामिनी ने सुनील की तरफ़ देखा। ''आपकी माँ बहुत अच्छी हैं। लोगों की माँएँ ऐसी नहीं होतीं।''

''अच्छा!'' सुनील हँस दिया और पूछने लगा, ''मेरी कोई शिकायत नहीं की उसने?''

''की थी।'' कामिनी भी हँस दी।

आगे सुनील ने कुछ न पूछा। इसलिए कामिनी भी चुप रही। सुनील ने हाथ का प्याला मेज़ पर रखा और कमरे का दरवाज़ा भिड़का दिया।

कामिनी ने पिछले सालों इतनी किताबें पढ़ी थीं कि धीरे-धीरे किताबों के किरदार उसके लिए दिखते-बसते शहर के लोगों से ज़्यादा वाकिफ़ बन गए थे। सुनील को भी उसने पिछले सालों में कभी देखा नहीं था, जाना नहीं था, इसलिए उसकी याद भी उसे किसी किताब के किरदार की तरह आती थी। आज सुनील को अपने पास और अपने सामने देखकर भी उसे कुछ देर के लिए यह लगा कि वह एक कहानी पढ़ रही थी। उसने उचटकर सुनील के चेहरे की तरफ़ इस तरह देखा जैसे कोई धड़कते दिल से कहानी पढ़ते हुए सोचता है कि आगे क्या होगा...

सुनील ने कामिनी के पास आकर उसे अपनी बाँहों में ले लिया।

कामिनी पलंग के पास बैठी थी और सुनील खड़ा था। इसलिए सुनील का सारा बदन कामिनी से सटा हुआ था। कामिनी ने चौंककर सुनील की तरफ़ देखा। और बेशक सुनील के होंठों का साँस उसके अपने होंठों को छू रहा था, पर कामिनी को लगा कि इस पल के, इस स्पर्श के और इस कंपन के सारे शब्दों को मिलाकर जो कहानी वह गढ़ रही थी—उस कहानी का कोई भविष्य नहीं था।

भविष्य के टूटे हुए पल की तरह कामिनी ने अपना सिर सुनील की छाती पर रख दिया। इस सुनील को कामिनी ने लगातार सालों प्यार किया था। शायद वे साल ही इस पल की कीमत थे। कामिनी को लगा कि यह एक पल सच्चा था, बाकी सब कुछ झूठ था। उसका दिल किया कि जैसे कोई कपड़े गले से उतारते हैं, वह अपनी उमर से वर्षों को उतारकर इस पलंग के पाये के पास रख दे। कामिनी को लगा कि उसकी उमर के धागे में यह एक पल हमेशा के लिए लटका रहेगा। उसने कई सूने वर्ष इस पल की बाईं ओर पिरोए हुए थे। और अब वह कई सूने वर्ष इस पल की दाईं ओर पिरोती रहेगी।

बीते हुए सूने वर्षों की तरफ़ जब कामिनी ने नज़र भरकर देखा तो उसे लगा कि वह सूने रास्ते पर अकेली नहीं चलती रही थी। नासिर बेशक उसका हम-कदम बनकर उसके साथ कभी नहीं चला था, पर थोड़ी दूर चलता वह हमेशा उसकी रखवाली करता रहा था।...कामिनी ने जल्दी ने आने वाले सूने सालों को भी दूर से देखा। उसे लगा कि वह जब अकेली उन राहों पर भटकेगी, नासिर वहाँ भी दूर-पास कहीं ज़रूर होगा, उसकी खबर पूछेगा...उसकी रखवाली करेगा।...और कामिनी को नासिर का चेहरा इतना पहचाना हुआ लगा और इतना अपना-सा लगा कि वह हैरान होकर सुनील की तरफ़ देखने लगी।

''बहुत जल्दी जाना है ? तुम एकदम उठकर बैठ गई हो ?'' सुनील ने पूछा।

''इस समय तो जाना है...फिर...'' कामिनी से कुछ भी न कहा गया।

''मुझे शायद कल वापस जाना पड़ेगा...इस बार मैं जाकर तुम्हें चिट्ठी लिखूँगा।''

''अच्छा!''

"कल फ़ोन करूँगा।"

"अच्छा!"

सोलह

जब तक कामिनी ने सुनील को नहीं देखा था, वह इस दुनिया में, इस शहर में रहते हुए भी, तीसरी मंज़िल पर रहती थी, जहाँ बैठी उसको इस दुनिया के, इस शहर के लोग अपने से बहुत फ़ासले पर दिखाई देते थे। वह उन्हें दूर से ही देखती रहती थी।

कॉलेज के दिनों में कामिनी और सुनील की मुलाकात हुई थी, और उसके चले जाने के बाद कामिनी को लगा कि उसके थोड़े दिनों की मुलाकात उसे किसी सात मंज़िलों की इमारत के सबसे ऊपरी चौबारे में बैठा गई थी, यहाँ पर बैठी वह धरती पर चलते हुए लोगों को दूर से देखती रहती थी। लोग पहले भी उसे अपने से दूर दिखते थे...फिर...और भी दूर लगने लगे थे।

सालों के साल कामिनी ने लोगों को देखा। दुःखों की खबरें सुनीं, दुःखों की खबरें लिखीं। पर उसे कभी महसूस नहीं हुआ था कि अगर इस शहर की आबादी की गिनती करने लगें तो उसका नाम भी उस गिनती में शुमार था। वह अब तक ज़िन्दगी के नाटक की किरदार नहीं थी...दर्शक थी...

पिछले दिनों सुनील उससे फिर आ मिला। बेशक उसी तरह जैसे कोई राह चलते आ मिले। पर कामिनी को लगा कि उसने इस शहर की धरती में कहीं कोई दर्द बीजा हुआ था। और अपने कानों में सुनील का नाम फिर से सुनकर, और अपने होंठों में उसका नाम फिर से दुहराकर, उसे लगा कि उसने कुछ सालों पहले इस धरती में जिस दर्द को बोया था, वह 'दर्द' उग आया था और इस धरती से उसका कोई रिश्ता जुड़ गया था।

कामिनी काँप-काँप गई थी और सुनील ने फिर जब अपने होंठों से कामिनी के ठंडे और काँपते होंठों को चूमा था तो कामिनी को लगा था कि सुनील उसे सात मंज़िलों की इमारत के ऊपरी चौबारे से भी कहीं और ऊपर ले गया था।

फिर कामिनी को महसूस हुआ कि सुनील उसे जहाँ ले गया था, वहाँ सिर्फ़ शून्य था, या सिर्फ़ बादल थे। धरती से उसका कोई रिश्ता नहीं था। जहाँ तक उसकी नज़र जाती थी उसके चारों ओर घिरते हुए बादल थे और सुनील की कभी न टूटने वाली खामोशी थी। और आज उसे लगा कि उसकी छाती में एक सलेटी रंग की उदासी घिर रही थी।

कामिनी की आँखों में एक बादल की बूँदें उतर आईं। और बूँदें जैसे हौले से धरती पर उतर आती हैं, कामिनी ने टेलीफ़ोन का रिसीवर उठाकर एक नंबर मिलाया और धीरे से कहा—

''नासिर!''

''कौन? कामिनी?''

''हाँ, नासिर! आपके पास इस समय फ़ुर्सत होगी? मैं...''

''हाँ, कामिनी!''

''अच्छा! मैं अभी आपके पास आऊँगी।''

''पर इतनी रात गए तुम अकेली कैसे आओगी, मैं आ जाता हूँ।''

''मुझे ही आना चाहिए नासिर!''

''इसमें क्या फ़र्क पड़ता है कामिनी! मैं अभी आ रहा हूँ।''

''नहीं नासिर, मैं...''

नासिर ने टेलीफ़ोन बंद कर दिया था। कामिनी आगे कुछ न कह सकी। कमरे में बिजली की बत्ती जल रही थी। बिजली की रोशनी कामिनी को एक तल्खी की तरह महसूस हुई। उसने बिजली बुझा दी। वह कितनी ही देर नर्म अंधेरे में खड़ी रही। फिर उसने एक मोमबत्ती जलाई। पीतल के दीये में मोमबत्ती को रखकर कामिनी कितनी ही देर उसकी लपट की तरफ़ देखती रही। कमरे की खिड़कियाँ बंद थीं। जिससे मोमबत्ती की लपट बड़ी अडोल थी। पर कामिनी का सिर मोमबत्ती पर इस तरह झुका हुआ था कि कामिनी के साँस लेने पर मोमबत्ती की लपट काँप जाती थी।...कामिनी कभी भरकर साँस लेती और कभी होंठों में भींचकर। मोमबत्ती की लपट कभी धीरे से काँपती, कभी काँपकर दुहरा जाती। कामिनी ने सोचा कि उसके मन में जलती हुई लपट इस मोमबत्ती की लपट से ज़्यादा अडोल थी।

नासिर ने जब आकर कामिनी के कमरे का दरवाज़ा धीरे से खोला, तो उसके चेहरे की तरफ़ देखकर कामिनी को लगा कि उसके मन में जलती हुई लपट मोमबत्ती की लपट से कहीं ज़्यादा काँप गई थी। नासिर का साँस मालूम नहीं कितनी नज़दीक से उसे छू गया था।

नासिर ने कमरे में पैर रखा, कामिनी की तरफ़ देखा और जहाँ खड़ा था वहीं खड़ा रह गया। उसे लगा कि कमरे में एक नहीं, दो मोमबत्तियाँ जल रही थीं। कामिनी एक मोमबत्ती की तरह खड़ी थी, मोमबत्ती की लपट की तरह काँप रही थी, और मोमबत्ती की तरह पिघल रही थी।

नासिर ने आगे बढ़कर कामिनी को अपनी बाँहों में लिया। कामिनी ने नासिर के कंधे से अपना सिर टेक दिया।

''नासिर!''

"मुझे मालूम है, कामिनी।"

"पर, कैसे?"

"मैंने आज से पहले कभी तुम्हारा हाथ भी नहीं छुआ। अगर मुझे आज मालूम न होता...मैं अपनी बाँहों को ऐसी इजाज़त कभी न देता।"

"पर कैसे नासिर?"

"मैं जब कमरे में आया तो मुझे लगा कि कमरे में एक नहीं दो मोमबत्तियाँ जल रही थीं। तुम्हारे मुख की लौ में मैंने अपना चेहरा पहचान लिया।"

"पर नासिर!"

"आज से पहले मैंने जब भी तुम्हारे चेहरे की तरफ़ देखा, मुझे लगा कि तुम्हें सुनील का इंतज़ार था, मेरा नहीं। इसलिए मैंने एक कदम भी उस राह पर नहीं बढ़ाया था...जिस राह पर तुम किसी और का इंतज़ार कर रही थीं..."

"मैं सुनील से मिली थी।"

"मुझे पता है।"

"पहले दिन मैंने ही बताया था।"

"उस दिन मैंने ही तुम्हें कहा था कि सुनील से मिलने के लिए तुम ज़रूर जाओ।"

"तुमने ऐसा क्यों कहा था नासिर? तुम चाहते थे मैं तुम्हारी ज़िन्दगी से चली जाऊँ...हमेशा के लिए चली जाऊँ?"

"मालूम नहीं किस तरह। पर यह मुझे पता चल गया था कि अगर तुम कभी मेरी तरफ़ आ सकती हो तो सिर्फ़ उस रास्ते से आ सकती हो जो रास्ता पहले सुनील के पास जाएगा...और फिर वहाँ से लौटकर मेरे पास आ जाएगा।"

"पर यह कैसे नासिर?"

"मुझे मालूम था, मैं तुम्हें सुनील से ज़्यादा प्यार करता हूँ। सिर्फ़ सुनील से ही नहीं, मैं तुम्हें अपने अस्तित्व से भी ज़्यादा प्यार करता हूँ।"

"यह तुम्हें मालूम था नासिर? कब से मालूम था?"

"जब तक तुम्हें नहीं जाना था...तब तक नहीं पता था। फिर जिस दिन तुम्हें जान लिया...उसी दिन मैंने यह भी जान लिया।"

"पर वह तो...उस दिन तो मैं तुम्हारे स्टूडियो में गई थी, मैंने तुम्हारी तस्वीर ली थी। तुम्हारी पेंटिंग की..."

"उस दिन मैंने तुम्हें देखा था, जाना नहीं था। जाना उसके तीन दिन के बाद था...जब मैंने अखबार में तुम्हारा कॉलम पढ़ा था।"

"पर उस कॉलम में मैंने तुम्हारी तस्वीरों की तारीफ़ नहीं की थी।"

"पर जो कुछ तुमने लिखा था...वह तारीफ़ से ज़्यादा सच था। सच की रोशनी में मैंने तुम्हें पहचाना था, और सच की रोशनी में मैंने खुद को पहचाना

था। मैंने उस दिन के बाद...''

''उस दिन के बाद, नासिर?''

''उस दिन के बाद मैंने हमेशा अपने-आपको तुम्हारी अमानत समझा कामिनी! जो कोई गलती मैं ज़िन्दगी में पहले कर चुका था...फिर कभी नहीं की।''

''नासिर!''

''पहले ज़िन्दगी खाली थी...इसलिए मुझसे गलती हो गई थी। उस दिन के बाद मैंने उस लड़की से मिलना छोड़ दिया जिससे मैं पेंट किया करता था। फिर मेरी ज़िन्दगी तुम्हारे ख़याल से भर गई थी। इसलिए मुझसे कोई गलती या गुस्ताखी नहीं हो सकती थी।''

''पर नासिर! मैंने तो उसके बाद...''

''वह ज़रूरी था।''

''पर मैं...''

''पर वह ज़रूरी था कामिनी!''

''पर नासिर! यह तुम उस समय भी जानते थे, जब तुमने मुझे सुनील के पास जाने के लिए कहा था?''

''पता था।''

''तुम्हारे दिल में कुछ नहीं हुआ था?''

''उस दिन मुझे ज़िन्दगी में पहली बार पता चला था कि दर्द क्या होता है।''

''यह एक अजीब हादसा है नासिर!''

''हाँ।''

''मैं इतना जानती थी कि तुम मुझे अच्छे लगते हो। मैं तुम्हारी कदर करती थी, पर इससे ज़्यादा मुझे कुछ मालूम नहीं था। मेरे मन पर कब और किस तरह तुम्हारा नाम खुद गया था...यह मुझे बिलकुल मालूम नहीं। मैं सुनील को मिलने के लिए गई। मैं सालों के साल उसके ख़याल को दिल में संजोए रही थी। पर अजीब बात है कि उसने जब मेरी तरफ़ देखा, उसकी आँखों की रोशनी जब मेरे दिल पर पड़ी, तो मैंने देखा कि मेरे सारे दिल पर तुम्हारा नाम खुदा हुआ था।''

नासिर का सालों से बँधा हुआ सबर टूट गया। उसने कामिनी को कसकर अपनी छाती से लगाया और अपने होंठों से कामिनी के माथे को, गर्दन को और उसके होंठों को इस तरह छुआ जैसे वह अपने होंठों से अपनी सालों की प्यास को माप रहा हो!

''नासिर!''

''हाँ।''

''यह किस तरह हुआ? क्यों हुआ?''

"शायद इसलिए कि सुनील तुम्हें प्यार नहीं करता जैसे उसे करना चाहिए था। वह किसी को प्यार नहीं करता।"

"तुमने कभी सुनील को देखा है?"

"देखा नहीं, पर मैंने उसे जाना है।"

"कैसे? क्या जाना है?"

"वह बड़ा अच्छा है, बड़ा ज़हीन। पर एक बात में वह बड़ा ज़ालिम है।"

"किस बात में?"

नासिर थोड़ा-सा झिझक गया और फिर बोला, "वह किसी-न-किसी बड़ी खूबसूरत लड़की का ध्यान अपनी तरफ़ खींच लेता है। पर जब किसी को उससे मुहब्बत जैसा तेज़ खिंचाव महसूस होता है, तो वह उसकी परवाह छोड़ देता है।"

"मुझे उसकी माँ ने भी उसके बारे में कुछ ऐसा ही कहा था। मैं पूरी तरह नहीं समझी थी। उसकी माँ मुझे बहुत अच्छी लगी थी। पर नासिर, अगर तुम्हें यह मालूम था तो तुमने मुझे बताया क्यों नहीं था?"

"मुझे उस समय कुछ नहीं कहना चाहिए था।"

"क्यों?"

"अगर मैं उस समय यह कहता...तो इसे मेरा हसद समझा जाता।"

"मुझे भी लगा था कि वह इस तरह करता है। पर वह ऐसा क्यों करता है नासिर?"

"पता नहीं...उसके बचपन में शायद कोई ऐसी बात हुई हो। शायद किसी ने उसके मन को दुखाया हो।"

"उसके पास बैठकर भी लगता है कि वह बहुत दूर बैठा हुआ है। जिस दिन मैं उसे मिली थी, उस रात मुझे लगा था कि मैं न तो उसे पहचानती थी, न अपने-आपको और न दुनिया के और किसी इंसान को।"

"मुझे भी नहीं?"

"उस दिन मैं बहुत हैरान थी। दूसरे दिन कुछ सँभल गई थी। दूसरे दिन मुझे लगा कि मैं और किसी को पहचानती होऊँ या न, पर मैं तुम्हें पहचानती हूँ। नासिर!"

"हाँ।"

"आज मुझे ज़िन्दगी में पहली बार यह महसूस हुआ है कि यह धरती मेरी है, यह देश मेरा है, यह शहर मेरा है।"

"पर कामिनी! यह धरती तुम्हारे काबिल नहीं। इस देश और इस शहर को तुमने देख ही लिया है कि कैसा है।"

"पर जब किसी देश के एक आदमी से कोई प्यार करने लगे तो उस देश का

चेहरा बदल जाता है।''

''आज तुम्हारे मुख की रोशनी में सचमुच बदल गया लगता है।''

''शायद कभी वैसे भी बदल जाएगा...सबके लिए बदल जाएगा...और कामिनी ने नासिर की ओर इस तरह जी भरकर देखा जैसे एक पल के लिए सारे देश का चेहरा छोटा-सा होकर नासिर के नक्शों में समा गया हो और या नासिर का चेहरा बड़ा होकर सारे देश पर छा गया हो!''

अनीता

अनीता

अनीता ने जब अपने बच्चे का मुँह देखा, उसे लगा कि किसी ने उसे ख़यालों के गहरे पानी से निकालकर किनारे लगा दिया था। उसने सुख का एक लम्बा साँस लिया और फिर उसे ऐसा लगा कि वह एक औरत नहीं थी, एक मछली थी, जो किनारे लगकर तड़पने लगी थी। अनीता ने फिर ध्यान से अपने बच्चे का मुँह देखा। फिर जैसे किसी ने अनीता का हाथ पकड़ा, और किनारे पर पड़ी हुई मछली को गहरे पानी में फेंक दिया। अनीता ने सुख का एक लम्बा साँस लिया। पर फिर उसे महसूस हुआ कि वह मछली नहीं थी, एक औरत थी जो पानी में गिरकर गोते खाने लगी थी।

अनीता ने सोचा—न वह जल-जीव थी, न थल-जीव। और उसने हैरान होकर अपनी आँखें बन्द कर लीं।

अनीता के पति ने कमरे में आकर अनीता के माथे पर हाथ रखा। अनीता ने चौंककर आँखें खोलीं और फिर उसे लगा कि अपने पति की आँखों की ओर देखने की उसमें शक्ति नहीं थी, या शायद आवश्यकता नहीं थी। वह फिर आँखें बन्द करने लगी थी कि एक ख़याल उसके पैरों के तलुवों से लाँघकर, उसके माथे की नाड़ियों में फैल गया, और उसने अपने ऊपर ली हुई चादर का कोना खींचा और अपने बच्चे का मुँह ढँक दिया। ऐसे जैसे कोई अपने सुन्दर अंग को ढँक लेता है कि उसको किसी की नज़र न लगे। ऐसे जैसे कोई अपने असुन्दर अंग को लपेट लेता है कि उस पर किसी की दृष्टि न पड़ जाए। सुन्दरता और असुन्दरता का स्वरूप अनीता से समझा न गया और उसने थककर अपनी आँखें बन्द कर लीं।

अनीता के पीड़ा से टूटे हुए अंग कठिनता से अभी नींद के नर्म बिछौने पर अलसाए थे कि उसने देखा—एक स्त्री धीरे से आकर उसके पैताने खड़ी हो गई और फिर एक ही झटके में उसकी बाईं ओर सोए हुए बच्चे को उठाकर दौड़ पड़ी। अजाने ही अनीता के अंगों में जैसे एक शक्ति खौल उठी। वह भी उन्हीं विह्वल कदमों से उस स्त्री के पीछे दौड़ पड़ी।

''मेरा बच्चा—'' अनीता ने चीखकर कहा।

तेज़ी से दौड़ती स्त्री के बाल बावरों की भाँति उड़ रहे थे। उसने न कोई उत्तर दिया, न पीछे की ओर देखा। अनीता की आँखों के सामने एक अंधेरा आया पर फिर उसने सम्पूर्ण शक्ति से आँखें झपकीं। भय की एक गर्म रेखा उसके रक्त में से गुज़र गई कि कहीं उसकी आँखों के सामने से उस स्त्री के पैरों के निशान न खो जाएँ।

सामने एक उजाड़ आ गया जहाँ न ही कोई वृक्ष था, न कोई ओट। अनीता की आँखों के सामने से उस स्त्री की पीठ गुम नहीं हो सकती थी। साथ ही रेत में पैर इतने धँस रहे थे कि अनीता की तरह उस स्त्री के पैरों की गति भी टूट गई थी। वह भी अनीता की तरह हाँफकर साँस ले रही थी। फिर बच्चे के रोने की आवाज़ आई, शायद वह उस स्त्री की बाँहों में आवश्यकता से अधिक घुट गया था या भूख से बिलख उठा था। उस स्त्री के पैर ठिठक गए और वह जहाँ खड़ी थी वहीं ठहरकर बच्चे को बहलाने लग गई।

अनीता ने अपनी आँखों से देखा कि उस स्त्री ने अपनी कमीज़ के बटन खोले और वहीं रेत पर बैठकर बच्चे को अपनी छाती से दूध पिलाने लग गई।

अनीता उसके पास पहुँच गई। उस औरत ने हाथ के संकेत से उसे चुप रहने के लिए कहा ताकि बच्चा निश्चिन्त होकर दूध पी सके। अनीता ने अपनी आँखों से देखा कि उसका बच्चा चैन से औरत का दूध पी रहा था। चाँद की चाँदनी बच्चे के बायें गाल पर पड़ रही थी जिससे बच्चे के नन्हे मुँह में से गिरती दूध की बूँदें भी दीख रही थीं।

''खड़ी क्यों हो? बैठ जाओ!'' उस औरत ने धीरे से कहा और अनीता को वहीं रेत पर बैठने का संकेत किया।

अनीता थकी हुई टाँगों से रेत पर बैठी नहीं, जैसे गिर पड़ी।

''तुम मुझसे डर क्यों रही हो? मैं तुम्हारी बैरिन तो नहीं हूँ।'' उस स्त्री ने फिर धीरे से अनीता को कहा और बच्चे के सिर पर हाथ फेरती हुई उसके नन्हे-नन्हे बालों को सहलाने लगी।

''तुम मेरे बच्चे को क्यों उठा लाई हो?'' अनीता ने कड़वाहट से कहा और फिर मन-ही-मन अपने शरीर की शक्ति को जाँचने लगी कि अगर वह इस स्त्री की बाँहों से अपने बच्चे को छीनकर भागना चाहे तो वह भाग सकती है अथवा नहीं।

वह स्त्री मुस्कुरा पड़ी और कहने लगी, ''क्या कहा?''

''यही कि तुम मेरा बच्चा क्यों उठा लाई हो?''

''इसलिए कि यह मेरा बच्चा है।''

''यह मेरा बच्चा है।''

''अनीता! व्यर्थ में क्यों हवा से जूझती हो! तुम अच्छा-भला जानती हो कि

यह मेरा बच्चा है।''

''मेरे पीड़ा से टूटे हुए शरीर को देख ले और चाहे दुनिया की किसी दाई से साक्षी ले ले। सभी तुम्हें कहेंगी कि यह बच्चा मेरा है।''

उस स्त्री ने एक नि:श्वास लिया और फिर अनीता के मुँह की ओर देखते हुए कहने लगी, ''मुझे किसी की साक्षी नहीं चाहिए। इस दुनिया में किसी की साक्षी मेरे काम नहीं आ सकती।''

''फिर?'' अनीता ने अपनी आँखें झपकीं।

''मुझे केवल तुम्हारा साक्ष्य चाहिए—तुम्हारा अपना साक्ष्य। तुम्हारा शरीर पीड़ा से टूट गया है, यह तुम ठीक कहती हो। पर मेरा हृदय...मेरे हृदय से रिसते रक्त को कौन देखेगा!''

''पर रक्त और मांस से निर्मित एक बच्चा शरीर से जन्म लेता है, हृदय में से नहीं।'' अनीता मुस्कुरा दी।

वह स्त्री भी मुस्कुरा दी और कहने लगी, ''अगर यह बात ठीक है तो फिर रात को जब तेरा पति इस बच्चे को देखने के लिए आया था, तूने अपने ऊपर ओढ़ी हुई चादर से इस बच्चे का मुँह क्यों ढँक दिया था?''

अनीता ने नज़रें झुका लीं। और फिर चाँद की चाँदनी में बच्चे के मुँह की ओर देखते हुए कहने लगी, ''तूने इसकी मुखाकृति देखी है?''

''देखी क्यों नहीं। यह तो जिस समय से जन्मा है, इसके मुख की ओर देख रही हूँ। देख-देखकर मेरा मन नहीं भरता।'' उस स्त्री ने कहा और हाथ से बच्चे का सारा मुँह चाँद की चाँदनी की ओर किया। बच्चा दूध से सन्तुष्ट हो, गहरी नींद सो चुका था।

''तूने इसके नक्श देखे हैं?'' अनीता बच्चे के और समीप हो गई और कहने लगी, ''इसकी तीखी नाक...इसका चौड़ा माथा...छोटी-सी गोल ठुड्डी...इसकी बड़ी-बड़ी आँखें...बिलकुल...'' अनीता विचारों में डूब गई।

''चुप क्यों हो गई हो? बिलकुल किस जैसा?'' उस स्त्री ने हँसकर अपना होंठ काटा।

''सागर जैसा।'' अनीता ने घबराकर कहा।

वह स्त्री खिलखिलाकर हँस पड़ी। अनीता का हाथ पकड़कर कहने लगी, ''तुम्हें पता है कि तुमने आज तक सागर का अंग स्पर्श नहीं किया।''

''यही तो मैं सोचती हूँ...''

''क्या दुनिया का कोई भी विज्ञान यह मान सकता है कि शरीर-से-शरीर के संजोग के बिना एक बच्चा जन्म ले सकता है?''

''नहीं।''

''विज्ञान के नियमानुसार यह बच्चा केवल तुम्हारे पति का बच्चा है। रामपाल

सचदेव का बच्चा।''

''पर इसकी मुखाकृति...''

''इसकी मुखाकृति सागर से मिलती है।''

''तुम स्वयं देख लो।''

''फिर अगर तू यह मानती है तो यह क्यों नहीं मानती कि इस बच्चे ने इतना तेरी देह से जन्म नहीं लिया, जितना कि हृदय से। इतना तुम्हारे बुत में से नहीं, जितना तुम्हारी आत्मा में से।''

''सम्भव है।''

''फिर तुम मुझसे क्यों उलझती हो? अपनी आत्मा से क्यों लड़ती हो?''

''नहीं, मैं तुम्हारे साथ नहीं लड़ती और मैं यह भी मानती हूँ कि इतना यह मेरा बच्चा नहीं, जितना यह तुम्हारा बच्चा है। पर तुम इसे लेकर कहाँ जा रही थीं?''

''मुझे और कहाँ जाना था। सोचा था कि दो पल जाकर सागर को इसका मुँह दिखा लाऊँ।''

अनीता ने सोए हुए बच्चे का मुँह चूमा और अनीता के आँसू बच्चे के माथे पर ढुलक पड़े, ''यह दुनिया कभी तुम्हें सागर का बेटा नहीं समझेगी...दुनिया तो क्या, सागर भी कभी तुम्हें अपना बेटा नहीं समझेगा...''

अनीता की जब आँख खुली, वह हिचकियाँ लेकर रो रही थी। दाई ऊँचे स्वर से घर के लोगों को कह रही थी, ''प्रसूत के दिनों में किसी स्त्री को अकेले नहीं छोड़ते। देखो तो, सोई हुई भी रो रही थी।''

दो

अनीता की आँखें पूरे दिन इस तरह घुटी रहीं जैसे उसकी पलकों पर रात के स्वप्न का भार पड़ा हुआ हो।

फिर दूसरी रात के अँधेरे ने जब अनीता की पलकों को धीरे-धीरे अपनी उँगलियों से सहलाया, अनीता की आँखें कुछ हल्की हो गईं। और इन आँखों से वह अपने बीते हुए दिनों को उघाड़कर देखने लगी :

भरी-पूरी जवानी की बाँह पर बँधी हुई समय की घड़ी कब और किस तरह बिगड़ गई थी, उसे पता नहीं चला था। उसे केवल इतना ज्ञात हुआ कि यह घड़ी ढेर समय से रात को अपनी गति से सौ गुना तीव्र चलती थी। और दिन में सौ

गुना धीरे। इसलिए अनीता को पूरे दिन में जितनी थकान होनी चाहिए थी, उससे सौ गुना अधिक हो जाती थी और फिर कहीं जाकर रात पड़ती थी। रात को वह चारपाई पर लेटती नहीं थी, गिर पड़ती थी। फिर सारी रात में जितनी थकान उतरनी चाहिए थी, उसका सौवाँ भाग भी नहीं उतरता था और झट से दिन निकल आता। और दिन में वह जैसे चारपाई से उठती नहीं थी, अपने-आपको घसीटकर उठाती थी।

अनीता को याद आया कि यूँ तो अपनी ओर से इस घड़ी को सदैव समय पर चाबी दे दिया करती थी। प्रातः उठकर वह अपने पति के लिए समय पर चाय बनाया करती थी। दोपहर को वह अपने पति को समय पर खाना भेजा करती थी, फिर अपनी सास का अथवा ननद का कोई कपड़ा सीती थी, और रात को मेज़ पर बैठे अपने ठेकेदार पति और उसके मित्रों से दिन-दिन बढ़ती हुई महँगाई और कारीगरों, मज़दूरों की काम-चोरी की बातें सुना करती थी। पर यह सब करते-सुनते एक सीलन-सी उसके पैरों से चढ़ा करती थी, वह ऊपर उठती हुई उसके घुटनों में से गुज़रती, उसकी छाती को लाँघती, उसकी जिह्वा पर, उसके कानों में, उसके माथे की नाड़ियों में जम गई थी—और इस तरह फिर वह बोलने भी कम लग गई थी और सुनने भी कम लग गई थी।

बिहार की अवनति की बातें होतीं, बिहार की प्रगति की बातें होतीं। उसके कानों को कोई बात न छूती। और अनीता को अब तक स्मरण था कि एक बार उसके सिर में ज़ोर की पीड़ा हुई थी। वह लेटी हुई थी। उसकी सास ने उससे पूछा था कि उसे पीड़ा कहाँ हो रही थी। उसने बोलना चाहा था, पर बोल न पाई थी। यह नहीं था कि वह पीड़ा के कारण नहीं बोल पाई थी। केवल बोलने के आलस्य के कारण नहीं बोल पाई थी और उसकी सास ने स्वयं ही अनुमान लगाकर उसे पेट-पीड़ा की 'फक्की' खिला दी थी। उसने चुप रहकर 'फक्की' खा ली थी पर वह अपनी जिह्वा पर बोलने का ज़ोर नहीं डाल सकी थी।

यह नहीं था कि उसे अपने पति से कोई शिकायत थी या उसके नाते-रिश्तेदारों से कोई आपत्ति थी—केवल इतना कि जैसे किसी यात्री की नौका लहरों की उद्दंडता से किसी ऐसे टापू से आ लगी हो, जहाँ के लोगों को वह यात्री पहचानता न हो, जिसकी भाषा वह यात्री समझता न हो, बस टकटकी लगाकर वह सभी ओर देखता रहता हो। और उसे यह भी मालूम था कि जब किसी लड़की के विवाह की नौका लहरों की मनमानी से किसी टापू में पहुँच जाती है, उस लड़की को, उस यात्री को, बस वहीं रहना होता है। और फिर उस नौका को किसी विचार का कोई चप्पू लगाना उसके लिए वर्जित हो जाता है। इसीलिए उसने कभी चप्पू की ओर देखा भी नहीं था।

केवल रात को जब वह सोया करती थी, वह देखा करती थी कि वह धीरे से चारपाई में उठ बैठती है। हाथों से दीवारों और दरवाज़ों को टटोलती वह तंग गलियों

और बन्द बाज़ारों से गुज़रने लगती है। फिर घरों की पंक्ति समाप्त हो जाती है और वह कच्ची, निर्जन राहों पर चल निकलती है। और फिर खेतों की पगडंडियां आरम्भ हो जाती हैं। सूने मैदानों की धूल आरम्भ हो जाती है और वह थकी हुई देखती है कि उसके पीछे-पीछे शहर के लोग भागे जा रहे हैं। वह नंगे पैर तेज़ी से भागने लगती है। पीछे से आता लोगों का शोर ऊँचा भी होता जाता और समीप भी पहुँचता जाता। वह अपनी पूर्ण शक्ति लगा देती और अन्त में एक पानी के किनारे पर पहुँच जाती। अपने पीछे से उसे लोगों के खिलखिलाकर हँसने की आवाज़ आती और साथ ही यह बात सुनाई देती, ''दौड़कर आगे कहाँ जाओगी।''

घबराई हुई अनीता किनारे से पैर उठाती और भरे दरिया की छाती पर रख देती और फिर वह आश्चर्यचकित होकर देखती कि उसका पैर पानी पर इस तरह टिका होता जैसे किसी अत्यन्त नर्म और शीतल बिछौने पर रखा हुआ हो। अनीता अपना दूसरा पैर भी पानी पर रख देती और फिर बड़ी सहजता से चलने लगती। किनारे की भीड़ किनारे पर ही रह जाती। किसी का साहस नहीं होता था कि वह भरे दरिया में चलकर उसका पीछा कर सकता और वह सबकी पकड़ से निकलकर चलती जाती...चलती जाती...

अनीता को याद आता कि जब वह जग जाती थी, अपने पाँवों को हाथ लगाकर देखा करती थी। पर उसके पाँवों को कहीं दरिया का पानी नहीं लगा होता था, कहीं रास्ते की धूल नहीं लगी होती थी।

पहले-पहल वह इस सपने से बहुत चौंक पड़ती थी और अपने-आपसे एक लम्बी बहस छेड़ देती थी। इसी तरह जैसे उसके शरीर में एक नहीं, दो प्राण हों। एक नहीं, दो स्त्रियाँ हों। एक, जिसका नाम अनीता था जो श्री धर्मप्रकाश आनन्द की सुपुत्री थी, श्री रामपाल सचदेव की पत्नी थी, जिसकी जाति हिन्दू थी, देश भारत था और जिस पर कई नियम और कानून लागू होते थे। और दूसरी, जिसका नाम औरत के बिना और कुछ न था, जो धरती की बेटी थी और आकाश का वर ढूँढ़ रही थी। जिसका मज़हब मुहब्बत था, देश दुनिया थी और जिस पर एक 'तलाश' को छोड़ कोई नियम और कानून लागू नहीं होता था।

फिर धीरे-धीरे वह इस स्वप्न की अभ्यासी हो गई थी। यह स्वप्न उसका नियम बन गया था। प्रात: उठकर स्नान करने का-सा नियम, दोपहर को आटा गूँथकर रोटी पकाने का-सा नियम और फिर रात को अपने पति की आवाज़ सुनकर उसकी चारपाई पर जाने का-सा नियम।

फिर इस सपने में कुछ और जुड़ गया था। उसको पानी के दूसरे किनारे पर एक बुत का आभास होने लगा था। उसने कभी इस बुत के समीप जाकर नहीं देखा

था। इसलिए वह उसे पहचानती न थी। वह केवल लम्बा कद पहचानती थी, और चौड़ी पीठ को पहचानती थी। मुँह की ओर होने से पहले ही अनीता की नींद टूट जाती थी।

और फिर इस सपने में कुछ और जुड़ गया था। वह उस बुत को बोलते हुए सुनने लगी थी। पर ऐसे जैसे कोई संलग्न होकर कुछ पढ़ रहा होता। यह कोई पत्र था या गीत था, कोई वन्दना थी, या नमाज़ थी, वह कुछ नहीं जानती थी क्योंकि कभी कोई शब्द उसके कानों में नहीं पड़ता था। केवल आवाज़, एक गम्भीर गहरी और किसी पर्वत की कोख से निकलते हुए झरने की-सी आवाज़।

और फिर एक घटना घट गई थी। एक बार वह किसी दावत में गई हुई थी। वहाँ एक आदमी की पीठ देखते हुए वह कितनी दूर उसकी पीठ के पीछे खड़ी रही थी। और फिर उस दावत में जब लोगों ने उस आदमी से फ़रमाइश की तो उसने एक नगमा सुनाया था। सागर उसका नाम था।

अनीता ने अपना होंठ दाँतों से काटकर जाँचा था कि यह सपना नहीं था, सपने जैसा सच था। वही आवाज़ थी, एक गहरी, गम्भीर और किसी पर्वत की कोख से निकलते झरने की-सी आवाज़।...और फिर उसने जो चेहरा देखा, वही उसके सपने में आने लगा था। उसने जो उसका नाम सुना था, वही उसने अपने बुत का नाम रख लिया था।

फिर जब कभी एक अनीता अपने पति के पास बैठी होती तो दूसरी अनीता सागर के पास बैठी होती। यह बात अलग है कि जिस अनीता के पास शरीर का कोई अस्तित्व था, वह सभी को दिखाई दे सकती थी या जिस अनीता के पास शरीर का कोई अस्तित्व नहीं था, वह किसी को दिखाई नहीं दे सकती थी।

पहले-पहल एक अनीता, दूसरी अनीता से उलझ पड़ती थी, लम्बे-लम्बे झगड़े डाल बैठती थी, लम्बी-लम्बी बहस छेड़ बैठती थी और दूसरी अनीता कभी रोकर और कभी हँसकर चुप रह जाती थी। पर दूसरी अनीता का हृदय इतना अबोध था, आँसू इतने द्रवित होते थे, शब्द इतने दारुण होते थे कि प्रथम अनीता को उस पर प्यार आने लगा था। फिर वह अंतरंग सहेलियों की भाँति कई बार उसके पास बैठने लग गई थी। एक बार ऐसे ही बैठी हुई थी कि उसने धीरे से पूछा था—

"आखिर यह सागर तुम्हारा क्या लगता है?"

"पता नहीं।"

"कुछ भी तो नहीं लगता!"

"...शायद कुछ भी नहीं लगता!"

"शायद क्यों?"

"इसलिए कि सब कुछ लगता है।"

"एक बात कहूँ?"

"कहो।"

"अधिकार मिलता है रिश्ते से और रिश्ता मिलता है शरीर से।"

"हाँ।"

"तुम्हारे पास कोई शरीर नहीं। इस शरीर के सिंहासन पर केवल मेरा राज्य है, क्योंकि मैं बड़ी हूँ और मेरे जीते-जी तू इस सिंहासन पर नहीं बैठ सकती।"

"यह मैं मानती हूँ कि मेरे पास कोई शरीर नहीं। वह शरीर जिसके पास पाँव होते हैं, पाँवों के आगे एक रास्ता होता है, और रास्ते के आगे एक मंज़िल होती है।"

"यही तो मैं कहती हूँ कि तुम्हारी कोई मंज़िल नहीं।"

"शायद कोई मंज़िल नहीं।"

"फिर शायद...तुम हर बात में शायद क्यों कहती हो? तुम्हारी इस शायद से मुझे डर लगता है।"

"तुम्हें क्यों डर लगता है?"

"यही कि...तुम मेरी प्रजा होकर कहीं विद्रोही न हो जाओ।"

"तुम सोचती हो कि मैं तुमसे शरीर का सिंहासन छीन लूँगी? और इस शरीर के सहारे मैं सागर को पा लूँगी।"

"तुम्हारी जिह्वा कितनी खुल गई है!"

"पर...तुम जानती हो कि तुम जब तक मेरी जिह्वा को थोड़े-से शब्द उधार न दोगी, इस मेरी जिह्वा का कोई अर्थ नहीं। क्योंकि अर्थ शब्दों से निकलते हैं और तुम्हारी भाषा के सारे शब्द तुम्हारे अधिकार में हैं।"

"मैं तुम्हें कभी भी कोई शब्द उधार न दूँगी।"

उस दिन उसने जो बातें लाड़ में शुरू की थीं, खीझकर बन्द कर दी थीं। और फिर वह कई दिन उस दूसरी अनीता से नहीं बोली थी। पर फिर एक दिन उसने उस दूसरी अनीता को अपने घुटनों के पास बिठा लिया और कहा था—

"आखिर तुम गूँगों की तरह मेरे मुँह की ओर टकटकी लगाकर क्या देखती रहती हो?"

"लोग कहते हैं कि गूँगों की बातें माँ-बहनों को समझ में आ जाती हैं। अगर और कोई मेरा कुछ नहीं लगता। तुम तो मेरी कुछ लगती हो!"

"तुम क्या चाहती हो?"

"मैं चाहती हूँ कि तुम एक दिन सागर को यहाँ बुला दो।"

"तुम उसे क्या कहना चाहती हो?"

"कुछ नहीं। क्योंकि मैं कुछ कह ही नहीं सकती। यह मैं जानती हूँ कि तुम

मुझे अपनी भाषा के शब्द कभी नहीं दोगी।''

''फिर तुम उसे देखकर क्या करोगी?''

''कोई चाँद और सूर्य को देखकर क्या करता है?''

''चाँद और सूर्य कभी हाथ नहीं आते।''

''जिनके हाथ होते हैं, वे तो भला इस बात को सोचें। पर मैं क्यों सोचूँ? मेरे तो हाथ ही नहीं।''

उसने एक बार अपने हाथों की ओर देखा था और फिर उस दूसरी अनीता से कहा था—

''यह भी कभी आशा मत करना कि मैं किसी दिन तुम्हें अपने हाथ दे दूँगी।''

''तू मुझसे इतना क्यों डरती है? मैंने कभी तुम्हें कुछ कहा है?''

''अच्छा, एक बार उसे बुला दूँगी। बस, एक बार। फिर कभी नहीं।''

''तुम्हारी मरज़ी।''

फिर उसने एक बार सागर को और उसके दोस्तों को शाम की चाय पर बुला लिया था। सागर आया था, और लोग भी आए थे, और चाय पीते हुए एक रोचक प्रश्न उठा था। प्रश्न था कि किसी को कितनी भाषाएँ आती हैं!

''जिसको जितनी भाषाएँ आती हों, वह एक कागज़ पर आज की मेज़बान का नाम उतनी भाषाओं में लिखकर दिखाए।'' सागर के एक दोस्त ने यह सलाह पेश की थी।

किसी ने अनीता का नाम दो भाषाओं में लिखा था—उर्दू, अंग्रेज़ी में। किसी ने तीन भाषाओं में लिखा था—पंजाबी, उर्दू और अंग्रेज़ी में। किसी ने चार भाषाओं में—हिन्दी, पंजाबी, उर्दू और अंग्रेज़ी में। सभी लोग उत्तरी भारत के रहने वाले थे, इससे अधिक भाषाएँ किसी को नहीं आती थीं। केवल सागर का एक मित्र ऐसा था जिसे फ्रेंच भी आती थी। और वह इस समय तक सबसे अधिक जीता हुआ था। फिर कागज़ जब सागर के सामने रखा गया तो हाथ में ली हुई कलम से खेलते हुए सागर ने कहा था, ''मुझे तो कोई भी भाषा नहीं आती।'' फिर सागर ने धीरे से कहा था, ''किसी के दिल की कोई भाषा नहीं होती।''

अनीता को याद आया कि सागर की यह बात सुनकर वह काँप-काँप गई थी। फिर जब सागर और उसके दोस्त चले गए तो उसने बड़े क्रोध से उस दूसरी असहाय अनीता की ओर देखा था, ''यह सारा तुम्हारा दोष है। तुमने सुना, सागर ने क्या कहा था?''

''जो कुछ कहा था, उसने कहा था। मैंने तो कुछ नहीं कहा।''

''तू किसी दिन पता नहीं क्या करेगी।''

''मैं क्या करूँगी? मैं कुछ कर ही नहीं सकती।''

"पर मेरी एक बात सुन ले, मैं अब सागर को कभी नहीं बुलाकर दूँगी।"

"तुम्हारी मरज़ी।"

"मैं सच कह रही हूँ, मैं अब उसे कभी नहीं बुलाऊँगी।"

"अब जबकि सागर यहाँ से चला गया है, और फिर उसे यहाँ कभी आना नहीं, तुम्हें मुझसे डरना नहीं चाहिए। अपितु तुम्हें चाहिए कि आश्वस्त होकर मुझे कुछ मिनटों के लिए अपने हाथ दे दो।"

"यह किसलिए?"

"यूँही, मैं उनसे थोड़ा खेलूँगी।"

"तुम मुझे सच क्यों नहीं बतातीं।"

"मैं इन हाथों से सागर को स्पर्श करके देखना चाहती हूँ।"

"पर सागर चला गया है।"

"कोई बात नहीं। उसके हाथों से स्पर्श की हुई वस्तुएँ यहाँ पड़ी हुई हैं। मैं इन वस्तुओं को पकड़कर देखना चाहती हूँ।"

"मेरे विचार से तुम दीवानी हो गई हो।"

"अगर तुम्हारा यही विचार है तो फिर तुम मुझसे डरती क्यों हो? दीवानों से क्या डरना हुआ? कोई डरे तो बुद्धिमानों से डरे।"

उसने अचम्भे में आकर अपने हाथ दूसरी अनीता को दिए थे। और उस अनीता ने मेज़ पर पड़े हुए सागर के जूठे प्याले को दोनों हाथों से उठा लिया था और फिर उसमें बची हुई ठण्डी चाय का घूँट लेकर अनीता को कहा था, "अगर में दीवानी भी हो गई हूँ तो तुम्हारा क्या गया? पर तुम्हें क्या मालूम कि आज मैंने क्या पी लिया है।"

"क्या पी लिया है?" उसने एक निःश्वास लेकर पूछा था।

"जिसको पी लेने के बाद आदमी मर नहीं सकता।"

"तू अब मर नहीं सकती?"

"केवल यही नहीं कि मर नहीं सकती, मैं सदा जवान भी इसी भाँति रहूँगी!... वर्ष बीत जाएँगे, तुम्हारा यौवन ढल जाएगा, तुम्हारे मुँह पर आयु की सलवटें पड़ जाएँगी, तुम्हारे इन बालों की कालिमा धुल जाएगी; पर मैं इसी तरह रहूँगी—इसी तरह जवान और इसी तरह सुन्दर।"

उसने शीघ्रता से अपने हाथ उस दूसरी अनीता से छीन लिए थे। पर उस अनीता को अब इस अनीता पर कोई रोष नहीं था। उसने इस संसार की किसी ऐसी वस्तु का आस्वादन कर लिया था, जो इस अनीता ने कभी नहीं चखना था।

फिर कितने दिन बीत गए थे। बिलकुल चुपचाप। उसने जैसे दूसरी अनीता का ध्यान ही छोड़ दिया था। वह घर के काम में लगी रहती थी। वह राह जाते व्यस्तता ढूँढ़ निकालती थी। काम उसके गले इतना नहीं पड़ते थे, जितना वह कामों के गले

पड़ती थी। और जब उसके अंगों में शक्ति नहीं रहती, वह भयभीत हरिणी की भांति निद्रा की गुफ़ा में घुस जाती थी।

फिर नींद भी उससे मिन्नत करवाने लग गई थी। वह कितनी-कितनी देर नींद को आवाज़ें देती रहती, पर नींद उससे थोड़ी दूर खड़ी होकर मान करती रहती थी। और फिर हठ में आकर अनीता ने नींद की गोलियाँ खानी शुरू कर दी थीं।

नींद की गोलियाँ खा-खाकर उसका सिर इतना भारी रहने लग गया था कि कई बार उसे लगता कि इस सिर के भार के नीचे उसकी गर्दन को बल पड़ जाता था। उसकी ऐंठी हुई गर्दन के नीचे उसके कंधों में दर्द होने लगा था और यह कंधों की पीड़ा उसकी पीठ की हड्डी में उतरने लगी थी।

एक दिन मौसम में बड़ी बेचैनी थी। हवा भटकी हुई चल रही थी। कभी लगता जैसे वह लम्बी-लम्बी हिचकियाँ ले रही हो। वह निढाल होकर अपनी चारपाई पर लेटी हुई थी। यह समय गहरी सन्ध्या का था। उसका पति अभी क्लब से लौटा नहीं था। बाहर का दरवाज़ा खटका था और उसके नौकर ने अन्दर आकर कहा था, ''कोई साहिब मिलने आए हैं।''

''और तूने कह क्यों नहीं दिया कि साहब अभी क्लब से लौटे नहीं।''

''वह साहिब को नहीं, आपको पूछते हैं।''

''मुझे ?—''

''उन्होंने मुझे अपना नाम बताया था, पर भूल गया।''

''जाओ। फिर नाम पूछ आओ—''

और नौकर ने लौटकर कहा था, ''सागर।'' इस शब्द ने उसके सम्पूर्ण साँस को अपनी मुट्ठी में ले लिया था। और उसे लगा था जैसे उसने आज नींद की एक गोली के स्थान पर बहुत-सी गोलियाँ खा ली थीं और अब उसके होश गुम होते जा रहे थे।

उसके होश शायद बस में न आते, पर वह दूसरी अनीता इस अनीता से अधिक चैतन्य थी। वह तत्परता से उठकर दर्पण के सामने हुई थी, उसने थोड़ा-सा बालों को संवारा था और फिर बाहर के बड़े कमरे में आ गई थी।

''उस दिन गलती से आपका पेन मेरे साथ चला गया था—'' सागर ने कहा था—और हाथ में पकड़ा हुआ पेन उसके आगे कर दिया था।

उसके मन में कितनी ही बातें आई थीं—यह तेरा पेन कितना अच्छा है जो यह गलती कर सकता है...आपका क्या विचार है सागर, कि गलती करना सरल बात होती है ?—पेन और स्त्री में बड़ा अन्तर होता है सागर! और फिर इस दुनिया में हर कोई गलती कर सकता है, पर इस कम्बख्त औरत को गलती करने

का भी अधिकार नहीं होता...कई बार जानदार वस्तुओं से बेजान वस्तुएँ ही अच्छी होती हैं।...

पर उसने इन बातों में से कोई बात नहीं कही थी। केवल इतना कहा था, "इस पेन का मन आया होगा कोई गीत लिखने को, इसलिए यह आपके साथ ही चला गया। यह बेचारा जहाँ चाहता है, वहीं रहने दीजिए ना।"

और सागर ने अपना पेन वाला हाथ देखते हुए कहा था, "मैं सचमुच इससे एक नज़्म लिख रहा था। तभी इतने दिन लौटाने नहीं आया—"

"मैंने स्वयं तो जीवन में कभी कुछ नहीं लिखना। यही सोच लिया करूँगी कि संसार का एक गीत जिस स्याही से लिखा गया था, वह स्याही मेरे पेन की थी।"

न जाने यह बात वह कैसे कह गई थी। और फिर यह बात कहकर उसने अपनी जिह्वा काट ली थी।

"फिर एक स्याही की बोतल भी दे छोड़िए। मैं जब भी गीत लिखा करूँगा, उसी स्याही से लिखा करूँगा।" सागर ने कहा था और हाथ की सिगरेट मेज़ पर पड़ी हुई राखदानी में बुझाकर अनीता के मुँह की ओर इतनी उदास आँखों से देखा था कि अनीता को लगा था—वह एक औरत नहीं थी, एक सिगरेट थी जिसको सागर ने अपनी एक ही नज़र से सुलगा दिया था।

"तो फिर स्याही नहीं मिलेगी? मैं जाऊँ?" सागर ने कहा था और बाहर के दरवाज़े की ओर मुड़ गया था।

संसार के सम्पूर्ण शब्द जड़ हो गए थे और उसके होंठों पर ठण्डे कंकरों की तरह जम गए थे। अगर कोई इन ठण्डे कंकरों को जोड़ पाता और उनके फिर से स्निग्ध शब्द बना पाता तो वह अनीता के होंठों पर पढ़ सकता था : "मैं एक औरत नहीं रहना चाहती, मैं एक स्याही की बोतल बन जाना चाहती हूँ।"

सागर चला गया था। वह वहीं खड़ी-की-खड़ी रह गई थी। उस दिन के बाद वह अनीता नहीं रही थी, एक सुलगती सिगरेट बन गई थी। सागर ने इस सिगरेट को सुलगा दिया था, पर पीने का अधिकार नहीं लिया था और उस दिन के बाद उसे अनुभव होने लगा था कि उसके जीवन से जो धुआँ निकल रहा था, वह सागर की साँसों में नहीं मिल रहा था, यूँ ही हवा में व्यर्थ जा रहा था।

हाँ, उस दिन के बाद उसकी एक दूसरी अनीता के साथ जाने कैसी सुलह हो गई थी। दोनों एकजान हो गई थीं। दोनों एक-दूसरे के आँसू पोंछ देती थीं। दोनों एक-दूसरी के कान में अपने दिल की बातें कह दिया करती थीं। केवल इस अनीता ने उस अनीता को कभी अपना हाथ-पाँव नहीं दिया था जिनसे चलकर वह सागर के पास जा सकती और इस जीवन की राह में सागर का हाथ थाम सकती। वैसे जब वे अकेली बैठती थीं, एक-दूसरी का सब कुछ बाँट लिया करती थीं।... बिना किसी प्रकार पूछे। वह घनिष्ठता उसी दिन आरम्भ हो गई थी जिस दिन सागर

अपने हाथ में पकड़ी हुई सिगरेट कमरे की राखदानी में बुझाकर चला गया था। उसने कमरे के सभी दरवाज़े बन्द कर दिए थे। राखदानी में बुझी हुई सिगरेट के पास इस तरह बैठ गई थी जैसे किसी अमूल्य वस्तु की रखवाली कर रही हो।

अनीता को याद आया कि...फिर उसने तीली जलाकर सिगरेट के उस बुझे हुए टुकड़े को सुलगा लिया था। और जब उसने वह सिगरेट अपने होंठों से लगाई थी, उसे लगा था—जैसे इस सिगरेट के धुएँ में से उसे सागर की साँसों की महक आई हो।

और इस दिन के बाद वह दिन में एक बार अवश्य अपना कमरा बन्द करके बैठने लगी थी। उसने बहुत-सी सिगरेटों की डिब्बियाँ मोल लेकर अपनी आलमारी में रख ली थीं। वह रोज़ नियमानुसार एक सिगरेट सुलगाती थी और फिर उसके धुएँ में सागर की साँसों की कल्पना करती थी। उसके लिए यह नियम उसी तरह बन गया था जैसे किसी के जीवन में पूजा का नियम बन जाता है।

कभी उसको ऐसा भी अनुभव होता था कि उसने जैसे किसी का बहुत-सा कर्ज़ देना था और यह नियम इस तरह ही था जैसे वह किस्तों से किसी का कर्ज़ चुका रही हो, और फिर उसको अपनी बूढ़ी दादी स्मरण हो आती थी जो सदैव रोटी खाते समय एक ग्रास किसी गाय के लिए रख लेती थी, और अनीता सोचा करती थी कि समय के नये बदल रहे रूप के साथ शायद उसी गऊ-ग्रास का ही रूप बदल गया है।...

वह जब सिगरेट लगाती थी, उसे बलात् अलाउद्दीन के चिराग का विचार आ जाता था। धुएँ की पतली-सी लकीर में से सागर का बुत उभर आता था और उसको अलाउद्दीन के चिराग में से निकलने वाले 'जिन्न' का ख़याल आ जाता था। उसने जैसे कहानियों में सुना हुआ था कि एक जिन्न जब चिराग के धुएँ से निकल आता तो वह अलाउद्दीन के आगे हाथ बाँधकर खड़ा हो जाता था। और पूछता था : बोल मेरे मालिक, मेरे लिए क्या हुक्म है?

अनीता को लगता कि सागर भी उस 'जिन्न' की तरह उसके सामने प्रत्यक्ष हो आता था। केवल अन्तर इतना था कि वहाँ वह जिन्न अलाउद्दीन के आगे हाथ बाँधकर खड़ा होता था, और यहाँ खुद अलाउद्दीन को यानी अनीता को अपने जिन्न के आगे हाथ बांधकर खड़ा होना पड़ता था।

—तुमने मुझे काहे के लिए बुलाया है?—उसे लगता जैसे सागर उससे पूछ रहा होता।

"मेरी आँखों के सामने दो मिनट ठहर जाओ। बस और मैं कुछ नहीं कहती। मैं तुम्हें बैठने के लिए भी नहीं कहती, क्योंकि यह पराया घर है। जितना यह तुम्हारे लिए पराया है, उतना ही यह मेरे लिए पराया है। इस धरती पर कोई भी तो स्थान मेरा अपना नहीं—" उसे लगता कि सागर को वह यह कह रही

होती कि...

सिगरेट सुलगकर बुझ जाती और धुएँ के साथ ही सागर भी अलोप हो जाता। उसने कभी दूसरी सिगरेट नहीं लगाई थी। अधिक देर के लिए सागर को खड़े रखना उसे गुस्ताखी लगती थी।

और उसे लगता था कि वह अपने जन्म से एक देवदासी थी जो संगमरमर के फ़र्श पर नाच कर रही थी जिसकी कुछ शिलाएँ काले रंग की थीं और कुछ शिलाएँ श्वेत रंग की। उसने क्रमशः एक पाँव काले रंग की शिला पर रखना होता था और दूसरा श्वेत रंग की शिला पर। यही उसके नृत्य की कला थी और यही उस मन्दिर के फ़र्श की बनावट थी।

यह सब कुछ होते हुए उसे कभी नहीं लगा था कि उसकी चेतना में और अचेतना में जो अन्तर था, वह दिनोंदिन घट रहा था। वह कला में निपुण नर्तकी की तरह अपने जीवन के यथार्थ के साथ भी खेल रही थी और अपनी कल्पना के साथ भी। पर फिर एक दिन ऐसा हुआ कि उसे लगा जैसे वह एक नुकीले शिखर पर खड़ी हो, जिसके दोनों ओर गहरी खाइयाँ थीं। अगर वह चेतना की खाई में गिर पड़ी तो भी अपनी कल्पना से बिछुड़कर चकनाचूर हो जाएगी और अगर यह अचेतना की खाई में गिर पड़ी तो भी यथार्थ से टूटकर वह दीवानगी की अंधेरी परतों में गुम हो जाएगी।

यह ऐसे हुआ था कि एक दिन वह और उसका पति रेलवे स्टेशन के प्लेटफ़ॉर्म पर खड़े थे। उसके पति का एक मित्र उस शहर से बदली होकर जा रहा था और उसका पति अपने मित्र को और उसके परिवार को बिदा करने के लिए आते समय अनीता को भी अपने साथ ले आया था। उसी प्लेटफ़ॉर्म पर उसने देखा कि सागर भी खड़ा हुआ था और उसके कुछ दोस्त भी।

सागर ने हाथ में एक सूटकेस पकड़ा हुआ था और अनीता को लगा था कि उसके शरीर की पूरी शक्ति निकलकर उस सूटकेस में चली गई थी। वह अपने चौगिरदे की भीड़ से अलग होकर सूटकेस को इस तरह देखने लग गई थी जैसे सागर से बात करने के लिए थोड़ी-सी शक्ति उस सूटकेस से वापस माँगती हो।

''अनीता!'' सागर ने हाथ का सूटकेस नीचे फ़र्श पर रखकर उसकी ओर देखा था और अनीता ने सोचा था कि वह अपने पाँव को लड़खड़ाने से बचाने के लिए फ़र्श पर बैठ जाए, उस सूटकेस पर बैठ जाए।

''मैं उस गाड़ी से जा रहा हूँ।''

''क्यों?''

''एक नौकरी मिल गई है कलकत्ता।''

फिर उसको कुछ मिनट बिलकुल होश नहीं रही थी। और जब थोड़ी-सी होश आई थी तो उसने देखा कि वह सचमुच ही सूटकेस पर बैठी हुई थी और

उसका सारा शरीर थर-थर काँप रहा था।

'तुम्हें इसी तरह ही चले जाना था? मुझे बताकर भी नहीं जाना था—' उसे महसूस हुआ कि उसने यह कहा था पर उसकी आवाज़ जाने किस पाताल से निकली थी, उसे स्वयं भी सुनाई न दी थी।

''मैं रात को आया था आपकी ओर।'' उसे सागर की आवाज़ सुनाई दी थी और फिर सागर ने आगे कहा था, ''कमरे की बत्तियाँ बुझी हुई थीं, मैंने सोचा आप लोग सो गए होंगे। मैं बाहर से ही लौट आया था।''

पौष मास की तीखी सर्दी थी। सागर को ज़ुकाम था। अपने रूमाल का उसने दो-तीन बार प्रयोग किया और फिर वह अपने कोट की दोनों जेबों को टटोलने लगा था, शायद कोई दूसरा साफ़ रूमाल ढूँढ़ रहा था। अनीता ने सागर के हाथ में पकड़ा हुआ रूमाल अपने हाथ में ले लिया था और अपने कोट की जेब से एक साफ़ रूमाल निकाल कर सागर को दे दिया था। फिर उसको होश नहीकि किस समय अनीता गाड़ी आई थी, किस समय वह सूटकेस से उठकर बैंच पर बैठ गई थी। किस समय गाड़ी चली गई थी और किस समय वह स्टेशन से बाहर निकलकर अपने पति के साथ लौट आई थी।

उस रात जब वह अपने पति के साथ लेटी हुई थी, न जाने वह कौन-सी धरती थी, कौन-सा देश था, कौन-सा शहर था, कौन-सा घर था और उसके अंगों को अपने अंगों से सटाकर उसकी चारपाई पर लेटा हुआ कौन-सा आदमी था। सारी रात वह अचेतना की खाई में गिरी पड़ी रही थी, एक गुफ़ा में पड़ी रही थी, एक कन्दरा में पड़ी रही थी, दूसरे दिन सवेरे उसको कुछ होश आई थी और उसने देखा था कि उसने दायें हाथ की मुट्ठी में एक रूमाल पकड़ा हुआ था और शायद सारी रात उसने अपनी मुट्ठी में दबाए रखा था।

यह वही रात थी, अनीता को अच्छी तरह याद आया, यह वही रात थी जब एक बच्चा उसकी कोख में आया था।

तीन

अगले दिन प्रातः जब दाई ने अनीता के शरीर को हाथ लगाया तो उसने देखा कि अनीता को हल्का-सा बुखार हो गया था। फिर चाय का प्याला देते हुए जब दाई ने अनीता के माथे को हाथ लगाया था तो वह डर गई। अनीता का ज्वर बढ़ गया था।

''इन कच्चे दिनों के ज्वर से मुझे डर लगता है,'' दाई ने अनीता के पति को

कहा और डॉक्टर को बुलाने की सलाह दी।

डॉक्टर आया, उसने अनीता को दवाई दी और जाते हुए कह गया, ''जब तक ज्वर न उतरे, बच्चे को दूध मत देना।''

अनीता को ज्वर से डर नहीं लगता था, न मरने से डर लगता था, पर डॉक्टर की बात सुनकर एक बात उसके मन में आई, 'मरने से पहले मैं इस बच्चे का अंग-अंग स्पर्श कर देखना चाहती हूँ। इसके मांस की खुशबू को सूँघना चाहती हूँ, इसके मुँह की साँसों में से मैं घूँटें भरना चाहती हूँ और मैं चाहती हूँ कि इसके नन्हे-नन्हे होंठ मेरी छाती को चूस लें...'

दाई जब बच्चे के सारे कपड़े समेटकर गुसलखाने में धोने के लिए ले गई, उस समय अनीता की सास रसोई में बैठी हुई थी, अनीता कमरे में अकेली थी। अनीता ने धीरे से करवट बदली और तकिये का सहारा लेकर चारपाई पर बैठ गई। बच्चे का पालना अनीता की चारपाई के पास ही था। अनीता ने काँपते हाथों से सोए बच्चे को पालने से निकाल लिया और अपनी गोद में लेकर उसका मुँह देखने लग गई।—'बिलकुल सागर का मुँह—वही माथा—वही आँखें—वही होंठ—'

अनीता के पूरे शरीर में गुस्से की एक गर्म रेखा दौड़ गई। यह क्रोध अनीता को अपने-आप पर आया था, 'मैं कैसी माँ हूँ? मैंने मरने से पहले अगर बच्चे को अपनी छाती से लगाकर देखना चाहा है तो इसलिए नहीं कि मेरा बच्चा है, इसलिए नहीं कि मैं इसकी माँ हूँ, केवल इसलिए कि इसके मुँह से मुझे सागर के मुँह का भ्रम होता है, इसकी आँखों में से सागर की आँखों का, इसके होंठों में से सागर के होंठों का...'

और अनीता ने काँपते हाथों से बच्चे को फिर पालने में लिटा दिया। हारकर चारपाई पर लेटकर वह सोचने लगी, 'मेरा कोई इलाज नहीं। इस दुनिया में मेरा कोई इलाज नहीं। अच्छा ही हो, अगर यह मेरा ज्वर कभी न उतरे। मैं इसी ज्वर में मर जाऊँ।...'

बूँद-बूँद आँसू अनीता के तकिये पर गिरते रहे और फिर उसका सिर अवसन्न हो गया।

गहरी संध्या हो गई थी जब ज्वर का ज़ोर कम हुआ। दाई ने अनीता को दवा की खुराक दी और फिर उसकी चारपाई पर बैठकर उसके पाँवों को दबाने लगी। अनीता ने एक बार पालने की ओर देखा और फिर आँखें बन्द करके अपने-आपको देखने लगी।

अनीता को वे दिन याद आए जब, चाहे वर्षा हो, चाहे अंधेरी चले, वह नियम से अपने कमरे को बंद करके कुछ समय के लिए उस कमरे में अवश्य बैठा

करती थी। एक दिन वह इसी तरह बैठी हुई थी जब उसके कमरे के दरवाज़े पर खटखट हुई। अनीता ने अपने हाथ का सिगरेट राखदानी में रखकर जब दरवाज़ा खोला था तो दरवाज़े के बाहर उसका पति खड़ा था।

''इस समय? दोपहर को?'' अनीता ने कुछ आश्चर्य से कहा था।

''मैं तुम्हारे कमरे में आ जाऊँ?'' पूछने के लिए अनीता के पति ने पूछ लिया था, पर उत्तर की प्रतीक्षा के बिना ही वह दरवाज़े पर रखे हुए अनीता के हाथ को हटाकर कमरे में आ गया था। और फिर कमरे में आकर उसकी हँसी निकल गई थी।

''तुमने मुझे बहुत परेशान किया है। इतने दिन से मैं न अच्छी तरह से खाना खा सका हूँ और न दिन-भर काम कर सका हूँ।''

''क्यों?''

''मुझे ऐसा लगता था कि मैं जब अपने काम पर चला जाता हूँ, पीछे रोज़ कोई आदमी तुम्हें मिलने के लिए आता है।''

अनीता के होंठों पर एक मुस्कान आ गई थी। पर यह मुस्कान एक भयभीत जानवर की तरह थी जो फिर जल्दी ही अनीता के खुले हुए मुँह की गुफा में गायब हो गई थी।

''एक दिन मैंने तुम्हारे कमरे की दहलीज़ पर सिगरेट की राख गिरी हुई देखी थी, और फिर एक दिन तुम्हारे मेज़ के पाये के पास, और फिर एक दिन तुम्हारे पलंग के पाये के पास। कई दिन मैं बहुत परेशान रहा। फिर कल मैंने तुम्हारे कमरे में सिगरेट का एक टोटा देखा जिसके किनारे पर लिपस्टिक का निशान था। फिर रात को जब तुम सोई हुई थीं, मैं तुम्हारा हाथ पकड़कर तुम्हारी उँगलियों पर सिगरेट का निशान देखता रहा।—मेरा अनुमान ठीक ही निकला।'' अनीता के पति ने राखदानी में सुलगती हुई सिगरेट को देखा था और अनीता के कंधे पर एक चुटकी भरकर कहा था, ''इसमें भला छिपाने की क्या बात थी? मैंने तो तुम्हें कई बार कहा है कि तुम मेरे साथ क्लब चला करो। तुम भले ही क्लब में सबके सामने सिगरेट पी लिया करो। वहाँ कई औरतें सिगरेट पीती हैं। मैं सिगरेट पीना कोई बुरा तो नहीं समझता।''

और अनीता का पति जब यह कहकर अपने काम पर लौट गया था, अनीता को पहली बार यह ध्यान आया था कि वह बेवफ़ाई कर रही थी।

फिर जैसे चूल्हे के पास बैठे कई बार चूल्हे से उड़कर एक चिंगारी कपड़ों पर आ पड़ती है, 'बेवफ़ाई' का यह शब्द भी छोटी-सी चिंगारी की तरह अनीता के आँचल में आ लगता था। अनीता बैठी-बैठी घबराकर उठ बैठती थी।

'वह अचानक यही तो देखने आया था कि मेरे कमरे में कोई और मर्द तो नहीं बैठा हुआ'—अनीता सोचने लगती, 'मेरे कमरे में हमेशा कोई बैठा रहता है।

भले ही वह किसी को नहीं दीखता। उस समय भी बैठा हुआ था, भले ही वह उस समय भी किसी को दिखाई नहीं दिया।'

और अनीता सोचने लगती थी—'यही बेवफ़ाई,' और फिर सोचते-सोचते वह और उलझ जाती थी। 'बेवफ़ाई' शब्द का एक छोर उसके हाथ अवश्य आता था, पर उसे यह पता नहीं लगता था कि वह छोर अन्त में किस छोर के साथ जाकर जुड़ता था, उसे यह पता नहीं लगता था कि वह बेवफ़ाई किससे कर रही थी, अपने पति के साथ अथवा सागर के साथ?...

अनीता को याद आया कि एक दिन वह प्रातः चाय का प्याला पीते हुए अखबार पढ़ रही थी, जब उस दिन की तारीख पर उसकी दृष्टि पड़ी थी—आठ मार्च। वह सोच में डूब गई थी। उसे लगा था कि इस तारीख से संबंधित कोई बात थी जो उसे याद नहीं आ रही...

उसने चाय का दूसरा प्याला बनाया था और फिर अखबार की खबरों के स्थान पर वह उस दिन की तारीख की ओर देखती रही थी जैसे वह किसी का मुँह पहचान रही हो, पर उसका नाम भूल गई हो। और फिर अचानक उसकी छाती में उसका साँस अटक गया था। उसे उस तारीख से संबंधित बात स्मरण हो आई थी—सागर का जन्मदिन। आठ मार्च—सागर का जन्मदिन!

और उसको सारी बात स्मरण हो आई थी। वह दावत स्मरण हो आई थी जहाँ उसने सागर को प्रथम बार देखा था। वहाँ खाने के बाद कॉफ़ी पीते हुए अंकविद्या की बातें छिड़ गई थीं। बातें लंबी होती गई थीं और अंकों की गिनती के साथ जुड़ने वाले प्रभावों की बातें करते हुए वहाँ बैठे लोग एक-दूसरे की जन्म की तारीख पूछने लगे थे। और फिर जब किसी ने यह बताया कि सभी नम्बरों में से चार नम्बर और आठ नम्बर सबसे सख्त होते हैं तो सागर ने हँसकर कहा था कि उसके जन्मदिन की तारीख आठ थी, आठ मार्च।

फिर लगभग नौ का समय था। वह सबको चाय पिलाकर जब खाली हुई थी, रसोई में जाकर केक बनाने लग गई थी। वह केक नहीं बना रही थी, केक उसके हाथों बन रहा था।

केक को एक प्लेट में रखकर अनीता अपने कमरे में ले आई थी। कमरे का दरवाज़ा अन्दर से बन्द करके उसने मेज़ के पास दो कुर्सियाँ रखीं और फिर एक कुर्सी पर बैठकर एक सिगरेट लगा लिया था।

उसने केक में से दो पतले-पतले टुकड़े काटे थे और फिर उनको दो प्लेटों में रखकर कितनी देर बैठी रही थी। उस दिन उसने कितने सिगरेट पिए थे। और धीरे-धीरे दोनों प्लेटों में से केक के दोनों टुकड़े खा लिए थे।

सारे दिन उसे सागर का जन्मदिन मनाने की एक खुमारी रही थी। उसका

सिर ऊँचा होकर आकाश को स्पर्श कर रहा था। उसके हाथ आगे बढ़कर तारों को पकड़ रहे थे। उसके होंठ आकाश-गंगा में से घूँट भरते रहे थे, रात को उसकी दशा इस तरह हो गई थी जैसे बेहद शराब पीने के बाद किसी से अपने पाँवों के बल ठहरा नहीं जाता।

और अनीता को याद आया कि—यह वह रात थी जिस दिन उसने एक डायरी लिखनी आरंभ की थी। उस रात उसकी छाती में ऐसी घुटन थी कि विवश होकर कुछ अक्षर एक कागज़ पर बरस पड़े थे।

फिर यह डायरी उसकी आवश्यकता बन गई थी। एक दर्पण की सी आवश्यकता जिसमें वह अपने-आपको देख सकती थी। वह अपने-आपको देखना चाहती थी, जानना चाहती थी। वह अपने किसी भी दाग से या ज़ख्म से घबराना नहीं चाहती थी। वह स्वयं को स्वीकारना चाहती थी, उसी तरह, जैसी वह थी।

वह कई महीने तक डायरी लिखती रही थी। इन दिनों उसने पढ़ा भी बहुत था, इसलिए कि वह अपने-आपको पहचान सके। ये पुस्तकें जैसे थर्मामीटर थीं, जिनसे वह अपने ज्वर को नापती रहती थी। और अपने रोग का हाल, अपने आरोग्य का हाल, वह अपनी डायरी में लिखती रहती थी।

उसने बच्चे की प्रतीक्षा के महीने इसी तरह बिताए थे। फिर जब दाई ने उसके बच्चे के जन्म के लिए एक अलग कमरा तैयार करना आरंभ किया था, उसके लिए और उसके बच्चे के लिए आवश्यक वस्तुएँ एकत्रित करनी शुरू की थीं तो उसको अचानक एक ख़याल आया था, 'अगर मेरी अनुपस्थिति में किसी ने चाबियाँ लेकर मेरी आलमारी खोल ली, तब यह डायरी अवश्य उसके हाथ आ जाएगी', यह डायरी अनीता को उस कुँआरी लड़की की लगती थी जो अपना नंगेज़ किसी के हवाले नहीं कर सकती। और उसे एक और भी भय हुआ था, 'अगर बच्चे के जन्म के समय किसी तरह मेरी मृत्यु हो गई तो इस डायरी का क्या होगा?' और अनीता ने निश्चय कर लिया था कि वह इस डायरी को पराये हाथों से बचाने के लिए अपने हाथों जला देगी।

फिर अनीता को याद आया कि—जब वह डायरी को अंगीठी में रखकर तीली जलाने लगी थी तो उसके हाथ बिलख उठे थे, 'अगर कभी इस डायरी को सागर एक बार पढ़ लेता—मैं भले ही मर चुकी होती, तब भी कभी वह बैठता, कभी सोचता तो उसे ध्यान आता—एक थी अनीता...'

और उसका सिर उसके घुटनों पर टिक गया था, 'आज यह डायरी दुनिया से चली जाएगी। कल मैं भी इस दुनिया से चली जाऊँगी। कहानी समाप्त हो जाएगी।...कहानी तो कोई है ही नहीं—केवल एक बात है जो कहानी न बन सकी...केवल यह बात कि एक थी अनीता...और यह बात भी कभी सागर तक नहीं पहुँच पाएगी—'

उसने हड़बड़ाकर अंगीठी में पड़ी हुई डायरी को उठा लिया था, इस तरह जैसे कोई मरणासन्न मुख को एक बार देख लेना चाहता है।

और वह उस डायरी को उठाकर एक बार फिर अपने कमरे में ले आई थी। उसने कमरे के दरवाज़े बन्द करके उस डायरी को पढ़ना आरंभ किया था, इस तरह, जैसे कोई मरणासन्न मुख से कोई अंतिम बात कर लेना चाहता है। कमरे में बैठकर वह डायरी भी पढ़ती जाती थी और सिगरेट भी पीती जाती थी। सिगरेट पीते हुए जैसे उसको हमेशा महसूस होता था कि सागर उसके पास खड़ा हुआ है। उस दिन भी ऐसे ही लग रहा था। इस तरह वह एक प्रकार से अपनी डायरी को स्वयं इतना नहीं पढ़ रही थी जितना सागर को पढ़वा रही थी, डायरी में लिखा था—

देर हुई मैंने एक गीत गढ़ा था। शायद
बैनजल बिलकी का था—
''क्या तुम्हें एक बात का पता है मेरे दोस्त!
मेरे रक्त की बात का?
कि मेरे अन्तर में रक्त की एक झड़ी लगी हुई है
और अन्तर में एक हरकत ही हरकत है।
पर मेरे बाहर सब कुछ शुष्क है
और सब कुछ ठहरा हुआ है।''

मुझे अपना जीवन हमेशा इस गीत जैसा लगता रहा है और आगे भी शायद लगता रहेगा।

पर आज का दिन...
आज का दिन मेरे जीवन का एक अलौकिक दिन था।
आज मेरा अन्तर और बाहर भीगा हुआ था।
आज मेरे अन्तर की हरकत मेरे बाह्य अंगों में
आ गई थी। आज मैंने अपने हाथों से तुम्हारे
जन्मदिन का केक बनाया। आज मेरा
इस धरती पर पाँव नहीं पड़ता था।
और एक दिन के लिए यह गीत कहीं परदेस चला गया।
पर अब जबकि दिन ढल गया है,
यह गीत परदेस से लौट आया है।
मेरे बाहर फिर सब कुछ सूख गया है
मेरे बाहर फिर सब कुछ ठहर गया है।

मैं अभी अपनी चारपाई पर लेटी हुई थी
कि एकाकीपन एक कीड़े की तरह मेरी चारपाई
के नीचे सरकने लगा।
फिर वह एकाकीपन मेरी चारपाई के पाये को पकड़कर
मेरी देह पर चढ़ गया।
यह मेरे अंग-अंग पर रेंगता रहा
और मुझमें इतनी भी शक्ति न थी कि चारपाई
से उठ बैठूं।

और अब भी तुम्हें मैं यह बताने के लिए उठी हूँ
कि बेशक मेरे बाहर सब कुछ शुष्क है
सब कुछ ठहरा हुआ—
पर मेरे अन्दर अब भी रक्त की झड़ी लगी हुई है
और मेरे अन्तर में हरकत ही हरकत है।
और यह मैं तुम्हें इसलिए बता रही हूँ
कि तुम मुझे जब भी देखो, पहचान लो।

आज मैं एलबर्ट कामू का एक उपन्यास पढ़ रही थी जिसमें वह अलजीरियन किनारे पर एक फ्रांसीसी बन्दरगाह का ज़िकर करता है जहाँ पर कभी पंछियों के परों की सरसराहट नहीं होती, जहाँ कभी वृक्षों के पत्तों का मर्मर शब्द नहीं होता। और पड़ोसी स्थानों से बिकने आए फूलों से पता लगता है कि आजकल दुनिया में बसन्त ऋतु है।

फिर उस शहर में महामारी फैल जाती है। कुछ लोग शहर से बाहर गए होते हैं, कुछ लोग शहर के अन्दर होते हैं कि सरकारी आज्ञा से उस शहर का दरवाज़ा बन्द कर दिया जाता है। लोगों से कहीं पत्र लिखने की तनिक-सी तसल्ली भी छीन ली जाती है। भले ही लोगों को यह जानने में कुछ समय लग जाता है कि यह एकाकीपन कितना भयानक है, पर फिर वे जान जाते हैं और फिर स्वयं को इस भयानकता को सौंप देते हैं। अत्यन्त निरर्थक कदमों से चलते हैं, नित्य उन्हीं गलियों में घूमते, वहीं के वहीं सिसकते रहते हैं।

कभी-कभी वे करुणा से खेलते हैं और अपनी सीढ़ियों की ओर कान लगाकर बैठ जाते हैं कि अभी यहाँ से किसी कै पैरों की आहट आएगी पर फिर वह समय आ जाता है जब उन्हें यह विश्वास करना पड़ जाता है कि अब उनके शहर में दुनिया के किसी हिस्से में से कोई गाड़ी या कोई नौका नहीं आती। कोई बेचारा भविष्य की बात सोचता है तो फिर वह शीघ्र ही सोचना छोड़ देता है क्योंकि उसे

मालूम हो जाता है कि करुणा के लगाए हुए घावों से जो पीड़ा उठती है, वह पीड़ा किसी से झेली नहीं जा सकती।

मैंने अलबर्ट कामू की इस बन्दरगाह को कभी नहीं देखा, पर मैं कह सकती हूँ कि जब से जन्मी हूँ, इसी बन्दरगाह में रह रही हूँ। मैंने कभी पंछियों के परों की सरसराहट नहीं सुनी—मैंने कभी वृक्षों के पत्तों का मर्मर नहीं सुना, मुझे ज़रा भी पता नहीं कि दुनिया में आजकल कौन-सी ऋतु है।

इस मेरे शहर का दरवाज़ा समाज की आज्ञा से बन्द हो चुका है और मेरे इस शहर में समाज के बनाए हुए नियमों की महामारी फैली हुई है।

माईकल एंजलो ने जब शिल्पी बनने के लिए पत्थरों को हाथ लगाया था तो उससे अधिक प्रौढ़ एक व्यक्ति ने उसको कहा था, 'प्रत्येक पत्थर का एक अस्तित्व होता है। प्रत्येक पत्थर कुछ बनना चाहता है और वह अपने-आपको प्रसन्नता से उन हाथों को सौंप देता है जिन उँगलियों में छेनी पकड़ी होती है।'—ओ मेरे शिल्पी! मैं अनघड़ पत्थर ही सही, पर तू अपनी कला से मुझमें से कोई ऐसा बुत क्यों नहीं गढ़ लेता जो तुम्हें पसन्द हो।—मैं तुम्हें सच कहती हूँ। मैं तुम्हारे हाथों गढ़े जाने के लिए और तराशे जाने के लिए व्याकुल हूँ।

मेरी उदासी एक तेसा भी है और एक छेनी भी। लगता है कि मेरी किस्मत अपने हाथों में इस उदासी को पकड़कर दिन-रात मेरा बुत गढ़ती है, कई बार मैं बैठी-बैठी उठकर दर्पण के सामने आ खड़ी होती हूँ, सचमुच मेरे नक्श कितने तीखे हो गए हैं कितने तराशे गए और मैं सोचती हूँ जब किसी दिन आकर वह मुझे देखगा तो वह मुझ पर एक गीत अवश्य लिखेगा।...पर इस समय जब मैं ये पंक्तियाँ लिख रही हूँ, सोचती हूँ कि यह सब कुछ 'नर्सिसिज़्म' नहीं? मैं दूर बैठकर उसके गीतों की सुन्दरी बनना चाहती हूँ, उसके नगमों की आसरा, मैं क्यों उसके पास जाकर उसके दुःखों की और उसके सुखों की साथिन नहीं बन सकती? मैं अपने आपको एक बुत की तरह एक चौकी पर सजाकर रखना चाहती हूँ, मैं क्यों एक साधारण स्त्री की तरह उसकी रसोई में बैठकर उसके जूठे बर्तन नहीं धो सकती?

और अनीता को याद आया कि उसने अपनी डायरी के मुश्किल से कुछ ही पृष्ठ पढ़े थे जब उसके अन्तर में एक पीड़ा उठ खड़ी हुई थी। यह बच्चे के जन्म-पीड़ा की पहली टीस थी। उसने जल्दी से हाथ में पकड़ी हुई सिगरेट बुझा दी थी और डायरी के शेष पृष्ठ उसी तरह छोड़कर डायरी को जलती अंगीठी पर रख दिया था। डायरी की जिल्द उखाड़कर उसने अलग कर ली थी ताकि उसके जलने में अधिक देर न लग जाए। फिर वह कुछ देर लोहे की सलाई से जलते हुए पृष्ठों को अलग कर हवा दिलाती रही ताकि उस परत के कुछ पृष्ठ अधजले न रह जाएँ। अंगीठी में इकट्ठी हुई राख को भी उसने धीरे-धीरे गुसलखाने के पानी के साथ बहा दिया कि राख के निशान किसी के मन में कोई प्रश्न न ले आएँ। फिर

उसे गहरी पीड़ा होने लगी थी और उसने दाई को बुलाकर अपना शरीर उसके हवाले कर दिया था।

फिर चारपाई को पकड़कर पीड़ा को सहते उसकी आँखें भर आई थीं, 'मेरे टूटते शरीर में से शायद एक सुन्दर बच्चा जन्म लेगा, पर उस जलती डायरी के शरीर से केवल एक याद जन्म लेगी, वह भी बड़ी तल्ख याद...किसी भी वस्तु को जन्म देना कितना कठिन है... ?'

चार

अनीता की चारपाई और उसके बच्चे का पालना एक ही कमरे में थे, पर अनीता का ज्वर एक दीवार बनकर उस चारपाई और उस पालने के बीच में आ खड़ा हुआ था।

दाई ने जब बोतल में दूध डालकर बच्चे को पिलाया तो बच्चे ने थोड़ी देर बाद ही उस दूध को निकाल दिया और फिर भूख से बिलखने लगा। अनीता की छाती में आद्वेलित दूध ज्वर से उफन रहा था। बच्चे को पराये दूध से ज़िद हो गई थी। एक पल वह दूध का घूँट पीता और दूसरे पल बाहर निकाल देता था। और फिर शायद उसने अपनी ज़िद से ही माँ का ज्वर उतार दिया।

पूरे पाँच नन्हे-नन्हे हाथ-पैर मारकर उसने अपने पालने और माँ की चारपाई के बीच खड़ी हुई ज्वर की दीवार गिरा दी।

अनीता ने जब बच्चे को गोदी में पकड़ा, बच्चा उसकी छाती में से दूध खोजने लगा। अनीता के वक्ष से स्वयमेव दूध उमड़ आया और आँखों में आँसू। माँ होने का असहास अनीता की नाड़ी-नाड़ी में लहर आया।

ये चालीसे के दिन अनीता के जीवन में अजीब दिन थे। सागर का कल्पित मुँह और बच्चे का यथार्थ मुख मिलकर एक हो रहे थे। अनीता के अन्तर की प्रेमिका और अनीता के अन्तर की माँ मिलकर एक हो रही थीं। अनीता के अन्दर एक सन्तुष्टि पैठ रही थी, जिससे अनीता के अन्तर की एक दरार मिटती जा रही थी।

इस तरह चालीस दिन के बाद अनीता को लगा कि वह हँसकर अपने जीवन को उस तरह ही स्वीकार कर सकेगी, जिस तरह वह उसके हिस्से में आया था। और वह सोचने लगी कि अब वह अपने पति के साथ न्याय कर सकेगी। आखिर वह एक नेक आदमी था, जिसने कभी ऊँचा बोलकर नहीं देखा

था, जिसने कभी कड़वा बोलकर नहीं देखा था। और अब तो वह उसके बच्चे का बाप था!

अनीता बच्चे को नहलाती, धुलाती और संवारती तो उसको अपने पति की गोद में देकर सोचती कि अब जैसे उसका दिल बदल गया था। बच्चे ने प्रथम दाँत निकाला, बैठना सीखा और घिसटना सीखा और 'मम-मम' बोलकर अनीता से बातें करने लगा। अनीता का दिन सदैव व्यस्त रहता, सदेव बहला रहता; पर अनीता की रात अक्सर उससे रूठ जाती, अनीता सोते समय सभी ख़यालों के दरवाज़े बन्द करके सोती। पर सागर न जाने किस दरवाज़े में गुज़रकर अनीता के सपनों में आ जाता। पर अनीता जब सवेरे उठती तो आँखों पर पानी के छींटे मारती। और फिर अनीता की आँखों से काजल भी निकल जाता और सागर का ख़याल भी।

पहला साल गुज़रा, दूसरा साल गुज़रा, तीसरा साल गुज़रा और फिर चौथा साल गुज़र गया। बच्चा स्कूल जाने लगा। इन सालों में और कुछ नहीं हुआ था, केवल यह हुआ था कि अनीता का अपने बच्चे के साथ उस तरह का व्यवहार नहीं रहा था जिसे एक माँ का स्वाभाविक व्यवहार कहा जा सकता है। अनीता बैठी-बैठी हड़बड़ाकर उठ बैठती और फिर सोए हुए बच्चे का अंग-अंग चूमने लग जाती। कई बार वह सोए हुए बच्चे को जगाने के डर से हिलाती नहीं थी। धरती पर घुटनों के बल बैठकर अपना सिर उसकी चारपाई पर रख देती थी और रोने लगती थी। कई बार जब उसे रात को नींद नहीं आती थी, वह सोए हुए बच्चे को उसकी चारपाई से उठाकर अपनी चारपाई पर ले जाती थी। बच्चा चाहे सो रहा हो या जग रहा हो, अनीता बार-बार हाथ में कंघी लेकर उसके बाल संवारती रहती थी। और फिर बालों की एक लट उसके माथे पर गिरा देती थी, उसी तरह जैसे सागर के माथे पर अक्सर बालों की एक लट गिरी रहती थी।

बच्चा जब स्कूल जाने लगा, अनीता की विकलता बढ़ गई। बच्चे को गए अभी घण्टा ही हुआ होता, अनीता किसी-न-किसी बहाने स्कूल चली जाती और कितनी-कितनी देर ठिठककर बच्चे के मुँह की ओर देखती रहती और फिर अनीता ने अपनी विकलता से घबराकर एक दिन अपने पति को कहा कि अगर वे उसे कोई नौकरी खोज दें तो बहुत अच्छा हो।

अनीता के लिए कोई नौकरी खोजने से पहले अनीता का पति उसे अच्छे-अच्छे डॉक्टरों के पास ले गया। भले ही उसका पति और अनीता, कभी उलझे नहीं थे। कोई बात अनीता कहती, उसका पति 'हाँ' कर देता, कोई बात उसका पति कहता, अनीता 'हाँ' कर देती। और दीखने को दोनों का जीवन शान्त, अडोल पानी-सा दीखता था। पर अन्दर-ही-अन्दर दोनों को ही पता था कि ये शान्त ठहरे

पानी गंदलाने पर आ गए थे। इन पानियों पर खामोशी की काई जमने लग गई थी। अनीता के पति ने अनीता को अपने मित्रों से मिलाकर और अपने क्लब में ले जाकर यह भी परख लिया था कि अनीता को कभी किसी में आकर्षण न जगा था। अन्त में उसने यही सोचा कि अनीता का एक अच्छे डॉक्टर से इलाज करवाया जाए।

डॉक्टरों ने अनीता की नाड़ी-नाड़ी जाँची और अन्त में सलाह दी कि उसे जीवन में किसी-न-किसी काम में व्यस्त रहना चाहिए। अगर वह कोई नौकरी कर ले तो उसके लिए अच्छा ही रहेगा, बुरा नहीं।

नौकरी पाने के लिए न कभी अनीता ने कोई यत्न किया था, न उसके पति ने, कि नौकरी ने ही अनीता को खोज लिया। यह इस प्रकार हुआ कि अनीता ने एक बार किसी दावत में बैठे हुए हँसकर बात की कि वह आजकल कोई नौकरी ढूँढ़ रही है। उसी दावत में बैठे एक सरकारी अफ़सर ने अनीता से एप्लीकेशन माँग ली और अगले सप्ताह जब अनीता ने 'इण्टरव्यू' दिया तो अनीता को नौकरी मिल गई।

इस नौकरी ने अनीता के जीवन के ठहरे हुए पानी को एक तरह से थोड़ी-सी हरकत दी। अनीता अब दिन का अधिक भाग अपने अलसाए घुटनों से चारपाई पर नहीं लेटी रहती थी। समय पर उठती, तैयार होती, और 'दफ़्तर' जाने वाली बस पकड़ती थी। चाहे यह सब कुछ वह ऐसे ही करती थी जैसे आप ही अपना हाथ पकड़कर चल रही हो।

कभी-कभी यह भी होता था कि अनीता को अपने दफ़्तर के सामने पहुँचकर बस में से उतरना भूल जाता था। बस में बैठी-बैठी ही आँखें जाने ख़यालों की किन परतों में खो जाती थीं कि वे जाते समय दफ़्तर की सड़क और आते समय घरवाली सड़क नहीं पहचान सकती थीं। इसलिए कई बार अनीता बस में बैठा नहीं करती थी अपितु सचेत होकर खड़ी रहती थी और एक-एक सड़क को देखती-पहचानती उतरने के स्थान को ध्यान में करती रहती थी।

कई बार अनीता ने देखा कि राह चलते-चलते अचानक ही उसकी दृष्टि सामने सड़क को देखने लग जाती थी। जहाँ तब सड़क दिखाई देती वह ध्यान से देखती रहती और फिर उदास होकर अपने ही पैरों की ओर झुक जाती। कभी-कभी बस में चढ़ते हुए भी ऐसा होता। वह एक-एक सवारी के मुँह की ओर देखती और फिर अपना मुँह फेर लेती। अनीता को अपनी दशा पर रोना आ जाता। कई बार वह बैठी-बैठी बोल उठती, 'मेरे पास आओ अनीता! तुम बाहर क्या खोज रही हो? दीवानी हो जाओगी इस तरह खोज-खोजकर। उसने तो कभी तुम्हारी बात भी न पूछी लौटकर...तूने सारी आयु ही उसके लेखे लगा छोड़ी...'

पाँच

जिन सड़कों को अनीता नित्य निरखती थी और नित्य अपने-आपको निरखने से रोकती थी, एक दिन उन्हीं सड़कों पर अनीता को सागर मिल गया।

अनीता ने बड़ा सोचा कि इस धरती की बात नहीं थी, पर फिर जब उसने सागर के साथ जाकर अपने दफ़्तर में छुट्टी की अर्ज़ी दी तो उसे कुछ-कुछ विश्वास हुआ कि उसके पाँवों के नीचे वह धरती थी। ठोस। और धरती पर उसकी दायीं ओर चलने वाला व्यक्ति सागर था।

चल-चलकर कहीं पहुँचना नहीं था, इसलिए पाँवों के नीचे का रास्ता ही साध्य बन गया। अनीता ने अधिक-से-अधिक कुछ चाहा तो केवल यह चाहा कि न कभी ये रास्ते खत्म हों और न कभी पाँव बिछुड़ें।

''मुझे तो सब कुछ सपना लगता है।'' सागर के चलते हुए कहा, ''मुझे कभी विश्वास नहीं आता था कि मैं इन रास्तों पर तुम्हारे साथ मिलकर चल सकता हूँ।''

अनीता बोली नहीं। केवल अपने कानों से पूछती रही कि क्या वे सचमुच सागर की आवाज़ सुन रहे थे?

''कब आए थे?'' कुछ देर बाद अनीता ने कहा।

''कल आया था।''

''अगर आज राह में न मिल जाते तो मुझे पता ही नहीं लगता।''

''मैं इस समय, जानती हो, कहाँ से आ रहा हूँ?''

''कहाँ से?''

''तुम्हारे घर होकर।''

''सच!''

''घर जाकर नौकर से पूछ लेना।''

अनीता से पलकें न झपकी गईं। वह सागर के हाथ में पकड़े हुए सिगरेट को देखती रही। एक बार अनीता के दिल में आया कि वह सागर को यह बात बता दे कि किस तरह उसने सागर के जूठे सिगरेट को सुलगा कर सिगरेट पीना शुरू कर दिया। पर फिर वह स्वयं ही अपनी बात से शरमा गई।

''तुम थक गई होंगी?'' सागर ने पूछा।

''मैं...'' अनीता ऐसे हँस पड़ी जैसे उसके पाँवों के साथ 'थकावट' शब्द जोड़ा भी नहीं जा सकता।

''कहीं बैठकर चाय पी लें?''

''अगर दिल चाहता है तो...''

''मैं यहाँ किसी के घर नहीं ठहरा हुआ हूँ, होटल में ठहरा हुआ हूँ, वहाँ चले चलें?''

''वहाँ सही।''

सागर ने हाथ के संकेत से कुछ दूरी पर जा रही टैक्सी को ठहराया।

''विवाह कर लिया होगा?'' अचानक होटल के कमरे में दाखिल होते हुए अनीता ने कहा।

''नहीं।''

''क्यों?''

सागर ने अनीता के बैठने के लिए एक कुर्सी आगे कर दी और स्वयं कमरे में टहलने लगा और फिर अनीता की कुर्सी के पीछे खड़ा होकर कहने लगा, ''जिसके साथ विवाह करना था, उसने मुझसे पहले ही किसी से विवाह कर लिया, फिर मैं किससे विवाह करूँ?''

अनीता को लगा कि उसके पाँवों के नीचे धरती हिल रही थी। उसने कुर्सी के दोनों बाजू इस प्रकार पकड़ लिए जैसे वह अपने-आपको गिरने से बचा रही हो। और फिर अनीता को लगा कि सागर ने उसकी पीठ को अपनी बाँहों का सहारा देकर गिरने से बचा लिया था।

अनीता ने संभलकर ऊपर की ओर देखा। कुर्सी की पीठ की ओर खड़े हुए सागर का मुँह ऊपर झुका हुआ था और सागर का साँस अनीता की गर्दन को छूकर गुज़र रहा था।

अनीता ने कुछ बोलने की कोशिश की। पर फिर उससे बोला न गया। अनीता के होंठों पर सागर के होंठ झुके हुए थे। बादलों की परतों से बिजली की लकीरों को गुज़रते अनीता ने केवल दूर से ही देखा था। इस समय उसने महसूस किया कि बिजली की लकीरें उसके अंगों में से होकर गुज़र रही थीं।

''यह तुमने मेरे साथ क्या किया?'' कुछ समय के बाद अनीता के मुख से निकला। अभी भी उसके होंठ काँप रहे थे, उसकी आवाज़ काँप रही थी।

सागर ने अनीता का हाथ पकड़ा और कुर्सी से उठाकर पलंग पर लिटा दिया। अनीता से सचमुच ही कुर्सी पर बैठा नहीं जा रहा था।

''बत्ती बुझा दूँ?'' सागर ने पूछा। भले ही यह दिन का समय था, पर कमरे की खिड़कियाँ बन्द होने के कारण और उनके आगे मोटे पर्दे भी लटके होने के कारण कमरे में गहरा अंधेरा था। सागर ने कमरे में बिजली की बत्ती जलाई हुई थी।

''क्यों?'' अनीता ने पूछा।

''आज मैं तुम्हारे साथ बातें करूँगा। मुझसे रोशनी में बातें नहीं होतीं।'' सागर ने कहा और बत्ती बुझाकर पलंग के एक कोने पर बैठ गया।

''तुमने मुझसे कभी भी तो बातें नहीं कीं। मैं इतने वर्ष आप ही अपने से बातें करती रही हूँ।'' अनीता ने धीरे से कहा।

''मैं तुमसे नित्य बातें किया करता था। मैं नित्य रात को यह सोचा करता था कि तुम मेरी बाईं ओर सोई हुई हो।'' सागर ने कहा और अनीता पर ओढ़े हुए कम्बल का एक किनारा अपने घुटनों पर करते हुए कहा, ''इस तरह...''

''पर सागर, तुमने मुझे कभी भी कुछ न कहा। इतने वर्ष कुछ न बताया।''

''मैं सोचा करता था कि तुम्हारा विवाह हो चुका है। मैं एक बसे हुए घर को उजाड़ना नहीं चाहता था।''

''पर सागर...''

''क्या कहने लगी थीं...''

''जब कोई किसी की कल्पना में आ जाए, पर जीवन में न आए तो तुम्हारा क्या ख़याल है कि वह घर, एक बसता हुआ घर रह जाता है?''

''नहीं।''

''आँखें बन्द कर जब कोई औरत किसी और के मुँह को स्मरण करती है, पर आँखें खोलकर किसी दूसरे का मुँह देखती है तो इससे बड़ा झूठ और क्या हो सकता है?''

''मैंने यह कभी भी नहीं सोचा था कि तुम मुझे कभी प्यार कर सकती हो।''

''क्यों?''

सागर कितनी देर चुप रहा। अनीता उसके मुँह की ओर देखती रही। पर अंधेरे में अनीता को सागर के मुँह का कोई रंग दिखाई न दिया।

''वास्तव में...'' सागर ने कुछ झिझककर और लजाकर कहा, ''मैं सुन्दर नहीं, और तुम बहुत सुन्दर हो...इसलिए आज भी मैं बत्ती बुझाकर तुमसे बातें कर रहा हूँ।''

अनीता ने अपना सिर सागर की बाँह से सटा दिया और अनीता का सारा सौन्दर्य रो उठा, ''सौन्दर्य की सज़ा इतनी बड़ी होती है?''

''मैं जितना भी एक-दो बार तुम्हें मिला, मुझे हमेशा ही उस दिन घर जाकर बुखार हो जाया करता था।''

''क्यों?''

''अन्तर से बहुत कुछ उठता था तुम्हें कहने के लिए, पर मैंने अपने से वचन लिया हुआ था कि तुम्हें कभी कुछ नहीं कहूँगा।''

''तुमने इसलिए मेरा शहर छोड़ दिया?''

सागर ने एक हाथ सिरहाने के ऊपर रखकर, दूसरे हाथ से अनीता की कमीज़ का बटन खोला और कहा, ''पर आज मेरा सबर चुका गया है।''

''नहीं सागर नहीं—'' अनीता के मुँह से निकला और उसने सागर का हाथ

पकड़कर उसे रोक दिया।

"क्यों ?—" सागर की आवाज़ अटक गई।

अनीता ने कोई उत्तर नहीं दिया। कोई उत्तर उसके अन्तर से उठा ही नहीं। उसकी विचार-शक्ति स्तब्ध थी, जमती जा रही थी, जड़ होती जा रही थी।

सागर धीरे से पलंग से उठा और कमरे की एक खिड़की को खोलकर खिड़की के सामने खड़ा हो गया। शायद उसके तप्त श्वासों को तीखी और शीतल वायु की आवश्यकता थी। कुछ देर वह खुली हुई खिड़की में लम्बे-लम्बे साँस भरता रहा और फिर वहीं खड़े-खड़े कहने लगा, "चलो अनीता, तुम्हें घर छोड़ आऊँ।"

सागर की आवाज़ एक आज्ञा की तरह थी। अनीता ने आज्ञा मान ली और उठकर अपनी चप्पलें पहन लीं। सागर ने चुपचाप कमरे का दरवाज़ा खोला और अनीता को साथ लेकर बाहर आ गया।

बाहर आकर टैक्सी में बैठते हुए अनीता को लगा कि उसका शरीर सीट के कोने में इस तरह धंसता जा रहा था कि जैसे उसके नीचे धरती का कोई सहारा न हो। वह किसी खाई में उतरती जा रही थी। किसी ने उसे पहाड़ से नीचे ढकेल दिया था। किसी ने नहीं, उसके अपने ही हाथों ने।

अनीता ने घबराकर सागर के मुँह की ओर देखा। सागर का रंग बिलकुल सफ़ेद पड़ा हुआ था। अनीता की आँखें चकरा गईं।

"साग..." अनीता की आवाज़ 'र' के पास आकर टूट गई।

सागर ने न कोई जवाब दिया और न अनीता की ओर देखा। चुप-ही-चुप अनीता को जब टैक्सी का दरवाज़ा खुलने का स्वर सुनाई दिया तो उसे मालूम हुआ कि वह अपने घर के दरवाज़े के सामने आ पहुँची थी।

अनीता टैक्सी से उतरी और मकान के दरवाज़े की ओर जाते हुए देखा कि सागर उसके साथ नहीं आ रहा। वह फिर से टैक्सी में बैठ गया था और टैक्सी का ड्राइवर टैक्सी को पीछे की ओर मोड़ रहा था।

अनीता ने हाथ ऊँचा उठाकर सागर को ठहरने के लिए कहा, पर सागर ने शायद समझा नहीं या शायद समझकर भी ठहरना नहीं चाहा। उसने टैक्सी की खिड़की में से हाथ हिलाया और अनीता की ओर केवल एक बार देखा। फिर वह सीधा सड़क की ओर देखने लगा। अनीता ठहरी की ठहरी रह गई। टैक्सी मिनटों में ही सामने की सड़क पर से भी गुज़र गई, और अब सामने की सड़क नितान्त सूनी थी।

अनीता ने दरवाज़े की चौखट की ओर देखा। उसका एक हाथ चौखट को इस तरह जा लगा जैसे कि चौखट को झकझोर पूछना चाहती हो 'यह क्या हुआ ? मिनटों में ही क्या का क्या हो गया ?'

अनीता जब कमरे में आकर चारपाई पर गिर पड़ी तो उसे कुछ होश आई, 'यह मैंने क्या कर दिया...जिन हाथों की मैं आयु-भर प्रतीक्षा करती रही, उन हाथों को मैंने खाली लौटा दिया...अब क्या करूँगी मैं इस शरीर को...इस शरीर को पवित्र रखकर मैंने क्या संवार लिया—क्या पवित्रता यही होती है?' अनीता पागलों की तरह अपने हाथों को और अपनी बाँहों को देखने लगी। और अनीता को अपने शरीर में से मुर्दा शरीर की गन्ध आई।

अनीता ने घबराकर छत की ओर देखा। छत में लगे हुए 'कुण्डे' की ओर देखा। अपनी कल्पना में उस कुण्डे के साथ उसने एक रस्सी बाँधी और फिर उस रस्सी का सिरा अपने गले में डाल लिया, 'यह शरीर अब समाप्त ही हो जाए तो अच्छा है—यह शरीर उसको अर्पित न हुआ जिसके लिए बना था, अब मुझे इसका क्या करना है?'

अनीता ने उठने का प्रयत्न किया। पर उससे उठा न गया। उसका साहस बूंद-बूंद खून की तरह उसके शरीर से बह रहा था। अब उसके अंग हिलाए भी नहीं हिलते थे।

फिर शायद वह कुछ देर सो गई। सोई हुई हड़बड़ाहट उठी, 'मुझे माफ़ कर दो सागर...एक बार माफ़ कर दो...मुझे एक बार आकर स्वीकार लो...'

अनीता के कमरे के दरवाज़े पर खटखट हुई। अनीता को ऐसे लगा जैसे सागर लौट आया हो। अनीता दौड़कर दरवाज़े की ओर गई। दरवाज़े पर उसका बेटा खड़ा था रश्मि। स्कूल से आया था।

अनीता कुछ देर बच्चे के मुँह की ओर देखती रही। इस तरह जैसे उसे बच्चे की पहचान भूल गई हो।

''मम्मी...'' बच्चे ने कई बार दुहराया।

फिर बच्चे के मुँह की ओर देखते-देखते अनीता ने बच्चे को अपनी बाँहों में कस लिया। उसके मन में आया, 'मैं अब इसे लेकर उसके पास जाऊँगी...देख... देख...तुम्हारी अपनी सूरत...तुम्हारी अपनी सूरत—तुम मुझसे कैसे रूठ सकते हो?'

अनीता बच्चे के कंधों को चूमने लगी, बच्चे के घुटने को चूमने लगी और फिर उसके कपड़े बदलने के लिए गुसलखाने में ले गई।

अनीता जब बच्चे के कपड़े बदल चुकी, अपने कपड़े बदल चुकी तो उसके पैर निश्चेष्ट होकर फ़र्श के साथ चिपक गए, 'उसे भला यह बात मैं किस तरह बताऊँगी—वह किस तरह मेरी बात मानेगा—वह किस तरह मानेगा कि मेरे बच्चे की शक्ल उससे मिलती है—आज से पहले तो मैंने कभी उसका हाथ भी नहीं छुआ था—और आज भी कौन-सा छुआ है—मैंने क्या किया—'

''चलो मम्मी—'' बच्चे ने अनीता का हाथ पकड़ लिया और उसे खींचकर

बाहर के दरवाज़े की ओर ले जाने लगा। अनीता दरवाज़े तक आ गई। फिर नौकर को आवाज़ देकर कहने लगी, "रश्मि को सामने बगीचे में ले जाओ—"

स्वयं अनीता ने टैक्सी मंगवाई और सागर को खोजने के लिए सागर के होटल की ओर चली तो उसे ख़याल आया कि उसे होटल का नाम नहीं याद आ रहा। टैक्सी का ड्राइवर कितनी ही देर अनीता की ओर प्रश्नसूचक आँखों से देखता रहा। पर अनीता की स्मरण-शक्ति शिथिल हो चुकी थी। आखिर अनीता ने टैक्सी वाले को एक रुपया दे दिया और कहा कि उसे टैक्सी नहीं चाहिए।

अनीता धीरे-धीरे चलती हुई सामने बाज़ार में चली गई और एक डॉक्टर की दुकान में जाकर टेलीफ़ोन की डायरेक्टरी को उलटने लगी। होटलों के नाम पढ़ते-पढ़ते उसने जब एक नाम 'क्लैरिज़' पढ़ा तो उसकी आँखें वहीं अटक गईं। अनीता ने काँपते हाथों से टेलीफ़ोन का नम्बर मिलाया, "कौन सागर? मिस्टर सागर? वे कुछ देर हुई, इस होटल से अपना सामान लेकर चले गए हैं।" अनीता को होटल वालों ने बताया और टेलीफ़ोन का रिसीवर रखते-रखते अनीता की आँखों के सामने अंधेरा छा गया।

छः

आगे के कुछ दिन अनीता को स्मरण नहीं कि उसने किस तरह व्यतीत किए। तेज़ बुखार में सिरसाम के रोगी की तरह वह बोलती रहती थी। केवल इतना अन्तर था कि सिरसाम का रोगी ऊँचे बोलता है, पर अनीता धीरे बोलती थी, अन्दर-ही-अन्दर, बिना आवाज़ के।

'मेरे इनकार का उसने इतना गुस्सा कर लिया—आखिर वह यह भी तो सोचता कि औरत के इनकार में उसके संस्कार भी होते हैं—उसने मेरे साथ ज़बरदस्ती क्यों न कर ली—उसका हक बनता था—आखिर मैं उसकी वस्तु थी—उसकी अमानत—उसके मुँह का रंग कितना सफ़ेद हो गया था—यह सब मेरा कसूर है। मैंने उसके स्वाभिमान को कितनी चोट पहुँचा दी।—उसने कोई जल्दी तो नहीं की थी—सालों के साल उसने ज़ब्त किया था—वह मुझसे रूठ गया है—वह मुझे कभी माफ न करेगा—वह सारी ज़िन्दगी मुझे सज़ा देगा—'

'अगर मैं उसे एक पत्र लिख पाती।' अनीता स्वयं में जब सँभल न पाती तो सोचती। पर अनीता को सागर का पता मालूम न था।

कुछ महीनों के पश्चात् अनीता ने सागर के एक दोस्त से उसका पता ले लिया।

अनीता ने एक साधारण-सा पत्र लिखा। केवल इतना पूछा कि अगर यह पता ठीक हो तो वह सागर को एक लम्बा पत्र लिखेगी। पत्र के पहुँचने की कोई सूचना न मिली। जाने सागर ने जान-बूझकर उत्तर नहीं दिया था या अनीता का पत्र उसे मिला ही नहीं था।

धीरे-धीरे अनीता को नित्य बुखार रहने लगा और धीरे-धीरे उसे महसूस होने लगा कि उसके जीवन की नौका समुद्र के अथाह जल में घूमती-घूमती अपनी दिशा खो बैठी है। अब कोई भी किनारा उसकी पहुँच में नहीं आ सकता। और अनीता के अन्दर अपनी पराजय को स्वीकार लेने का एक अजीब-सा साहस हुआ, 'और कुछ नहीं तो कम-से-कम मैं सच तो बोल सकती हूँ, मुझे अपने पति के साथ सच बोलना चाहिए—मुझे अपने-आपसे सच बोलना चाहिए।—अगर मेरे भाग्य में कोई किनारा नहीं तो मुझे स्वयं को इस समुन्दर को सौंप देना चाहिए—इस नेक आदमी के घर में मुझे नहीं रहना चाहिए—अगर मेरा मन इस घर को किनारा नहीं समझता तो फिर मुझे इस घर से शरीर की सुरक्षा भी नहीं लेनी चाहिए—'

और एक रात अनीता यह साहस अपने होंठों तक ले आई।

''मैं यहाँ नहीं रहना चाहती—''

''फिर?'' अनीता के पति ने अपने सामने पड़े हुए अपने काम के कागज़ों से ध्यान हटाए बिना ही पूछा।

''मेरा मतलब है इस घर में।''

रामपाल ने एक बार उड़ती नज़र से अनीता के मुँह की ओर देखा जैसे वह सोच रहा हो कि इस घर में हवा भी अच्छी आती थी, उजाला भी अच्छा आता था, फिर इस घर में क्या कमी थी!

''मैं अलग रहना चाहती हूँ।''

रामपाल ने कुछ आश्चर्य से अनीता के मुँह की ओर देखा और फिर उसके माथे को हाथ लगाकर देखा कि उसको रोज़ की तरह आज थोड़ा ही बुखार था या कहीं एक बारगी एक सौ छः डिग्री हो गया था।

''मेरी ज़िन्दगी तो जो कुछ है सो है, पर मैं आपकी ज़िन्दगी बरबाद नहीं करना चाहती।''

रामपाल ने अब भी यह सोचा कि अनीता शायद अपने नित्य के बुखार से निराश हो गई थी और वह सोचने लग गई थी कि उसका बुखार शायद 'छत' का बुखार था।

''मैं सदा आपका आदर करती रही हूँ, अब भी करती हूँ, पर सोचती हूँ कि केवल किसी का आदर करना काफ़ी नहीं होता।''

रामपाल की सारी दृष्टि एकबारगी पत्थर बन गई। उसे लगा कि जैसे उसने

सारे दिन की कठिन मेहनत से एक रुपया अर्जित किया हो और फिर जब वह उस रुपये को भुनाने लगा हो तो वह रुपया खोटा निकल आया हो।

''तुम्हें क्या तकलीफ़ है अनीता?''

''आपकी दी हुई कोई तकलीफ़ नहीं।''

''फिर?''

रामपाल दुनिया के उन मनुष्यों में से था जो जीवन के खुले अथवा तंग कुर्ते को बिना किसी शिकायत के अपने गले में पहन लेते हैं। ज़रूरत का कमाते हैं, ज़रूरत का खर्चते हैं और दो और दो चार की गिनती के आगे किसी सपने का बिन्दु जोड़ने को ज़िन्दगी की फिजूलखर्ची समझते हैं।

अनीता संसार के उन व्यक्तियों में से थी जो जीवन की कतरनों को जोड़-जोड़कर और उधेड़-उधेड़कर अपने अंगों का नाप खोजते रहते हैं। और जो अपनी ज़िन्दगी की इकाई के आगे जोड़ने के लिए हमेशा सपनों के बिन्दु ढूँढ़ते रहते हैं।

अनीता को यह कभी नहीं लगा था कि रामपाल की बनावट गलत थी और उसकी अपनी बनावट ठीक थी। वह केवल यही सोचती थी कि दोनों की बनावट भिन्न-भिन्न थी। अनीता को यह भी मालूम था कि रामपाल जैसे लोगों का जीवन बड़ा सरल होता है, बड़ा सन्तुष्ट। और अनीता जैसे लोगो का जीवन बड़ा कठिन होता है, बड़ा तिलमिलाता। पर जिस प्रकार वह रामपाल की बनावट को नहीं बदल सकती थी, अपनी बनावट को भी नहीं बदल सकती थी।

''अनीता!''

''जी!''

''मैंने यह कभी नहीं सोचा था कि तुम्हें इस घर में कोई कष्ट है।''

''मुझे सचमुच ही कोई कष्ट नहीं।''

''फिर यह सब कुछ क्या है?''

''बस इतना कि यहाँ मुझे अपना-आप निर्जीव-सा लगता है।''

''तुम कहाँ जाना चाहती हो?''

''मालूम नहीं,'' और फिर अनीता ने स्वयं ही अपनी बात पर मुस्कराकर कहा, ''यहाँ मुझे इस तरह लगता है कि मैं जिये बिना ही मर जाऊँगी। मुझे मरने से डर नहीं लगता, पर मैं मरने से पहले कुछ दिन जीकर देखना चाहती हूँ। भले ही वे दिन थोड़े-से हों।''

रामपाल कुछ देर सोचता रहा और फिर कहने लगा, ''क्या तुम्हें यह विचार तब से नहीं आया, जब से तुम स्वयं कमाने लगी हो?''

''नहीं! अपितु नौकरी तो मैंने इसलिए करनी शुरू की थी कि मैं किसी तरह व्यस्त रहूँ और मुझे यह ख़याल भूल जाए।—मैं शुरू से घर का अधिक काम भी इसलिए करती रही हूँ—मैं बच्चे के सभी काम भी इसीलिए अपने हाथों करती

रही हूँ—पर यह सब कुछ— ।'' अनीता ने थककर एक जम्हाई ली और कहने लगी, ''इससे कुछ नहीं बनता।''

''हूँ—'' रामपाल कुछ पूछने लगा, पर उसे लगा कि उसकी ज़बान बहुत कस गई है। वह कुछ देर चुप रहा। फिर जैसे ज़बान पर बड़ा ज़ोर डालकर कहने लगा, ''मेरा मतलब है...'' रामपाल की ज़बान फिर रुक गई।

''कि मेरे जीवन में कोई मनुष्य है अथवा नहीं?'' अनीता ने स्वयं ही कह दिया।

रामपाल ने कुछ न कहा। केवल उत्तर की प्रतीक्षा करता रहा।

''है भी और नहीं भी।''

रामपाल को जीवन के किसी प्रश्न से अथवा उत्तर से डर नहीं लगा था क्योंकि वह सीधी तरह प्रश्न किया करता था और सरलता से प्रश्न को हल करता था। पर इस समय रामपाल को लगा कि जीवन केवल 'जोड़' और 'बाकी' का प्रश्न नहीं था, 'गुणा' और 'भाग' का प्रश्न नहीं था, जीवन एक पहेली थी जिसे हल करने से उसे इस समय डर लग रहा था।

''यह मैंने इसलिए कहा है कि वह आदमी मेरे जीवन में इतना नहीं, जितना मेरी कल्पना में है।''

कोई मनुष्य कितना अनीता के जीवन में है और कितना उसकी कल्पना में, इस सारी गिनती को छोड़कर रामपाल ने केवल यह जानना चाहा कि वह कौन है?

''सागर...'' अनीता अभी यह सोच ही रही थी कि वह सागर का नाम अपने पति को बताए अथवा नहीं...कि उसका नाम अनीता के मुँह से इस प्रकार निकल गया जैसे कोई सोया आदमी 'बरड़ा' उठता है।

रामपाल बहुत देर कुछ न बोला, जैसे वह कोई बड़ा चौड़ा हिसाब-किताब कर रहा हो। फिर अचम्भे में अनीता के मुँह की ओर देखते हुए कहने लगा, 'मेरा ख़याल है कि उसे कलकत्ता गए काफ़ी वर्ष हो गए हैं।'

''सात-आठ वर्ष।''

''इन वर्षों में कभी वह यहाँ आया है?''

''एक बार।''

''कितने दिनों के लिए?''

''मैं उससे घण्टा-भर मिली थी, मुझे नहीं मालूम, वह यहाँ कितने दिन रहा।''

''वह तुम्हें पत्र लिखता है?''

''कभी नहीं।''

रामपाल को यह सब बड़ा अजीब लगा। और इस हैरानी को घटाने के लिए

उसने वह बात भी पूछ ली, जिसे उसने सोचा था कि वह नहीं पूछेगा।

''तुम और सागर कभी...''

''जिन अर्थों में आप पूछना चाहते हैं, उन अर्थों में कभी नहीं।'' अनीता ने उत्तर दे दिया। पर उसे ये सब प्रश्न और सब उत्तर इस तरह लगे जैसे किसी की घड़ी या साइकिल खो गई हो और वह थाने में उसकी रिपोर्ट लिखवा रहा हो।

रामपाल को आश्चर्य अवश्य हुआ, अत्यन्त आश्चर्य, पर उसे क्रोध नहीं आया। थोड़े मिनटों के बाद ही रामपाल को अनुभव हुआ कि उसका आश्चर्य एक घोर निराशा बनता जा रहा था। इस निराशा से बचने के लिए उसने सोचा कि अगर उसे कुछ समय के लिए क्रोध आ सके तो शायद उसके लिए अच्छा हो। उसने फिर अनीता के मुँह की ओर देखा कि क्रोध को जगाने के लिए शायद उसे कोई रास्ता मिल जाए। अनीता का मुँह इतना कमज़ोर और उदास था कि रामपाल को लगा कि उसके पैर और भी गहरी निराशा में धंस गए थे।

कुछ देर बाद रामपाल ने एक नि:श्वास लिया और इतना अनीता को नहीं जितना अपने-आपको कहा, ''मेरे रिश्तेदार शुरू से ही मुझे कहते थे कि मैं तुम पर सख़्ती किया करूँ।''

''फिर तो बहुत अच्छा होता।'' अनीता ने शीघ्रता से उत्तर दिया।

''अच्छा होता?'' रामपाल ने कुछ आश्चर्य से कहा।

''बहुत अच्छा होता और मेरे लिए यह सब कुछ आसान हो जाता। क्योंकि जो आदमी सख़्ती करे उससे घृणा की जा सकती है और जिससे घृणा की जा सकती है और जिससे घृणा हो जाए उससे टूटने में देर नहीं लगती। पर मुश्किल तो तब होता है, जब कोई सख़्ती न करे। उसका दिल दुखाने में भी कठिनाई होती है और उसके आगे झूठ बोलना भी कठिन होता है।'' अनीता ने कहा और उसके आँसू बह निकले।

सात

अनीता बैठती, एक ठण्डी खामोशी उसके साथ बैठ जाती। अनीता चलती, एक ठण्डी खामोशी उसके साथ चल पड़ती। और इस तरह कई दिन बीत गए और वह हर स्थान पर इस खामोशी की परछाईं को लिए-लिए फिरता। अनीता के पति ने कहा था कि वह अनीता की बात का उत्तर सोच रहा है।

एक दिन इस ठण्डी खामोशी की नाड़ियों में गर्म लहू खौल उठा। अनीता दफ़्तर जा रही थी। उसे बस में सागर का एक दोस्त मिला रामबाली। यह वही

दोस्त था जिससे एक बार अनीता ने पता लेकर सागर को खत लिखा था। वह बिलकुल अगली सीट पर बैठा हुआ था, जब अनीता ने बस में चढ़ते हुए उसको पहचान लिया था। चाहे अनीता पिछली एक सीट पर बैठ सकती थी, पर उसने उस सीट पर किसी और स्त्री को बैठ जाने दिया ताकि वह खड़ी रहे और फिर वह भीड़ में से निकलते-निकलते अगली सीट के समीप हो सके—'शायद वह सागर की कोई बात करे...' सागर के दोस्त ने जब अपने बायीं ओर अनीता को खड़े देखा, वह अपनी सीट पर से उठ खड़ा हुआ और उसने अनीता को बैठने के लिए कहा। अनीता सीट पर बैठना नहीं चाहती थी। वह केवल खड़े-खड़े सागर का कोई ज़िक्र सुनना चाहती थी, पर उससे अधिक बार इनकार न हुआ और वह सीट पर बैठ गई।

सीट की पीठ पर हाथ रखकर सागर का दोस्त कुछ समय चुप खड़ा रहा, फिर थोड़ा-सा अनीता की ओर झुककर पूछने लगा, "सागर का अब क्या हाल है?"

अनीता हैरान थी, जैसे कह रही हो, 'यह बात तो मैं तुमसे पूछना चाहती हूँ, और यह बात तुम मुझसे पूछ रहे हो?'

"अब तो पहले से कुछ आराम होगा।" सागर के दोस्त ने जब यह कहा तो अनीता को ख़याल आया कि हाल पूछने से उसका अभिप्राय कोई सूचना पूछने से नहीं था, सचमुच किसी बीमारी का हाल पूछने से था। और अनीता ने उससे घबराकर कहा, "वह बीमार है?"

"तुम्हें नहीं मालूम अनीता?"

"नहीं।"

"तुम्हें उसने खत नहीं लिखा?"

"नहीं।"

"उसका नरवस ब्रेक डाउन हो गया था।"

"यह कब की बात है?"

"काफ़ी समय हो गया है। साल-भर हो चला है इस बात को। जब वह एक बार एक-दो दिनों के लिए दिल्ली आया था, शायद तुम्हें भी मिला था। उसके दूसरे महीने की बात है। मुझे भी तभी खत आया था, उसके बाद मैंने कई खत लिखे हैं, शरीफ़ आदमी जवाब ही नहीं देता।"

"पर अब तो ठीक होगा..." अनीता ने यह बात इतनी पूछी नहीं जितनी स्वयं को आश्वासन देने के लिए कही।

"अब तो पता नहीं, पर दो-तीन महीने हुए एक आदमी कलकत्ता से आया था। उसने मुझे बताया था कि सागर की सेहत बड़ी खराब है।" अचानक उस दोस्त ने बाहर की तरफ़ देखा और कहा, "तुम्हारा दफ़्तर आ गया है अनीता!"

अनीता बस से उतर पड़ी, पर अपने दफ़्तर के बाहर लगी हुई घड़ी की ओर देखते हुए उसे लगा कि वह भी एक घड़ी थी, समाज की दीवार पर लगी हुई घड़ी, जिसका दिल आयु-भर उसी स्थान पर बैठा टिक्-टिक् करता रहेगा और उसके ख़यालों की सुइयाँ उन्हीं हिस्सों पर सारी उम्र घूमती रहेंगी। पर उसे कभी भी पैरों के साथ चल सकना प्राप्त नहीं होगा।

अनीता कुछ देर दफ़्तर में बैठी रही। अपने सामने रखे हुए दफ़्तर के कागज़ों को देखती रही, पर फिर उसे लगा कि आज उसकी चाबी कहीं अटक गई थी। उसके दिल की टिक्-टिक् अब रुकती जा रही थी। उसने छुट्टी की अरज़ी लिखी और दफ़्तर से उठकर बाहर आ गई।

नित्य की आदत के अनुसार अनीता अपने दफ़्तर के बाहर बस की राह देखने के स्थान पर ठहर गई, पर जब उसके घर को जाने वाली बस आई, नित्य की आदत के अनुसार उससे बस में चढ़ा न गया।

जब बस चली गई तो अनीता सामने सड़क पर चलने लगी। वह इस सड़क पर क्यों चल रही है ? यह सड़क आगे किस सड़क से मिलेगी ? फिर वह सड़क आगे किस ओर मुड़ेगी ? और फिर यह सड़क आगे कहाँ जाकर पहुँचेगी ? अनीता को यह सब कुछ भूल गया। उसे केवल यह लगा कि वह चलते-चलते सागर के सिरहाने आ खड़ी है और दवा की एक शीशी में से सागर को दवा पिला रही है।...अब वह सागर के लिए चाय का एक प्याला बनाकर लाई है...अब इस समय वह चारपाई के पैताने बैठकर सागर के पाँवों को दबा रही है...अब इस समय...पीछे से आ रही एक मोटर ने इतने ज़ोर का हॉर्न बजाया कि अनीता को लगा जैसे उसके सिर से कुछ टकरा गया था। अनीता ने दोनों हाथों से अपने सिर को टटोला और फिर थककर सामने चौरस्ते पर बने हुए एक बड़े-से चबूतरे पर एक वृक्ष की छाया में बैठ गई।

कुछ दूर दूसरे वृक्ष की छाया में एक बेंच भी पड़ा हुआ था और उससे हटकर भी एक बेंच था, पर अनीता को ठण्डे और नर्म घास का स्पर्श अच्छा लगा। अपने दोनों हाथों से घास को सहलाते हुए उसने अपने पैरों से चप्पलें उतार दीं और घास की सीलन पर पैरों की तलियाँ रख दीं।

एक हल्के-हल्के चैन में अनीता के अंग सुस्ता गए। पैरों की ओर से उठती धरती की ठंडक अनीता के माथे की नाड़ियों को सहलाने लगी और अनीता सोचने लगी, 'आखिर यह सब कुछ सम्भव क्यों नहीं हो सकता ? यह जिस तरह मैं कर रही हूँ, सोचती कुछ हूँ, करती कुछ हूँ, यह सब मेरा अपना दोष है। और अन्त में यह किसी का कुछ न संवारेगा। इस तरह मुझे साफ़ दिखाई दे रहा है कि मैं स्वयं ही किसी दिन अपना हाथ पकड़कर अपने-आपको पागल खाने के सींखचों के पीछे डाल आऊँगी।' अनीता पागल हो जाने के विचार से कुछ काँप गई, 'पागल

होकर जीने से तो मरना अच्छा है...'

अमलताश के वृक्ष से पीले फूल झड़ रहे थे। अनीता ने फूलों की एक मुट्ठी भरी और अपनी आँखों से लगाकर सोचने लगी, 'मेरे सामने दो रास्ते हैं। एक तो मैंने देख लिया है कि सीधा पागलखाने के दरवाज़े की ओर जाता है। और दूसरा...मुझे भी मालूम नहीं, वह कहाँ जाता है, और उस राह पर कितनी बाधाएँ हैं। सामाजिक बाधाओं के अतिरिक्त...शायद कानूनी रुकावटें भी होंगी...और अधिक से अधिक मृत्यु की रुकावट होगी।' अनीता ने अपने मन में भाग्य के बड़े-से-बड़े अत्याचार की कल्पना कर ली और फिर एक निर्णय की तरह अपने-आपको कहा, 'पर फिर भी इस रास्ते की ओर जाना उस पहले रास्ते की ओर जाने से अच्छा है।'

अनीता ने पैरों में चप्पलें पहनीं और एक ही झटके में वह इस तरह उठकर खड़ी हो गई जैसे अभी और इन्हीं पाँवों उसने दूसरे रास्ते की ओर चल पड़ना था।

आठ

अनीता ने एक-एक नज़र सब वस्तुओं की ओर देखा। आलमारी में पड़े हुए अपने कपड़ों की ओर भी देखा और फिर मुँह घुमा लिया। जैसे धोबी से कई घरों के कपड़े आपस में मिल गए हों और वह एक-एक कपड़े को देखती-पहचानती कह रही हो, 'यह भी मेरा नहीं, यह भी मेरा नहीं,' और अनीता ने सारे घर में नज़र डालकर अपने-आपको कहा, 'इस घर में मेरी केवल एक ही वस्तु है, मेरा बच्चा।'

अनीता ने स्कूल के प्रिंसिपल को एक पत्र लिखा कि वे रश्मि का नाम काटकर उसे अपने स्कूल का सर्टिफ़िकेट दे दें, ताकि वह दूसरे शहर में जाकर रश्मि को किसी स्कूल में दाखिल करा सके।

एक पत्र अनीता ने अपने दफ़्तर में लिखा कि उसका त्यागपत्र स्वीकार कर लिया जाए। पर यह पत्र अनीता ने फाड़ डाला क्योंकि उसे ख़याल आया कि अगर वह यह पत्र लिखेगी तो एक महीना अभी और उसे दफ़्तर जाना पड़ेगा। अनीता ने त्यागपत्र वाला पत्र फाड़कर छुट्टी की दरख्वास्त लिखी कि उसका स्वास्थ्य अच्छा नहीं था, उसे एक महीने की छुट्टी दे दी जाए। अगले महीने, उसने सोचा कि वह त्यागपत्र लिखकर भेज देगी।

दूसरे दिन प्रातः अनीता ने रश्मि को स्कूल न जाने दिया और अपने पति को कहा, "आज मैं स्कूल से इसका सर्टिफ़िकेट लेकर चली जाऊँगी।" अनीता का पति

कुछ देर अनीता के मुँह की ओर देखता रहा, फिर वह बिना कोई उत्तर दिए अपने कागज़-पत्र उठाकर अपने काम पर चला गया।

अनीता ने अपने वेतन से जमा किए रुपयों का हिसाब लगाया और बच्चे को साथ लेकर वह बाज़ार से कुछ वस्तुएँ खरीदने के लिए चली गई।

दुपहर हो चली थी, जब अनीता का खरीदना समाप्त हुआ और फिर वह जल्दी-जल्दी रश्मि के स्कूल की ओर चल दी।

''क्षमा कीजिएगा। हम आपको सर्टिफ़िकेट नहीं दे सकते।'' प्रिंसिपल ने नम्रता से कहा था, पर अनीता को लगा जैसे प्रिंसिपल की अस्वीकृति एक ईंट की तरह उसके पैरों पर आ गिरी थी।

''पर बिना सर्टिफ़िकेट के तो वह कहीं दाखिल न हो सकेगा?''

''हाँ, बिना सर्टिफ़िकेट वह कहीं दाखिल नहीं हो सकेगा।''

''फिर आप...''

''इसके पिता की अनुमति के बिना हम इसे सर्टिफ़िकेट नहीं दे सकते, क्योंकि इस पर कानूनी अधिकार इसके पिता का है और इसके पिताजी प्रातः आकर हमें रोक गए हैं।''

अनीता जिस समय प्रिंसिपल के कमरे से बाहर आई तो उसे लगा कि उसकी आँखों को दिखाई देने वाला समूचा रास्ता उसकी आँखों के पानी में डूब गया था।

इस समय अनीता ने बच्चे का हाथ नहीं थामा हुआ था, बच्चे ने अनीता का हाथ पकड़ा हुआ था। बच्चा जब माँ को सँभालकर घर ले गया तो उसने माँ के माथे पर हाथ लगाकर देखा कि माँ को ज़ोरों का ज्वर था।

''ये दीवारें नहीं टूटेंगी...कभी नहीं टूटेंगी...''

अनीता ने अपनी अर्धचेतना में कहा और रोने लगी।

''ममी,'' नन्हे बच्चे ने अपनी दोनों मुट्ठियाँ बाँधीं और माँ की छाती पर लोटते हुए कहने लगा, ''ममी, रोओ मत...मैं जब बड़ा होऊँगा...सारी दीवारें तोड़ूँगा।...''

रोते-रोते अनीता बच्चे के मुँह की ओर देखने लगी। ज्वर के वेग से अनीता की आँखें चकरा रही थीं। बच्चे का मुँह उसे एक बच्चे का मुँह न लगा। एक शक्तिशाली और जवान मर्द का मुँह दिखाई दिया, एक सच्चे दोस्त का मुँह, एक सच्चे महबूब का मुँह जो इस समय एक माँ से बातें नहीं कर रहा था, एक औरत की मजबूरी से बातें कर रहा था। बच्चे को माँ के दुःख का कुछ ज्ञान न था। उससे केवल माँ की आँखों के आँसू नहीं देखे गए और वह एक शाश्वत मर्द बनकर एक शाश्वत औरत के मुँह से आँसू पोंछ देना चाहता था।

अनीता ने तड़पकर अपने बच्चे को आलिंगन में कस लिया। अपने खून को आलिंगन में ले लिया और फिर अपने सिर में चढ़ते ज्वर के वेग से अचेत हो गई।

रात का आखिरी पहर था जब अनीता ने करवट बदली। उसे लगा कि उसने सिर पर गीले और ठण्डे कपड़ों की एक गठरी उठाई हुई थी जिसके नीचे उसकी गर्दन ऐंठ रही थी। अनीता ने हाथ से अपने सिर को सहलाया। उसके सिर पर सचमुच ही एक गीला और भारी कपड़ा लपेटा हुआ था। उसने हाथ से उस कपड़े को खींचा।

"अभी नहीं, थोड़ा बुखार और कम हो जाए," पास से एक बेगाने चेहरेवाली स्त्री ने कहा।

अनीता ने पहचाननने का प्रयत्न किया कि वह इस समय कहाँ थी और यह स्त्री कौन थी। पर उससे न कुछ पहचाना गया, न कुछ पूछा गया, अत्यन्त गहरी नींद की-सी कोई वस्तु उसकी आँखों में भर गई।

दूसरे दिन जब अनीता की नींद टूटी, तो उसने देखा, उसकी चारपाई के पास खड़ा उसका पति किसी से बातें कर रहा था। वह दूसरा आदमी शायद डॉक्टर था, क्योंकि अनीता को चेतना आते ही उसने झुककर अनीता के माथे को हाथ लगाया, उसकी बाँह की नाड़ी को टटोला और फिर पास खड़ी हुई उस रातवाली स्त्री से दवाई देने के लिए कहा। यह स्त्री, अनीता ने सोचा, डॉक्टर के साथ की नर्स होगी।

"रश्मि..." अनीता की आँखें कमरे में कुछ ढूँढ़ने लग गईं।

"वह स्कूल गया..." अनीता के पति ने अनीता के पास आकर कहा और फिर पूछा, "और कोई वस्तु चाहिए?"

"एक सिगरेट..."

अनीता के पति ने डॉक्टर से पूछकर अनीता को एक सिगरेट दे दिया, पर अनीता के मुँह में दवाई का कोई कड़वा स्वाद घुला हुआ था या ज्वर का वेग था, उसे सिगरेट का स्वाद अजीब-सा लगा और उसने थककर सिगरेट को एक ओर रख दिया।

कुछ दिन ज्वर का वेग कम न हुआ। देखते-देखते वह तेज़ी से बढ़ जाता और फिर एकदम उतर जाता। अनीता को लगता कि कभी वह बेहद गर्म पानी में डुबकी लेती थी और कभी उसका शरीर ठण्डे पानी में नहाया होता।

जिस समय भी अनीता की आँखों में कुछ चेतना होती, वह कमरे में कुछ ढूँढ़ती दिखाई देती और फिर पूछती—

"रश्मि...?"

"वह स्कूल गया हुआ है।" जो भी अनीता की चारपाई के पास खड़ा होता, उसको बताता।

फिर अनीता का ज्वर एक चाल में चढ़ने लगा। नित्य थोड़ा-सा और कुछ घण्टे। एक दिन सन्ध्या का समय था, अनीता ने रश्मि को बुलाने को कहा और

जब उसे वही नित्य का उत्तर मिला, अनीता तड़पकर चारपाई पर बैठ गई, ''यह कौन-सा समय है स्कूल जाने का? इस समय तो रात छाई हुई है।''

''रश्मि बोर्डिंग में चला गया है...यहाँ घर में उसे असुविधा होती थी ना...'' जिस स्त्री ने यह बात कही, अनीता ने ध्यान से उसके मुँह की ओर देखा और अनीता को लगा कि वह नित्यवाली स्त्री नहीं थी, कोई और थी।

''तुम कौन हो?''

''तुमने मुझे पहचाना नहीं? मैं शान्ति हूँ।''

''शान्ति?...'' अनीता ने अपनी स्मरण-शक्ति पर ज़ोर डाला और फिर उसे याद आया कि इस शान्ति को उसने कहीं देखा हुआ है। उस रात अनीता के पति ने उसे याद दिलाया कि शान्ति दूर की रिश्तेदारी में उसकी बहन लगती है और उसे अनीता की सेवा के लिए विशेषकर बुलाया गया था।

उस दिन अनीता को शान्ति के मुँह की ओर देखकर जो कुछ पराया-पराया-सा लगा, वह थोड़े दिनों में ही दूर हो गया। शान्ति अनीता का उस नर्स की अपेक्षा कहीं अधिक ध्यान रखती थी। बैठी-बैठी अनीता के पाँवों को दबाने लगती, बैठी-बैठी अनीता से रश्मि की बातें करने लग पड़ती। और फिर अनीता के कहने पर कोई किताब पढ़कर भी अनीता को सुना दिया करती थी।

फिर अनीता का ज्वर उतर गया। केवल जिस समय वह गुसलखाने में जाकर नहाती या मुँह-हाथ धोने का प्रयत्न करती, कपड़े बदलती, उसे घण्टे-भर के लिए हल्का-सा ज्वर हो आता, पर अनीता चकित थी कि उसके अंग नित्यप्रति घुलते जाते थे। उसे हर समय थकान चढ़ी रहती थी और उनमें धीरे-धीरे कोई वस्तु उसके प्राणों को सोख रही थी।

''बस थोड़ा सँभल लो, फिर हम रश्मि को मिलने चलेंगे,'' अनीता का पति दूसरे-तीसरे दिन अनीता को कहता और अनीता पूरी शक्ति लगाकर अपने अंगों में धैर्य भरती।

'...जैसे मेरे अंगों में मेरा खून पानी बनता जा रहा है।' अनीता अपने-आपमें सोचती और फिर अपने हाथों को देखने लगती। हाथों और बाँहों का रंग पीलापन पकड़ता रहता। अनीता को अच्छा न लगता और वह कई बार मुट्ठी भींचकर लाली की एक लहर अपनी नाड़ियों में ले आती। दवाई की खुराक पीते हुए वह हमेशा यह सोचती कि यह दवाई जब उसके खून में घुलेगी तो एक हरकत ले आएगी; पर वह जब भी दवाई पीती, उसका अन्तर और भी घुलने लग जाता। थोड़े दिनों बाद अनीता ने प्रत्येक दवाई छोड़ दी। उसने एक हठ ठान लिया कि वह कोई भी दवाई नहीं पिएगी।

अनीता ने दवाई छोड़ दी, पर पानी का घूँट भी अनीता को दवाई की भाँति कष्ट देने लगा। वह कई बार तीव्र प्यास में पानी पीती, पर पानी पीकर उसकी

जिह्वा और उसका तालु सूखने लगते। इन दिनों उसके हाथों और पैरों के पोरों पर अजीब बिवाइयाँ पड़ गई थीं। उसकी नाड़ी-नाड़ी में जैसे कुछ सूखता जा रहा था।

आधी रात का समय था। अनीता को नींद में भी अपनी शुष्क जिह्वा से साँस लेना कठिन हो गया और घबराहट में आँख खुल गई।

''पानी...'' अनीता के मुँह से निकला पर उसने सोचा कि इस रात के समय में शान्ति को न जगाऊँ और वह धीरे से उठकर कमरे में रखा हुआ पानी ढूँढ़ने लगी।

शान्ति शायद किसी खड़ाक से उठ बैठी। जल्दी से अनीता को चारपाई पर बिठाकर कहने लगी, ''मैं अभी पानी ला देती हूँ।''

कमरे में शायद पानी नहीं था। शान्ति साथ के कमरे में से निकलकर रसोई में से पानी लेने चली गई। शान्ति को गए अभी थोड़ा समय ही हुआ था, अनीता को लगा कि प्यास से उसका साँस अटक रहा था और उससे दो-एक मिनट भी प्रतीक्षा नहीं की जा सकेगी।

अनीता जब थिरकते कदमों से शान्ति के पीछे-पीछे रसोई में गई, शान्ति पानी से भरे हुए गिलास को घड़े के पास रखकर उसमें एक सफ़ेद-सी शीशी में से जाने कुछ कैसी बूँदें डाल रही थी।

अनीता स्तब्ध रह गई। उसने अपनी ओर से शान्ति को पुकारा, पर उसकी आवाज़ शायद उसके गले से बाहर न निकली, क्योंकि अनीता को स्वयं सुनाई न दी। शान्ति ने जब पानी का गिलास हाथ में पकड़कर पीठ घुमाई तो सामने अनीता खड़ी हुई थी। अनीता ने शान्ति की आँखों में देखा और शान्ति ने अनीता की आँखों में। फिर शान्ति कुछ कहने लगी थी कि उसके शब्द थिरक गए। अनीता को शान्ति की थिरकी हुई आवाज़ ने जाने कैसी हिम्मत दे दी, उसने ज़ोर से पूछा, ''यह तुमने पानी में क्या डाला है?''

''कुछ नहीं...'' शान्ति ने इतना जिह्वा से न कहा जितना सिर हिलाकर।

अनीता को घबराहट में यह पता न लगा था कि शान्ति ने अपने हाथ की शीशी को कहाँ रख दिया था। उसने शान्ति से ही पूछा, ''अभी तुमने हाथ में एक शीशी पकड़ी हुई थी, वह कहाँ है?''

शान्ति मुस्कुरा दी और धैर्य से कहने लगी, ''आपने दवाई पीने से इनकार कर दिया था, पर डॉक्टर ने कहा था कि दवाई अवश्य देनी चाहिए। इसलिए मैंने दवाई की एक-दो बूँदें आपके पानी में मिला दी हैं।''

अनीता ने पानी का गिलास हाथ में लेकर देखा। न पानी का रंग बदला हुआ था, न पानी की गंध, तो भी अनीता ने पानी न पिया और कहने लगी, ''यह कैसी दवाई है? ला मुझे शीशी दिखा।''

शान्ति ने दुपट्टे की कन्नी से बँधी हुई एक छोटी-सी शीशी खोली और अनीता को पकड़ा दी। शीशी पर किसी भी दवाई का कोई नाम लिखा हुआ नहीं था। दवाई बिलकुल पानी-जैसी थी, जिसका कोई रंग न था। अनीता ने गिलास का वह पानी उँड़ेल दिया और घड़े में से और पानी लेकर पी लिया। दवाई की शीशी अनीता ने अपने पास रख ली।

अनीता ने चारपाई पर लेटते समय दवाई की शीशी अपने सिरहाने के पास रख ली। पर अभी उसे लेटे थोड़ी देर ही हुई थी कि वह फिर चारपाई से उठी। उसने चाबियाँ लेकर अपनी आलमारी को खोला और शीशी को आलमारी में रख दिया। फिर रात को अनीता को काफ़ी देर नींद न आई।

दूसरे दिन सवेरे अनीता जब जागी तो उसके नौकर ने उसे चाय का एक प्याला देते हुए कहा, ''आज आप बड़ी देर से जगी हैं। मैंने रोज़ के समय पर चाय बनाई थी, पर वह ठंडी हो गई। आपको जगाया भी, पर आप जागीं नहीं। अब मैं दूसरी बार चाय बनाकर लाया हूँ।''

अनीता ने चाय का घूँट भरा और फिर उसे रात की सारी घटना याद हो आई। अचानक अनीता के मुँह से निकला, ''शान्ति कहाँ है?''

''शान्ति बीबी तो सवेरे की गाड़ी से चली गई हैं।''

चाय का प्याला अनीता के हाथ में ही रह गया और वह नौकर के मुँह की ओर देखने लगी कि वह यह क्या कह रहा है।

''मालूम नहीं क्या बात हुई। अभी कितनी ही रात बाकी थी जब शान्ति बीबी ने मुझे जगाकर एक ताँगा मँगवाया और स्टेशन पर चली गईं।''

''साहब कहाँ हैं?'' अनीता ने एक बार पूछा और फिर अपने तकिये के नीचे रखे हुए चाबियों के गुच्छे को ढूँढ़ने लगी।

''साहब शायद गुसलखाने में हैं।'' नौकर ने बताया और फिर पूछा, ''चाय ठीक नहीं बनी? आपने चाय नहीं पी।''

''अभी पीती हूँ।'' अनीता ने कहा और तकिया उठाकर देखने लगी कि चाबियाँ कहाँ हैं। चाबियाँ तकिये के नीचे नहीं थीं। अनीता ने चारपाई के नीचे देखा कि शायद चाबियाँ नीचे गिर गई हों। चाबियाँ चारपाई के नीचे भी नहीं थीं।

अनीता घबराकर चारपाई से उठने लगी थी कि उसे याद आया,...रात को चाबियाँ उसने बिस्तरे की कन्नी उठाकर दरी और खेस की तह में रखी थीं। अनीता ने खेस की कन्नी उठाई और देखा कि चाबियाँ वहाँ पड़ी हुई थीं। अनीता ने चाबियाँ हाथ में पकड़ लीं और फिर घूँट-घूँट करके चाय पीने लगी।

चाय पीकर जब अनीता चारपाई पर लेटने लगी तो वह फिर विकल हो

उठी। उसने चाबियाँ लेकर आलमारी को खोला और अवाक् रह गई। रात में जो शीशी उसने आलमारी में रखी थी। आलमारी में वह शीशी नहीं थी।

कितनी देर आलमारी के खाली खाने को ढूँढ़-ढूँढ़कर अनीता थक गई और फिर आलमारी को उसी तरह खुली छोड़कर वह चारपाई की ओर लौट आई। अनीता जब चारपाई पर लेट गई, अनायास उसकी आँखों से आँसू बहने लगे।

'यह सब शान्ति ने क्या किया? क्यों किया?' और अनीता का कुछ भी सोचने से पहले दिल किया कि अगर दुनिया उसे उलटे हाथों मारना चाहती है तो वह स्वयं ही सीधे हाथों क्यों नहीं मर जाती!

एकदम अनीता के मन में आया कि वह अभी उठकर खिड़की से कूद जाए। कितना ऊँचा मकान था, तीन मंज़िला मकान। और अनीता ने अपने ख़यालों में गली के फ़र्श पर पड़ी हुई अपनी लाश की कल्पना की। फटा हुआ सिर...टूटी हुई टाँग...खून का गढ़ा...और चारों ओर लोग ही लोग...अनीता को एक उकताहट-सी हो आई और उसने सोचा, 'क्या मालूम इस तरह गिरने से जान भी निकलेगी अथवा नहीं...जाने कितनी देर तड़पना होगा...और जाने कितनी देर लोगों के हाथों में रहना पड़ेगा...लोगों के विचार से अनीता की नाड़ियों में क्रोध का एक थपेड़ा-सा लगा। आदमी को मरकर भी लोगों के हाथों में रहना पड़ता है। एक लाश का नंगेज़ भी वह लाश के पास नहीं रहने देते। नहलाना, संवारना, उसके कपड़े बदलना...यह एक मरे हुए मनुष्य से मज़ाक नहीं तो और क्या है... ?'

और सोचते-सोचते अनीता को लगा कि यह खिड़की से कूदकर मरने की बात एकदम व्यर्थ है। 'राह जाते लोग भी मेरे टूटे हुए अंगों को देखने...यह कभी नहीं हो सकता...' और अनीता को कुछ दिन पीछे अखबार में पढ़ी उस नवविवाहिता लड़की का स्मरण हो आया जो अपने शरीर पर मिट्टी का तेल छिड़ककर जल गई थी। अनीता एकदम काँप उठी, 'आदमी जीते हुए भी एक तरह से आग में जले और मरने की घड़ी में भी अपने शरीर को आग का दुःख दे...'

आग की भयानकता से घबराकर अनीता का ख़याल सहसा पानी की ओर चला गया। 'बल्कि पानी की मौत उससे कहीं अच्छी है। कम-से-कम जलना तो नहीं पड़ता। ठंडे और बहते पानी में आराम से अपने शरीर को पानी के हवाले कर दे...साँस की तकलीफ़ तो कुछ देर ही होती होगी...फिर होश ही नहीं रहते होंगे...अनीता ने कुछ आश्वस्त होकर सोचा पर फिर उसे अनुभव हुआ जैसे उसकी नर्म-नर्म टाँग पर किसी मगरमच्छ ने दाँत गड़ा दिए हों। अनीता ने सहमकर अपनी टाँग को टटोला। फिर अनीता को विचार आया कि एक जीवित शरीर को जल-जीवों के हवाले कर देना भी घटिया बात थी। और अनीता की आँखों के सामने एक तेज़ चलती गाड़ी के पहिये घूम गए। अनीता ने जब लोहे के कई मन

भार को सोचा तो उसे कुछ कष्ट न हुआ। पर साथ ही उसे गाड़ी में बैठे हुए...सैकड़ों लोगों का ख़याल आया और उसे एक कचकचाहट हुई, 'लोगों के पैरों तले कुचले जाना...सैकड़ों-हज़ारों गैरों के पैरों तले...' और प्राणों के ऐसे अपमान से घबराकर अनीता ने सोचा, 'कोई ऐसी दवा होनी चाहिए, एक बार खा लो और फिर आराम से बिस्तर पर लेट जाओ। ऐसी दवा जिससे तड़पना भी न पड़े और जिससे मृत्यु भी अनिवार्य हो...'

'इस तरह की दवाई कहाँ मिल सकती है?' अनीता सोचने लगी, 'इधर-उधर की दवा खाने से तो मृत्यु भी अनिवार्य नहीं होती। आदमी कुछ खाए भी और फिर मृत्यु भी न हो।' अनीता को सोचते-सोचते एक क्रोध-सा आने लगा, 'आत्मघात दोष क्यों गिना जाता है इस दुनिया में? इस दुनिया में जीना भी जुर्म और मरना भी जुर्म...मानव जैसे जन्म से ही मुजरिम होता है...'

जीने और मरने के नियम को सोचते अनीता के सामने वह अवस्था आई, जो एक असफल प्रयत्न करने वाले आदमी की होती है, 'अपाहिज...' अनीता काँप उठी। इस कँपकँपी ने अनीता के अंग-अंग को झकझोरा और पूछा, 'सामाजिक तौर पर तुम शायद अब भी अपाहिज हो, फिर शारीरिक तौर पर भी ऐसी हो जाओगी...यह तुम्हारा घड़ा हुआ अंग-अंग...' अनीता के शरीर में उठती कँपकँपी ने उसके अंग-अंग को सहलाया, उसके बिखरे हुए बालों को संवारा और फिर वह कभी रश्मि के स्मरण से और कभी सागर के ख़याल से खेलने लगी।

अनीता का पति जब काम पर जाने के लिए तैयार होकर अनीता के कमरे में आया, अनीता ने और कुछ पूछने के स्थान पर रश्मि का हाल पूछा। रामपाल ने रश्मि की बात की, अनीता से कोई आवश्यकता की वस्तु पूछी और फिर बताया कि शान्ति को शायद रात को कोई दुःस्वप्न आया था। वह अपने घरवालों की कुशलक्षेम जानने के लिए सवेरे ही अपने घर चली गई है।

शान्ति के इस प्रकार अकस्मात् चले जाने पर रामपाल चकित नहीं था। अनीता ने एक बार उसके मुँह की ओर देखा और एक बार सामने खुली हुई आलमारी की ओर। रामपाल चुप था, पर वह आलमारी जैसे सारे का सारा मुँह खोलकर कुछ पूछना चाहती थी।

"रात को..." अनीता कुछ कहने लगी थी कि उसकी आवाज़ रुक गई। अनीता ने बरबस उसे रोक लिया।...'मेरे पास इस बात का क्या सबूत है? सबूत तो वह जाती हुई साथ ही ले गई,' अनीता ने सोचा, 'इस संदेह का कहीं अंत न होगा। यह शान्ति के साथ आया था और शान्ति के साथ ही चला जाए तो अच्छा है।'

चाहे अनीता को अनुभव हुआ कि यह सन्देह शान्ति के साथ ही नहीं जा सकता, पर उसे यह भी लगा कि अगर एक बार यह उसकी जिह्वा पर आ गया

तो सदा के लिए मेरी जिह्वा पर खड़ा रहेगा।...और सदा के लिए मेरी आँखों में बैठकर हर किसी के मुँह की ओर देखता रहेगा।

अनीता ने सारे सन्देह को सामने की खुली आलमारी में रख दिया और आलमारी को हाथ से बन्द कर दिया।

नौ

अनीता को अब अपनी शेष आयु इस तरह दिखाई देने लगी जैसे उसके सारे दिन, महीने और वर्ष और कुछ न हों, केवल उन्मुक्त पानियों का एक बहाव हो।

इस उन्मत्त पानी में बहती अनीता के लिए अगर घड़ी-पल साँस लेने के लिए कोई दो किनारे थे तो एक था उसका बच्चा, और दूसरा दुनिया-भर की किताबें।

अनीता जब होस्टल में रहते अपने बच्चे को पत्र लिखती थी, उसके प्रौढ़ और गोल अक्षरों की रचना बड़ी छोटी आयु की हो जाती थी। बच्चा जब अनीता को पत्र का उत्तर देता था, उसके अज्ञान और टेढ़े अक्षरों की रचना कहीं बड़ी आयु की हो जाती थी। और इस प्रकार अनीता का बच्चे को लिखा हुआ पत्र और बच्चे का अनीता को लिखा हुआ पत्र हमउम्र हो जाते थे।

अनीता जब शहर की सबसे बड़ी लाइब्रेरी के खाने खोलती थी, उसकी भटकती आँखें पुस्तकों के अक्षरों से नहीं हटती थीं। और आलमारी के कोनों और नुक्करों में पड़ी पुस्तकें जब अनीता के हाथों को पकड़कर अपने शरीर की धूल झाड़ती थीं, वे अनीता के हाथों से नहीं हटना चाहती थीं। इस तरह अनीता की आँखें और किताबों के अक्षर एक-दूसरे को इस तरह मिलते थे जैसे वे चिर के बिछुड़े हुए हों।

चाहे अनीता ने अपने दफ़्तर जाना शुरू कर दिया था पर घर में भी और दफ़्तर में भी अभी वह बीमार ही समझी जाती थी। और इस तरह पिछले दिनों उसकी बीमारी का हाल पूछने आए उसके पति के सम्बन्धी जब कमरे में बैठे हुए उसके पति से बातें कर रहे थे, उन बातों से कुछ टूटे हुए वाक्य अनीता के कानों में भी पड़ गए थे। ये वाक्य कुछ इस तरह के थे, ''इतना रोग नहीं जितना दिखावा है...औरत को दबाकर रखना चाहिए...मेरी घरवाली जब किसी सहेली को मिलने जाती है तो मैं पीछे नौकर भेज देता हूँ...मैं तो यूँ भी कभी-कभी धमका देता हूँ...मेरी पत्नी को जब भी किसी सम्बन्धी का पत्र आता है...उसका साहस नहीं कि पत्र को खोल ले...'' और भले ही अनीता ने भिनभिनाती मक्खियों जैसी इन बातों की ओर ध्यान नहीं दिया था, पर उसे भय हुआ था कि किसी

दिन इस तरह की नेक सलाहें उसके पुत्र के कोमल मन में कोई सलवट न डाल दें। और अनीता ने अपना दिल खोलकर अपने पुत्र को एक पत्र लिखा था।

आज अनीता को दफ़्तर से छुट्टी थी और वह अपने कमरे में बैठी अमरीका के एक वास्तुकार की जीवनी पढ़ रही थी जब उसके बच्चे का पत्र आया।

छोटा-सा पत्र था, पर अनीता ने कई घण्टे लगा दिए उस पत्र को पढ़ने में। और अनीता ने सोचा, घण्टे भी काफ़ी नहीं, इस पत्र को पढ़ने के लिए एक आयु की आवश्यकता है।

बच्चे ने अजान और टेढ़े अक्षरों में बड़ी सूझ की और सीधी बात लिखी हुई थी—

''मेरी प्यारी मम्मी, आप मेरी चिन्ता न किया करो। मुझे कोई भी बुरी बात नहीं सिखा सकता। मैं आपका अपना पुत्र हूँ। आपका अपना खून।''

कुछ समय पूर्व अनीता जिस वास्तुकार की जीवनी पढ़ रही थी, वह जापान में जाकर उस धरती पर एक बहुत बड़ी इमारत बनाना चाहता था—जिसके अंग-अंग में भूकम्प बसा हुआ था। वह सोते हुए उठ बैठता, धरती में से एक शोर उठता था, अकस्मात् झटके लगते थे और धरती झूलने लगती थी। धरती की ठोस परत केवल आठ फुट थी और इसके नीचे साठ-सत्तर फुट गहरा कीचड़ बिछा हुआ था। उसे पता नहीं चलता था कि वह अपनी इमारत की नींव किस तरह डाले, उसे मालूम न था कि इस नींव पर वह जिस चीज़ का भी निर्माण करेगा, वह थोड़ी देर बाद ही मुँह के बल गिर पड़ेगी।

और अनीता को अपने बच्चे का पत्र पढ़कर अपना हाल उस वास्तुकार-सा लगा, 'मैं उस धरती पर खड़ी हूँ जिसके अंग-अंग में भूकम्प बसा हुआ है।' और अनीता सोचने लगी, 'मैं इस धरती पर अपनी शेष आयु की इमारत किस तरह बनाऊँ?'

अनीता ने बच्चे का पत्र चूमकर सँभाल लिया और फिर अपनी छोड़ी हुई किताब को पढ़ने लगी। इस किताब का लेखक आगे कह रहा था, ''जिस प्रकार पानी की परत पर एक जहाज़ तैरता है, अगर मेरी इमारत भी इस कच्ची धरती पर भार डालने की अपेक्षा इसमें झूलने लग जाए तो वह गिरने से बच सकती है। इस भूकम्प से लड़ने के स्थान पर अगर मैं इससे सहानुभूति करने लग जाऊँ...'' अनीता ने पुस्तक एक ओर रख दी और सोचने लगी कि वह अपने जीवन के भूकम्प से किस प्रकार एक समझौता कर सकती है?

कई दिन से शहर में किसी इकबाल चित्रकार के चित्रों की प्रदर्शनी लगी हुई थी। अनीता ने कई बार जाने के लिए सोचा, पर उसके पैर नित्य ही आलस्य कर जाते थे। आज जो अनीता ने अपने बच्चे के पत्र से और पुस्तक के लेखक से कुछ उत्साह उधार लिया तो उसके पैरों में शक्ति आ गई। वह उठी और मुँह-हाथ धोने

के लिए गुसलखाने में चली गई।

गुसलखाने में पैर रखते हुए अनीता की दृष्टि सामने की खूँटी पर पड़ी, जहाँ एक तौलिया टँगा हुआ था। अनीता के पैर जहाँ-के-तहाँ रह गए। अनीता ने देखा, सामने खूँटी पर टँगे तौलिये का छोर खून से भरा हुआ था।

अनीता के सिर को एक चक्कर आया और उसकी टाँगें काँपीं और वह गुसलखाने के फ़र्श पर बैठ गई। कितनी ही देर अनीता ने अपने माथे को अपने हाथों में दबाए रखा। फिर प्यास से उसका गला सूख गया।

अनीता ने अपना सिर उठाया और गुसलखाने के नल की ओर देखा। नल बन्द था पर खोलने से उसमें पानी आ जाता था। अनीता ने हाथ ऊँचा किया पर आँखें जान-बूझकर ऊँची न उठाईं कि कहीं वे खूँटी पर टँगे तौलिये को देखकर घबरा न जाएँ।

नल से पानी बहने लगा पर पानी के नीचे अंजलि करते समय अनीता को लगा कि साथ की खूँटी पर टँगे हुए तौलिये में से शायद खून की बूँदें टपककर उसकी अंजलि में पड़ जाएँगी। अनीता ने चौंककर हाथ पीछे कर लिए। फिर आगे किए, पानी की अंजलि भरी और गिरा दी। फिर एक और अंजलि भरी और पानी को ध्यान से देखा। और फिर अनायास उसकी आँखें खूँटी पर टँगे हुए तौलिये की ओर चली गईं।

अनीता ने देखा, फिर देखा, पर तौलिये को कहीं भी खून नहीं लगा हुआ था। सारा तौलिया सफ़ेद-का-सफ़ेद था।

नल का पानी चलता रहा; अनीता की अंजलि में पड़ता रहा और गिरता रहा। पर अनीता को पानी पीना भूल गया। वह तौलिये की ओर देखती जा रही थी कि उसने अभी जो छोर खून से भरा हुआ देखा था, वह कहाँ गया?

आखिर अनीता ने उठकर तौलिये को हाथ लगाया और उसके चारों छोर देखने लगी। तौलिये के एक छोर पर लाल रंग का लेबल लगा हुआ था जिस पर मिल का नाम लिखा हुआ था। 'यह लाल रंग का लेबल ही मुझे खून-सा दिखाई दिया होगा।' अनीता ने धैर्य से सोचा और फिर उसका मन भर आया, मैं अपनी ओर से शान्ति की बात भुला बैठी हूँ। पर शायद मुझे कभी न भूल सकेगी...वह नहीं चाहती थी कि मैं जीती रहूँ...वही मौत का ख़याल...कत्ल का ख़याल...खून का ख़याल...

अनीता ने जिस दिन शान्ति को पानी के गिलास में कोई वस्तु घोलते हुए देखा था, उसने बात को वहीं-का-वहीं छोड़ दिया था। उसने यह भी नहीं सोचना चाहा कि आखिर शान्ति ने ऐसा क्यों किया? क्या उसने अपनी इच्छा से किया था या किसी के कहने पर किया था? और अगर किसी के कहने पर किया था तो किसके कहने पर? अनीता ने स्पष्ट रूप से यह सब कभी न सोचा था, पर अपने ही अन्दर

शायद सब कुछ सोचा था। और अब यह बात 'किसके कहने पर' पर पहुँची थी तो अनीता इसके उत्तर से घबरा गई थी। और इसलिए शायद उसने यह बात वहीं रहने दी थी, पर आज अनीता यह सब सोचने लगी। और उसे लगा कि अगर आज नहीं तो कल, कल नहीं तो किसी और दिन वह अवश्य पागल हो जाएगी। 'पागल होने में कुछ कसर बाकी है क्या?' अनीता ने अपने-आपको कहा, 'तौलिये के छोर पर लगा हुआ लाल लेबल मुझे खून-सा दिखाई देने लगा है,' और अनीता ने एक नि:श्वास लिया, 'मेरे हाल पर अगर कोई रोने वाला है भी तो मैं ही हूँ और तो कोई रोएगा भी नहीं मेरे हाल पर!'

अनीता ने मुँह-हाथ धोया और कपड़े बदले तथा चित्रों की नुमाइश देखने चली गई। आज अनीता को यह सब कुछ अपने मन पर ज़ोर डालकर करना पड़ा। गुसलखाने की घटना के बाद अनीता के अंगों में वही पुरानी शिथिलता आ गई थी, पर आज वह सोच रही थी, 'अगर लावे से भरी हुई धरती पर ही मुझे कोई इमारत बनानी है तो फिर इस तरह घबराने से क्या होगा?'

प्रदर्शनी में जाकर अनीता ने एक-एक चित्र को देखा, कितनी-कितनी देर ठिठककर देखा। 'यह रंगों का खेल। यह ख़यालों का खेल...' अनीता सोचती रही, सराहती रही। पर इन चित्रों में एक चित्र था। किसी के सारे शरीर पर आँखें-ही-आँखें उग आई थीं। दो आँखों के स्थान पर जैसे कोई सैकड़ों आँखों से किसी वस्तु को देख रहा हो। अनीता जब इस चित्र के सामने खड़ी हुई, तो वहीं खड़ी रही।

अनीता के सारे अंग पिघलकर आँखें-ही-आँखें बन गए। उस एक चित्र की जैसे दो प्रतियाँ बन गईं। दीवार से लगे हुए चित्र की आँखें न जाने अपनी कल्पना में किसके मुँह की ओर देख रही थीं, पर इस फ़र्श पर खड़े हुए चित्र की आँखें अपनी कल्पना में सागर के मुँह की ओर देख रही थीं।

"यह चित्र आपको पसन्द आया क्या?" इकबाल ने जब अनीता के पास आकर उससे पूछा तो अनीता ने पहले उसके मुँह की ओर देखा और फिर खाली कमरे में।

"आठ बज गए हैं?" अनीता ने पूछा।

"सवा आठ। इसीलिए लोग चले गए हैं।"

"मुझे तनिक भी समय का ख़याल न रहा।"

"तो यह मेरा चित्र सफल है..."

"आपने क्या नाम रखा है इसका?"

"याद!"

"यह याद क्या चीज़ होती है, जो समय को हाथ से पकड़कर ठहरा देती है?" इकबाल ने उत्तर न दिया। अनीता ने ध्यान से उसके मुँह की ओर देखा।

बिलकुल मासूम चेहरा था। पर बड़ा तीखा और स्वस्थ।

"इतनी छोटी आयु में आपने यह सब कुछ किस तरह बना लिया?"

"मैं बहुत छोटा लगता हूँ?"

अनीता को हँसी आ गई। उसने एक बार फिर इकबाल के मुँह की ओर देखा और कहा, "नहीं! जिसके पास इस प्रकार की कला हो, वह कभी छोटा नहीं होता।"

अनीता लौटने लगी थी तब इकबाल ने कहा, "आपने ये दायीं ओर के चित्र नहीं देखे।"

"आज तो प्रदर्शनी का समय समाप्त हो गया है। फिर आ जाऊँगी कल-परसों।"

"कल?"

"अच्छा कल।"

बड़ी साधारण-सी बात थी, पर अनीता ने देखा, एक छोटा-सा वचन लेकर इकबाल के मुँह पर चमक आ गई थी। और अनीता को बाहर सड़क पर चलते हुए इकबाल से एक हल्की-सी ईर्ष्या हो आई, 'जो लोग जीवन के छोटे-छोटे आश्वासन से बदल सकते हैं, वे कितने अच्छे होते हैं!'

दूसरे दिन अनीता को जब दफ़्तर से छुट्टी हुई, वह घर जाने लगी तो उसे बीते दिन का वचन स्मरण हो आया। वह घर जाने की अपेक्षा प्रदर्शनी की ओर चली गई।

कमरे में इक्का-दुक्का लोग थे। अनीता को देखते ही इकबाल ने उसके पास आकर उसे इतनी आत्मीयता से बुलाया जैसे वह अनीता का कोई चिरपरिचित हो। वह उसके साथ होकर उसे चित्र दिखाने में लग गया।

अनीता चित्रों की ओर देखते-देखते कभी अचानक इकबाल की ओर देखने लगती और सोचती, 'इतनी कच्ची उम्र में कला में इतनी निपुणता कैसे प्राप्त कर ली?'

"यह प्रदर्शनी और कितने दिन रहेगी?" कुछ देर बाद अनीता ने पूछा।

"पाँच दिन और।"

"मैं एक बार फिर किसी दिन आऊँगी, आज मैं जल्दी में हूँ।"

"क्यों?"

इकबाल की इस 'क्यों' पर उसे स्वयं भी हँसी आ गई और अनीता को भी। अनीता ने प्रश्न की स्वाभाविकता को बनाए रखने के लिए उतनी ही स्वाभाविकता से कहा, "वास्तव में मैं घर से नहीं आई, दफ़्तर से आई हूँ। थकी हुई हूँ।"

"आपने चाय पीनी होगी?..."

"हाँ, चाय भी पिऊँगी घर जाकर।"

"चाय यहीं पी लीजिए।"

अनीता ने अभी उत्तर नहीं दिया था कि उसने देखा, इकबाल उसे यह बात कहकर कुछ बेआराम-सा हो गया था।

शायद कुछ पूछता रहा था। जैसे उसने यह बात अपने स्वभाव के अनुसार न कही हो।

"चाय पीते हुए आप मुझे इस चित्र की कहानी सुनाएँगे?" अनीता ने हँसकर पूछा।

"किस चित्र की?"

"आँखों वाले चित्र की।"

इकबाल ने लजाकर अपना नीचे का होंठ दाँतों में काटा और फिर सर हिलाकर 'हाँ' कर दी।

प्रदर्शनी से बाहर बड़ी सड़क पर कई अच्छे चायघर थे। अनीता और इकबाल एक अच्छे दिखते चायघर में जाकर चाय पीने लगे।

"सच इकबाल, आपने इतनी छोटी आयु में इतनी निपुणता कैसे प्राप्त कर ली?"

"मेरी आयु इतनी छोटी नहीं, जितना छोटा मैं दिखाई देता हूँ। अगर कहीं आप मेरे छोटे भाई को देखें तो चकित हो जाएँ। इतना लंबा, ऊँचा और जवान दीखता है...मैं बचपन में अपनी दादी को कहा करता था कि जब मुझे जन्म लेना था, तूने मेरी माँ को कुछ नहीं खिलाया था। पर जब मेरे भाई ने जन्म लेना था, तूने मेरी माँ को मक्खन खिलाया था।"

"तब मेरा अनुमान है कि जब आप जन्मे थे, आपकी दादी ने आपकी माँ को मक्खन तो चाहे न खिलाया हो, पर कोई ऐसी वस्तु अवश्य खिलाई होगी जिससे आप में इतनी कला आ गई?"

"वह भी यही बात कहा करती थी। उसे आँखों से दिखाई नहीं देता था। वह हाथों से मेरी पतली-पतली बाँहों को टटोलने लगती थी और फिर मेरे सिर को चूमकर कहा करती थी कि जब तुम्हें जन्म लेना था, मैंने तुम्हारी माँ को 'चासकू' खिलाया था। तुम देख लेना, तुम बड़े समझदार निकलोगे। चासकू से बुद्धि बढ़ती है।"

"आपकी माँ... ?"

"मैं छोटा-सा था जब उसकी मृत्यु हो गई थी।"

"आपको इस कला का शौक किससे हुआ?"

"किसी से नहीं। मैं तो गाँव में जन्मा, गाँव में पला, जहाँ सौ-सौ कोस तक केवल गेहूँ ही होता था या कपास होती थी, और कुछ नहीं होता था। हमारे यहाँ किसानों के जो लड़के स्कूल नहीं जाते उन्हें सवेरे-सवेरे रोटी-लस्सी भी नहीं

मिलती। वे सवेरे उठकर खेतों में चले जाते हैं। केवल जो लड़का स्कूल जाता है, उसे सवेरे-सवेरे लस्सी या दूध मिल जाता है। मैं शुरू से ही इकहरे शरीर का था। मुझसे खेतों में जाकर काम नहीं हो पाता था, इसलिए मैं स्कूल जाने लगा। साथ ही इस तरह मेरी दादी मुझे सवेरे-सवेरे एक परांठा बनाकर खिला दिया करती थी।''

''आपको पढ़ाई अच्छी लगती थी?''

''बहुत अच्छी नहीं लगती थी, न ही मैं बहुत पढ़ता था, पर क्लास में सदा प्रथम आ जाता था। स्कूल में मुझे एक बड़ा दुःख यह था कि मेरी आयु के लड़के मुझे पीटते बहुत थे।''

''क्यों?''

''वे होते मेरी आयु के थे, पर लगते बहुत बड़े थे। मैं जब उनसे 'कौड़ियाँ' खेलता था और जीत जाता था तो वे मुझसे कौड़ियाँ भी छीन लेते और पीटते भी थे। पीटने में तो मैं उनकी बराबरी न कर पाता, पर यह कसर मैं दूसरी बातों में निकाल लेता था।''

''शायद जीतने के इसी हठ ने आपके हाथों में इतनी कला भर दी हो?''

''मैं हरे रंग की स्याही लेकर कागज़ों पर मोर के पंख बनाता रहता और फिर उन्हें लड़कों को दिखा-दिखाकर उन लड़कों को नीचा दिखाता था।''

''फिर?''

''फिर एक बार शौक का मारा मैं गर्मियों की छुट्टियों में शहर चला गया। वहाँ किसी पेंटर की शागिर्दी कर ली। खाना 'ढाबे' पर खा लेता और उसके ब्रुश धो देता, रंग भरकर देता और सारा दिन चित्र देखता रहता था।

''शहर में मंडुए भी होते थे, पर मेरे पास देखने के लिए पैसे नहीं हुआ करते थे। मैं खड़ा रहकर चित्र देखता रहता और गाने सुनता रहता था। एक बार...''

''क्या हुआ एक बार?''

''अब हँसी आती है याद करके। एक बार शहर के मंडुए में मिस कज्जन का थिएटर आया था। मिस कज्जन का ज़िंदा नाच और गाना। और मेरा बहुत मन आता था मिस कज्जन को देखने के लिए। कम-से-कम अढ़ाई आने टिकट था, पर मेरे पास अढ़ाई आने भी नहीं थे। मैं अन्दर सोडा और बर्फ़ ले जाने वाले लड़कों को बड़ी स्पर्धा से देखता रहा कि वे कितनी आसानी से अन्दर चले जाते थे और मिस कज्जन को देख आते थे!''

''फिर सोडा और बर्फ़ नहीं बेची?''

''सचमुच बेची। पहले तो सोडे वाले मुझे बोतलें ही न दें, पर फिर उन्होंने दे ही दीं। मैं अन्दर चला गया। एक-दो बोतलें बेचीं और फिर बाकी को एक ओर

रखकर मिस कज्जन को देखने लगा।''

''फिर घर आकर मिस कज्जन का चित्र बनाया?''

''बहुत-से चित्र बनाए...''

''और यह 'याद' चित्र? यह बड़ी आँखों वाला?''

''यह?...सब कुछ आज ही पूछ लेंगी? इतना भी मैंने आपको जो कुछ सुनाया है पहले कभी किसी को नहीं सुनाया। शायद इसलिए कि मैं बहुत दिनों से आपसे परिचित होना चाहता था...''

''मुझसे परिचित?''

''आपका चित्र बनाना चाहता था।''

''मेरे विचार में आपने कल से पहले मुझे कभी नहीं देखा।''

''मैंने आपको तब देखा था, जब आपके पिताजी जीवित थे। वैसे आपका विवाह हो चुका था। एक बार आप अपने पिताजी के घर आई हुई थीं, मुझे पता चला तो मैं आपको मिलने भी गया था।''

''मुझे कुछ स्मरण नहीं।''

''आपको स्मरण नहीं हो सकता, क्योंकि आपको मालूम ही नहीं। शायद आप सो रही थीं। आपको उन्होंने जगाया नहीं था।''

''फिर आप लौट गए थे?''

''मैं वापस चला गया और जाने क्यों मैंने हठ ठान लिया कि मैं फिर कभी आपके घर नहीं जाऊँगा।''

अनीता चकित होकर इकबाल के मुँह की ओर देखने लगी। कितना मासूम मुख था, पर कितना हठी! और अनीता सोचने लगी, 'शायद सभी कलाकारों में यह हठ इतना बड़ा होता है, इतना बड़ा स्वाभिमान।'

''क्या सोच रही हैं आप?''

''आपके हठ का कारण सोच रही हूँ।''

''कारण मुझे स्वयं नहीं मालूम हो पाता था, पर हठ खूब ठन गया था। अब भी अगर आप कल चित्र देखने न आतीं तो मैं आपको कभी न मिलता।''

''यूँ लगता है जैसे आपको दुखाया किसी एक ने हो और उसका रोष आप सभी पर निकाल रहे हों।''

''शायद...''

''आप वह बात बताने चले थे।''

''मैं जब आर्ट स्कूल में पढ़ता था, वहाँ एक लड़की पढ़ती थी—मनजीत! वह मुझे बड़ी अच्छी लगती थी। उसके सामने बैठकर मैं उसकी तस्वीर नहीं बना सकता था। दो-तीन लड़कों को छोड़कर उसके दाईं-बायीं पंक्ति में बैठ जाता और उसका चित्र बनाया करता था। शायद उन चित्रों में से कोई अभी तक मैंने

सँभालकर रखा हो।...मैंने उसका चित्र उसे कभी न दिखाया था।''

''क्यों?''

''वह बहुत बड़े बाप की बेटी थी। कार में आती थी, कार में जाती थी। मैं सोचता था कि अगर उसे कभी मालूम भी हो गया कि मैं उसका चित्र बनाता हूँ तो वह मुझ पर गुस्सा करेगी।''

''आपने कभी भी उसे कुछ न बताया?''

''कभी नहीं। केवल उसके नाम के प्रथम अक्षर के साथ मैं कई वर्ष अपना नाम लिखता रहा।''

''एम. इकबाल?''

''हाँ, एम. इकबाल।''

''और आज उसे देखने वाली दो आँखें शायद सैकड़ों आँखें बनकर उसे ढूँढ़ती रहती हैं!''

अनीता की इस बात ने इकबाल की सोई हुई कहानी को जगा दिया। कहानी शायद कभी नहीं सोई थी, पर इस तरह जगकर कभी इकबाल की आँखों में नहीं आई थी; और इस तरह पिघलकर उसके आँसू कभी नहीं बनी थी।

इकबाल ने जल्दी से आँसू पोंछ डाले और कहा, ''मैं कभी रोता नहीं हूँ। आज जाने मैं कैसे रो उठा हूँ...''

इकबाल ने ध्यान से अनीता के मुँह की ओर देखा और अपने मन को टटोला, 'आज मैं इस औरत के सामने क्यों रो उठा हूँ? आज मैंने इससे इतनी बातें की हैं जितनी कभी किसी से नहीं कीं। क्या मैं इसके चेहरे में अपनी मर चुकी माँ के चेहरे को खोज रहा हूँ या अपनी खोई हुई मनजीत के चेहरे को?' और इकबाल ने जितनी सादगी से यह बात सोची उतनी ही सादगी से अनीता से कह दी।

अनीता हँस दी, ''आपकी माँ की आयु से मैं छोटी हूँ और आपकी मनजीत की आयु से बड़ी। पर क्या यह आवश्यक है कि कोई किसी में से किसी रिश्ते को ही ढूँढ़ता हो? घड़ी-पल की पहचान का न कोई रिश्ता होता है, न कोई आयु।''

''मैं कल से बहुत खुश हूँ।''

''सच?''

''सच।''

दस

दुपहर के खाने के बाद अनीता अक्सर अपने दफ़्तर से उठकर एक लाइब्रेरी में चली जाया करती थी। यह लाइब्रेरी दफ़्तर के साथ सटी एक सड़क पर थी जहाँ जाने के लिए कुछ मिनट चलना होता था।

गर्मियों की दुपहर थी। दफ़्तर का कमरा ठंडा था। आगे लाइब्रेरी का कमरा भी ठंडा था। पर बीच का रास्ता, चलने के विचार-मात्र से ही पैरों को साल रहा था। अनीता ने छुट्टी का काफ़ी समय जाने के विचार में निकाल दिया। बाकी जब पचीस मिनट के लगभग रह गए उसके पैर स्वयमेव लाइब्रेरी की ओर चल निकले। जैसे कोई उसे नहीं, उसके पैरों को बुला रहा हो।

रास्ते की तपिश को एक साँस में पीकर अनीता ने लाइब्रेरी के बड़े कमरे का दरवाज़ा खोलकर एक पैर अंदर रखा तो अंदर की ठंडक में एक लंबा साँस भरा। यह लंबा और सुख का साँस अभी अनीता की एड़ियों तक भी नहीं पहुँचा था, जब अनीता ने सामने की मेज़ पर पड़ी हुई अखबारों पर दृष्टि दौड़ाई जहाँ एक साप्ताहिक अखबार का पृष्ठ खुला पड़ा था जिस पर सागर का चित्र था। सागर का चित्र और उसके साथ खड़ी एक लड़की का चित्र। चित्र के नीचे लिखा था, ''दोस्ती का यह रिश्ता शायद विवाह के रिश्ते में बदल जाएगा।'' अखबार के अक्षर कई बार अपने स्थान से हिले, आगे-पीछे होकर एक निरर्थक-सा वाक्य बन गए, पर फिर अपने-अपने स्थान पर आ गए और अनीता के कानों में अपने वाक्य का अर्थ समझाने लगे, 'अनीता! सागर तुमसे रूठ गया है। सदा के लिए रूठ गया है।' और अनीता को लगा अभी, बिलकुल अभी उसने जो एक लंबा और सुख का साँस लिया था, वह उसके जीवन का अंतिम सुख का साँस था और अब उसने आयु-भर धूप से तपे रास्ते पर चलना था।

अनीता ने लाइब्रेरी के दरवाज़े में खड़ी होकर बाहर की सड़क को देखा। सारी सड़क अपने शरीर में से उठती तपिश से काँप रही थी। अनीता बाहर सड़क पर आ खड़ी हुई। शायद सड़क की तपिश से अपनी तपिश की तुलना के लिए।

''एक गलती की इतनी बड़ी सज़ा!'' अनीता के मुँह से निकला। पर साथ ही अनीता ने अपना होंठ काट लिया, ''हर किसी को अपनी गलती छोटी लगती है और दूसरे की दी हुई सज़ा बड़ी।'' और फिर अनीता बोलती गई, ''जो मनुष्य अपने हाथों किस्मत को दुत्कार दे, उसके साथ ऐसा ही होना चाहिए...ऐसा ही होना चाहिए...कभी किसी ने दर पर आई हुई किस्मत को भी लौटाया है ?...मैंने लौटाया है।'' और कहते-कहते अनीता यह भी कहने लगी, ''एक दोष तो ईश्वर भी क्षमा कर देता है। सागर! तुमने मेरा एक दोष भी क्षमा न किया... !''

और अनीता को लगा कि अब उसे सामने कुछ दिखाई नहीं दे रहा। सामने

की सारी सड़क उसकी आँखों के पानी में डूब गई थी।

अनीता ने दुपट्टे के छोर से अपनी आँखें पोंछीं, 'यूँ ही सड़कों पर रोती फिरूँगी?...' अनीता ने अपने-आपको टोका और एक कोना खोजने लगी, जी भरकर रोने के लिए।

"यह कोना न दफ़्तर में है, न घर में।" अनीता के मुँह से निकला। उसने दफ़्तर की सड़क भी छोड़ दी और घर की सड़क भी। वह बच्चे के स्कूल को जाती सड़क पर चलने लगी। उसने बच्चे को कुछ बताना नहीं था, बच्चे से कुछ पूछना नहीं था, पर वह एक बार बच्चे की तली से अपने आँसू पोंछना चाहती थी। उसके हाथों की छाया में खड़ी होकर रोना चाहती थी।

'आज वे बच्चे को मिलने नहीं देंगे। वे केवल महीने में एक बार मिलने देते हैं...' अनीता को याद आया और उसके पाँव ठिठक गए।

'इतनी सड़कें हैं, पर कोई भी सड़क उस कोने को नहीं जाती, जहाँ बैठकर कोई रो सके।' और अनीता के मन में आया, अगर कहीं वह इस समय उस होटल में जा सकती, उस होटल के उस कमरे में खड़ी हो सकती, उस कमरे के उस पलंग पर बैठ सकती, जहाँ बैठकर उसने अपनी किस्मत का पृष्ठ फाड़ा था, तो शायद वह कोना उसके आँसुओं को थाम लेता। और अनीता उस होटल की ओर जाती सड़क पर चलने लगी।

होटल के ठीक सामने पहुँचकर अनीता ने होटल के आगे खड़ी हुई गाड़ियों को देखा। गाड़ियों से उतरता सामान देखा और उसे ख़याल आया, 'मेरे पास तो सामान ही कुछ नहीं और सामान के बिना मुझे कमरा कौन देगा...'

न जाने अन्तर की वेदना की जलन थी या बाहर की तपिश की, उसका सिर चकरा गया। अनीता ने एक खाली टैक्सी की ओर हाथ उठाया और बिना कुछ कहे उसमें बैठ गई। सामने की सड़क से निकल जब टैक्सी एक चौराहे पर पहुँची तो ड्राइवर को पूछने की आवश्यकता पड़ी कि आगे किधर जाना है।

अनीता का माथा तप रहा था। उसे ज्वर हो आया था। ज्वर के वेग में अनीता ने अपने-आपसे पूछा, "किधर?" गाड़ी की खिड़की खोलने के लिए अनीता ने अपना दायाँ हाथ हिलाया। 'किधर' शब्द को ड्राइवर ने शायद 'इधर' समझा और गाड़ी दायीं ओर मोड़ ली। वह सड़क भी जब चौराहे तक पहुँच गई तो ड्राइवर ने फिर पूछा, "किधर?" अनीता ने खिड़की से बाहर देखा। बायें हाथ की ओर मुड़ती सड़क के कोने पर जो इमारत थी, वहाँ लिखा हुआ था 'प्रदर्शनी'। अनीता को एकदम इकबाल का स्मरण हो आया और उसने ड्राइवर को हाथ से उस इमारत के आगे गाड़ी रोकने का संकेत किया।

कोई प्रदर्शनी अब भी लगी हुई थी। पर इकबाल के चित्रों की प्रदर्शनी कई दिनों पीछे समाप्त हो चुकी थी। इसलिए इकबाल वहाँ नहीं था। चाहे पिछले

दिनों इकबाल चार-पाँच बार अनीता को मिला था, दो बार यहीं प्रदर्शनी में और दो बार अनीता के दफ़्तर आकर। पर अनीता के पास उसके घर का पता नहीं था। अनीता जब लौटने लगी तो किसी ने उसे इकबाल के घर का तो नहीं, पर उसके स्टूडियो का पता बता दिया। अनीता ने वह 'पता' ड्राइवर को बताया और फिर अर्धचेतन अवस्था में गाड़ी में आकर बैठ गई।

इकबाल वहीं था। अनीता ने जब दरवाज़ा खटखटाया, इकबाल को कितनी ही देर विश्वास न हुआ कि अनीता सचमुच इस तरह पूछते-ढूँढ़ते उसके पास आई थी।

अनीता किसी कुर्सी पर बैठने की अपेक्षा लकड़ी के दीवान पर बैठ गई, जहाँ पर इकबाल ने कई अखबारें और फ़ाइलें बिखेरी हुई थीं। अनीता ने कुछ अखबारों को इकट्ठा कर अपने लिए कुछ स्थान बनाया और कुछ अखबारों को सिर के नीचे रखकर तकिया बनाया।

''मुझे थोड़ा पानी दो।'' अनीता ने कहा और पानी पी लेने के बाद वह इकबाल से पूछने लगी, ''आपने इकबाल, कभी जीवन में वह दिन देखा है जब आपके पास रहने के लिए कोई स्थान न हो?''

''लाहौर की बात है, मैं जब आर्ट स्कूल की अन्तिम परीक्षा दे चुका था, परिणाम निकल चुका था, तब मैं स्कूल के नियमानुसार होस्टल में नहीं रह सकता था। तीन दिन मैं पहले ही अधिक रह चुका था; चौथे दिन जब रात के ग्यारह बजे के लगभग मुझे स्कूल का नियम फिर बताया गया तो मैं उसी समय अपना बैग उठाकर वहाँ से चल दिया। वहाँ से चला आया पर मुझे पता नहीं था कि किधर जाऊँ। स्टेशन पर चला गया। पहले एक चाय की दूकान पर बैठकर चाय पी, ताकि रात को मुझे नींद न आए। कुछ देर प्लेटफ़ॉर्म पर घूमता रहा, फिर एक गाड़ी आई, पता किया तो वह गुजरांवाले जा रही थी। मैंने हिसाब लगाया, अगर मैं उस गाड़ी में चढ़ जाऊँ और वापसी में लौट आऊँ तो रात बीत जाएगी। इस तरह मैं उस गाड़ी पर चढ़ गया।...'' इकबाल जब यह सारी बात सुना बैठा, उसे ख़याल आया कि अनीता की बात में आवश्यकता से अधिक उदासी थी और आते ही यह उसका पहला प्रश्न क्यों था? इकबाल ने चिन्ता से पूछा, ''पर आपने यह बात क्यों पूछी है अनीता?''

अनीता ने उत्तर न दिया।

''अनीता!''

''हाँ।''

''ऐसा दिन चाहे और किसी पर भी आ जाए, पर आप पर नहीं आ सकता।''

''क्यों?''

''आपके पास क्या नहीं? आपका अपना घर...आपका...''

''बाहर से शायद सब कुछ साबुत दिखाई देता हो, पर...''

अनीता ने अखबारों के तकिये से सिर उठाकर इकबाल की ओर देखा और फिर कहा, ''आज जानते हो मैं आपके कमरे में क्यों आई हूँ?...मुझे कहीं भी कोई ऐसा कोना न मिला जहाँ बैठकर मैं रो सकती...'' अनीता ने फिर अखबारों के तकिये पर सिर रख लिया और कहा, ''पराई छत के नीचे बैठकर तो आँसू भी अपने नहीं जान पड़ते।''

इकबाल ने कुछ नहीं कहा। शायद कोई भी अनीता की इस बात को सुनकर कुछ न कह सकता।

फिर अनीता भी न बोली। कमरे में एक भयानक खामोशी छा गई। केवल अनीता की बन्द आँखों में से जब कुछ आँसू उसके गालों पर से जाने की अपेक्षा उसके सिर के नीचे पड़ी अखबारों पर गिर पड़ते थे तो 'टप्-टप्' उसकी आवाज़ आती थी।

फिर शायद अनीता सो गई, या उसके सिर में ज्वर की अवसन्नता छा गई। उसे कुछ मालूम नहीं।

कमरे में हल्का-हल्का अंधेरा हो चुका था, जब अनीता ने आँखें खोलीं। उस समय उसने देखा कि इकबाल ने उसके सिर के नीचे अखबारों के स्थान पर कोई नर्म-सा कपड़ा रखा हुआ था और वह अनीता का सिर दबा रहा था। जाने कितनी देर से दबा रहा था।

''मैंने आपके लिए चाय बनाई थी। पर अब शायद ठण्डी हो गई होगी। मैं और गर्म चाय बना देता हूँ।'' इकबाल ने कहा और उठने लगा।

अनीता ने एक बार इकबाल की ओर देखा, वही मासूम चेहरा था, तीखा और स्वस्थ, जो अनीता ने पहले दिन प्रदर्शनी में देखा था। पर इस समय वह बहुत उतरा हुआ था, शायद अनीता के दु:ख से द्रवित हो उठा था। अनीता ने एक लम्बा साँस लिया और कहा, ''इकबाल, आपको याद है, जिस दिन हमने पहले दिन चाय पी थी तो बहुत बातें की थीं?''

''हाँ...''

''उस दिन आपने मुझे एक बात कही थी...''

''क्या?''

''कि आप मेरे चेहरे में अपनी मर चुकी माँ के चेहरे को ढूँढ़ रहे थे या अपनी खोई हुई मनजीत के चेहरे को।''

''मैं सच कहता हूँ अनीता, मुझे अब भी ऐसा लगता है कि जैसे आपका मुख मेरी माँ का मुख हो, पर उससे छोटा हो गया हो, या मनजीत का मुख हो, पर उससे कुछ बड़ा हो गया हो।''

''इकबाल! आज मुझे भी ऐसा लग रहा है जैसे आपका मुख सागर का मुख हो, पर कुछ छोटा हो गया हो, और या मेरे बच्चे का मुख हो जो आज बड़ा हो गया हो।''

इसके बाद चाय पीते हुए अनीता ने इकबाल को अपने जीवन का सब कुछ सुना दिया। इकबाल अनीता के जीवन में इस दुनिया का पहला आदमी था जिसे उसने अपना सब कुछ अपने मुँह से सुनाया था।

''आपने यह सब कुछ कभी सागर को क्यों न सुनाया? यह बच्चे की बात, उसकी आकृति की बात। कोई इस तरह भी किसी की कल्पना में जी सकता है? अगर कभी वह सुन लेता... ?'' इकबाल ने तड़पकर कहा।

अनीता ने एक गहरा साँस लिया और कहा, ''इकबाल! मुहब्बत में सभी शक्तियाँ होती हैं, पर एक बोलने की शक्ति नहीं होती।''

ग्यारह

शाम के ठीक पाँच बजे थे। अनीता अपनी कुर्सी से उठने लगी थी कि इकबाल का फ़ोन आया, ''अनीता! अगर आज आपके पास एक घण्टा-भर समय हो तो मैं आपके दफ़्तर आ जाऊँगा। आपकी छुट्टी होने ही वाली होगी, हम एक घण्टा कहीं भी बैठ जाएँगे।''

''अच्छा!'' अनीता ने उत्तर दिया और इकबाल की प्रतीक्षा करने लगी। इकबाल ने शायद कहीं दूर से फ़ोन किया था, उसे आने में विलम्ब हुआ। अनीता छोटी-सी पदचाप से भी चौंक उठती, पर जब वह पदचाप इकबाल की न निकलती वह फिर एक पास रखी हुई किताब को पढ़ने में लग जाती। कुछ समय बाद अनीता ने किताब एक ओर रख दी और कमरे में से उठकर बाहर के बरामदे में आ गई।

'यह प्रतीक्षा,' अनीता सोचने लगी, 'मुझे अच्छी लगती है। प्रतीक्षा पहले भी मेरे जीवन में थी, पर वह नितान्त और किस्म की थी।'

बरामदे में खड़े-खड़े अनीता का मन तनिक उत्साहित हो उठा, 'वह भी मैं एक रेत का घर बना रही थी, यह भी एक रेत का घर बना रही हूँ; पर चलो, यह रेत तो किसी ने लाकर दी। पहले तो जैसे रेत भी मैं स्वयं लाई थी।'

और अनीता और भी गहरे विचारों में डूब गई, 'मुझे केवल यह मालूम नहीं होता था कि मैं कोई रेत का घर क्यों बनाना चाहती हूँ? मेरे हाथ, मेरे पैर इससे खेलते हुए जी उठते हैं, पर यूँ जैसे इनमें जान ही नहीं होती...'

सामने की सारी सड़क भले ही अनीता को दिखाई दे रही थी, और इकबाल उसी सड़क पर से आया था, पर अनीता को उसके आने का ज्ञान तभी हुआ जब उसने अनीता के पास आकर उसे आवाज़ दी।

''मुझे पहुँचते देर हो गई ?'' इकबाल ने जल्दी से कहा।

''नहीं,'' अनीता ने जब यह उत्तर दिया, उसने औपचारिकतावश 'नहीं-नहीं' कहा था। वह दिल में सोच रही थी कि इकबाल जल्दी आ गया था, बहुत जल्दी आ गया था। वह अभी कुछ देर अकेले ठहरे रहना चाहती थी और इकबाल की प्रतीक्षा करते हुए वह यह सोचना चाहती थी कि वह इकबाल की प्रतीक्षा क्यों कर रही थी।

''चलें ?''

''कहाँ ?''

''कहीं भी।''

''चलो।''

समीप के एक अच्छे होटल में जाकर जब इकबाल ने चाय मँगवाई तो अनीता से पूछा कि वह साथ में क्या खाना पसन्द करेगी।

''कुछ भी नहीं। खाली चाय।''

''कोई भी चीज़, भले ही थोड़ी-सी।''

''रोज़ खाली चाय पीती हूँ शाम को।''

''पर आज...''

''आज कोई विशेष बात है ?''

''नहीं, विशेष बात कोई भी नहीं।''

इकबाल का मुख लजाया हुआ था, इसलिए अनीता ने फिर पूछा कि आज अवश्य कोई विशेष बात थी। इकबाल ने कुछ देर तो कुछ न बताया, पर फिर चाय पीते हुए उसने बताया कि आज उसका जन्मदिन था।

अनीता ने 'बैरे' को बुलाया और ताज़ी बनी चीज़ें लाने के लिए कहा।

''मुझे पहले क्यों नहीं बताया ?''

''कोई विशेष बात नहीं थी बताने योग्य।''

''यह विशेष नहीं थी ?''

''मैंने आज तक अपने जीवन में अपना जन्मदिन नहीं मनाया। कभी किसी दोस्त को बताया भी नहीं। पर आज न जाने क्यों, सवेरे से ही मेरा मन कर रहा था कि आपको बताऊँ।''

''मुझे सवेरे क्यों न बताया ? आपका फ़ोन तो उस समय आया था जिस समय मैं दफ़्तर से जाने लगी थी। अगर एक मिनट भी देर से आता तो मैं चली गई होती।''

''मैं दिन-भर यही सोचता रहा कि आपको बताऊँ या नहीं।''

''सच, आपने पहले कभी यह नहीं मनाया?''

''कभी नहीं।''

''क्यों?''

''अकेला मैं इसको क्योंकर मनाता?'' इकबाल ने लजाकर मुँह झुका लिया। और फिर कहा, ''आपने कभी अपना जन्मदिन मनाया है?''

''मैं?...अपना तो कभी नहीं मनाया, पर किसी का अवश्य मनाती रही हूँ। अकेले बैठकर मनाती रही हूँ।''

''सागर का?''

''हाँ!''

''अकेली बैठकर?''

''बिलकुल अकेली बैठकर।''

''वह कैसे?''

''एक बार मैंने किसी अंग्रेज़ स्त्री की डायरी पढ़ी थी। उसे हंगरी की सरकार ने ब्रिटेन की जासूस होने के सन्देह में पकड़ लिया था और सात वर्ष एक कोठरी में बन्द किए रखा। उस अंधेरी कोठरी में रहते हुए भी वह स्त्री प्रत्येक वर्ष क्रिसमस मनाया करती थी। काली डबलरोटी उसे खाने के लिए मिलती थी। उसी डबलरोटी को काट-काट कर वह कुछ अक्षर बना लिया करती थी और उन अक्षरों को जोड़-जोड़कर वह कोठरी में पड़े हुए लकड़ी के एक मेज़ पर दो पंक्तियाँ जोड़ दिया करती थी। डबलरोटी को हाथों में मलकर एक फूल भी बना लिया करती थी। जेल के डॉक्टर की ओर से जो कभी कोई दवा उसे मिलती थी, वह कई बार रंगीन कागज़ों में लिपटी होती थी। इन रंगीन कागज़ों को वह डबलरोटी के फूलों पर लगाकर सजा लिया करती थी। बस, कुछ इसी प्रकार ही मैं...मैं सागर का जन्मदिन मनाती रही हूँ।''

''सागर तो शायद इस बात को जानता भी न हो।''

''नहीं, वह कुछ नहीं जानता।''

चाय का बिल आया। अनीता ने झट से वह बिल अपने हाथ में ले लिया।

''मुझे इस तरह अच्छा नहीं लगेगा।'' इकबाल ने हारकर कहा, ''चाय पीने के लिए तो मैंने आपको बुलाया था।''

अनीता ने जब बिल दे दिया तो इकबाल को कहा, ''मैं सदैव खारी खुशी मनाती रही हूँ। पर आज...''

''खारी खुशी?''

''क्योंकि तब मेरी खुशी भी आँसुओं में डूबी हुई होती थी। पर आज वह खारी नहीं। क्या यह कम बड़ी बात है?''

होटल से बाहर आकर सड़क पर चलते हुए अनीता ने कहा, ''आज, इकबाल, आपके आने से पहले आपकी प्रतीक्षा करते हुए सोच रही थी कि आखिर मैं आपकी प्रतीक्षा क्यों कर रही थी? और साथ ही इस प्रकार प्रतीक्षा करते हुए खुश क्यों थी?''

इकबाल ने नज़र भरकर अनीता की ओर देखा। इकबाल की आँखों में एक धूप चमक रही थी।

''उस समय मुझे यह पता नहीं चलता था, पर अब लगता है जैसे मुझे मालूम हो गया है।''

''क्या?'' इकबाल चुप रहना चाहता था, पर यह 'क्या' उसके मुँह से जाने कैसी उत्सुकता में निकल गया।

''यह कि मैं आपसे बहुत बातें कर सकती हूँ। सभी बातें। इस अकेलेपन में मुझे किसी की बहुत आवश्यकता थी। आप नहीं जानते, आपने मुझे क्या दे दिया है। वह अकेलापन अत्यन्त भयानक होता है।''

इकबाल की धूप की तरह चमकती आँखों में हल्की-सी छाया उतर आई और यह छाया अनीता ने देख ली।

''आप कुछ चुप-से हैं इकबाल?''

''नहीं।''

''फिर मुझे यों क्यों लगा है?''

इकबाल कुछ देर चुप रहा, जैसे अपने उत्तर को स्वयं ही ढूँढ़ता रहा। फिर कहने लगा, ''शायद आप ठीक कहती हैं अनीता! पर यह मुझे स्वयं भी पता नहीं चल रहा, मैं चुप क्यों हो गया हूँ।''

''शायद इसलिए कि मैंने जो बात की है, वह एक ओर की आवश्यकता है, केवल मेरी आवश्यकता है।''

''या शायद इसलिए कि यह अधिक आवश्यकता की बात नहीं। जाने कब आपकी यह आवश्यकता मिट जाए।...''

अनीता को रोने की-सी एक हँसी आ गई और फिर कहने लगी, ''मुझे न तो कभी सागर मिलेगा और न मेरी आवश्यकता मिटेगी। पर इकबाल, आप ही किसी दिन इतनी दूर चले जाएँगे कि आपको मेरी आवश्यकता स्मरण भी न रहेगी।''

इकबाल ने कुछ उत्तर देने के स्थान पर अपनी जेब में हाथ डाला और एक पत्र अनीता के हाथ में थमा दिया। अनीता ने पत्र पढ़ा। यह एक सरकारी दफ़्तर का पत्र था जिसमें इकबाल को इण्टरव्यू के लिए बुलाया गया था।

''नौकरी लगने की मुबारकबाद अभी दूँ या इण्टरव्यू के बाद?''

''इण्टरव्यू हो चुका है।''

अनीता ने पुन: पत्र की ओर देखा। पत्र के ऊपर आज से बीस दिन पीछे की तारीख पड़ी हुई थी। साथ ही अनीता ने देखा कि यह पत्र यू.पी. सरकार का था। यह उसने पहले नहीं देखा था। स्पष्ट था कि इकबाल ने दिल्ली से बाहर चले जाना था।

सड़क के किनारे लगा हुआ वृक्ष, अनीता को लगा, उसके कदमों के आगे आ गया था और वह ध्यानमग्न चलते-चलते उस वृक्ष से टकरा गई थी।

''आप ठहर क्यों गई हैं, अनीता?'' इकबाल ने कहा।

''जाने मेरे सिर में एक चक्कर-सा आया है।'' अनीता ने बायें हाथ के पोरों से अपनी दोनों आँखें मलीं और फिर आँखें झपकाकर सामने की सड़क की ओर देखा।

अनीता को सामने की सड़क दिखने से हट गई और उसे अपने सामने रेल का स्टेशन दिखाई देने लगा। रेल की पटरी, रेल का प्लेटफ़ॉर्म और एक सूटकेस को पकड़कर खड़ा हुआ सागर...

सागर के इस शहर से जाने के दिन और आज इकबाल के चले जाने के दिन में कई वर्षों का अन्तर था। पर यह अन्तर जाने कैसे मिट गया। अनीता को लगा कि वह स्टेशन के प्लेटफ़ॉर्म के ऊपर खड़ी हुई थी और सामने सागर एक गाड़ी में चढ़ रहा था।

इकबाल ने अनीता का हाथ पकड़कर उसे एक बैंच पर बिठाया।

''आपकी तबीयत ठीक नहीं।''

''अभी ठीक हो जाएगी।''

''पानी लाऊँ कहीं से?''

अनीता ने उत्तर देने के स्थान पर, खीझकर इकबाल के मुँह की ओर देखा और फिर मुँह फेर लिया। अनीता के मन में आया कि यह इकबाल यहाँ क्यों ठहरा हुआ था? अगर इसने कल जाना था या परसों जाना था तो अभी क्यों नहीं चला जाता? अनीता यह सब कहना नहीं चाहती थी, पर उसके टूटे हुए शरीर से कुछ सहन नहीं हो पा रहा था। उसके मुँह से निकल गया, ''आप, इकबाल, इस समय चले जाएँ। मैं स्वयं कुछ देर में घर चली जाऊँगी।''

''अनीता!'' इकबाल ने घबराकर कहा।

''मैं अकेली रहना चाहती हूँ।'' अनीता ने उत्तर दिया, पर इकबाल की ओर देखा नहीं।

इकबाल चुप हो गया, वह वहाँ से गया नहीं।

''आप जाएँ इकबाल!'' अनीता ने फिर कुछ देर बाद कहा।

''मैं इस तरह अकेले छोड़कर नहीं जा सकता।'' इकबाल ने कहा और पैरों में पहने हुए बूट इस तरह उतार दिए जैसे निश्चिन्त होकर अधिक समय बैठने के

लिए तैयार हो गया हो।

अनीता का हाथ आगे बढ़ा जैसे वह इकबाल को बलपूर्वक वहाँ से उठा देना चाहती हो—एक धक्का देकर वहाँ से उठा देना चाहती हो; और अनीता ने देखा कि उसका हाथ गुस्से में काँप रहा था। इकबाल ने अपने दोनों हाथों से अनीता का हाथ पकड़ लिया।

''इकबाल!'' अनीता ने खीझकर कहा और अपना हाथ छुड़ा लिया।

अनीता जाने के लिए उठी तो एक कागज़ उसके आँचल से गिरकर घास पर जा पड़ा। यह वही सरकारी पत्र था जो इकबाल ने अनीता को पढ़ने के लिए दिया था। अनीता ने झुककर कागज़ को उठाया और फिर उसे इकबाल को थमाकर वह शीघ्रता से एक ओर चल पड़ी।

इकबाल ने उस कागज़ को फाड़कर एक ओर फेंक दिया और अनीता के पीछे आते हुए कहने लगा, ''अकेली मत जाइए, अनीता! अंधेरा हो गया है। मैं घर छोड़ आता हूँ।''

कागज़ के टुकड़े हवा से उड़कर अनीता के पैरों में आ गए। अनीता एक पल चौंकी पर फिर अपने ध्यान में चलती गई।

''आज इस तरह मेरा जन्मदिन मनाकर मुझसे रूठ जाना था?'' इकबाल ने अनीता के साथ-साथ चलते हुए कहा।

''मैं रूठी नहीं हूँ। मैं भला क्यों रूठूँगी।'' अनीता इस समय कुछ कहना नहीं चाहती थी, पर यह रूठने की बात सुनकर उसे कुछ कहना पड़ा।

''वास्तव में अनीता, आप मुझ पर गुस्सा नहीं, आप अब तक सागर पर गुस्सा किए हुए हैं। इसी तरह एक दिन सागर को कोई पत्र आया था और वह इस शहर से चला गया था।'' इकबाल ने फिर अनीता के साथ-साथ चलते हुए कहा।

अनीता को लगा कि वह रो पड़ेगी, अभी इस सड़क पर रो पड़ेगी। अपने होंठ को दाँतों से काटकर अनीता ने कहा, ''इकबाल, अगर आप मुझे इतना समझते हैं तो फिर मुझे मेरे हाल पर क्यों नहीं छोड़ देते...ईश्वर के लिए मुझसे कोई बात न कीजिए, मैं बहुत दुःखी हूँ इस समय...आप नहीं जानते, आपके इस चले जाने से...'' आगे अनीता का गला रुँध गया।

''पर अनीता...''

''शहर से कई लोग नित्य जाते हैं। किसी के जाने से कुछ नहीं होता, पर जाने कभी यह क्या हो जाता है कि...योंही मेरे अन्दर जाने क्या हो रहा है...जैसे सागर आज मुझसे दूसरी बार...'' अनीता ने अपने ही दाँतों में अपनी जिह्वा काट ली।

इकबाल कुछ देर चुप रहा, फिर धीरे से कहने लगा, ''सागर एक बार जा सकता था, पर दूसरी बार नहीं जा सकता।''

"क्या मतलब?" अनीता चौंककर ठिठक गई।

"मेरा मतलब है, सागर जा सकता था, इकबाल नहीं जा सकता।" इकबाल ने कहा और अपनी तली से अपने माथे को पोंछा, जैसे अपनी बात से वह स्वयं ही घबरा गया हो।

"क्या मतलब?" अनीता ने फिर कहा।

"मैं कहीं नहीं जा रहा।"

"क्यों?"

"क्योंकि मैं कहीं नहीं जा सकता।"

अनीता ने गहरे होते जा रहे अँधेरे में इकबाल के मुँह की ओर देखा। इस समय अनीता इकबाल का मुँह पहचान न सकी। मुँह को शायद वह देख भी नहीं रही थी। वह केवल आवाज़ सुन रही थी और यह आवाज़ थी जिसे सुनने के लिए उसने अपनी आयु के इतने वर्ष लगा दिए थे, "मैं कहीं नहीं जा सकता। मैं तुम्हें छोड़कर कहीं नहीं जा सकता।" और आज यह आवाज़ सचमुच इस धरती से आ रही थी।

बारह

अनीता पूरे पाँच दिन से दफ़्तर नहीं गई थी। ये छुट्टियाँ उसने एक साथ नहीं लीं, एक-एक करके ली थीं। रोज़ छुट्टी लेते समय वह सोचती थी कि कल तक उसमें इतनी हिम्मत अवश्य आ जाएगी कि वह काम पर जा सके। पर अगले दिन उसकी शक्ति पहले दिन से भी घट जाती थी। आखिर पाँचवें दिन ऊबकर उसने इकबाल को बुलाया और कहा, "मुझे किसी डॉक्टर के पास ले चलो इकबाल! मेरी तबीयत मेरे बस से बाहर हुई जाती है।"

"जिस डॉक्टर के पास कहो।"

"किसी साइकिएटरिस्ट के पास।"

"क्यों अनीता?"

"मैं अपने-आपको समझना चाहती हूँ इकबाल! मेरे पाँव कहीं थम नहीं रहे और मेरे सामने रास्ता भी कोई नहीं।"

"पर रास्ता तो स्वयं ही बनाना पड़ता है...अनीता! डॉक्टर इसमें क्या करेगा?"

"डॉक्टर बाहर से मुझे कुछ बदलकर नहीं दे सकता, पर शायद वह मेरे अन्तर में कुछ परिवर्तन ला दे। मैं अपने-आपसे घबरा गई हूँ..."

''इन दिनों कोई विशेष बात हुई है ?''

''विशेष बात तो मेरे जीवन में कभी भी नहीं हुई। पर शायद जो 'कुछ' हुआ नहीं, वही विशेष बन गया है।''

''मैंने सोचा शायद सचदेव जी ने कुछ कहा हो।''

''मेरे और उनमें एक ऐसी खामोशी आ गई है जिसे मैं सोचती हूँ कि अब हम दोनों में से कोई भी नहीं तोड़ सकता।''

''पर यह खामोशी अत्यन्त कठिन होगी...''

''खामोशी अपने-आप में मेरे लिए कठिन नहीं, अपितु जीवन को घसीटना कुछ सरल हो जाता है। पर मैं अपने लिए नहीं सोचती। सोचती हूँ कि जिस आदमी को मैं उसका अधिकार नहीं देती, उसकी सुरक्षा में क्यों हूँ...और साथ ही...''

''...''

''अगर मैं रास्ते में न होऊँ तो वह आदमी अपना नया जीवन बना सकता है। आखिर वह एक अच्छा आदमी है। अगर मैं अपना कुछ नहीं बना सकी तो इसका यह मतलब तो नहीं कि मैं उसका भी कुछ न बनने दूँ।...''

''क्या आपके विचार में वह शान्ति को...''

''शान्ति की बात को मैं इस अच्छे आदमी से नहीं जोड़ना चाहती।...वह शान्ति की बात मुझे कभी-कभी परेशान अवश्य करती है। जब जग रही होती हूँ, मैं उस बात को कभी नहीं सोचती, पर सपने में मुझे कभी-कभी उसका बड़ा भयानक रूप दिखाई देता है। अब भी पिछले तीन दिन मुझे उसका विचित्र सपना आता रहा। कभी मैं देखती थी कि वह पानी के गिलास में कुछ घोलकर मुझे बलपूर्वक पिला रही थी, कभी दोनों हाथों से मेरा, सोई पड़ी का, गला दबाती थी...कभी...''

''पर शान्ति की उस चेष्टा के पीछे आखिर कोई बात तो होगी ?''

''शायद होगी, पर मैं उस बात को सोचना नहीं चाहती। मैं...''

''आपने एक बार इस घर को छोड़ने का निर्णय किया था ?''

''किया था, पर जहाँ जाना था, मुझे उस घर का रास्ता ही न मिला...''

''आप जानती हैं मैं दिल्ली छोड़कर क्यों नहीं गया ?''

''क्यों ?''

''कि शायद आप फिर कभी उस तरह का निर्णय कर लें...''

''...''

''और आपको यह न कहना पड़े कि जहाँ जाना था, उस घर का रास्ता नहीं मिला।...''

अनीता बोली नहीं, कितनी देर इकबाल के मुँह की ओर देखती रही। फिर धीरे से कहने लगी, ''इकबाल, आप जानते हैं आप क्या कह रहे हैं ?''

''हाँ।''

''नहीं, मेरा ख़याल है, आप नहीं जानते।''

''मुझे जो कुछ पाना था पा लिया, और जो कुछ कहना था कह दिया है।''

अनीता ने एक बार फिर इकबाल के मुँह की ओर देखा। एक लज्जा थी, एक सादगी थी, एक सुकुमार सचाई थी। अनीता का मन भर आया। और अनीता ने सम्मानपूर्वक कहा, ''इकबाल, आपकी आयु अभी बहुत छोटी है, शायद आप अभी अपनी प्यास को नहीं जानते।''

''अनीता, अगर तुम मेरी मुहब्बत को वर्षों के गज़ से नापोगी तो यह छोटी हो जाएगी, पर यह छोटी नहीं...'' इकबाल ने जब इस प्रकार अनीता को 'आप' से 'तुम' कहकर बुलाया तो अनीता हँसकर कहने लगी, ''सचमुच 'आप' कहने से मैं...मैं बहुत बड़ी लगती थी, पर 'तुम' कहने से उतनी बड़ी नहीं लगती।'' पर साथ ही अनीता की आँखों में पानी भर आया, ''इकबाल, अगर कहीं मैं आपकी आयु की होती, जाने मैं आपकी कितनी कदर करती...''

''फिर शायद अनीता, तुम मेरी ज़रा भी कदर न करतीं...अब तुमने सागर को खोकर देखा हुआ है। अब तुम्हें किसी को पाने की कदर हो सकती है।''

''ठीक है इकबाल! पर केवल मेरी कदर से आपका क्या संवरेगा? मैं आपसे आयु में बड़ी हूँ...''

''केवल छः वर्ष।''

''छः वर्ष बहुत होते हैं इकबाल! आपने अभी दुनिया नहीं देखी। इस दुनिया में बड़ा हुस्न है, बड़ी जवानी...आपका मन मुझसे भरेगा नहीं...मैं...''

इकबाल ने अनीता का मुँह अपनी तली से बन्द कर दिया। अनीता की आवाज़ रुक गई तो इकबाल ने कहा, ''मुझे जो कुछ इस दुनिया में पाना था पा लिया।''

''पर दुनिया को देखे बिना?'' अनीता पहले हँस पड़ी, फिर गंभीर होकर कहने लगी, ''अच्छा इकबाल, आप एक बार जाकर सारी दुनिया देख आएँ। अगर किसी स्थान ने आपको अटका लिया तो वहीं रह लेना। पर अगर आपको किसी भी वस्तु ने न बांधा तो मेरे पास आ जाना। मैं, जब तक कहो, आपकी प्रतीक्षा करूँगी।''

इकबाल ने उठकर कमरे में एक पूरा चक्कर लगाया और फिर अनीता के पास ठहरकर कहने लगा, ''मैं सारी दुनिया देख आया हूँ। मुझे अनीता को छोड़ और कुछ न चाहिए।''

''इकबाल!''

''अनीता! मेरी ओर देखो! तुम्हारी आँखों में आँसू भरे हुए हैं।''

''तुम्हारे पास बड़ी कीमती दौलत है इकबाल। मैं इसे अपने फटे आँचल में नहीं डाल सकती।''

"तुम मुझे स्वीकार लो अनीता! मैं इस आँचल को स्वयं सी लूँगा।"

अनीता के भरे हुए आँसू ढुलक पड़े और उसने वैराग्य के स्वर में कहा, "मेरी आयु सन्ध्या की लाली जैसी है इकबाल! पर तुम्हारी आयु भरी दुपहरी जैसी।"

"फिर मेरी दुपहरी को अपनी सन्ध्या में मिला लो।"

"तुम थोड़े वर्षों में ही पछता जाओगे इकबाल!"

" अनीता! मुझ पर यह दोष लगाने का तुम्हें कोई अधिकार नहीं। जो गुनाह मैंने किया नहीं, मुझे उसका दोषी क्यों ठहराती हो?"

चाँद और सूर्य सदैव समय पर चढ़ते हैं, पर अनीता इकबाल के मुँह की ओर देखती सोचने लगी, 'यह किस बेला का प्रकाश था?'

इकबाल अनीता के कंधों पर झुका और उसके दायें कान पर गिरी हुई बालों की एक लट को अपने होंठों से छूकर कहने लगा—

"नीता! मैं चलता हूँ। तुम्हारी प्रतीक्षा करूँगा। आयु-भर प्रतीक्षा करूँगा। चाहे आज आ जाना, चाहे कल और चाहे वर्षों बाद। पर जब भी आओ, ऐसे आओ जैसे तुम अपने घर आ रही हो।"

इकबाल चौखट तक पहुँचकर एक मिनट ठिठका और पीछे लौटकर अनीता के हाथ में एक चाबी देकर कहने लगा, "यह तुम्हारे घर की चाबी है, ताकि तुम्हें दरवाज़ा खटखटाते हुए यह न सोचना पड़े कि तुम अपने घर नहीं आई हो।"

तेरह

पल-भर रात अभी रहती थी, जब अनीता की आँख खुल गई। उसका साँस चढ़ा हुआ था। सपने में वह कई मील चलती रही थी। बिखरी राहों से गुज़रती रही थी। उसके थके हुए पैर जैसे अब भी कराह रहे थे।

अनीता को सारे-का-सारा सपना याद था—उसने हाथ में दो अत्यन्त सुन्दर डिब्बियाँ पकड़ी हुई थीं जिनको वह अपनी छाती से सटाकर शीघ्रता से चलती जा रही थी। कितनी ही चौड़ी और तंग पगडंडियाँ उसके पैरों के नीचे से गुज़र गई थीं। कितनी ही बस्तियाँ पीछे रह गई थीं। कितने ही उजाड़ उसके सामने थे और वह दोनों डिब्बियों को दोनों हाथों में सँभालकर बड़ी तत्परता से चल रही थी, जैसे कहीं पहुँचने की उसे जल्दी हो और उन डिब्बियों को खोलकर देखने की बड़ी लालसा हो।...रास्ते में एक मिनट ठिठककर उसने इन डिब्बियों का केवल रंग देखा था। एक डिब्बी पूर्णतया सफ़ेद थी और एक पूर्णतया काली। ये डिब्बियाँ

उसने कहाँ से ली थीं ? उसे कुछ ज्ञान न था। इन डिब्बियों में क्या भरा हुआ था ? उसे कुछ पता न था। और इन डिब्बियों को लेकर वह कहाँ जा रही थी ? उसे कुछ मालूम न था। केवल चलते-चलते वह अपने दुपट्टे के छोर से बँधी चाबी को कभी-कभी टटोल लेती थी।

अनीता की आँखों में आँसू भर आए। पर अनीता को यह ज्ञात न हुआ कि ये आँसू शिकवे के थे या शुक्र के थे। क्या वह प्रकृति के सामने शिकायत कर रही थी कि उसके भटकते पैरों को और भटकाने के लिए प्रकृति ने एक नई और छलिया राह क्यों बना दी थी, या कि वह प्रकृति का धन्यवाद कर रही थी कि उसके वर्षों के भटकते हुए पैरों को प्रकृति ने अन्त में एक दिशा दे दी थी ?

सपने वाली डिब्बियाँ और सपने की चाबी अनीता को वैसी-की-वैसी याद थीं। अनीता ने दुपट्टे के छोर को टटोला। एक चाबी सचमुच छोर से बँधी हुई थी। पर जब उसने अपने हाथों को देखा, उसके हाथ खाली थे। उसके दोनों हाथों में कोई डिब्बी नहीं थी।

'चाबी तो कल मुझे इकबाल ने दी थी। वही मेरे सपने में आ गई,' अनीता ने सोचा, 'पर वे डिब्बियाँ ?' धीरे-धीरे अपने-आप ही अनीता के मुँह से निकला, 'एक सफ़ेद रंग की डिब्बी। एक काले रंग की। एक आशा का रंग, और एक निराशा का...'

अनीता चारपाई से उठी और बिजली जलाकर एक पत्र लिखने लगी—

सागर ! अपने जीवन की राह पर चलते-चलते उस स्थान पर आ गई हूँ, जहाँ से कई पगडंडियाँ कई दिशाओं की ओर जाती हैं। मैं नहीं जानती कि मैं किधर जाऊँ। पर तुम्हें मैं एक बात बताऊँ—मुझे लगता है कि सभी पगडंडियाँ तुम्हारी ओर जाती हैं। आज किसी एक पगडंडी पर खड़ा कोई मुझे पुकार रहा है। किसी और पगडंडी से कोई आवाज़ नहीं आती। इसलिए मैं उस एक पगडंडी की ओर मुड़ने लगी हूँ।

मैं मज़हबी ख़यालों की औरत नहीं। पर सोचती हूँ कि हर इन्सान का कोई मज़हब होता है, इसलिए एक आस्था होती है। इसीलिए एक ईश्वर होता है। पर मेरे विचार में यह धर्म, यह आस्था, यह ईश्वर हर किसी का अलग-अलग होता है। इसलिए किसी का धर्म मेरा धर्म नहीं, किसी की आस्था मेरी आस्था नहीं, किसी का ईश्वर मेरा ईश्वर नहीं...। किसी के लिए 'मुहब्बत' धर्म हो सकती है, 'तलाश' आस्था हो सकती है...और एक 'इन्सान' ईश्वर हो सकता है। और किसी का मुझे ज्ञान नहीं, पर मेरे लिए इसी तरह है। तुम मेरे ईश्वर हो, तुम्हारी मुहब्बत मेरा धर्म है और तुम्हारी तलाश मेरी 'आस्था'। एक इन्सान की तरह तुम्हारा आकार भी है और मेरे लिए एक ईश्वर की तरह तुम निराकार भी हो...इसलिए मैं जहाँ भी जा रही हूँ, तुम सदैव यह समझना कि मैं तुम्हें पाने के लिए जा रही

हूँ। यह रास्ता चाहे जीवन का हो, चाहे मृत्यु का। सागर, मैं जानती हूँ कि आज मेरी यह बात सुनकर तुम कहोगे कि मैंने स्वयं ही तुम्हें गंवाया था। हाँ, सागर! मैंने अपने हाथों तुम्हें गंवाया था और उस घड़ी की भटकी हुई आज कोसों दूर खड़ी मैं यह भी सोचती हूँ। कि क्या, आज इकबाल के लिए मेरी सम्पूर्ण 'हाँ' तुम्हें एक पल के कहे हुए 'नहीं' की प्रतिक्रिया नहीं? सम्भव है यही हो। शायद मैं उसी एक घड़ी का ऋण उतार रही हूँ। शायद आज इसलिए मैं इकबाल को खोना नहीं चाहती, क्योंकि मैंने तुम्हें खोकर देखा हुआ है। शायद इसीलिए मैं आज उसकी कोई बात नहीं मोड़ सकती, क्योंकि मैं तुम्हारी बात मोड़ने का दोष किए बैठी हूँ।

दुनिया के किसी भी आदमी के लिए यह समझना कठिन होगा कि मैं तुम्हें भी प्यार करती हूँ और इकबाल को भी प्यार करती हूँ। पर मुझे इसकी समझ यूँ आती है—जैसी तुम्हारी मुहब्बत कोई आकाश जैसी वस्तु हो जिसके अस्तित्व को कोई अस्वीकार नहीं कर सकता, पर जिसके नीचे बसने के लिए ईंटों और मिट्टी का कोई घर बनाना पड़ता है। इकबाल की 'मुहब्बत' उस घर की तरह है जिसकी दीवारों से मुझे आश्रय की आवश्यकता है। एक घर की आवश्यकता को भी कोई इनकार नहीं कर सकता और इस बात को भी अस्वीकार नहीं कर सकता कि आकाश सर्वव्यापी होता है। घर के बाहर भी और घर के अन्दर थी।

सागर, यह पत्र लिखते हुए मैं यह भी जानती हूँ कि मैं तुम्हें यह पत्र कभी डालूँगी नहीं, और तुम इस पत्र को कभी पढ़ोगे नहीं, पर तो भी मैं तुम्हें यह पत्र लिख रही हूँ। मैंने तुम्हें अभी बताया था कि इन्सान की तरह तुम्हारा आकार भी है और मेरे लिए एक ईश्वर की तरह तुम निराकार भी हो। जब कोई ईश्वर के सामने दुआ करता है तो उसे एक विश्वास होता है कि किसी निराकार अस्तित्व ने उसके पास बैठकर उसकी दुआ को सुन लिया है। मेरा पत्र मेरी दुआ है...और इसको लिखते हुए मैं यह सोच रही हूँ कि तुमने मेरे पास खड़े होकर इसे पढ़ लिया है।

—तुम्हारी...अनीता

तारीख : आठ मई
समय : पहर रात—शेष

चाहे अनीता जानती थी कि वह यह पत्र सागर को डाक में नहीं डालेगी, तब भी उसने पत्र के नीचे अपना नाम लिखा, तारीख लिखी, समय लिखा और फिर पत्र को लिफ़ाफ़े में डाल दिया। लिफ़ाफ़े पर पता लिखते समय अनीता को हँसी भी आई और रोना भी, 'ईश्वर का कोई पता नहीं होता'; अनीता ने अपना नीचे का होंठ दाँतों से काटा और पत्र को फाड़कर छोटे-छोटे टुकड़े कर दिए।

उसके बाद एक छोटा पत्र अनीता ने अपने बच्चे को लिखा और एक छोटा-सा पत्र अपने पति को। बच्चे वाले पत्र में उसने लिखा कि वह जहाँ भी होगी, सदैव अपने बच्चे की प्रतीक्षा करती रहेगी। उसके जवान होने की प्रतीक्षा करती रहेगी, उसके स्वयं निर्भर होने की प्रतीक्षा करती रहेगी और उसने अपने पति वाले पत्र में लिखा—"मुझे आपसे तिल-भर भी शिकायत नहीं। अपितु मुझे इस बात की वेदना है कि मैं आप जैसे अच्छे मनुष्य का मोल न पा सकी। आप चाहें तो कानून की संगली से खींचकर मुझे वापस ला सकते हैं। पर यह सब कुछ खींचना-घसीटना ही होगा, और कुछ नहीं। मैं जहाँ भी होऊँ, अगर आप मुझे मेरे हाल पर वहीं रहने देंगे तो मैं इसे आपके दिल की खूबसूरती समझूँगी। और अगर कभी-कभी..." आँखें डबडबा आई थीं। उससे और कुछ न लिखा गया। उसी तरह अधूरा पत्र उसने मेज़ पर रख दिया।

प्रातः काल हो चला था। अनीता ने अपने दफ़्तर छुट्टी का प्रार्थना पत्र लिखा और फिर धैर्यपूर्वक उठकर हाथ-मुँह धोने लग गई।

इकबाल के घर की सीढ़ियाँ चढ़ते हुए जब अनीता ने अपने दुपट्टे के छोर से बँधी हुई चाबी को टटोला तो उसे रात के सपने में देखी हुई डिब्बियाँ स्मरण में आईं। अनीता ने अपने रिक्त हाथों की ओर देखा—'डिब्बियाँ तो न जाने कहाँ चली गईं, पर उनके रंग मेरे हाथों में लगे हुए हैं।' और अनीता ने जब चाबी से दरवाज़े को खोला, वह खुश भी थी और उदास भी।

चौदह

सूर्य की प्रथम किरणों ने जब आसमान को झकझोरा, अनीता की भी आँख खुल गई। अनीता के शिथिल अंगों में चेतनता की एक झुरझुरी आई और उसने करवट लेकर अपनी दायीं ओर सोए हुए इकबाल को देखा।

किसी राजकुमार के मुख की अनीता ने जितनी भी सिफतें सुनी हुई थीं, वे सब अनीता को इकबाल के मुँह पर दिखाई देने लगीं। होंठ, जिन पर एक प्यास होती है; माथा, जिस पर एक सत्ता होती है; और सारी आकृति, जिसमें एक सुकुमारता होती है। और इस समय अनीता को लगा कि सोया हुआ इकबाल पूर्णतया किसी कहानी के उस राजकुमार की तरह लगता था, जो किसी जंगल में रास्ता भूलकर, कितने ही दिनों से भूखा और भटका हुआ, एक स्थान पर जंगल के फलों को खाकर और अंजलि से किसी झरने का पानी पीकर किसी वृक्ष की

घनी छाया में सो गया हो।

अनीता ने सोए हुए इकबाल की गर्दन में से एक लम्बा साँस भरा और फिर अपनी पाँचों उँगलियाँ उसके घने बालों में डुबो दीं।

''नीति...'' इकबाल ने आँखें झपकीं और अनीता के हाथ की उँगलियाँ अपने होंठों पर रख लीं।

''तुम्हें रात को डर तो नहीं लगा?'' इकबाल ने अनीता की उँगलियों को चूमकर पूछा।

''थोड़ा-सा लगा था,'' अनीता हँस पड़ी और बताने लगी, ''इस तरह लगता था कि मैं जहाँ से भी गुज़रती हूँ, समाज के समस्त काने माथे पर तेवर डालकर मेरी और देखते हैं, इसलिए सारे लोग भी मेरी ओर इसी तरह देखते हैं...।''

''फिर?''

''फिर कुछ नहीं। तुम जल्दी सो गए थे, मुझे नींद नहीं आती थी।''

''मुझे जगा लेना था।''

''मुझे जब डर लगा था तो मैंने तुम्हारा सोया हुए हाथ पकड़ लिया था। फिर मैं भी धीरे-धीरे सो गई थी।''

''अब कैसा लगता है?''

''बहुत देर हुई मैंने एक बार खलील जिब्रान को पढ़ा था। पर आज इस तरह लगता है कि जो अक्षर मैंने कई वर्ष पूर्व पढ़े थे, आज मुझे उनके अर्थ मालूम हुए हैं।''

''सच!''

''खलील ने कहा था कि मेरी आत्मा अपने ही पके हुए फल से भारी हो गई है। कितना अच्छा हो अगर कोई ऐसा व्यक्ति मेरे पास आ जाए, जिसे बहुत भूख लगी हो, वह भूख का व्रत तोड़ दे, इस फल को खा ले और मुझे इसके भार से हलका कर दे!''

''अनीता, तुम्हें भी ऐसे लगता था?''

''मैं इसी प्रकार किसी की प्रतीक्षा किया करती थी। फिर तुम मिल गए। और आज मुझे लगता है कि सचमुच तुम्हें बहुत भूख लगी हुई थी। आज मैं बहुत खुश हूँ। बहुत ही खुश हूँ।''

''मैं सोचा करता था कि मैं अपनी भूख से खूब परिचित था। पर जब मैं तुम्हें मिला, मेरे अन्दर जाने कैसी रिक्तता-सी भर चली और मुझे मालूम हुआ कि मुझे इससे पहले अपनी भूख का अनुभव नहीं था।''

''इकबाल, तुम इतने खुश हो?''

''बहुत खुश हूँ।''

''मैं तुम्हें एक बात कहूँ?''

''कहो।''

''मुझे कभी अकेले मत छोड़ना।''

''मैं तुम्हें कभी नहीं छोड़ सकता नीति! मैंने तुम्हें कठिनता से पाया है। अपितु मुझे तुमसे एक बात पूछनी है।''

''क्या?''

''तुम कभी इस बात से तो उदास नहीं हो जाओगी कि इतनी कठिनता से तुमने समाज के बन्धन तोड़े, फिर भी तुम्हें सागर न मिला?''

''सागर को अगर मेरी आवश्यकता होती तो वह मुझे इन राहों पर अकेली न छोड़ जाता। सागर अब मेरे लिए इस तरह हो गया है, जिस पर न मुझे कोई अधिकार है, न उलाहना। मुहब्बत मैं अब भी उससे करती हूँ। पर इस तरह नहीं जैसे कोई औरत मर्द को मुहब्बत करती है। बल्कि इस तरह जैसे कोई इन्सान ईश्वर से प्रेम करता है। इकबाल, तुम मुझे समझ रहे हो ना?''

''हाँ, नीति!''

''मैं अन्दर और बाहर से एक होकर जीना चाहती हूँ इकबाल! मैंने इसलिए समाज के उस बन्धन को तोड़ा कि वहाँ पर मैं अन्दर से कुछ और जीती थी और बाहर से कुछ और। मैं आँखें बन्द कर कुछ और सोचती थी और आँखें खोलकर कुछ और देखती थी। समाज के इस ढाँचे को तोड़ना सरल नहीं होता—मैंने कई वर्ष सोचने में ही बिता दिए। फिर अब जो यह सब कुछ कर गुज़री हूँ केवल इसलिए कि न मैं किसी और से झूठ बोलूँ और न अपने-आपसे।''

''कहे जाओ नीति! सब कुछ कहे जाओ!''

''मुझे केवल यही कहना है कि मैं तुम्हें अर्पित रातों में कोई सपना भी नहीं देखना चाहती जो तुम्हारा न हो।''

इकबाल ने कहा कुछ नहीं, उठकर अनीता का माथा चूम लिया।

''यह सब कुछ मुझे तुम्हारे लिए नहीं करना, अपने लिए करना है इकबाल! मैं अपनी आत्मा को झूठ के दागों से बचाना चाहती हूँ।''

''अभी शायद मैं तुम्हें कुछ दिन अधिक सुख नहीं दे सकूँगा नीति! तुम सदा सुख में पली हुई हो। तुम्हें इस प्रकार के काम करने का भी स्वभाव नहीं, जैसे तुमने रात को किए थे।''

''रात को?''

''रात को तुमने स्वयं कमरा साफ़ किया, स्वयं रोटी बनाई और आप ही बर्तन साफ़ किए...''

''पर तुमने यह नहीं देखा कि जिसके लिए मैंने पीतल की थाली परसी उसी के लिए मैंने अपने तन की थाली परसी। औरत के लिए इससे बड़ा सुख और कुछ नहीं होता कि उसके सपनों को उसकी ज़बान के सम्मुख कभी मुकरना न पड़े।''

"नीति! मैं बहुत कमाऊँगा। मैं तुहारे लिए दुनिया के सारे सुख खरीद लूँगा।"

"मुझे दुनिया के सुखों की बहुत चाह नहीं इकबाल! अगर कहीं..."

"क्या कहने चली थीं अनीता?"

"अगर कहीं मेरा बच्चा भी मेरे पास होता! मेरा रश्मि।"

"वह बड़ा होकर हमारे पास आ जाएगा।"

"सच!" अनीता की आँखों में पानी भर आया, "ज़रूर आ जाएगा?"

"ज़रूर आ जाएगा!"

"मैं नित्य तुम्हारे पास बैठकर उसकी प्रतीक्षा किया करूँगी। तुम्हारे पास बैठकर नहीं, तुम्हारे साथ मिलकर।"

"हाँ नीति! मेरे साथ मिलकर।"

पन्द्रह

खरीदने की वस्तुएँ अधिक बड़ी नहीं थीं। छोटी-छोटी थीं, पर कितनी ही थीं। बालों की सूइयाँ, घड़ी का फीता, बूटों के तस्मे, कमीज़ों के बटन, चायदानी का ढक्कन...अनीता अपने हाथ के बैग में इन वस्तुओं को रखते हुए इकबाल को उस दुकान में टँगी हुई कच्चे सिल्क की नेकटाई दिखला रही थी जबकि उसे लगा कि पीछे से किसी ने आवाज़ दी है।

"कौन? बाली?" अनीता ने पीछे मुड़कर देखा।

"मुझे दूर से तुम्हारा भ्रम हुआ। मैंने आवाज़ तो दे दी पर डर रहा था कि कहीं कोई और न निकल आए।" रामबाली ने अनीता के पास पहुँचकर कहा।

अनीता हँस पड़ी और कहने लगी, "तुम संसार से उलटे हो बाली! अब तो मेरे अच्छे परिचित भी मेरे पास से इस तरह जाते हैं जैसे उन्होंने पहले कभी मुझे देखा ही न हो।...अच्छे परिचित भी...अभी मेरे पास से मेरे सगे ताऊ की लड़की गुज़री थी। सामने की इमारत को इस प्रकार देखने में व्यस्त हो गई जैसे उसकी ईंटें गिन रही हो..."

"यही तो बात है अनीता! न मैं तुम्हारे सगे ताऊ का पुत्र हूँ और न तुम्हारे अच्छे परिचितों में से..." बाली हँस पड़ा। और फिर इर्द-गिर्द देखते हुए शायद वह यह सोचने लगा कि अनीता के आस-पास खड़े हुए लोगों में से इकबाल कौन हो सकता था!

''यह इकबाल...'' अनीता ने इकबाल की ओर हाथ किया।

''मैंने इकबाल का नाम तो पहले भी सुन रखा था, पर देखा नहीं था।'' बाली ने इकबाल से हाथ मिलाया और फिर हँसकर कहा, ''खुशनसीब!''

दुकानें बन्द होने का समय हो गया था। इकबाल ने 'टाई' का विचार छोड़ दिया और दुकान से बाहर आ गया।

''अनीता, अगर किसी दिन आपके पास समय हो तो...''

''आज तुम्हारे शहर में हमारा अन्तिम दिन है बाली!''

''मेरा शहर क्यों? यह तुम्हारा शहर है, तुम्हारा अपना शहर।''

''नहीं बाली! अब यह मुझे बड़ी बेगानी नज़रों से देखता है।''

''ऐसे ही तुम्हारा ख़याल है अनीता!''

''नहीं बाली!''

''दोस्त सदा दोस्त रहते हैं।''

''यह ठीक है बाली! पर ऐसे दोस्त दुनिया में होते ही कितने हैं...''

''दोस्त एक भी बहुत होता है अनीता!...पर जैसे तुम्हारी इच्छा, जिस तरह इकबाल की इच्छा...। इस समय आपको बहुत जल्दी है जाने की?''

''अभी हमने जाकर खाना खाना है...फिर कुछ सामान...''

''सामान के लिए सारी रात पड़ी हुई है, मैं साथ चलकर बँधवा दूँगा। खाना मेरे साथ खा लीजिए...क्यों इकबाल?''

इकबाल मान गया। बाली दोनों को अपने घर ले गया। बहुत छोटा-सा घर था, पर उसके किसी ओर ऊँचा घर नहीं था, इसलिए उसके छोटे-से आँगन में बैठकर सिर पर आकाश का टुकड़ा बड़ा दिखाई देता था। बाहर नीम का एक वृक्ष था, जिसकी कई टहनियाँ दीवार को फाँदकर आँगन में आ गई थीं। इन झुकी हुई टहनियों के नीचे बाली ने कुर्सियाँ रखीं और आँगन में जलती बत्ती बुझाकर एक कोने में मोमबत्तियाँ जला दीं।

''कितनी सुन्दर रात है...''

''इसलिए कि आपको यह शहर भी अपना दिखाई दे...''

बाली ने मेज़ पर तीन गिलास रखे और उनमें बर्फ़ के टुकड़े डालते हुए कहने लगा, ''आज हम इस रात को मनाएँगे, ताकि इस शहर पर आपका कोई उलाहना न रहे।''

''तुम कितने अच्छे हो बाली!''

बाली ने मोमबत्तियों की हल्की रोशनी में एक बार अनीता के मुँह की ओर देखा और एक बार इकबाल के मुँह की ओर।

''क्या देख रहे हो ध्यान से?'' अनीता हँस पड़ी।

''देख रहा हूँ कि आप दोनों में से अधिक खुश कौन है?''

''अधिक खुश तो मैं ही हूँ। मुझे कभी विश्वास ही नहीं होता था कि मुझे कभी अनीता मिल जाएगी।''

''वास्तव में मैं अधिक खुश हूँ। यह तो शाहज़ादों जैसा लड़का है, इसे तो दुनिया में कुछ भी मिल सकता था—मैं...'' अनीता ने आगे कुछ न कहा। शायद उसे अपनी पहली मुहब्बत का वह दुखान्त स्मरण हो आया था, जिसके विषय में कुछ भी कहा नहीं जा सकता था।

''जीवन बड़ा अजीब होता है...। कई बार इसकी परतों में से हम जिस रंग को खोजते हैं, वह नहीं निकलता। पर कोई ऐसा रंग निकल आता है जो उससे भी अधिक खूबसूरत होता है।'' बाली ने कहा। यह अनीता की उसी बात का उत्तर था, जिसके बारे में अनीता ने कुछ नहीं कहा था। और साथ ही बाली शायद आज की रात के विषय में भी सोच रहा था...कि वह तो सागर का दोस्त था। सागर के लिए अनीता से भेंट हुई और अनीता के लिए इकबाल से।

बाली के नौकर ने जो कुछ घर में बना हुआ था, उसमें कुछ बाहर से लाकर मिला लिया और मेज़ पर प्लेटें रखने लगा।

बाली ने अन्दर वाले कमरे में जाकर कुछ रिकॉर्ड लगा दिए, जिनमें एक गीत था—

आज मैंने आकाश का नारियल तोड़ा है
याद की सफ़ेद गरी मेरे हाथ में पकड़ी हुई है
इस नारियल का पानी कौन पिएगा!

अनीता ने मोमबत्तियों की काँपती रोशनी में इकबाल के मुँह की ओर देखा और धीरे से कहा—''चाँद की सफ़ेद गरी मेरे हाथ में पकड़ी हुई है। देख रही हूँ, तुम्हें कितनी भूख है।''

''चाँद की सारी गरी खा लूँगा, तब भी मेरी भूख नहीं मिटेगी।'' इकबाल ने कहा और अनीता का हाथ अपनी तली पर रख लिया।

अनीता ने इकबाल के मोटे और सुर्ख होंठों की ओर देखा तो उसे इकबाल की कही हुई एक बात स्मरण हो आई—'मैंने जब जन्म लिया था, मेरी माँ बीमार हो गई थी। वह मुझे दूध नहीं दे सकती थी, मेरी बूढ़ी दादी ने मुझे अपनी गोद में ले लिया और जाने कैसे उसकी छाती में दूध उतर आया था...' और अनीता सोचने लगी, 'इकबाल के पतले-पतले, चिकने-चिकने और लाल-लाल होंठ जब दादी की छाती से छुए होंगे तो यह कैसे हो सकता था कि दादी की शुष्क छाती में से दूध की बूँदें न टपक आतीं...' और अनीता सोचने लगी, 'मैं सदा यही सोचा करती थी कि सागर के बगैर मेरे जीवन में कोई आदमी नहीं आ सकता। पर इकबाल के होंठों ने जब मुझे छुआ, मेरे सूखे होंठों में मुहब्बत भर आई।...'

दीवार की दूसरी ओर चन्द्रमा निकल आया था। उसे शायद दीवार की उस ओर

से गीत की आवाज़ आई, बातों की आवाज़ आई और वह नीम की टहनी की तरह झुककर आँगन में देखने लगा।

सोलह

नया शहर था, नया घर था और घर के सभी काम नये थे। इकबाल और अनीता कमरे की वस्तुओं को पहले एक स्थान पर रखते, फिर वह न जँचती तो उन्हें दूसरे स्थान पर रखते। गिनती की चीज़ें थीं, वे चाहे उनकी किसी भी तरह धर-पकड़ करते, वह सभी आवश्यकताओं के लिए पूरी न उतरतीं। और जो वस्तुएँ ज़रूरतों को पूरा करने के लिए काफ़ी थीं, वे इकबाल को पसन्द नहीं थीं।

"चल नीति! आज नये प्याले ले आएँ।" एक दिन चाय पीते हुए इकबाल ने कहा।

"प्याले तो अभी हमारे पास बहुत हैं।"

"इन प्यालों से मेरा दिल भर गया है...और एक बार जब किसी वस्तु से मेरा दिल भर जाता है, मैं उससे काम चलाने के लिए उसके साथ एक क्षण भी नहीं काट सकता।"

अनीता ने चौंककर इकबाल की ओर देखा, फिर हँस पड़ी और कहने लगी, "आज शाम को नये प्याले ले आएँगे। पर यह शाही रुचि केवल प्लेटों-प्यालियों, कुर्सियों और मेज़ों पर ही लागू होती है ना?...मेरा मतलब है निर्जीव वस्तुओं पर।... सजीव वस्तुओं पर तो यह रुचि लागू नहीं होती?"

इकबाल भी हँस पड़ा और कहने लगा, "न जाने नीति, मेरे अन्दर क्या होता है, पहले तो मुझे कोई वस्तु पसन्द ही नहीं आती और अगर एक बार पसन्द आ जाए तो मैं उसे लिए बिना रह नहीं सकता। और जब मैं उसे ले लूँ, थोड़े दिनों बाद वह मेरी पसन्द की नहीं रहती।"

"पर मैंने यह पूछा था कि यह तबीयत केवल निर्जीव वस्तुओं पर ही लागू होती है या सजीव वस्तुओं पर भी?"

"आज तक तो मुझे जिन वस्तुओं का तजरबा हुआ है, या तो मेज़ होती है, या पर्दे, या पलंग, या रेडियो। और या फिर मेरी नौकरी...मुझे याद है, मैं जब पढ़ता था, एक चित्रकार की बहुत ही सराहना किया करता था। उसका काम देखा करता था और सोचता था, कभी यह आदमी मुझे अपने ब्रुश धोने के लिए ही अपने पास रख ले।"

"फिर?"

''जब मैंने पढ़ाई पूरी कर ली तो ऐसा अवसर हुआ कि उस आदमी ने मुझे अपने पास नौकरी दे दी। मैंने कठिनता से तीन महीने काटे थे कि मेरा दिल भर गया। मैं सोचने लगा कि मैं अपना अलग स्टूडियो बनाकर उससे अच्छा काम कर सकता हूँ।''

''फिर इकबाल?''

''वहाँ से नौकरी छोड़ी, और उससे ड्योढ़े पैसों पर मुझे एक और नौकरी मिल गई; पर वहाँ भी मैं केवल चार महीने काट पाया। यह लाहौर की बात है। मैं सोचने लगा कि यह शहर बहुत छोटा है। बाद में देश का बँटवारा हो गया। दिल्ली मुझे पहले ही खींचा करती थी, मैं दिल्ली चला आया।''

''फिर?''

''अत्यन्त कठिन दिन देखे। रहने के लिए कोई स्थान न था, खाने के लिए रोटी न थी।''

''नौकरी कोई न मिली?''

''एक मिली थी, पर मैंने पाँच महीनों के बाद छोड़ दी थी। मुझे लगता था कि मैं जिस कोटि का काम करता था, उस कोटि के मुझे पैसे नहीं मिलते थे। क्यों नीति, मैं बहुत हठी हूँ ना? पर मैं तुम्हें एक बात बताऊँ कि आदमी जब एक वस्तु से सन्तुष्ट हो जाता है, वह उन्नति नहीं कर सकता।''

''हाँ, ठीक है।''

''स्कूल में भी जब पढ़ता था, अपने मास्टर से उलझ पड़ता। वे मुझे अपना स्टाइल सिखाते थे, और मैं वह सीखता नहीं था। अगर मैं वह सीख लेता तो मैं सदा के लिए उसकी कार्बन-कॉपी बन जाता। क्यों ठीक नहीं?''

''ठीक है।''

''बड़े ब्रुशों से काम करने के लिए मेरा मन करता था। इसलिए फिर मैं सिनेमा में 'बैनर' बनाने लगा।''

''फिर?''

''वहाँ भी मुझे यह लगा कि उस काम के लिए जितनी मेहनत करनी पड़ती थी, उतने पैसे नहीं मिलते थे। मैं बम्बई के एक आर्टिस्ट का काम देखा करता था तो मेरी आँखों में एक सपना भर जाता था, इसलिए मैं दिल्ली छोड़कर बम्बई चला गया। तीन महीने मैंने उसके साथ मिलकर काम किया, और मेरा सपना टूट गया।''

''फिर?''

''फिर मैं स्वतन्त्र रहकर काम करने लगा। फुटों के हिसाब से जहाँ भी काम करता था, पैसे ले लेता था। फिर एक इश्तिहारों की कम्पनी थी। उस कम्पनी ने मेरा काम देखा तो मुझे अपने दफ़्तर में सबसे बड़ी नौकरी दे दी।''

‘‘फिर ?’’

‘‘वहाँ न जाने कैसे मैंने दो वर्ष काट लिए। फिर नौकरी के बन्धन से मैं तंग आ गया और बम्बई छोड़कर दिल्ली चला आया।’’

‘‘फिर ?’’

‘‘फिर आगे तुम जानती ही हो। मैंने अपना स्टूडियो बनाया था और अपनी रुचि का काम करता था।’’

‘‘पर मेरी बात का उत्तर तो अभी भी नहीं दिया। ये बातें तो हुईं वस्तुओं के विषय में, शहर के विषय में, नौकरियों के विषय में, ये सभी वस्तुएँ निर्जीव हैं।’’

‘‘सजीव वस्तु तुमसे पहले कोई पसन्द नहीं आई।’’ इकबाल हँस पड़ा।

‘‘फिर इस सजीव वस्तु पर ईश्वर दया करे।’’ अनीता भी हँस पड़ी।

इकबाल और अनीता शाम को उस बाज़ार में गए, जिस बाज़ार में सबसे बढ़िया चीनी के बर्तन मिलते थे। क्या बड़ी दुकान और क्या छोटी, उन्होंने एक-एक दुकान ढूँढ़ मारी। सस्ती वस्तुएँ भी थीं, महँगी भी, और अत्यधिक महँगी भी। पर मूल्य का प्रश्न नहीं था। इकबाल उन बर्तनों में इस प्रकार की बनावट और इस प्रकार का रंग ढूँढ़ता था, जो देखने में नितान्त नया हो।

आखिर एक दुकान पर जब इकबाल ने चौकोने प्याले पसन्द किए तो एक प्याले को हाथ में पकड़कर देखते हुए अनीता के मुँह से निकल गया, ‘‘मान गई हूँ, तुम्हारी पसन्द को इकबाल!’’

‘‘मान गई हो ना ?’’

‘‘हाँ...’’

‘‘और यह मेरी पसन्द ?’’ इकबाल ने अनीता की ओर संकेत किया।

‘‘इस मामले में शायद तुमसे मेरी पसन्द अधिक अच्छी हो।’’ अनीता ने इकबाल की बाँह को हाथ लगाते हुए कहा।

‘‘वह कैसे ?’’

‘‘तुम शायद कभी अपनी पसन्द पर पछताने लगो। पर मैं कभी नहीं पछताऊँगी...’’

‘‘तुम आज मेरी सवेरे की बातें सुनकर डर गई हो ?’’

‘‘नहीं।’’

अनीता ने इस समय इकबाल को ‘नहीं’ कह दिया था। अपनी ओर से सच ही कहा था...पर घर आकर, रोटी खाकर और नये मोल लिए प्यालों में चाय पीकर अनीता जब सोने लगी तो उसे लगा कि उसके अन्तर में, किसी जगह, किसी तरह का कोई डर लग रहा था।

इकबाल को सदैव अनीता से पहले नींद आ जाया करती थी। वह रोटी खाकर अभी सोने के कपड़े पहनता ही था कि उसकी आँखें आप ही मुँद जाती

थीं। आज भी जब अनीता अभी जाग ही रही थी, इकबाल सो चुका था। अनीता ने सोए हुए इकबाल के मुँह की ओर देखा। खिड़की में से आती हवा बहुत तीखी थी। जिससे सिर के बालों की एक लट इकबाल के माथे पर हिल रही थी। अनीता को एक क्षण ऐसे ही लगा कि किसी पक्षी के पंखों की तरह, इकबाल के बाल सिरहाने से उड़ने को ही थे।

अनीता ने अपने काँपते हाथ का सहारा देने के लिए इकबाल के सिर पर हाथ रखा। बालों के पंख अनीता की तली के नीचे आ गए। अनीता कितनी ही देर उनको सहलाती रही। इकबाल सोया हुआ था, पर अनीता को लगता रहा कि उसकी काली घनी ज़ुल्फ़ें, जग रही थीं। अनीता कितनी देर उनसे खेलती रही।

कितनी देर बाद जब अनीता को लगा कि उसका मन स्थिर हो गया था, उसने इकबाल के माथे से अपना हाथ उठा लिया। पर करवट लेकर अनीता जब सोने लगी तो उसे फिर लगा कि उसके अन्तर में, किसी जगह किसी तरह का कोई डर लग रहा था। अनीता ने बड़े ध्यान से अपने अन्तर को देखा, उसके 'आज' को कोई डर नहीं लग रहा था, वह अपने स्थान पर स्थिर खड़ा हुआ था। पर उससे थोड़ी ही दूर खड़ा हुआ उसका 'कल' भय से काँप रहा था।

सत्रह

पिछले कुछ महीनों में इकबाल को इतना और इस प्रकार का काम करना पड़ा था, जिसमें इतना उसकी कल्पना और कला का प्रयोग न था, जितना उसके समय का।

"मैं थक गया हूँ नीति!"

"मैं समझती हूँ।"

"लोगों की आँखों को कोई भी नई वस्तु अपनाने में बहुत देर लगती है।"

"हाँ!"

"पर मैं जब उनके कहने पर अपने काम में पुरानी लकीरों को दुहराता हूँ, तो कई बार मेरे हाथ विद्रोह कर उठते हैं।"

"मुझे बेशक किसी भी कला का अभ्यास नहीं, केवल सीधे-से जीवन का अभ्यास है, पर मैं तुम्हारी थकावट को समझ सकती हूँ इकबाल! मैं वर्षों को खर्च कर रही थी, पर सपनों को खर्च नहीं कर सकती थी। और मैं कितनी थक गई

थी...फिर मैं तो एक साधारण स्त्री हूँ...''

''पैसों के लिए जिस प्रकार का काम करना पड़ता है, मुझसे इस तरह का काम बिलकुल नहीं होता...''

अनीता के पास दिल की बीमारी थी, वर्षों से जोड़े हुए सपने थे, जिन्हें वह अपनी मृत्यु के शेष दिनों में दोनों हाथों लुटाकर भी समाप्त नहीं कर सकती थी।... पर इससे वह इतना ही कर सकती थी कि इकबाल जब थका हुआ हो, वह फूलों जैसे कोमल शब्द उसके बिछौने पर रख दे और वह अपने धड़कते साँसों से उसके अंग-अंग को दबाए। पर अनीता जानती थी कि वह अमीरी से इकबाल को रोटी और अवकाश मोल लेकर दे सकती थी। पैसा कभी भी अनीता का सपना नहीं बना था, पर आज अनीता के दिल में इतने पैसे के लिए सम्मान अवश्य जगा, जितने से वह इकबाल को स्वतन्त्रता मोल लेकर दे सकती हो।

''अगर इकबाल, हम कुछ दिन इस शहर की भीड़ में से और इस काम की भीड़ में से अपने-आपको निकाल सकें...''

''पर यह किस तरह हो?''

''मेरे पास लगभग इतने पैसे पड़े हुए हैं कि अगर हम बहुत समय नहीं तो एक महीने के लिए किसी पहाड़ पर जा सकते हैं।''

''पर नीति! मैं तुम्हारा पैसा खर्च नहीं करना चाहता।''

''इस स्वाभिमान को निभाने के लिए सारी दुनिया पड़ी हुई है इकबाल। पर तुममें और मुझमें इतना अन्तराल ही कहाँ है कि यह स्वाभिमान...''

''नीति!''

''यह तुम्हारे सारे दिन और सारी रातें मेरे लिए होंगी।''

''तुम अजीब चीज़ हो नीति! तुम्हारे साथ तो बातें करके ही थकान उतर जाती है। मेरा सपना यही है कि किसी दिन हमारे पास इतने पैसे हो जाएँगे जिससे गुज़ारे की चिन्ता न रहेगी। फिर हम किसी पहाड़ी गाँव में ज़मीन ले लेंगे। एक छोटा-सा घर बनाएँगे, जो ऊँचे-ऊँचे वृक्षों से घिरा हुआ होगा...''

''हम दोनों ही एक प्रकार के हैं, शायद यह हमारे लिए अच्छी बात नहीं। मेरा इससे बड़ा सपना और कोई नहीं कि किसी पहाड़ी नदी के किनारे हम बहुत-सी ज़मीन ले लें। कहीं बगीचा लगा लें, कहीं हल जोत लें...लकड़ी का या पत्थर का एक छोटा-सा घर बना लें—शायद ये बातें बहुत रोमांटिक हैं...''

''पर मैं सोचता हूँ कि मुझे वह स्त्री कदापि नहीं चाहिए थी जो इस प्रकार की बातें न कर सकती। मेरे सपने जिस ओर भी जाते हैं, तुम मिनटों में उनके पैर-चिह्न ढूँढ़ लेती हो...''

उस रात, अगला दिन और अगली रात, अनीता और इकबाल के सपने कल्पना के विस्तृत जंगलों में घूमते रहे। कबूतरों की तरह गुटकते रहे, और

हिरणों की तरह चौकड़ी भरते रहे।

"फिर धीरे-धीरे मैं बूढ़ा हो जाऊँगा। किसी वृक्ष की छाया में एक चारपाई डालकर बैठा रहूँगा। तुम मेरा हुक्का भरकर मेरी चारपाई के पास रख दिया करना..."

"हुक्का?"

"जब हम शहरी जीवन को छोड़ देंगे, मैं सिगरेट पीना भी छोड़ दूँगा।"

इकबाल ने इन छत्तीस घण्टों में कभी इस आयु की बातें कीं, जब वह जवान कदमों से अनीता के साथ मिलकर पहाड़ी गाँवों में घूमता, पहाड़ी घाटियों और पहाड़ी लड़कियों को कागज़ों पर उतार रहा होता, और कभी उस आयु की बातें, जब वह बूढ़े और काँपते हाथों से हुक्के की आग को हिलाता, अनीता के बूढ़े और काँपते हुए हाथों की ओर देखकर मुस्कुरा रहा होता।—इन छत्तीस घण्टों में अनीता और इकबाल ने वह सपने देखे, जिनकी आयु कम-से-कम छत्तीस वर्ष की थी। इनमें स्वतन्त्र अभ्यास में पली हुई इकबाल की कला की बातें थीं, बड़े वर्षों के मान से अनीता की हँसती मुहब्बत की बातें और जवान रश्मि के घर जन्म लेने वाले नन्हे-नन्हे बच्चों की बातें थीं।

छत्तीस घण्टे व्यतीत हो गए। इकबाल प्रातः का गया हुआ जब संध्या को लौटा, उसके साथ मेज़ों और कुर्सियों से भरा हुआ एक ठेला था। इकबाल ने सामान उतरवाया और जब ठेले वाले को पैसे देकर भेज दिया तो अनीता ने हैरान होकर पूछा, "यह क्या है?"

"मैंने आज एक कम्पनी बनाई है।"

"कम्पनी?"

"हम पाँच-छः आर्टिस्ट मिलकर काम करेंगे, इस तरह काम अधिक निपट सकेगा। वे लोग लगातार घण्टों परिश्रम कर सकते हैं, पर उसमें कुछ 'नया' नहीं डाल सकते। मैं थोड़े-से मिनटों में उन्हें 'ख़याल' बता दिया करूँगा, बाकी मेहनत वे कर लिया करेंगे। इस तरह महीने में हम इतना काम निकाल सकेंगे कि..."

इकबाल ने बात करते-करते जब अनीता के मुँह की ओर देखा तो उसका उत्साह थम गया। और उसके मुँह से निकला, "यह बात तुम्हें जँची नहीं नीति?"

अनीता हँस पड़ी और कहने लगी, "अगर तुम्हें जँचती है तो ठीक ही होगी।"

"मुझे तो ठीक जँचती है। मैं तभी यह करने लगा हूँ। उन लोगों को शिकायत है कि वे कई-कई घण्टे काम करते हैं, उनसे कोई नई वस्तु नहीं बनती। चाहे उनका काम अच्छा बिक जाता है। और मुझे यह शिकायत है कि जिस नयेपन के बिना ये असन्तुष्ट रहते हैं, मैं मिनटों में सोच लेता हूँ। पर उस पर जो परिश्रम मेरे स्थान पर कोई भी कर सकता है, मुझे उसके लिए बहुत समय व्यर्थ

गंवाना पड़ता है।''

''आज़मा लेने में कोई हानि नहीं।''

''हमारे पास दो कमरे हैं, एक हम रहने के लिए रख लेंगे, एक काम करने के लिए। अभी कोई अलग स्थान नहीं लेंगे, ताकि कम्पनी पर शुरू में ही अधिक खर्च न पड़ जाए।''

''सारे लोग एक ही कमरे में बैठेंगे ?''

''खिड़की की ओर मैं अपनी बड़ी मेज़ रख लूँगा, तीनों कोनों में तीन व्यक्ति छोटी मेज़ें रख लेंगे। लम्बी दीवार के साथ पाँचवीं मेज़ रख लेंगे।''

''अच्छा।''

''तुम अच्छा तो कह रही हो नीति, पर तुम मुझे उत्साह नहीं दे रही हो।''

''मैं सोचती हूँ कि मैं तुम्हारे इस काम पर अपनी सलाह का भार न डालूँ।''

''क्या तुम सोचती हो, मैं सफल नहीं होऊँगा ?''

''शायद कुछ दिन ठीक ही लगेगा।''

''पर यह बहुत दिन नहीं चलेगा ?''

अनीता कुछ कहने लगी थी, पर फिर उसके शब्द झिझक गए।

''पर तुम शायद इसीलिए सोच रही हो कि तुम्हारा पहाड़ पर जाने का मन है और यह तुम जानती हो कि अगर मैंने यह कम्पनी बना ली तो मैं एक दिन के लिए भी इस शहर से बाहर नहीं जा सकूँगा...''

''मैं अपने लिए कुछ नहीं सोच रही हूँ इकबाल!''

''पहाड़ों पर ज़मीन लेनी और घर बनाना तो बुढ़ापे की बातें हैं नीति! मैं अभी शहरों में रहकर कुछ बनना चाहता हूँ। मैं इस जवानी की उमर में ही बूढ़ा नहीं हो जाना चाहता...''

''इकबाल... !''

''मैं यह कम्पनी अवश्य चलाऊँगा।''

''मैंने कोई आपत्ति नहीं की।''

''फिर तुम खुश क्यों नहीं हो ?''

''मैं तुम्हें शायद तुमसे भी अधिक जानने लगी हूँ।''

''और तुम क्या सोच रही हो कि मैं यह न कर सकूँगा ?''

''नहीं।''

''क्यों ?''

''इस तरह आमदनी अवश्य बढ़ जाएगी। पर केवल आमदनी का बढ़ना तुम्हें तसल्ली नहीं दे सकता इकबाल!''

''पर मैं अपनी इच्छा का काम करूँगा नीति!''

''जो काम तुम्हें पसन्द न हो, उसके लिए अगर तुम अकेले ही ज़िम्मेवार हो

तो इनकार कर सकते हो। पर तुम एक कम्पनी की ओर से इनकार नहीं कर सकते, क्योंकि उसकी हानि केवल तुम्हें नहीं होगी, सभी को होगी...''

''यह ठीक है कि अगर मैं किसी काम को इनकार कर दूँगा तो बाकी लोग आपत्ति करेंगे...''

''फिर इच्छा कहाँ रह जाएगी ?...इसके अतिरिक्त जिस कल्पना का तुम अपने मन में चित्र बनाओगे, उसे कागज़ पर उतारने के लिए भी तुम्हें स्वयं ही परिश्रम करना पड़ेगा। अन्य किसी का हाथ तुम्हारी कल्पना को नहीं पकड़ पाएगा...और जब तुम उनको बार-बार समझाओगे, तो खीझ उठोगे...''

''तुमने मुझे संशय में डाल दिया अनीता!''

''मैं इसीलिए कुछ कह नहीं रही थी।''

''पर अब तो मैं उन लोगों का सामान भी उठा लाया हूँ।''

''कुछ लिखा-पढ़ी भी हुई है ?''

''अभी नहीं, क्योंकि हम सबने सोचा था कि महीने-भर के लिए...यह देख लें कि इस कार्य में से सबका खर्च भी निकल सकता है या नहीं।''

''फिर एक महीना देखने में कोई हानि नहीं।''

दूसरा दिन व्यतीत हुआ, तीसरा दिन भी गया, चौथे दिन दोपहर का समय था जब इकबाल अनीता के कमरे में आया। इकबाल का मुख इतना उतरा हुआ था कि अनीता के हाथों से अखबार छूट गया।

''मैं इस कमरे में केवल इसलिए आया हूँ कि मैं उस कमरे में बैठ नहीं पाया।''

''क्यों इकबाल ?''

''जिस कमरे में कोई और बैठा हुआ हो, मैं उस कमरे में बैठकर कुछ नहीं सोच सकता। वहाँ तो चार जने बैठे हुए हैं। मैंने प्रातः से कुछ काम नहीं किया। और न मैं कर सकता हूँ। या वे मेरे कमरे से चले जाएँ, या मैं हीं चला जाऊँगा...''

''चलो, एक महीने की बात है...''

''एक महीने की ? मैं एक दिन नहीं काट सकता—और तुम ठीक कहती थीं।''

''फिर कल उन्हें किसी तरह समझा देना, नर्मी से।''

''कल ?...कल नहीं आज...अभी...''

इकबाल ने उसी समय अपने साथियों को अपने मन की बात कह डाली।

किसी ने कोई आपत्ति न की। केवल यह कहा कि इकबाल अपने खर्च पर सबका सामान यथास्थान पहुँचा दे; और इकबाल ने रात पड़ने से पहले-पहले उन सबके मेज़, कुर्सियाँ और कागज़ जब वापस पहुँचा दिए तो अपने कमरे में खड़ा होकर कहने लगा, ''अब मुझे साँस आने लगा है, नहीं तो इस कमरे में मेरा साँस

घुटने लगा था। मैं किसी के साथ मिलकर काम नहीं कर सकता।''

''इस प्रकार तुम कलाकार न रहते, एक कम्पनी के मालिक बन जाते।''

यह छोटी-सी घटना, यह छोटा-सा तज़रबा, कोई विशेष बात नहीं थी। पर दूसरे दिन अनीता जब दर्पण के सामने खड़ी होकर बाल संवार रही थी तो उसे लगा कि उसकी आँखें कुछ गहरी उतर गई थीं। जैसे बाहर की ओर देखने की जगह कहीं अन्दर की ओर देख रही थीं...अपने अन्तर में सरक रहे किसी भय की ओर...

अठारह

अगस्त में रश्मि का पत्र आया था, और अब सितम्बर आ गया था। एक महीना हो चला था पत्र आए। पर यह अरसा कैलेण्डर की गिनती के अनुसार था, अनीता को अपने मन की गिनती के अनुसार लगता था कि रश्मि का पत्र आए कम-से-कम एक वर्ष हो गया था।

रश्मि अनीता की छोटी-से-छोटी बात भी मानता था। वह अपने पत्र में अपनी बातें बड़े विस्तार से लिखता था—कि आज आगे कौन-सी पुस्तक कहाँ तक पढ़ ली थी, पिछले सप्ताह उसका वज़न कितना था। आज होस्टल में कौन-सी नई शरारत हुई थी। कई बार वह नये सुने हुए या नये पढ़े हुए चुटकले भी लिख भेजता था और अनीता उसकी सब छोटी-छोटी बातों से उसके मन की गहराई खोजती रहती थी और चाहे पिछले पत्र में रश्मि ने लिखा था कि वह अगला पत्र देरी से लिखेगा, क्योंकि आजकल उसे स्कूल की तिमाही परीक्षा देनी थी, तो भी आजकल अनीता को लगता था कि रश्मि ने पत्र लिखने में आवश्यकता से अधिक देरी कर दी थी।

अनीता और इकबाल जिस बड़ी इमारत में रहते थे, उस इमारत में उनके समेत अठारह परिवार रहते थे। अठारह छोटे-छोटे परिवारों की उस इमारत में छः घर नीचे बने हुए थे और छः पहली छत पर और छः दूसरी छत पर। रास्ता इस भाँति का बना हुआ था कि जब तक किसी घर का पीछे का दरवाज़ा पूरा खुला न होता, बाहर से आवाज़ किसी के अन्दर नहीं जाती थी। तीन-तीन घरों की पीठों के बीच में एक रास्ता बना हुआ था। घरों के माथे तीस-तीस फुट चौड़े दालानों में खुलते थे।

अनीता का एक पाँव घर के पीछे के दरवाज़े की ओर होता और एक पाँव आगे के दरवाज़े की ओर। कभी वह पीछे के दरवाज़े के पास ठहरकर आहट लेती

कि अभी डाकिया आ रहा था। और कभी वह आगे के बरामदे में खड़ी होकर बाहर के बड़े दालान की ओर देखती रहती कि अभी एक खाकी वर्दी वाला यहाँ से गुज़रेगा और उसे रश्मि का पत्र दे जाएगा। कुछ मिनट अनीता जब पीछे के दरवाज़े के पास खड़ी रहती तो वह उतावली हो जाती कि वह आगे के दरवाज़े की ओर जाए। शायद डाकिये ने अब तक बरामदे की जाली में से पत्र अन्दर डाल दिया हो। और फिर कुछ मिनट जब आगे आकर ठहरती, सामने खुले दालान में कोई दिखाई न देता तो वह पीछे के दरवाज़े की ओर जाने के लिए आतुर हो उठती। शायद डाकिये ने अब तक पीछे के दरवाज़े की नीचे की दरार में से पत्र अन्दर खिसका दिया हो।

तीन-तीन घण्टे के बाद डाक आती थी। अगर अधिक नहीं तो हर तीन घण्टे के बाद एक घण्टा अवश्य अनीता की आशा बनी रहती थी। इसके अतिरिक्त एक अलग आशा उसे बनी रहती थी कि शायद रश्मि ने अपना पत्र इस बार 'एक्सप्रेस' डाक में भेजा हो, जो किसी भी समय आ सकता था। किसी भी समय!

इकबाल जो चित्र अपनी इच्छा के अनुसार बनाना चाहता था, उन्हें बनाने के लिए यह आवश्यक था कि वह कुछ समय के लिए उन्हें भूल जाए और जो कुछ लोग कहते हैं, वह चुप रहकर उन्हें ही बनाता जाए। यह चाहे मुँह पर मलने वाली किसी क्रीम का इश्तिहार हो, चाहे 'अधिक अनाज उपजाओ' का सरकारी संदेश और चाहे किसी विदेशी किस्म की अर्धनग्न सुन्दरी जैसी सीता। ये सारी वस्तुएँ इकबाल को पैसे देती थीं, जिनको खर्च करके और बचाकर वह निकट भविष्य में अपने मन की वस्तुएँ बना सकता था।

यह सब इकबाल ने सोचा हुआ था। दिन के अधिक समय वह इसी प्रकार के काम ही करता था। तो भी नित्यप्रति या दूसरे दिन वह कुछ समय अपने एक उस चित्र में लगाता था, जो एक दिन रात को अनायास उसने आरम्भ कर दिया था। उसमें उसकी कल्पना विचित्र रंग भर रही थी। अनीता का कहना था कि यह चित्र इकबाल की कला को अब अपने अंगों में सँभाल लेगा, इकबाल का माथा स्वाभिमान से ऊँचा हो जाएगा।

आज अनीता ने अपने घर के आगे और पीछे के दरवाज़े के पास खड़ी होकर रश्मि के पत्र की प्रतीक्षा की, तो मन को बहलाने के लिए वह धीरे से इकबाल के कमरे का दरवाज़ा खोलकर उसके पास आ बैठी।

इकबाल ने पिछले कुछ घण्टों में अपने ब्रुश को जाने कितनी बार एक रंग में डुबोया था और फिर पानी के प्याले में धोकर दूसरे रंग में। प्याले का पानी बहुत गंदला गया था। अनीता ने धीरे से प्याला उठाया और उसे धोकर नया पानी भर लाई। इकबाल के प्याले का पानी अनीता जब भी बदलती थी, एक अजीब पवित्रता का अहसास उसे होता। वह जब भी रंगों की शीशियों के ढक्कन खोलती

थी, और जब भी बिखरे हुए ब्रुशों को धोकर रखती थी या प्याले का पानी बदलती थी तो उसके मन में पूजा की सामग्री को हाथ लगाने का सा आभास होता। और उसे अपना-आप सार्थक होता दिखाई देता था।...आज भी ऐसे ही हुआ। अनीता को सब कुछ अच्छा लगा। केवल एक छोटी-सी रिक्तता उसके अन्दर थी...अगर कहीं इस समय रश्मि हाथ में बस्ता पकड़े दौड़ता हुआ उसकी बाँहों में आ जाए...!

"इकबाल को कुछ पता नहीं, किस समय अनीता ने प्याला उसके पास से उठाया, किस समय साफ़ किया और किस समय फिर उसके पास रख दिया। उसने जब चित्र से आँखें उठाकर अनीता की ओर देखा, पल-भर के लिए उसने जैसे अनीता को पहचाना न हो। चित्र की—और कल्पना की लड़की का अत्यन्त सुन्दर चित्र कमरे में इस तरह विद्यमान था—जिसकी एक ओर इकबाल की आँखें थीं और दूसरी ओर अनीता का मुँह!"

फिर कुछ सँभलकर इकबाल ने अनीता को अपनी बाँहों में ले लिया। हाथों का, बाँहों का और होंठों का यह मेल, इकबाल और अनीता को लगता था कि सदैव नया शिखर छूता था। यह मेल एक अचम्भा होता था। तन का साज़ वही होता था, मन के स्वर भी वही होते थे, पर हर बार उनके कानों में कोई नया गीत सुनाई देता था।...आज भी ऐसे ही हुआ। इकबाल और अनीता को अपना मेल एक अचम्भा लगा, पर आज का गीत जाने किस राग में था। पर आज का अचम्भा जाने कैसा था। इकबाल की बाँहें और कस गईं। अनीता की बाँहें और जकड़ गईं। दोनों के अन्तर में कहीं एक-एक गहराई थी, एक-एक गढ़ा, एक-एक खाई। और दोनों एक-दूसरे से अपनी-अपनी खाई को भर लेना चाहते थे।

उन्नीस

अंधेरा डूबते सूर्य की लाली को घूँट-घूँट पी रहा था। समुन्दर के किनारे पर खड़े हुए इकबाल के पैर अपने ही भार से किनारे की गीली रेत में धँस रहे थे। इकबाल काफ़ी समय से ध्यानपूर्वक पानी की लहरों की ओर देख रहा था, शायद उन लहरों को अपने दिल में उठती लहरों से माप रहा था।

"इकबाल!" पास खड़ी हुई अनीता ने धीरे से इकबाल की बाँह को छुआ।

"हाँ, नीति!"

"अभी चलना नहीं?"

"कहाँ?"

'घर।'—अनीता कहने लगी थी, पर उसने कहा नहीं, 'यह भी भला कहने की बात है!' अनीता ने सोचा, 'यह तो इकबाल जानता ही है। घर ही तो जाना है और कहाँ जाना है?'

''मनुष्य का मन कैसा होता है नीति?'' इकबाल ने चुप की चुप अनीता को धीरे से पूछा।

अनीता ने क्षण-क्षण गहरे होते जा रहे अंधेरे में इकबाल के मुँह की ओर देखा। इकबाल की आँखें सूखी थीं, पर उन सूखी आँखों में एक बादल भरा हुआ था। ऐसे लग रहा था कि अभी यह बादल बरस पड़ेगा और इकबाल की आँखें पानी-पानी हो जाएँगी।

होंठों को जब शब्द नहीं मिलते, तो अपने मन की बात बताने के लिए या पूछने के लिए अंगों में एक हरकत आ जाती है। इस हरकत के पास एक अपनी ज़बान होती है, जिससे दो परस्पर प्रेम करने वाले व्यक्ति आपस में बहुत बातें कर सकते हैं। अनीता ने इस गूँगी ज़बान का आश्रय लिया और इकबाल के हाथ को अपने दोनों हाथों में पकड़ लिया।

''तुम्हें तो बुखार हो रहा है इकबाल!'' अनीता ने पहले इकबाल की तली को छुआ, फिर बाँहों को और फिर माथे को।

''शायद...'' इकबाल ने कहा।

आगे न कुछ अनीता को कहने की आवश्यकता पड़ी, न इकबाल को। दोनों घर की ओर लौट पड़े।

''मैं खाऊँगा कुछ नहीं। केवल मेरा बिछौना कर दो। मेरा सारा शरीर टूट रहा है!'' घर पहुँचकर इकबाल ने कहा।

''चाय का एक प्याला भी नहीं?'' अनीता ने शीघ्रता से बिछौना किया और पूछा।

जितनी देर में इकबाल ने सोने के कपड़े पहने, अनीता ने चाय बना ली और इकबाल को चाय पिलाती हुई पूछने लगी, ''किसी डॉक्टर को बुला लाऊँ?''

''इस समय नहीं। सवेरे सही। शायद सवेरे तक आप ही ठीक हो जाऊँगा।''

अनीता ने हल्के-हल्के इकबाल का माथा दबाया और वह सो गया।

अनीता अपनी चारपाई पर लेट गई। पर उसके विचार उन्हीं पैरों खड़े रहे—

'इकबाल बहुत उदास है।'

'शायद उसे पैसों की कुछ चिंता है?'

'शायद उसके पिताजी ने उसे एक कड़वा पत्र लिखा है?'

'शायद सचदेव ने किसी कानूनी कार्रवाई का भय दिया है?'

अनीता का मन आया कि वह सोए हुए इकबाल को जगा ले और उसकी

उदासी को बाँटकर उसे हलका कर दे।

'यह बुखार और कुछ नहीं। केवल उसके मन पर जो भार पड़ा हुआ है, उसी से उसका शरीर टूट रहा है।' अनीता ने करवट बदली और इकबाल को जगाने के लिए उसके कंधे पर हाथ रखा।

'अगर एक बार उसकी नींद उचट गई तो फिर शायद वह सो न सके...' अनीता को विचार आया और उसने अपना हाथ इकबाल के कंधे से उठा लिया।

'रात में सोते हुए बुखार उतर जाएगा और प्रातः काल मैं उसके साथ इतनी खुश बातें करूँगी...' अनीता अपने मन को समझाने लगी।

तब भी अनीता सोने से पहले रह न सकी। उसने धीरे से उठकर सो रहे इकबाल की गर्दन पर अपने दोनों होंठ रख दिए, जैसे वह अपने दोनों होंठों से इकबाल की सारी उदासी को चूस लेना चाहती हो।

प्रातः उठकर जब अनीता ने इकबाल के माथे पर हाथ रखा, माथा रात से भी अधिक गर्म था। अनीता घबराकर एक डॉक्टर को बुला लाई।

डॉक्टर ने अच्छी तरह देखा, परखा और कहने लगा, "अभी मैं इस बुखार के विषय में कुछ नहीं कह सकता। हल्की-सी एक दवाई दूँगा। आप कोई भारी वस्तु खाने को मत देना। केवल दूध, बारेल और फलों का रस देते जाना। चार-चार घंटों के बाद बुखार देखती जाना। कल-परसों तक कुछ मालूम हो सकेगा।"

जिस तरह डॉक्टर ने कहा था, अनीता ने उसी प्रकार किया। केवल अपने मन की सांत्वना के लिए उसने दुपहर के समय इकबाल से पूछा—

"पिताजी का कोई पत्र आया है?"

"नहीं।"

"कोई सचदेव का पत्र?"

"बिलकुल नहीं।"

अनीता कुछ निश्चिन्त हो गई। पर और अधिक तसल्ली के लिए उसने एक बार फिर इकबाल से पूछा, "इकबाल, तुम्हारे मन में यह भय तो नहीं कि सचदेव कोई कानूनी झगड़ा डाल देंगे?"

"मेरा विचार है कि सचदेव साधारण लोगों से बहुत अच्छा है। वह इस प्रकार सोचेगा कि अगर किसी का मन न जीता जा सके तो तन को घसीटने से कुछ नहीं बनता। इसलिए वह बिलकुल चुप रहेगा।"

अनीता को इकबाल का यह उत्तर सुनकर एक ओर बड़ी तसल्ली हुई। पर दूसरी ओर उसकी विचारधारा और भटक गई, 'फिर इकबाल किस बात के कारण उदास था? पर अनीता ने और कुछ न पूछा। उसे भय था कि बहुत बोलने से इकबाल का बुखार न बढ़ जाए।

बुखार दूसरे दिन भी उसी तरह रहा, तीसरे दिन भी उसी तरह। चौथे दिन

डॉक्टर ने कहा कि यह बुखार मियादी बुखार लगता है।

एक दिन गर्म पानी में तौलिया भिगोकर अनीता इकबाल का शरीर पोंछ रही थी तो इकबाल ने अचानक अनीता का हाथ पकड़ लिया और काँपती आवाज़ में कहा, ''नीति! तुम मेरे लिए इतने दुःख क्यों झेल रही हो?''

''दुःख?'' अनीता ने कहा और इकबाल की नंगी पीठ को चूम लिया।

''तुम्हें मेरे शरीर से बुखार की गंध नहीं आती?''

''नहीं।''

''तुम्हें कोई सुख देने के स्थान पर मैं स्वयं ही बीमार हो गया हूँ। तुम रात में जग-जगकर मुझे दवाई देती हो...तुम्हें तो दिन में सारे समय भटकना पड़ता है—कभी डॉक्टर के पास जाना, कभी दूध गर्म करना, कभी पानी उबालना, कभी मेरे कपड़े धोना...''

''पर इकबाल! तुम यह नहीं सोचते कि ये सारे अधिकार केवल मुझे मिले हुए हैं, और किसी को नहीं।''

''तुम मुझे इतना प्यार क्यों करती हो?'' इकबाल ने कहा, पर उसके ये सारे शब्द आँसुओं में भीगे हुए थे।

अनीता ने इकबाल को कपड़े पहनाए और फिर उसके बिस्तर की चादर बदलते हुए कहा, ''औरत जब किसी को प्यार करती है तो पूरा प्यार करती है। फिर वह अपने पास कुछ नहीं रखती।''

''और मर्द?''

''मैं क्या जानूँ। वह तुम जानो।''

इकबाल कुछ देर चुप रहा, पर फिर अनीता का हाथ पकड़कर कहने लगा, ''मर्द की प्रकृति औरत जैसी क्यों नहीं होती?''

अनीता इकबाल के मुँह की ओर देखने लगी। फिर तनिक झुककर पूछने लगी, ''तुम मुझे प्यार नहीं करते इकबाल?''

इकबाल ने आँखें बन्द कर लीं। बन्द आँखों में से थोड़ा-सा पानी बहकर उसके कानों तक आ गया।

अनीता खड़ी न रह सकी। वह चारपाई को पकड़कर पैरों के भार नीचे को बैठ गई, और इकबाल के तकिये पर सिर रखकर कहने लगी, ''तुममें और मुझमें रत्ती-भर भी झूठ नहीं आ सकता इकबाल? मैं सत्य को खोजने के लिए तुम्हारे पास आई हूँ। मुझे सब कुछ सत्य बता दो।''

''मैं तुमसे कभी भी झूठ नहीं बोला नीति! तुम ऐसी औरत हो, जिससे झूठ नहीं बोला जा सकता।'' इकबाल ने बुखार से तप रहा हाथ अनीता के सिर पर रख दिया।

''फिर?''

''तुम मुझे समझ लोगी? वैसे इस दुनिया में अगर कोई मुझे समझ सकता है तो केवल तुम्हीं समझ सकती हो।''

''तो फिर मेरी समझ पर भरोसा कर लो।''

''नीति!'' इकबाल ने एक लंबा साँस लेकर कहा, ''यह भी सच है कि मैं तुम्हें प्यार करता हूँ, पर यह भी सच है कि मैं तुम्हें पूरा प्यार नहीं करता।''

अनीता ने तकिये से सिर उठाया, पर उसके सिर को एक चक्कर आया। स्वयं ही उसका सिर फिर से तकिये पर रखा गया।

''मैं सोच नहीं सकता था कि एक दिन तुम मुझे मिल जाओगी। यह मुझे बहुत बड़ी बात लगती थी। पर अब जब तुम सचमुच मुझे मिल गई हो...'' इकबाल की आवाज़ टूट गई।

''अब कैसा लगता है?'' अनीता के मुँह से निकला। अनीता की आवाज़ में कोई रोष नहीं था। केवल उसकी आवाज़ इस तरह थी, जैसे वह अत्यन्त थकी हुई हो।

''अब मैं आँखें बन्द कर अपनी कल्पना से किसी और को सोचता रहता हूँ।''

''किसे?''

''जिस लड़की को मैंने आज तक कहीं देखा नहीं। मालूम नहीं, वह इस दुनिया में है भी अथवा नहीं। पर एक अत्यन्त सुंदर और जवान लड़की मुझे अपनी कल्पना में दिखाई देती रहती है।''

''मैं तुम्हें कहा करती थी इकबाल कि मैं तुमसे आयु में बड़ी हूँ, इसलिए तुम्हारी जवानी की प्यास नहीं बुझेगी।''

''तुम शायद ठीक कहती थीं, पर मैं उस समय समझ न पाया था।''

''पर तुम उदास क्यों होते हो इकबाल? अभी तुम्हारे पास बहुत उमर बाकी है। तुम्हें अवश्य अपनी मुराद मिल जाएगी।''

''पर तुम्हारा क्या होगा?''

''मेरा?...मेरा कुछ नहीं।''

''मैंने तुमसे घर छुड़वाया, नौकरी छुड़वाई, बच्चा छुड़वाया...''

''बच्चे को छोड़ इस दुनिया में कोई भी वस्तु मेरी नहीं थी। बच्चा अब भी जीवित है, और उसे मेरी आवश्यकता हुई तो मुझे मिल जाएगा।''

''तुम मुझसे गुस्से नहीं हो?''

''नहीं!''

''पर मैं अपने-आपसे गुस्से हूँ।''

''इसीलिए तुम्हें बुखार चढ़ा हुआ है।''

अनीता के अन्दर जाने कहाँ से शक्ति आई। उसने इकबाल के सिरहाने पड़ी

हुई दवाइयों की सारी शीशियाँ उठाकर एक ओर रख दीं और मुँह-हाथ धोकर अपने कपड़े बदलने लगी।

''नीति!'' इकबाल ने पुकारा।

''हाँ।''

''कहाँ चली हो?''

''किसी और बड़े डॉक्टर को बुलाने के लिए।''

''क्यों?''

''मेरा विचार है कि तुम्हें मियादी ज्वर नहीं। यह डॉक्टर गलत दवाइयाँ दे रहा है।''

नये डॉक्टर ने जब आकर इकबाल को देखा तो विश्वासपूर्वक कहा कि यह मियादी ज्वर नहीं था। वैसे खून को भी उसने परखकर देख लिया था।

''फिर यह क्या है डॉक्टर?'' अनीता ने पूछा।

''किसी ग्लैंड में थोड़ी-सी सूजन आ गई है।''

''अगर कोई बहुत चिंता करे, तो भी यह सूजन हो जाती है?''

''हो सकती है।''

डॉक्टर की दवाई से दूसरे दिन बुखार कम हो गया और तीसरे दिन उतर गया।

इकबाल बहुत कमज़ोर हो गया था। डॉक्टर और अनीता को आशा थी कि इकबाल की कमज़ोरी थोड़े दिनों में ही जाती रहेगी। डॉक्टर ने ताकत की दवाएँ भी दीं, पर इकबाल का स्वास्थ्य न सुधरा। यूँ उसे अब ज्वर नहीं होता था।

पिछले कई दिनों से अनीता ने इकबाल से उसके स्वास्थ्य की बात को छोड़ दूसरी कोई बात नहीं की थी। पर इकबाल को इस भाँति उदास-का-उदास और कमज़ोर—का-कमज़ोर देखकर अंत में एक दिन अनीता ने कहा—

''इकबाल! डॉक्टर ने जो करना था, कर दिया। इससे अधिक कोई डॉक्टर कुछ नहीं कर सकता। अब तुम अपना स्वास्थ्य स्वयं ही ठीक कर सकते हो।''

''यह मैं समझता हूँ नीति! पर...''

''जो कुछ तुम्हारे मन में आता है, कह दो।''

''मेरे मन में गुनाह का अहसास आता है...''

''यह किसी तरह हट सकता है?''

''शायद हट सकता है, अगर मैं अकेला रहता होऊँ। पर जब मैं तुम्हारे मुख की ओर देखता हूँ, मेरा यह अहसास बढ़ जाता है।''

''फिर जैसे तुम कहो...''

''मैं क्या कहूँ! कुछ कहने के लिए मेरे पास ज़बान ही नहीं...''

''...''

"मेरी किस्मत में न जाने कैसी भटकन लिखी हुई है। तुम्हें छोड़कर मैं दूसरी जवान लड़कियों को पाऊँगा, मुझे शायद उनमें तुम्हारे जैसा दिल नहीं मिलने का, फिर मैं तुम्हारे लिए भटकूँगा...मुझे शायद कभी भी चैन नहीं आ सकता—तुम्हारे साथ, न किसी और के साथ..."

"..."

"पर तुम कहाँ जाओगी नीति?"

"कहीं भी।"

"अगर तुम्हारे पास रहने के लिए कोई और स्थान न हो, तो यहीं रहे जाओ।"

"नहीं इकबाल, यह नहीं हो सकता।"

"क्यों?"

"मैं तुम्हारे पास तुम्हारी आवश्यकता के बिना नहीं रह सकती। मैं किसी के पास भी उसकी आवश्यकता के बिना नहीं रह सकती।"

"फिर?"

"इतना मैं जानती हूँ, अधिक मुझे कुछ मालूम नहीं।"

"तुम सागर के पास चली जाओ। वह शायद मुझसे अच्छा मनुष्य होगा।"

अनीता का वह सब्र, जो बहुत दिनों से मन की सारी पीड़ाओं के ऊपर एक पुल की तरह पड़ा हुआ था, एकबारगी टूट गया और अनीता अपने मन के गहरे पानियों में डूबने-उतराने लगी। डूबती की केवल एक आवाज़ निकली, "ईश्वर के लिए इकबाल, मुझे कुछ न कहो। मैं चली जाऊँगी। कहीं भी चली जाऊँगी।"

बीस

गाड़ी से उतरकर अनीता उस शहर के प्लेटफ़ॉर्म पर ठहर गई, जिस शहर में उसका बच्चा रहता था। शहर के शरीर पर हज़ारों मकान इस तरह उगे हुए थे, जिस तरह छोटे-छोटे रोम हों। और अनीता ने सोचा—इस शहर की आँखें भी होंगी, जो उसकी ओर अत्यन्त जलती नज़रों से देखेंगी; और उस शहर की ज़बान भी होगी, जो उसके साथ जाने कितना कड़वा बोलेगी। पर अनीता को लगा कि उसे न इस शहर की क्रोधित आँखों की फ़िक्र थी, न इस शहर की लम्बी ज़बान की। वह केवल इस शहर की नब्ज़ को हाथ लगाकर देखना चाहती थी, जिसके कारण यह शहर जी रहा था। यह नब्ज़ अनीता का बच्चा था। अगर यह नब्ज़ धड़क रही थी तो अनीता के लिए यह शहर जीवित था। अगर यह शहर जीवित

था तो भले ही वह कड़वी ज़बान से बोले, और भले ही वह जलती आँखों से देखे।

एक-एक करके अनीता ने इस शहर में अपने परिचित लोगों के नाम सोचे, पर किसी भी नाम से उसके पैरों में शक्ति न आई, न ही किसी होटल में जाने का विचार उसे अच्छा लगा। अनीता अपने विचारों को लटकाना नहीं चाहती थी, उसे मालूम था कि अगर कहीं उसके विचार उसके हाथ में से एक बार निकल गए तो फिर वह न जाने किन खाइयों में उतरती जाएगी। अनीता जानती थी कि उसके मन में उदासी की बहुत गहरी खाइयाँ थीं। वह जान-बूझकर उन खाइयों की ओर नहीं देख रही थी। और अनीता जानती थी कि वह कोई बहादुर औरत नहीं थी। वह खाइयों से डर रही थी, इसीलिए वह खाइयों की ओर पीठ फेरकर खड़ी हुई थी।

और अनीता रामबाली के घर की ओर चल पड़ी। चाहे अनीता बाली पर अपना कोई इस प्रकार का अधिकार नहीं समझती थी कि उससे पूछे बिना कुछ दिनों के लिए उसके घर का आश्रय ले लेती, पर अनीता को दो विचार आए। एक तो यह कि बाली सागर को भी जानता था और इकबाल को भी, इसलिए नए सिरे से उसे कुछ भी दोहराने की आवश्यकता नहीं थी, और दूसरी बात यह थी कि बाली की माँ अपने गाँव में रहती थी, और बाली के घर किसी स्त्री ने अपने प्रश्नों से अनीता को परेशान नहीं करना था। अनीता जानती थी कि उसके समाज में हर स्त्री को घुट-घुटकर मर जाना तो आता है पर साँस लेने के लिए किसी भी दरवाज़े या खिड़की को तोड़ देना नहीं आता। इसलिए ऐसी अवस्था में अगर किसी उस जैसी स्त्री के साथ किसी को सबसे कम सहानुभूति होती है तो उसकी अपनी जाति को होती है।

"अनीता बहन!" बाली ने जब दरवाज़ा खोला तो अनीता को देखकर वह हैरान हो गया।

"मैं अन्दर आ जाऊँ?"

बाली अनीता को देखकर हैरान भी था, खुश भी था। शायद इसीलिए उसने अनीता के स्वर के संकोच की ओर ध्यान न दिया और अनीता के कंधे पर हाथ रखकर एक बार फिर दुहराया, "अनीता बहन!"

अन्दर आकर बैठती अनीता ने चाय पीते हुए बाली से पूछा, "मैं यहाँ तुम्हारे घर कुछ दिन रह सकती हूँ बाली?"

"दीवाली कल गुज़र गई है। पर मुझे लगता है जैसे आज भी दीवाली है। मैं अभी चाय पीकर दीये भी जलाऊँगा और पटाखे भी चलाऊँगा।" बाली ने उत्तर दिया।

अनीता नहीं चाहती थी, पर इस उत्तर से अनीता की आँखों में बरबस पानी

आ गया। अनीता की आँखों की ओर देखकर बाली के हाथ में पकड़ी हुई चाय छलक गई। और उसके मुँह से निकला, ''अनीता! तुम खुश नहीं हो। इकबाल कहाँ है?''

''मैं उदास लग रही हूँ?'' अनीता के होंठ आँखों से विलग होकर हँसने लगे।

बाली हैरान होकर अनीता के मुँह की ओर देखने लगा।

अनीता ने फिर कहा, ''वास्तव में मेरे सिर में अत्यन्त पीड़ा हो रही है। शायद सफ़र के कारण...''

''इकबाल तुम्हारे साथ क्यों नहीं आया?''

''नहीं आया।''

''अगर सिर में बहुत पीड़ा है तो बिस्तर करवा दूँ?''

''करवा दो।''

अभी तक अनीता यह सोच रही थी कि लम्बे रास्ते की धूल से उसका सिर भारी हो गया था, पर बिस्तर पर बैठते ही अनीता को लगा कि उसकी विचार-शृंखलाएँ उसके सिर की नाड़ियों को दोनों हाथों से ज़ोर से खींच रही थीं।

''अगर बहुत तकलीफ़ है तो किसी डॉक्टर को बुलाऊँ?'' बाली ने पूछा।

''सोने से ठीक हो जाऊँगी। मुझे कोई डॉक्टर नहीं चाहिए।''

खाना अभी बना नहीं था। बाली ने रसोई में जाकर देखा। एक सब्ज़ी बन चुकी थी। बाली ने नौकर से एक प्लेट में सब्ज़ी डलवाई और डबलरोटी के दो टुकड़े रखकर अनीता के पास ले आया।

''फिर मैं तुम्हें सोते से नहीं जगाऊँगा, अनीता! यह थोड़ी-सी रोटी खा लो।''

अनीता को भूख नहीं थी। पर अनीता ने अपने मन को भरमाने के लिए खा ली। और फिर सो गई।

बाली जब प्रात: उठा तो अनीता अभी सोई हुई थी। बाली ने धीरे से अनीता के पास जाकर उसके माथे पर हाथ रखा और फिर तसल्ली से उठकर एक ओर चला गया। अनीता को बुखार नहीं था।

और भी कितना ही समय व्यतीत हो गया। अनीता अभी भी सोई हुई थी। बाली ने चाय बनवाई और अनीता को जगाने के लिए जब उसके पास आया, अनीता के सिरहाने पड़े हुए एक कागज़ पर उसकी दृष्टि पड़ी।

बाली को अनीता ने कुछ नहीं बताया था, पर तब भी रात से बाली सहमा हुआ था। उसने जल्दी से कागज़ पढ़ा, जिस पर अंग्रेज़ी में लिखा हुआ था—

''ड्रिंक योर कप अलोन, दो इट टेस्ट्स ऐज़ योर ओन ब्लड ऐंड टियर्स; ऐंड प्रेज़ लाइफ़ फ़ॉर द ग़िफ्ट ऑफ़ थर्स्ट। फ़ॉर विदाउट थर्स्ट योर हार्ट इज़ बट द शोर

ऑफ़ ए बैरन सी, सौंगलेस ऐंड विदाउट ए टाइड।''[1]

बाली का दिल धड़कने लगा। कागज़ के पास कलम भी पड़ी हुई थी। स्पष्ट था कि ये पंक्तियाँ अनीता ने रात को किसी समय उठकर लिखी थीं। और बाली चिन्ता में पड़ गया कि अनीता ने रात को ये पंक्तियाँ क्यों लिखी थीं?

फिर एकबारगी बाली का माथा ठनका। उसे ऐसे लगा कि रात में अनीता ने कोई ऐसी वस्तु खा ली थी जिससे वह अपने जीवन से खेल गई थी। उसके मुँह से एक भयातुर आवाज़ निकली, ''अनीता!''

अनीता ने चौंककर आँखें खोलीं।

''शुक्र है तुम जीवित हो!''

''क्या हुआ बाली?''

''मुझे डर लगा था...''

''तुम्हें रात में कोई दुःस्वप्न आया था?''

पहले तो बाली को अनीता के इस प्रश्न पर हँसी आई, पर फिर उसे अनीता का लिखा हुआ वह कागज़ याद आया और उसका मुख गम्भीर हो गया।

''तुमने क्या सोचा था?'' अनीता ही ने फिर पूछा।

''मैंने सोचा था कि शायद तुमने रात को कोई वस्तु खा ली है।''

''रात में तो बस मैंने वही सब्ज़ी खाई थी, जो तुम प्लेट में डालकर लाए थे।''

''शुक्र है, तुम हँस रही हो।''

''तो तुमने क्या सोचा था कि मैंने रात में ज़हर खा लिया?''

''मैं डर गया था...''

''नहीं बाली, अगर मुझे ज़हर ही खाना होता तो रात में तुम्हारे घर न आती। तुम्हें क्या मैंने राह जाते मुसीबत में डालना था?''

''पर अनीता...''

''बताओ, क्या पूछते हो?''

''रात को उठकर तुम यह क्या लिखती रही हो?''

अनीता ने कागज़ की ओर देखा और मुस्कुरा पड़ी।

''यह हँसने की बात है?''

''हाँ, हँसने की और खुश होने की, कि ज़िन्दगी ने मुझे प्यास की सौगात दी है। देखो तो मैंने इस कागज़ पर क्या लिखा है—प्रेज़ लाइफ़ फ़ॉर द गिफ़्ट ऑफ़

---

1. ''अपना प्याला अकेले ही पियो, भले ही इसमें तुम्हारे अपने रक्त और आँसुओं का स्वाद हो; और, धन्यवाद दो उस जीवन को जिसने तुम्हें पिपासा का वरदान दिया। क्योंकि पिपासा के बिना तुम्हारा हृदय एक टूटे सागर जैसा ही है—संगीतहीन और ज्वार-भाटा के चढ़ाव-उतार से शून्य!''

थर्स्ट।''[1]

''और यह जो लिखा हुआ है—ड्रिंक योर कप अलोन, दो इट टेस्ट्स एज़ योर ओन ब्लड ऐंड टियर्स।''[2]

''यह भी सच है।''

''यह समय आ गया है अनीता?''

अनीता ने कहा कुछ नहीं केवल बाली के मुँह की ओर देखा। बाली को लगा कि अनीता की आँखों में उसकी दृष्टि अस्थिर होती जा रही थी।

''अनीता, तुम्हें क्या होता जा रहा है?''

''मेरे सिर में कुछ हो रहा है।''

''क्या?''

''बड़े ज़ोर से कोई मेरी नाड़ियों को खींचकर तोड़ रहा है।''

''तुम बैठो नहीं अनीता, लेट जाओ। मैं किसी डॉक्टर को बुलाता हूँ।''

''डॉक्टर को नहीं बाली, अगर तुम बुला सकते हो तो रश्मि को बुला दो।''

''रश्मि को?''

''किसी तरह...''

''मैं उसे भी ले आऊँगा! अनीता! तुम घबराओ मत। पहले डॉक्टर को ले आऊँ।''

''डॉक्टर को बाद में बुला लेना। पहले रश्मि को बुला दो एक बार...''

अनीता स्वयं भी नहीं जानती थी कि उसे क्या होता जा रहा है। अन्दर कहीं उसके सिर में झटके लग रहे थे। जहाँ तक हो सका, अनीता ने अपने स्वर को सन्तुलित किया और फिर खड़े हुए बाली को अपने पास बिठाकर कहा—

''मेरी एक बात सुनो बाली।''

''बताओ।''

''अगर मैं मर गई तो...''

''तुम्हें क्या हुआ है, अनीता?''

''हुआ मुझे कुछ नहीं। यूँ मैं तुम्हें एक बात कह रही हूँ...''

''मैं नहीं सुनता कोई ऐसी बात।''

''नहीं, यह अत्यन्त आवश्यक बात है। तुम अच्छी तरह सुन लो और याद भी रखना।''

''...''

---

1. धन्यवाद दो जीवन को, जिसने तुम्हें पिपासा का वरदान दिया।
2. अपना प्याला अकेले ही पियो, भले ही इसमें तुम्हारे अपने रक्त और आँसुओं का स्वाद हो।

''अगर कभी तुम्हें इकबाल मिले...''

''इकबाल?...कहाँ गया है इकबाल?''

''कहीं नहीं गया।''

''फिर?''

''शायद उससे कभी मेरा मेल न हो। मैं इसीलिए तुम्हें कह रही हूँ...''

''पर तुम्हारा मेल क्यों न होगा अनीता?''

''तुम चुप क्यों नहीं रहते बाली? मेरी बात क्यों नहीं सुनते? बस, तुम उसे इतना कह देना कि मैं उससे रुष्ट नहीं हूँ।''

''अनीता!''

''मैं सच कहती हूँ बाली! अगर कहीं मुझे इस दुनिया में इकबाल न मिलता तो मुझे मानव-प्राप्ति का शिखर ही ज्ञात न हो पाता। मैं कल्पना की दुनिया में जीती और मर जाती।''

''पर अनीता...''

''पर कुछ नहीं बाली! उसने जितने भी दिन अपनी ज़िन्दगी के मुझे दिए, केवल उन दिनों की बात करो।''

''और ज़िन्दगी के बाकी दिन?''

''तुम समझते नहीं बाली! तुम उस पर इतना भार क्यों डालना चाहते हो?''

''तुमने उसके लिए...''

''मैंने उसके लिए कुछ भी नहीं किया था। सब कुछ अपने लिए किया था। इसीलिए मुझे उस पर कोई रोष नहीं।''

फिर अनीता को पता न चला कि किस समय बाली उसके पास से उठकर चला गया। उसे केवल इतना मालूम हुआ कि उसका सिर तकिये की रुई की तरह हो गया था जिसे कोई ज़ोर-ज़ोर से धुन रहा हो।

इक्कीस

रामबाली को लौटने में बहुत देर हो गई थी। हर स्थान पर उसने बड़े तेज़ कदम उठाए थे। यहाँ तक कि एक स्थान पर वह टैक्सीवाले को पाँच रुपये का नोट देकर बाकी पैसे लेने भूल गया था। एक स्थान पर अंगूर लिए थे और फिर अंगूरों के लिफ़ाफ़े को लिए बिना ही वह आगे चल दिया था और अब जल्दी में ही बाहर की दहलीज़ से टकराकर उसके पैर में चोट आ गई थी।...फिर भी अनीता के सिरहाने खड़े होते हुए उसे लगा कि उसे लौटने के लिए बड़ी देर हो गई थी।

अनीता ने तकिये से सिर उठाकर बैठने का यत्न किया पर उसके सिर का भार-बोझ उसकी गर्दन पर टिक नहीं रहा था और उसने फिर अपना सिर तकिये पर रख लिया।

"तुम बहुत उदास हो अनीता!" बाली ने चारपाई के पास एक ऊँचे मोढ़े पर बैठते हुए कहा।

"उदासी क्या चीज़ होती है बाली? केवल खुशी जब रूठ जाती है, हम सब लोग उसका नाम उदासी रख देते हैं।" अनीता के होंठों पर मुस्कान जैसा कुछ आया, और फिर अनीता ने बाहर के दरवाज़े की ओर देखते हुए कहा—

"रश्मि!"

"अभी आता है..."

"सच?"

बाली को कुछ स्मरण हो आया और वह मोढ़े से उठकर एक आलमारी में कुछ कागज़ टटोलने लगा।

"तुम्हें एक पत्र दिखाऊँ अनीता?"

"किसका पत्र?"

"मेरा पत्र! एक दिन मैंने तुम्हें पत्र लिखा था, पर फिर डाक में नहीं डाला था। बहुत देर की बात है, पिछले वर्ष की।"

"पत्र लिखा था तो फिर डाला क्यों नहीं?"

"सोचता था कि तुम बहुत खुश होगी, तुम्हें कोई उदास पत्र न लिखूँ।"

"तुमने क्या लिखा था पत्र में?"

बाली ने एक तह किया हुआ कागज़ निकाला और अनीता को थमा दिया। अनीता ने बहुत ध्यान लगाया, पर उसका ध्यान अक्षरों पर टिकता नहीं था। उसने कागज़ बाली को लौटा दिया और कहा, "पढ़कर सुना दो।"

"जिस दिन मैंने यह पत्र लिखा था, जाने क्यों एक घनी उदासी मेरे अन्दर फिरती जा रही थी, भले ही मैं अपने-आपको बार-बार स्मरण दिलाता था कि तुम आजकल बड़ी खुश हो।"

"मैं सचमुच बड़ी खुश रही हूँ बाली! पर तुम मुझे सुनाओ, तुमने क्या लिखा था?"

बाली ने कागज़ की ओर देखा, "एक समुद्र लहरों से पागल हो रहा है। उसमें एक छोटी-सी नौका चल निकली है। तुम इस नौका में बैठ गई हो। मैं रेत पर खड़ा कह रहा हूँ—अच्छा! किनारे जा लगना। हे ईश्वर! हे ईश्वर!...मेरे भीतर में एक भय उठ रहा है। इस भय की छाया तुम्हारी खुशी से रोशन भी है, पर इसके कोने कौए के पंखों के समान काले हैं। जाने यह कैसी अजीब बात है!"

वेग से अनीता के अश्रु बह चले और उसने बाली का हाथ पकड़कर कहा,

''तुम कितने अच्छे हो बाली!''

बाहर के दरवाज़े पर आहट हुई। अनीता ने चौंककर दरवाज़े की ओर देखा, ''रश्मि!''

''मेरे विचार में डॉक्टर होगा।''

बाली उठकर जब बाहर के दरवाज़े में गया तो वहीं से आवाज़ देकर कहने लगा, ''अनीता! तुम्हारा रश्मि आ गया! देखो कितना बड़ा हो गया है तुम्हारा रश्मि!''

''रश्मि!'' अनीता के मुँह से निकली हुई आवाज़ ऐसी थी जैसे धरती की छाती को फाड़कर निकली हो।

जिस उत्साह से अनीता चारपाई से उठी, उसी उत्साह के धक्के से वह फिर चारपाई पर गिर पड़ी।

''मम्मी!'' चारपाई पर बाईं ओर बैठकर रश्मि ने अपना सिर अनीता की छाती पर रख दिया।

अनीता की छाती में एक फूल खिला और फिर उसकी सुगन्धि से अनीता के सारे प्राण महक उठे।

बाहर का दरवाज़ा फिर हिला। इस बार डॉक्टर आया था। डॉक्टर ने जब अन्दर आकर अनीता और रश्मि की लिपटी हुई बाँहों को हिलाया तो अनीता के मुँह की ओर देखकर डॉक्टर को लगा कि उससे कोई अपराध हो गया था।

डॉक्टर ने देखा, परखा, बार-बार जाँचा और रामबाली को एक ओर ले जाकर कहने लगा, ''आपने मुझे बुलाने में बहुत दे कर दी। यह 'हेमरेज' केस है।''

''अस्पताल ले चलें?'' बाली ने घबराकर कहा।

''अब तक तो मरीज़ के होश-हवास सँभले हुए हैं, कुछ मिनटों बाद नहीं रहेंगे। अस्पताल ले चलो, पर मुझे लगता है कि रास्ते में ही...''

रामबाली ने घबराकर आँखें बन्द कर लीं।

''मेरा ख़याल है कि मरीज़ के सिर की नाड़ी जब फटी थी, तब एक पहर रात बाकी रही होगी।''

रामबाली को साथ लेकर डॉक्टर जब अनीता की चारपाई के पास आया, अनीता उस समय अपनी चारपाई के पास खड़े रश्मि की ओर इस प्रकार एकटक देख रही थी, जैसे उसकी दृष्टि में नितान्त अचम्भा हो।

''तुम आ गए?'' अनीता के मुँह से निकली हुई हल्की-सी आवाज़ सबको सुनाई दी।

अनीता फिर कुछ समय रश्मि के मुँह की ओर एकटक देखती रही और देखते-देखते उसके होंठों पर एक अत्यन्त सुन्दर मुस्कान आ गई। मुस्कान में भीगे

हुए अनीता के दोनों होंठ फिर एक बार हिले, ''मैं कितनी भाग्यशाली हूँ...तुम दोनों मुझे मिल गए। तुम भी और रश्मि भी...''

रामबाली ने डरकर अनीता की बाँह हिलाई और रश्मि की ओर हाथ का संकेत करके पूछा, ''यह कौन है अनीता?''

अनीता ने एक विचित्र दृष्टि से बाली की ओर देखा और जैसे कह रही हो, 'तुम्हें मेरे सौभाग्य पर विश्वास क्यों नहीं आता?'

बाली ने फिर अनीता की बाँह हिलाई और रश्मि की ओर संकेत करके पूछा, ''इसे पहचानती हो अनीता? यह कौन है?''

''पहचानती क्यों नहीं...यह सागर...''

अनीता के सारे माथे पर मृत्यु का पसीना आ गया। पसीने के गोल-गोल बिन्दु गोल-गोल अक्षरों की तरह थे। अगर इस दुनिया को इन अक्षरों की पहचान होती तो वह पढ़ सकती थी कि अनीता के माथे पर मृत्यु के पसीने ने लिखा हुआ था—'जब तक किसी उस औरत को, जिसे सच्चाई की तलाश है, उसका बच्चा और उसका महबूब, दोनों चीज़ें नहीं मिल जातीं, उसका हशर हमेशा अनीता की तरह होगा।'

❑❑❑